Harper
Collins

Petteri Nuottimäki

Rechne immer mit dem Schlimmsten

Roman

Aus dem Schwedischen von
Wibke Kuhn

HarperCollins

HarperCollins®
Band 100063

1. Auflage: April 2017

Deutsche Erstveröffentlichung

Titel der schwedischen Originalausgabe:
Förvanta Dig Det Värsta

erschienen bei Alfabeta Bokförlag AB, Stockholm

Published by agreement with
agentur literatur Gudrun Hebel, Germany

Umschlaggestaltung: Hafen Hamburg
Umschlagabbildung: Jonathan Macagba / Getty Images
Redaktion: Sibylle Klöcker
Satz: GGP Media GmbH, Pößneck
Printed in Germany
Dieses Buch wurde auf FSC®-zertifiziertem Papier gedruckt.
ISBN 978-3-95967-086-9

www.harpercollins.de

Denn von der freien Erzählung glaube ich,
dass ihre Wahrheit darin besteht, *wahr sein zu können*,
insofern sie mit dem Wesentlichen und Allgemeinen
dessen, was sie erzählen will, übereinstimmt;
ja, ich gehe sogar so weit zu behaupten, dass sie auf
diese Weise mitunter wahrer werden kann als die
Wirklichkeit selbst.

Andreas Bäck

PROLOG

Mitte der Sechzigerjahre stieg ein Ehepaar in Värtahamnen in Stockholm von einer Fähre.

Der Mann trug das Haar ganz glatt zurückgekämmt. Sein Haaransatz war schon stark zurückgewichen, und auf der Wange hatte er eine Narbe von der Größe einer Fünf-Kronen-Münze. Er sah sich mit stahlgrauem, ebenso misstrauischem wie durchdringendem Blick um. Dann straffte er den Rücken und schloss den Griff um seinen Koffer noch etwas fester. Vielleicht wollte er groß und Furcht einflößend aussehen, um eventuelle Taschendiebe und andere Bauernfänger abzuschrecken, die hier im Hinterhalt lauerten und nur darauf warteten, sich auf die frisch eingetroffenen Einwanderer zu stürzen. Vielleicht machte ihm aber auch nur ein leicht steifer Rücken zu schaffen.

Die Frau hatte kastanienbraunes Haar, das sie im Nacken zu einem festen Knoten zusammengesteckt hatte. Ihr gerundeter Bauch verriet eine beginnende Schwangerschaft. Auch sie schaute sich aufmerksam um, ja, sie bewegte ihren Kopf fast wie ein Vogel, als sie mit raschen Blicken die völlig neue Umgebung erfasste. Abgesehen von ihrem eigenen Koffer trug sie noch eine kleinere Stofftasche, in die sie mit großer Sorgfalt und einem bemerkenswerten Sinn fürs Detail all das gepackt hatte, was sie in den ersten drei Tagen brauchen würden. Ein fettiges Butterbrotpapier ragte aus ihrer Tasche und winkte im Wind dem morgendlichen Verkehr zu.

„Das hier“, erklärte der Mann seiner Frau auf Finnisch und machte dazu eine weiträumige Geste, „ist Schweden.“

„Mhm?“, machte sie, ließ den Blick über die Dachfirste wandern, dann aber immer weiter in die Ferne gleiten, als fände sie, dass sie inzwischen genug gestaunt hatten.

„Ja“, sagte der Mann, fast so, als würde ihm ihre Nachdenklichkeit gefallen, „hier gibt es eine Treppe, die ganz von allein rauf und runter fährt, und einen Zug, der unter der Erde verkehrt.“

„Ach ja? Eine Rolltreppe[1] und eine U-Bahn, meinst du?“

Der Mann tat, als hätte er ihre Entgegnung nicht gehört.

Er führte sie durch die Stadt, denn er war früher schon einmal hier gewesen. Doch ihr schien überhaupt nichts zu imponieren, nicht mal der berühmte Katarina-Aufzug. Aufzüge gab es ja auch in Finnland.

Schließlich machte das Paar Rast in einem Café, denn nicht einmal mit ihren Packkünsten hätte sie Kaffee so lange warm halten können. Nachdem die beiden ihre Tassen geleert hatten, ging der Mann weltgewandt an den Tresen und füllte seine Tasse nach, ohne zu bezahlen.

„Und das“, verkündete er, „ist hier auch üblich: Man darf sich Kaffee nachschenken, ohne dafür zu bezahlen.“ Dieses Phänomen war damals noch gänzlich unbekannt im Nachbarland, und die Frau machte große Augen. Da waren sie ja in ein wahrhaft seltsames Land gekommen! Kostenlos Kaffee nachschenken!

„Ja …“, sagte der Mann, und nun war er endlich zufrieden, „so geht es zu in der weiten Welt.“

Als sie ausgetrunken hatten, stand er entschlossen auf.

„So, jetzt aber genug der Vergnügungen.“ Es wurde höchste Zeit, Wurzeln in diesem neuen Land zu schlagen. Sie konnten hier schließlich nicht herumrennen wie die Touristen und sich amüsieren, wie sie gerade lustig waren.

---

1 Die erste Rolltreppe Finnlands wurde schon in den Dreißigerjahren erbaut, sodass man der Frau damit natürlich nicht sonderlich imponieren konnte, auch wenn das Paar direkt aus den Tiefen der Wälder von Tavastland kam.

„Nach Borås“, sagte sie.

„Genau.“

Und dann spazierten sie los Richtung Hauptbahnhof.

Die Einwanderer hießen Matti und Beata Aalto. Dies ist die Geschichte von ihrer Begegnung mit und dem Leben in dem neuen Land. Aber um zur Gänze verstehen zu können, warum es so kam, wie es kam, müssen wir ein paar Jahrzehnte früher ansetzen.

1. KAPITEL

Im Holzschuppen – Libau – Der Winterkrieg

Im Herbst 1939 zogen sich dunkle Wolken über Finnland zusammen. Sie waren Vorboten für das, was als Finnischer Winterkrieg in die westliche Geschichtsschreibung eingehen sollte – eine wahre Kraftprobe für die junge Republik und deutliches Zeugnis ihres Überlebenswillens.

In der Sowjetunion soll man von diesem Konflikt mit der lakonischen Formulierung „Grenzvorfälle im Militärdistrikt Leningrad" gesprochen haben.

Als Matti Aalto seinen Einberufungsbefehl bekam, nahm sein Vater Yrjö ihn mit hinaus in den Holzschuppen, zog eine Flasche ohne Etikett aus einem Holzstapel, setzte sich auf den Hackklotz und erklärte seinem Sohn das eine oder andere von der Natur des Krieges.

Hauptthema des Monologs, den Matti sich anhören durfte, war die Empfehlung, nicht auf die alberne Idee zu kommen, den Helden zu spielen. So etwas war peinlich und stand einem Aalto nicht zu Gesichte. Yrjö würde sogar sehr enttäuscht sein, wenn der Sohn der Familie Schande machte, indem er beispielsweise in die Zeitung kam.

Der Vater wusste sehr gut, wovon er sprach. Er selbst hatte im Ersten Weltkrieg zusammen mit eintausendfünfhundert anderen Finnen dem 27. Königlich-Preußischen Jägerbataillon in Kurland angehört und gegen die Russen gekämpft. Während des Freiheitskrieges 1918 – oder der Revolution, wie man auf der anderen Seite dazu sagte – waren sie nach Finnland zurückgekehrt, um den harten Kern der Weißen Armee zu bilden. Die Schlacht um Tammerfors beispielsweise war besonders unangenehm gewesen, und jetzt solle Matti gut zuhören, denn aus dieser Schlacht, diesem wahrhaftigen Geysir des Elends, waren mehrere wichtige Lebensweisheiten auf ihn niedergeregnet. Da hatte es unter anderem einen schwedischen Offizier gegeben, der freiwillig nach Finnland gekommen war, um für die Unabhängigkeit des Landes zu kämpfen. Unglücklicherweise war er von den eigenen Leuten erschossen worden. Niemand konnte mit Sicherheit sagen, wer den tödlichen Schuss abgegeben hatte, es war ein Versehen gewesen, und niemand wollte näher nachforschen. So war der Krieg, voller Missgeschicke und unglückseliger Vorkommnisse. Vielleicht – und an dieser Stelle senkte der Vater den Blick – hatte er sich sogar selbst erschossen. Als doppelt unselig war der Umstand zu werten, dass der Mann ein gelehrter Historiker gewesen war. Und er hatte Olof Palme geheißen.

Sein Sohn solle gut darüber nachdenken, dass es im Krieg viele schreckliche Schicksalswege gab, auf die man durch turbulente Verkettungen von Ereignissen geraten konnte, und dass er nicht nur auf seine Haut aufpassen musste, sondern auch auf seine Seele.

Bei Tammerfors hatte es mehrere Gelegenheiten gegeben, bei denen Yrjö sich hervortun und die Rolle des Helden hätte spielen können. Doch er hatte sich schön zusammengerissen, und das solle Matti verdammt noch mal genauso halten.

Als die Roten sich irgendwann im Rathaus verschanzten und sich weigerten zu kapitulieren, mussten die finnischen Soldaten auf das Gebäude zulaufen und Handgranaten durchs Fenster werfen.

Yrjö hatte seinen Beitrag geleistet. Doch es hatte auch einen jungen Mann gegeben, der gleich dreimal zum Rathaus rannte, als strebte er danach, mit dem Orden des Freiheitskreuzes ausgezeichnet zu werden. Beim dritten Mal bekam er prompt eine

Kugel in den Schädel, und auf die Art kriegte er dann ja immerhin sein Kreuz. Yrjö erwartete, dass Matti gründlich über diese lehrreiche Geschichte nachdachte.

Natürlich durfte man den Einsatz des jungen Mannes nicht herabwürdigen. Er hatte sicher das Leben eines anderen gerettet, ja, vielleicht sogar das von Yrjö. Aber so was würde ein Aalto nicht tun. In ihrer Familie gab es eine tief verwurzelte Tradition, Finnland zu retten, aber der Rest konnte ruhig alleine zusehen, wie er klarkam.

Das bedeutete jedoch nicht, dass sein Sohn sich einen faulen Lenz machen solle. Er solle nicht versuchen, sich davonzustehlen, sondern immer seine Pflicht tun und niemals einem anderen zur Last fallen. Und es tunlichst vermeiden, versehentlich Leute zu erschießen.

Kurz und gut: Ein Aalto hielt sich immer schön im Mittelfeld. Er tat sich nicht hervor, Punktum. Sollte Matti da andere Ansichten hegen, hätte er eben zusehen müssen, in eine andere Familie hineingeboren zu werden. Jetzt war es zu spät.

Doch er solle sich auch vor Augen halten, dass es keine Schande bedeutete, Verantwortung zu übernehmen. Sollte er diese Neigung haben, solle er eben eine Führungsposition anstreben.

Bevor er sich der Jägerbewegung – also bewusstem 27. Bataillon – anschloss, war Yrjö selbst aus Finnland[2] herausgeschmuggelt worden, weil nämlich dieses Schwein von Bobrikow[3] verboten hatte, Pässe für Männer zwischen sechzehn und sechsunddreißig auszustellen. Er hatte erst einen Mann getroffen, der

2 Zu jenem Zeitpunkt gleichbedeutend mit dem Großfürstentum Finnland, einem mehr oder weniger autonomen Teil Russlands.

3 Hier erinnert sich entweder Matti oder Yrjö falsch, denn der unbeliebte Generalgouverneur Nikolai Bobrikow war bereits 1904 ermordet worden. Es ist jedoch denkbar, dass es in gewissen finnischen Kreisen üblich war, die meisten teuflischen Schachzüge der russischen Regierung ihm anzukreiden. Auch als er schon tot war.

Yrjö eine 25-Pfennig-Münze gezeigt und ihn aufgefordert hatte, die letzten zwei Ziffern der aufgeprägten Jahreszahl zu addieren und ihm das Ergebnis zu nennen. So weit, so gut. Doch danach hatte der Mann ihn instruiert, sich für den nächsten Kontakt an einem ganz bestimmten Bahnhof einzufinden, mit einem kalten Zigarettenstummel im linken Mundwinkel und einer Ausgabe des *Hufvudstadsbladet* unterm rechten Arm.

Als Yrjö aus dem Zug stieg, stand er auf dem Bahnsteig mit fast zwei Dutzend anderen jungen Männern, die allesamt Kippen im linken Mundwinkel hatten und ein *Hufvudstadsbladet* unter dem rechten Arm. Das Ganze wäre komisch gewesen, wäre in diesem Moment nicht eine russische Patrouille über den Bahnsteig gegangen.

Dieses Ereignis illustrierte, wie der Fehler eines anderen, und ja, ein Mangel an Verantwortungsgefühl ihn in eine dumme Situation gebracht hatte, lange bevor er auch nur in die Nähe der Front gekommen war. Dass der Krieg gefährlich sein konnte, war freilich nichts Neues. Doch nur Idioten gingen unnötige Risiken ein. Und Yrjö hatte verdammt noch mal keinen Idioten großgezogen.

Letzteres überraschte Matti, denn er hatte in seiner Jugend den Eindruck gehabt, dass sein Vater genau gegenteiliger Meinung war.

Sollte er die Möglichkeit haben, fuhr Yrjö fort, solle der Sohn also dafür sorgen, dass er die wichtigsten Entscheidungen immer selbst treffen konnte. Dem Marschall, also dem Feldmarschall Gustaf Mannerheim, konnte er natürlich vertrauen, doch mit dem Rest der Armee war es so eine Sache. Nichts gegen die Herren Generäle, viele von ihnen waren ja sogar seine alten Waffenbrüder, aber trotzdem solle Matti immer die Zusammenhänge erkennen.

Wenn man ihn also einlud, bei privaten Kriegen mitzumachen, wie zum Beispiel bei denen, die finnische Freikorps in

Ostkarelien oder Estland nach dem Bürgerkrieg organisierten, solle er höflich, aber bestimmt ablehnen. Überhaupt solle er jeden Krieg meiden, der nicht staatlich subventioniert wurde. Und dafür gab es viele gute Gründe.

Nach dieser Litanei reichte der Vater Matti eine Työmies[4], wünschte ihm viel Glück und schloss mit der Erklärung, er sei überzeugt, sein Sohn werde sich gut schlagen. Jetzt begann Matti endgültig zu argwöhnen, dass Yrjö betrunken war.

Als der Sohn – mittlerweile ebenfalls etwas unsicher auf den Beinen – gerade den Holzschuppen verlassen wollte, hielt sein Vater ihn noch einmal zurück.

„Also", er räusperte sich, „da wäre noch was …" Yrjö verstummte, als hätte er es sich wieder anders überlegt. Doch der *pontikka* aus seiner Flasche hatte ihm die Zunge doch sehr gelöst, und nach kurzem Überlegen winkte er Matti noch einmal zu sich.

„Setz dich her. Ich werd dir was erzählen. Etwas, was mir im Krieg passiert ist."

Matti gehorchte. Er erkannte seinen Vater kaum wieder. Aber andererseits hatte er Yrjö ja auch nicht so oft betrunken erlebt. „Der Krieg ist …" Yrjö überlegte eine ganze Weile. „Was ich dir jetzt sage, darfst du niemals einer Menschenseele erzählen. Nicht nur … nicht nur deinetwegen. Es könnte die ganze Familie treffen. Es ist eine … große Verantwortung." Yrjö nickte, aber mehr zu sich selbst, als wollte er illustrieren, wie überzeugt er von seinen Worten war. Dann verlor er den Faden, starrte eine Weile auf die Wand und winkte schließlich ab. „Man hatte uns nach Libau[5] verlegt. Während der Ausbil-

---

4 Finnische filterlose Zigarette. In der damaligen Zeit galt so etwas als gesund. Als Matti 16 Jahre alt war, beschlossen sein Vater und ein paar von dessen Freunden, dass es von entscheidender Bedeutung für Mattis Entwicklung war, rauchen zu lernen.

5 Heute Liepāja in Lettland.

dung. Die Russen hatten einen Vorstoß unternommen. Wir mussten Feuerwehr spielen und sie zurückschlagen. Man schickte uns also nach Osten." Er deutete mit der Hand in die Luft, als hätte er eine Karte vor sich. „Südöstlich von Libau. Da kamen wir an einen verlassenen Gutshof. Das war ein prächtiges Gebäude. Sehr groß. Sie hatten alles so zurückgelassen, wie es war. Die Hunde standen im Zwinger und bellten, und ..." Er machte ein paar ebenso vage wie gleichgültige Handbewegungen. „Im Keller ... also, du musst wissen, wir durften keinen Alkohol trinken. Bier durften wir schon kaufen. Die Deutschen, die durften auch Schnaps kaufen. Aber wir nicht. Sie meinten, dass die Finnen eine besondere Schwäche für Hochprozentiges hätten. Seltsam", sagte Yrjö und führte die Flasche an die Lippen, ohne sich des leicht komischen Effekts bewusst zu sein. Doch Matti wusste, dass es nicht klug gewesen wäre, seinen Vater auszulachen.

„Wir hatten also Durst. Hunger hatten wir immer, daran musste man sich gewöhnen. Mit dem Essen sah es richtig schlecht aus." Er schüttelte den Kopf und schaute dann seinen Sohn an. „Sieh zu, dass du immer etwas isst, wenn es was zu essen gibt. Man kann nie wissen, wann sich die nächste Gelegenheit bietet." Das war Matti nicht neu. „Und dann gingen wir in den Keller", fuhr sein Vater fort, „um uns umzuschauen. Wir wollten natürlich nicht plündern, wir waren ja keine Marodeure. Aber wir wussten, dass die Besitzer des Gutshofes feine Leute waren, die uns dankbar waren, dass wir unser Leben aufs Spiel setzten, um ihr Eigentum zu retten. Und wir hatten das Gefühl, dass es sie sicher bekümmert hätte, wenn nicht sogar gekränkt, wenn sie uns nicht irgendwie ihre Dankbarkeit hätten beweisen können für das, was wir für sie taten. Na, ich war ja noch nie jemand, der andere Leute traurig machen will. Also beschlossen wir, kurz einen Blick in den Keller zu werfen, ich und noch ein paar andere Jungs, um nachzusehen, ob es was gab, was wir mal verkosten könnten. Und ... na ja." Yrjö leckte sich die Lippen. „Da lag der Kognak fässerweise." Er lächelte. „Und Wein auch." Er verzog das Gesicht. „Aber ein Fass ... ganz hinten ... das ... na ja, es klang irgendwie komisch. Also haben wir es mit einem Spaten geöffnet. Und wir fanden etwas. Es ..."

Als er diesen etwas interessanteren Teil seiner – wie Matti fand – ansonsten ziemlich sperrigen Geschichte erreicht hatte, schien Yrjö nicht recht zu wissen, wie er fortfahren sollte. Ob er überhaupt fortfahren sollte. Die Atemzüge seines Vaters wurden schwerer, sein Blick leicht verwirrt. Matti spürte sein Zögern und schob rasch eine Frage ein, im halb unbewussten Wunsch, den Alten ausreichend abzulenken, dass er ihm etwas erzählte, was er ihm in einem anderen Geisteszustand verschwiegen hätte.

„Habt ihr Champagner gefunden?"

„Nein. In einem Fass lag etwas ..." Yrjö machte ein paar Handbewegungen. „So was hab ich noch nie gesehen. Damals noch nicht. Und später auch nicht wieder. Es war ... Du wirst es mir nicht glauben, wenn ich dir das jetzt erzähle!" Der Gesichtsausdruck seines Vaters war nun fast verstört.

„Was war es denn?"

Aber es schien, als könnte Yrjö ihn nicht mehr hören. Er war wieder in seiner Jugend, zusammen mit den Kameraden, mit denen er gefroren und gehungert und geblutet hatte, in einem feuchten Kellergewölbe irgendwo bei Libau, und sie standen vor einer unerwarteten Belohnung für all das, was sie hatten aushalten müssen.

„Und wir ... wir wussten, dass wir sie nicht mitnehmen konnten. Wenn jemand sie gefunden hätte ..." Er schüttelte den Kopf. „Wir haben eines[6] genommen ..." Feierlich hob er einen

6 Yrjö spricht Finnisch. Es ist also nicht klar, ob er „einen", „eine" oder „eines" meint. Das Wort gibt weder Matti noch uns irgendeinen Hinweis.

Zeigefinger, um zu unterstreichen, wie geringfügig ihre Übertretung gewesen war. „Eines. Den Rest haben wir in Segeltuch eingewickelt. Wir haben sie in das Fass zurückgelegt und vergraben. In einem Granatentrichter. Hier!“ Yrjö schnitt mit seinem Messer in ein Holzscheit. „Hier ist der Gutshof. Und hier. Eine Mauer. Aus Stein. Und hier, direkt davor …“ Er ritzte mit seinem Messer ein Kreuz ins Holz. „… da liegt es vergraben.“

„Was denn?“

„Ich wollte später zurückkehren, aber …“ Yrjö seufzte. Mit weit aufgerissenen Augen sah er seinen Sohn an. „Was macht man mit so was?“

Aus verständlichen Gründen konnte Matti ihm diese Frage nicht beantworten.

„Wenn du nach Libau kommst …“ Yrjö ritzte das Kreuz nachdrücklich noch ein bisschen tiefer ins Holz.

Matti runzelte die Stirn. Auch wenn er in die weite Welt hinausziehen sollte – wie konnte sein Vater sich einbilden, dass er bis nach Lettland kommen würde? Er war beileibe kein Feigling, der Iwan durfte sich durchaus auf ordentliche Dresche einstellen. Aber es erwartete doch wohl niemand, dass Finnland in der Lage sein könnte, einen viel moderner und besser ausgerüsteten, noch dazu zahlenmäßig weit überlegenen Feind zurückzuschlagen, der sogar über Panzer[7] verfügte?

---

7 Bei Ausbruch des Winterkrieges hatte Finnland 32 Panzer, die meisten davon leichte britische Modelle, die leider noch nicht mit Waffen bestückt worden waren (manche Quellen behaupten, dass überhaupt nur ein Panzer einsatzbereit war), sowie 119 Kampfflugzeuge. Die Sowjetunion hatte die größte Panzerflotte der Welt, größer als der Rest aller Armeen weltweit zusammengenommen. Zu Anfang hatte man allein im Militärdistrikt Leningrad 1500 Panzer und 1000 Flugzeuge. Gegen Kriegsende hatten die Russen ca. 6500 Panzer und 3800 Flugzeuge an der Front. Die Finnen besaßen 30 Panzer und 130 Flugzeuge.
Dass vonseiten Finnlands Pläne bestanden, Lettland zu erobern, das zu diesem Zeitpunkt im Übrigen noch nicht von den Sowjets besetzt war, kann also ausgeschlossen werden.

Der Plan sah so aus, dass man an die Front fuhr, zurückschoss und hoffte zu überleben. Ferienreisen über den Finnischen Meerbusen konnte man wohl kaum in Erwägung ziehen, oder? Worauf sollte das überhaupt alles hinauslaufen?

„Es ist ein Fluch. Ich hab es oft bereut …" Yrjö schüttelte den Kopf. „Aber es ist ein schöner Fluch. Ich hätte nicht ohne ihn sein wollen." Er sah Matti mit tränennassen Augen an.

„Was das war? Meinst du, dass einer von den anderen vielleicht in der Zwischenzeit dorthin zurückgegangen …?"

Yrjö hob die Flasche wieder an den Mund und fiel bei dieser Bewegung rücklings vom Hackklotz und auf einen Haufen Brennholz. Dort schlief er ein.

Matti behielt das Holzscheit mit den Ritzungen. Jahre später fragte er auf einer Hochzeit, bei der sein Vater wieder betrunken war, nach dem Fass. Yrjö reagierte völlig verständnislos. Er sah sich sogar gezwungen, seinen Sohn daran zu erinnern, dass er noch nicht zu alt für eine Tracht Prügel sei.

So viel dazu. Matti leistete seinen Beitrag im Winterkrieg, ganz wie Yrjö es ihm aufgetragen hatte. Sein Befehlshaber musste gemerkt haben, was für herausragende Vorkenntnisse dieser Abend im Holzschuppen Matti vermittelt hatte, denn in der Zwischenkriegszeit bot er ihm eine Ausbildung zum Artilleriebeobachter an. Er war schon Fähnrich, als der Fortsetzungskrieg ausbrach.

Gerade zu Friedensschluss kam Matti nach Hause und entging so dem Lapplandkrieg gegen die Deutschen, der zeitgleich ausbrach – Matti war nämlich von einem panzerbrechenden 12.7-mm-Geschoss aus Wolframcarbid getroffen worden, das sein Rückgrat gestreift hatte. Aufgrund der angespannten Lage an der Front im Sommer 1944 hatte es eine ganze Weile gedauert, bis er medizinisch versorgt werden konnte, und deswegen sollte ihm diese Verletzung mehr oder weniger bis an sein Lebensende Unannehmlichkeiten bereiten.

Aber das war kein Grund, ein langes Gesicht zu ziehen. Viele kamen in Einzelteilen nach Hause oder gleich gar nicht. Einer seiner Cousins, Teuvo Aalto, hatte den Deckungstruppen angehört, die 1939 den ersten Ansturm hatten abfangen müssen. Er hatte in einer sowjetischen Propaganda-Radiosendung Grüße nach Hause geschickt und mitgeteilt, dass er in einem russischen Feldlazarett liege und sehr gut behandelt werde. Das war jedoch das Letzte, was man von ihm hörte.

Andere kamen unrasiert nach Hause, aber ohne einen einzigen Kratzer. Man konnte also sagen, dass Matti sich verletzungstechnisch geschickt im Mittelfeld gehalten hatte, ganz wie Yrjö es von ihm verlangt hatte. Der hätte also mit dem Einsatz seines Sohnes zufrieden sein müssen. Allerdings ist nicht bekannt, dass er sich in dieser Sache konkret geäußert hätte.

2. KAPITEL

Der Fortsetzungskrieg – Beata – Die Zwillinge – Umzugspläne

Was Matti während des Fortsetzungskrieges machte, ist bis heute geheimnisumwittert. Tatsache ist, dass die finnische Armee seinen Einsatz genug zu schätzen wusste, um ihn mit insgesamt zehn Orden auszuzeichnen. Zum einen natürlich die üblichen Medaillen, als Dankeschön quasi für das entgegengebrachte Interesse, dass man überhaupt aufgetaucht war und ein bisschen mitgekämpft hatte, aber auch das Freiheitskreuz mit Eichenlaub und Schwertern sowie diverse Tapferkeitsmedaillen. Des Weiteren strich er ein paar kleinere deutsche Auszeichnungen ein, unter anderem das *Verwundetenabzeichen*, sowie eine ungarische Medaille, deren Bedeutung sich der Familie jedoch nie so ganz erschloss.

Matti redete nicht gern vom Krieg. Wenn seine Kinder später Interesse an seinen Auszeichnungen bekundeten, zog er sie nur auf. Dann sagte er so Dinge wie:

„Ja, in Salla war es damals so kalt, dass man seine Kleidung verheizen musste, um zu überleben. Das hättet ihr keine Minute überlebt. Wenn der Brotschieber versagte und die Nachbarjungs mit einem Regiment T-26er ankamen.[8] Da war man direkt froh, dass die auf manchen Panzern Feuerwerfer hatten. Verdammt, die wärmten einen so richtig durch, das kann ich euch sagen."

Die Kinder lernten schnell, dass mit einem erfrorenen Fin-

---

8 „Brotschieber" bezeichnete im Soldatenjargon das damalige Standardgewehr der finnischen Armee, „die Nachbarjungs" war eine ironische Bezeichnung für die Rote Armee, und der T-26 war ein leichter sowjetischer Panzer.

ger nach allzu eifrigem Schneemannbauen nicht viel Staat zu machen war.

Doch manchmal, wenn Matti spätnachts allein mit einer Flasche dasaß, konnte er sich schon mal weinerlich fragen, was die Kommunisten eigentlich gewollt hatten?

Die einfache Antwort lautete natürlich, dass sie eine Flottenbasis auf Hangö haben wollten, dass sie Karelien, die finnische Kornkammer, als Sicherheitszone für Leningrad wollten und auch auf die Nickelminen in Petsamo scharf waren. Und weiß Gott, er hatte ihnen Nickel gegeben, sieben Gramm pro Schuss aus seiner Dragunow.

„Verdammter Iwan!“, konnte man ihn murmeln hören. „Ihr seid so viele und wir so wenige …“ Ein tiefer Seufzer. „Wo sollen wir die nur alle begraben?“

Mattis erster Kontakt mit Schweden ereignete sich nach alter Familientradition, als er im September 1944 die Hand auf einen mit glitschigen Algen bewachsenen Stein im Wasser vor Seskarö legte. Da rief er aus: „No mitä vittua? Onko tämä … Ruotsi?“, was frei übersetzt ungefähr Folgendes bedeutet: „Ist dies also endlich Schweden, unsere westliche Reichshälfte, das Bruderland, dem wir seit fast siebenhundert Jahren verbunden sind?“

So lauteten also seine Überlegungen, während sein beschlagnahmtes Ruderboot mit der großen Holzkiste auf dem Wasser schaukelte. Den glitschigen kleinen Stein und den Geruch nach fauligem Tang sollte er für immer mit einer zweiten Chance verbinden, einem Zufluchtsort, der Möglichkeit, sich ein neues Leben aufzubauen.

Die Kiste im Ruderboot enthielt Teile des Archivs des finnischen Nachrichtendienstes, die in der sogenannten Operation Stella Polaris nach Schweden gebracht wurden. Der Großteil des Archivs wurde mit richtigen Schiffen transportiert und mit Lastwagen auf dem Landweg. Doch offenbar war eine Kiste übrig geblieben, um die sich dann der tatkräftige Matti gekümmert hatte.

Nein, das kann natürlich nicht ganz wahr sein. Aber so hat er die Geschichte hinterher im Spaß erzählt. Sie hätte jedoch durchaus wahr sein können, wenn man sich seine energische Persönlichkeit vor Augen hält und seine ganzen dubiosen Unternehmungen in dieser Zeit.

Es ist nämlich nicht zu leugnen, dass er in der Schlussphase des Krieges irgendwie mit Schweden in Kontakt kam. Die Taschenkalender von 1943 und 1944, die man nach seinem Tod fand, enthielten außerdem eine ganze Menge knapper Notizen zu Flügen zwischen Helsingfors und Riga, Berlin und Wien sowie Nennungen verschiedener Hotels und Bahnhöfe. So zahlreiche Reisen wirken in dieser Zeit gelinde gesagt merkwürdig. Was er da also wirklich trieb, bleibt im Dunkeln, und wir werden es wahrscheinlich niemals mit Sicherheit wissen. Doch man könnte vielleicht tippen, dass er als Verbindungsoffizier zwischen den Armeen an der Ostfront arbeitete, als eine Art militärischer Diplomat auf unterster Ebene.

Später, nach Mattis belegter Beteiligung am sogenannten Waffenschmuggel, einer politisch höchst heiklen Angelegenheit, bei der aufgedeckt wurde, dass ein Netzwerk von hohen Militärs Waffenverstecke im Wald angelegt hatte, mit denen man das Land bei einem eventuellen von Moskau gelenkten Staatsstreich retten wollte, wurde es Zeit zu fliehen. Da war Schweden ein naheliegender Zufluchtsort.

Übrigens war eine solche Machtübernahme beileibe kein Hirngespinst. Man muss sich nur ansehen, was damals in Osteuropa geschah, und darf auch nicht vergessen, dass die Russen zum Beispiel die Nationalgarde in Finnland verboten hatten, um zu begreifen, dass man da in Moskau irgendwas im Schilde führte.

Dass Matti ein Finnland in Not im Stich gelassen hatte, machte ihm schwer zu schaffen. Es wäre seine Pflicht gewesen, zu bleiben und beim Wiederaufbau des Landes zu helfen. Doch die politische Situation hatte es nicht gestattet.

Die Nachkriegszeit war politisch turbulent, insbesondere in Finnland, dessen Nachbar eine Supermacht war, gegen die man gerade zwei Kriege verloren hatte. Oder bei denen man zumindest einen guten zweiten Platz belegt hatte, denn es hätte ja auch noch viel schlimmer ausgehen können. Trotz der Verluste hatte man es geschafft, seine Unabhängigkeit zu wahren, was Stalin so nicht geplant hatte, wie unter anderem aus dem schamlosen Terijokidebakel von 1939 hervorging, als man eine finnische Marionettenregierung unter Otto Ville Kuusinen einsetzte.

Die Valpo, die finnische Sicherheitspolizei, war zu dieser Zeit stark kommunistisch beeinflusst, und es war sogar im Gespräch, den Marschall gefangen zu setzen. Es war ganz einfach keine gute Zeit für Matti, um im Lande zu bleiben, und so überquerte er schweren Herzens die Bottenwiek.[9]

Inwieweit das eine Auswirkung seiner Paranoia war oder nicht, werden wir nie erfahren, aber er behauptete bis in die späten Sechzigerjahre, dass ihm bei Besuchen in Finnland manchmal Autos folgten, in denen zwei Männer saßen.

---

9 Matti war nicht der Einzige, der das Land verließ. Der viel beschriebene Lauri Törni, der später Larry Thorne wurde, am Vietnamkrieg teilnahm und von John Wayne in *Die grünen Teufel* auf der Leinwand verewigt wurde, floh in einem deutschen U-Boot. Ein anderer tragikomischer Vorfall zum gleichen Thema ereignete sich, als der berühmte Abenteurer und „Gentleman-Schmuggler" Algoth Niska nach dem Krieg eine Weltumseglung organisierte, gesponsort von der finnischen Wirtschaft, um Werbung für die Industrie des Landes zu machen. Als man in den ersten Sturm geriet, stellte sich heraus, dass im Grunde keiner (!) von seiner Besatzung etwas vom Segeln verstand. Es waren allesamt finnische Exoffiziere, die das kuriose Unternehmen für die Flucht nach Venezuela benutzen wollten.

Wovon Matti in den frühen Fünfzigerjahren in Schweden seine Existenz bestritt, ist unklar. Man nimmt jedoch an – basierend auf dem Fund eines Reklamekäppis mit einem lustigen kurzen Pappschirm –, dass er zumindest eine Weile im Värtahamnen in Stockholm arbeitete.

Obwohl er sich nach eigener Aussage in Schweden wohlfühlte, soll er schon sehr fortgeschrittene Pläne für die Auswanderung nach Australien gehabt haben. Aus Sicherheitsgründen.

Dass er sich in Schweden Sorgen machte, mag für den heutigen Leser vielleicht seltsam klingen. Doch man bedenke, dass gerade erst die Spionageaffäre um Hilding Andersson – und direkt danach die Geschichte mit dem Spionagering um Fritiof Enbom – aufgeklärt worden war. Wie es aussah, hatten sie gründliche Vorbereitungen für eine sowjetische Invasion in Schweden getroffen. Unter anderem sollte auch die Festung Boden eingenommen werden. Sogar der schwedische Ministerpräsident Tage Erlander war so nervös, dass er „den großen Detektiv Öffentlichkeit“ um Hilfe bei der Abwehr kommunistischer Spionage bat. Außerdem wurden parallel mindestens zwei Organisationen für einen eventuellen Guerillawiderstand aufgebaut, eine davon durch die CIA.

Und dann begannen die Sowjets auf einmal auch noch, schwedische Flugzeuge abzuschießen, die DC-3 und die Catalina. Da war es bestimmt keine Überreaktion, wenn man ein bisschen feuchte Achseln bekam.

Nun gut, im Laufe der Zeit konnte Matti ja immer öfter nach Finnland heimfahren. Dort lernte er Beata kennen, und sie wurde schwanger. Eine Alternative zur Heirat gab es selbstverständlich nicht, und das junge Paar hatte so schnell die Bande der Ehe geknüpft, dass eigentlich keiner von beiden ganz sicher war, ob er das in seinem tiefsten Inneren eigentlich wollte oder ob sie einander überhaupt kannten.

Die Geschichte davon, wie Matti und Beata sich kennenlernten, ist in Vergessenheit geraten. Gerüchte besagten, es habe damit begonnen, dass Matti seinen Schuh durch ihr Fenster warf.

Ein denkbares Szenario wäre auch, dass sie sich auf irgendeinem Tanzabend trafen und dabei eine gegenseitige Zuneigung und eine Liebelei entstand. Sie ging am Abend nach Hause, und er stand eine Weile vor ihrem Haus, um zu guter Letzt seinen Schuh durch das – vielleicht mit Absicht geöffnete – Fenster zu werfen, das er nach Veränderung der Beleuchtung als das ihre identifiziert hatte. Dieser schlaue Schachzug garantierte weiteren Kontakt, denn sie konnte ihn ja schlecht mit nur einem Schuh nach Hause gehen lassen.

Man beachte jedoch, dass all das nur Spekulationen sind. Das Einzige, was wir mit Sicherheit wissen, ist, dass ein Schuh durch ein Fenster geworfen wurde. Und in Anbetracht von Mattis genereller Veranlagung wissen wir, dass dieses Fenster offen gewesen sein muss. Anderen Leuten die Fensterscheiben einzuwerfen wäre ihm ganz bestimmt nie in den Sinn gekommen.

Obwohl man nur über eine Meerenge fahren musste, um nach Schweden zu gelangen, und obwohl sie selbst schwedischsprachig war, wollte Beata ihr Land und ihre Familie nicht verlassen. Aaltos Hof, der von Generation zu Generation vererbt worden war, war verloren und lag jetzt auf sowjetischem Boden. Ärgerlicherweise hatte man die Grenze so gezogen, dass man den Hof von Finnland aus sehen konnte, ja, ein Sportler hätte vielleicht sogar einen kleinen Stein dorthin werfen können, aber wohnen konnte man dort eben nicht mehr. Später hieß es auch, dass man in Viborg Häuser errichtet hatte, bei denen Grabsteine mit dem Namen der Familie verbaut worden waren. Das klingt dramatisch, liegt aber definitiv im Bereich des Möglichen.

In den ersten Jahren wohnte die frischgebackene Familie in einem Häuschen ohne fließend Wasser in einem Wald in Tavastland. Matti verdiente den Lebensunterhalt bei der Eisenbahn und in der Forstwirtschaft und versank immer tiefer in Grübeleien, die – nach allen Angaben, die uns aus dritter Hand vorliegen – stark an paranoide Wahnvorstellungen erinnerten.

Er war oft im Wald und blieb zuweilen von Sonnenaufgang bis spät in die Nacht fort. Wenn er zurückkam, redete er von Insekten. Beata hörte ihm zu und nickte und hoffte, dass es vorübergehen würde. Er konnte auf familiäre Art – so wie ein feinfühliger Bauer von seiner Lieblingskuh sprechen mag – von einer Bremse erzählen, die ihn den ganzen Tag begleitet hatte, als hätten sie beide einen Nutzen aus dieser Beziehung. Beata hatte ja eher den Verdacht, dass die Bremse nur auf ein Festmahl aus gewesen war und dass es sich zudem um ein Dutzend verschiedener Insekten gehandelt hatte, die Matti irrtümlich für ein und dasselbe Tier gehalten hatte.

Es dauerte nicht lange, da machte sie sich ernsthaft Gedanken, worauf sie sich hier eingelassen hatte. Sie hatte zwar schon von der finnischen Schwermut gehört, aber das hier war ja lächerlich. Den Ehrgeiz und die Tatkraft, die ihr so an Matti gefallen hatten, schien er gänzlich verloren zu haben. Sie konnte zwar so einiges wegstecken, und sie hätte vielleicht auch diese Situation akzeptiert, wenn sie bloß zu zweit gewesen wären. Aber ihr Bauch wuchs nun mal von Tag zu Tag.

Es wäre Beata niemals eingefallen, ihrem Mann nachzuspionieren. Das hatte viel damit zu tun, dass ihr Bauch langsam wirklich beschwerlich wurde, aber vor allem lag es daran, dass man so was einfach nicht machte. Aber was trieb er denn bloß den ganzen Tag?

„Weißt du“, sagte Matti eines Abends, als sie bei ausgeschaltetem Licht schon eine halbe Stunde nebeneinandergelegen hatten und sie im Glauben war, dass er schon längst eingeschlafen war, „dass die biologische Masse sämtlicher Insekten um ein Vielfaches größer ist als die von allen anderen Tieren zusammengenommen?"

„Ach ja?"

„Ja. Es gibt mehr Insekten als Russen."

„Aha."

„Also muss man sich gut mit ihnen stellen."

Oh nein, dachte sie. Wenn er sich jetzt einbildet, dass sogar die Insekten hinter ihm her sind, dann haben wir wirklich ein Problem.

Anfang der Sechzigerjahre brachte Beata Zwillinge zur Welt, Risto und Raimo. Und auf einen Schlag war alles anders. Matti interessierte sich für die Kinder, und es sah aus, als würde er ein überraschend guter Vater werden. Beata beobachtete die Verwandlung mit Verblüffung.

Aber wie bei so vielen anderen Dingen, denen Matti sich widmete, schoss er auch hier wieder übers Ziel hinaus. Er interessierte sich viel zu sehr für die Entwicklung der Kinder. Sobald sie laufen und sprechen gelernt hatten, nahm er sie mit in den Wald, wo er ihnen motivierende Vorträge hielt. Sie mussten schon früh lernen, in Habachtstellung zu lauschen, wenn Matti ihnen die Realitäten des Lebens auseinandersetzte, weit weg von Beata, die seine Lektionen sonst mit einer Prise Wirklichkeitsbezug hätte korrigieren können.

Außerdem entwickelte er ein geradezu diabolisches System, um die beiden Jungs dazu anzuspornen, immer ihr Allerbestes zu geben.

„Du weißt, dass ihr Zwillinge seid, oder?", fragte er den einen, den er beiseitegenommen hatte. Der auserwählte Junge nickte. Das war ihm natürlich nicht entgangen.

„Das bedeutet, dass ihr genau gleich seid.“

Wieder nickte der Junge. Das klang wahrscheinlich. Und wenn sein Vater das so sagte, dann verhielt es sich wohl auch so. Die Zwillinge waren zu dieser Zeit nämlich gerade in dem Alter, in dem der Papa alles kann, alles weiß und einen Bären im Nahkampf zu bezwingen vermag.

„Und deswegen“, fuhr Matti fort, „wirst du immer schneller sein als Raimo, wenn du jeden Tag eine halbe Stunde vor ihm aufstehst und ein paar Runden ums Haus rennst. Denn ihr habt beide exakt dieselben Voraussetzungen. Nur, dass du dann eben mehr trainiert hast.“ Risto überlegte. Die Argumentation überstieg seinen Horizont vielleicht ein wenig, aber das war egal. Ein wichtigerer Faktor war die Quelle dieser Information. Aufgrund seines noch ziemlich beschränkten Referenzrahmens konnte Risto gar nicht anders, als seinen Vater als glaubwürdig einzuschätzen. In dem Mikrokosmos, in dem er lebte, war alles andere undenkbar.

„Und“, fuhr Matti fort, „dann schadet es auch nicht, wenn du zusätzlich noch ein paar Liegestütze machst, denn auf die Art wirst du auch immer stärker sein als er.“

Risto runzelte die Stirn.

„Und da du schneller bist, wird er dir auch nicht davonrennen können. Höhö!“, lachte sein Vater.

Später nahm Matti dann natürlich auch Raimo beiseite und gab ihm dieselben Tipps. Und so kam es, dass die Jungen mit großem Interesse beobachteten, was der andere so trieb. Der Trainingsplan des Bruders war eine ständige Quelle der Besorgnis. Es kam gar nicht infrage, sich vom anderen schlagen zu lassen, weil man nicht wusste, wie der seine Macht vielleicht missbrauchen könnte. Matti hatte seinen Söhnen geschickt seine eigene Paranoia eingeimpft.

Das Ganze geriet zu einer unheilvollen Spirale wie eine Katze, die vorm Spiegel den Pelz sträubt, um den vermutlichen Eindringling zu verschrecken, um sich dann zu wundern, wie aggressiv und böse diese unbekannte Katze ist.[10]

Beide Jungen machten Liegestütze, stemmten Holzscheite im Schuppen oder rannten aus Leibeskräften. Nicht um diesen entscheidenden kleinen Vorsprung zu erwerben, sondern nur um das Gleichgewicht des Terrors aufrechtzuerhalten.

Beata wunderte sich, woher es kam, dass die Brüder so ein brennendes Interesse an körperlichem Training hatten. Aber sie waren ja noch kleine Jungs, dachte sie, die wechseln ihre Interessen so häufig wie die Unterhosen. Das wird ihnen auch wieder vergehen.

Doch jedes Mal, wenn die Glut verlöschen wollte, warf Matti unauffällig ein neues Scheit ins Feuer und schürte geschickt das Misstrauen. Manchmal informierte er einen Bruder heimlich über das manische Boxtraining des anderen. Warum machte der wohl so was? Führte er was im Schilde? Als Vater von beiden konnte er sich ja schlecht in einen eventuellen Konflikt einmischen. Da musste er leider strikte Neutralität wahren.

Im Schatten des perversen Wettrüstens der Supermächte, das unweigerlich auf einen Atomkrieg zuzulaufen schien, rüsteten also zwei kleine Brüder im finnischen Urwald auf ganz ähnliche Art um die Wette. Ein Wettrüsten unter der heimlichen Regie ihres eigenen Vaters.

Wir dürfen jedoch nicht vergessen, dass Matti das nur tat, weil er das Beste für seine Kinder wollte. Er wollte, dass sie stark wurden, sich ihrer Umgebung bewusst waren und bereit für die Prüfungen, die ihnen bevorstanden.

Schließlich konnte niemand wissen, wie sich die ange-

10 Wer sich dafür interessiert, findet zu diesem Phänomen viele Clips auf YouTube.

spannte weltpolitische Lage entwickeln würde. Die Kubakrise hatte da ja eine deutliche Sprache gesprochen. Die Apokalypse per Atomkrieg lauerte schon hinter der nächsten Ecke. Und die Russen waren nur wenige Hundert Kilometer entfernt.

Natürlich ist an Ehrgeiz an sich nichts auszusetzen, dachte Beata, als ihr dämmerte, dass dieses manische Trainieren keine vorübergehende Marotte war. Aber kleine Jungs sollten nicht so leben.

Als sie Matti kennenlernte, war er ein charmanter, ausgeglichener und halbwegs erfolgreicher Finne gewesen, der schon einmal die Bottenwiek überquert hatte.

Jetzt wohnten sie in Finnland, und abgesehen von einem übertriebenen Interesse für Insekten und die Erziehung seiner Söhne hegte er eine wachsende Russenangst und Paranoia. Und die würde unausweichlich auch auf seine Kinder übergehen. Natürlich war gegen ein gesundes Maß an Misstrauen gar nichts einzuwenden, das war ein ganz normaler finnischer Charakterzug. Doch man musste auch Grenzen setzen.

Vielleicht würde ein Umzug nach Schweden ja helfen? Wenn sie unter anderen Menschen lebten, in einem Land ohne Valpo?

Beata teilte ihren Entschluss zunächst dadurch mit, dass sie in ihren Unterhaltungen mit Matti öfters Schweden einfließen ließ. In dieser Phase wägte sie immer noch die Vor- und Nachteile einer Auswanderung ab. Als sie sich dann entschieden hatte, wurde er davon in Kenntnis gesetzt, indem sie eines Tages beim Essen sagte:

„Wie war das? Hatten die auch *lenkkimakkara*[11], als du in Schweden warst?“

---

11 Wortwörtlich übersetzt bedeutet es „Ringwurst“, das ist eine Art runde Wurst, die man am ehesten mit einer Lyoner vergleichen könnte und die gerne in Folie gewickelt auf die Steine im Saunaofen gelegt wird.

„Tja … da hab ich wohl nicht so drüber nachgedacht“, antwortete Matti.

Dann schwiegen sie fast eine halbe Minute.

„Aber so was Ähnliches hatten sie schon, oder?“

„Ja … wahrscheinlich schon.“

Diese vier Sätze über ein eventuelles Vorkommen von *lenkkimakkara* in Schweden hätten in einer anderen Ehe ungefähr folgendermaßen lauten können (und sollten auch so interpretiert werden):

Beata: „Ich möchte, dass wir nach Schweden ziehen.“

Matti: „Ach ja? Hm. Tja, das hatte ich deinen Äußerungen in letzter Zeit schon irgendwie entnommen.“

Beata: „Da gibt es alles, was du brauchst. Und ich glaube, dass dir diese Isolation hier nicht guttut. Wir müssen an die Kinder denken.“

Matti: „Ja, aber …“

Beata: „Kein Aber. Tut mir leid. So wie jetzt kann es nicht weitergehen.“

Matti: „Na gut, wenn das so ist.“

Dass er ihre Entscheidung akzeptiert hatte, wurde drei Tage später abends bekräftigt, als er an ihrem alten Röhrenradio herumdrehte und sagte:

„Ich glaube, wir ziehen nach Schweden.“

„Aha“, sagte Beata. „Na dann.“

3. KAPITEL

Der Bunker – Das schwedische System – Das Telefonbuch – Risto und die 88

Die Familie, die den Aaltos ihre kleine Kate abkaufte, fand nach Jahren eine gut versteckte *korsu*, eine Wohnhöhle im Wald. Wäre nicht der Baum, aus dem Matti das Dach gebaut hatte, morsch geworden und eingebrochen, als die Mutter beim Pilzesammeln übers Dach lief, wäre die Höhle vielleicht bis heute unentdeckt geblieben.

Es war ein Erdbunker, der mit grob zurechtgezimmerten Holzbrettern ausgekleidet war. Es fanden sich Reste von Proviant für mehrere Wochen, eine Feuerstelle und ein getarnter Schornstein aus Lehm, rund um einen Baumstamm gebaut, der dann verbrannt worden war, wodurch der Lehm getrocknet und der Kanal im Inneren frei geworden war.

Unter einer spartanischen Pritsche mit einer schimmeligen Decke lag eine seltsame Holzkiste, die durch ein Stückchen Segeltuch recht gut vor der Feuchtigkeit geschützt worden war. Es war gar nicht so leicht herauszukriegen, wie man sie öffnen musste.

Zu guter Letzt fand man heraus, dass sie von einer selbst gemachten, genialen Vorrichtung aus Drähten und Riegeln zusammengehalten wurde, die das Schloss öffnete, wenn man eine bestimmte Holzleiste auf der Rückseite drückte. Die Kiste enthielt Mattis Fluchtkoffer. Darin lag ein Pass mit seinem Foto, aber falschem Namen. Dollar, D-Mark, Pfund, Rubel, Finnmark und Schwedische Kronen, eine belgische FN-Pistole und ein Revolver des Typs, der in Finnland „Schweinepistole“[12] genannt wurde (obwohl es sich wie gesagt um einen Revolver handelte), sowie einen Aschenbecher.

Für fast alle Gegenstände ließen sich praktische Anwendungsbereiche denken. Nur der Aschenbecher fiel aus der Reihe. Das war eine harte Nuss. Denn der gehörte ja nicht zur Einrichtung des Bunkers, sondern befand sich unter den Gegenständen im Fluchtkoffer. War Matti so verwirrt, dass er sich seine Flucht durch den Wald vorstellte, unter russischem Beschuss, aber mit einer Zigarette im Mundwinkel, deren Asche er aus unerfindlichen Gründen nicht ins Blaubeergestrüpp fallen lassen wollte? War es ein Versuch, auch in der Extremsituation, auf die er sich vorbereitete, zumindest ein gewisses Maß an Zivilisation aufrechtzuerhalten? Wozu der Aschenbecher gedacht war, könnte das größte Rätsel sein, das es in Sachen Matti Aalto noch zu lösen gibt.

Obwohl die Familie zu diesem Zeitpunkt sogar nach finnischen Maßstäben arm war, ließ er in dieser Kiste also eine nicht unbedeutende Menge Bargeld zurück.

Der Mann, dessen Familie die Hütte gekauft hatte, erfasste ungefähr, was der Fund im Bunker zu bedeuten hatte. Er schickte den Aaltos das Geld nach Schweden nach, mit einer kurzen Erklärung, wo man es gefunden hatte.

---

12 Die Fabrique-Nationale-Pistole war im Krieg die Standardwaffe der finnischen Armee und gehörte wahrscheinlich Matti selbst. Der Revolver war älter. Er war alt genug, um eine der ursprünglichen „Schweinepistolen“ zu sein, die im ersten Jahrzehnt des 20. Jahrhunderts von einer Allianz aus Separatisten und Revolutionären ins Land geschmuggelt worden waren. In diesem Fall müsste es Yrjös Waffe gewesen sein.
Der Dampfer *John Grafton*, mit dem man die Waffen schmuggelte, wurde mit großer Dramatik bei Jakobstad in Westfinnland gesprengt. Eine Anekdote berichtet, dass der Zoll die Küstenbewohner per Anzeigen in Lokalzeitungen aufforderte, eventuelle Waffen abzuliefern, die sie gefunden hatten, aber sie bekamen natürlich keine einzige. Stattdessen wurde die Zollstation von bis zu 1000 Personen belagert, die die Herausgabe der abgelieferten Waffen verlangten. Mit anderen Worten: Die Aktion ging gründlich in die Hose.

Der Umzug nach Schweden kam also zu einer günstigen Gelegenheit. Der Bunkerbau markierte wahrscheinlich den seelischen Tiefstpunkt in Mattis Leben. Vielleicht ist es zu viel der Amateurpsychologie, aber der Verfasser vermutet in diesem Bunker eine Art unbewusstes Grab.

Aber nun sollte wie gesagt umgezogen werden.

Doch da gab es Komplikationen.

Erst wollte Matti allein nach Schweden fahren, um die Lage auszukundschaften. Das war ein bisschen so, als würde man eine Patrouille hinter die feindlichen Linien schicken, erklärte er, um Informationen zu sammeln und ein Basislager für spätere Operationen zu schaffen. Da konnte man Frau und Kinder natürlich schlecht mitnehmen. Das könne Beata doch sicher verstehen? Er hatte zwar schon mal in Schweden gewohnt, aber das war eine andere Sache. Damals war er allein gewesen und hatte keine Verantwortung für andere getragen.

„Blödsinn!", schnaubte Beata.

„Sag das nicht", murmelte Matti und erzählte dann seine Geschichte vom Großen Kanuausflug. So hieß die Operation, bei der man einen Fluss bis weit hinter die russischen Linien hochgepaddelt war, um Eisenbahnschienen zu sprengen. Feindeskontakt konnte zwar vermieden werden, aber ein Mann wurde doch erschossen – von einem nervösen Grünschnabel, dem der Finger auf dem Abzug seiner Maschinenpistole gezuckt hatte. Solche Unternehmungen waren also keineswegs ungefährlich, wie Beata sich einzubilden schien.

„Matti!", sagte Beata mit einem ganz besonderen Ton, den sie nur selten anschlug. Sie schwieg zwar meistens zu seinen realitätsfremden Ausführungen, aber sie konnte dann doch nicht zulassen, dass sie ihre Entscheidungen im wirklichen Leben beeinflussten. Sie hatte ganz sicher nicht vor, ihn alleine fahren zu lassen.

Da schlug Matti vor, sie könnten doch zu zweit fahren, ohne die Jungs. Die könnten unterdessen doch bei Verwandten bleiben.

Doch Beata fand, dass die ganze Familie fahren sollte.

Ja, natürlich, stimmte Matti zu. Aber die ursprüngliche Idee war ja gewesen, dass er vorausfuhr und eine Arbeit, Wohnung und alles andere organisierte, was eine Familie so brauchte. Wäre es nicht besser für die Jungs, wenn sie bei ihren Verwandten waren, als wenn sie in einer Herberge oder gar auf Bahnhöfen schliefen, während man den Grundstein für die neue Existenz legte?

Da war sicherlich was dran, gab Beata zu. Trotzdem.

Matti betonte, dass er Schweden schließlich kannte. Auch wenn sie diejenige war, deren Muttersprache Schwedisch war, hatte er immerhin schon dort gewohnt, hatte Kenntnisse aus erster Hand und war mit dem schwedischen System vertraut. Ja, manche glaubten ja, Schweden sei wie Finnland, nur reicher, weil sie um den Krieg herumgekommen waren. Pustekuchen, schnaubte er. Es war wie ein völlig anderes Land!

Aber ... es war doch schließlich auch ein anderes Land, oder?

Na, siehst du, triumphierte Matti, um sich dann in Ausführungen über die Gerüchte zu ergehen, die auf der anderen Seite der Bottenwiek kursierten, wie die finnischen Sozialämter den Leuten die Wahl ließen zwischen der mageren finnischen Sozialhilfe und einer Fahrkarte ins Gelobte Land Schweden. Und dass man in gewissen Kreisen die Finnen als eine Bande von Suffköppen betrachtete, die ihre Tage damit zubrachten, mit Messern herumzufuchteln und eine Sprache zu sprechen, die nicht mal der Teufel verstand.

Und?

Nun ja. Wenn sie dort hinkämen, würden sie nicht nur auf allgemeine Vorurteile stoßen, man würde sie zudem verdächtigen, Wirtschaftsflüchtlinge zu sein, die mit ihrer Kinderschar daherkamen, um auch ein bisschen vom reichlich bemessenen schwedischen Kindergeld abzukriegen, das immerhin sechsmal höher war als das finnische.

Als Matti damals allein in Schweden gelebt hatte, war das eine für beide Seiten nützliche Angelegenheit gewesen. Aber nun würde unweigerlich ein Schatten auf ihre Motive fallen. Das war doch so einfach, dass es auch Beata verstehen musste, nicht wahr? Sie war schließlich wieder schwanger, und zwei Kinder hatten sie ja schon im Schlepptau! Er würde sich sehr schwer damit tun, dem Zollbeamten in die Augen zu sehen, solange er weder eine Anstellung vorweisen noch sonst irgendeinen Beitrag leisten konnte.

Hm …

Dann murmelte Matti irgendwas davon, dass die Jungs ja obendrein Zwillinge waren, und das würde ja so richtig schlecht aussehen.

Wie meinst du das denn jetzt?

Wir glauben doch an Qualität statt Quantität! Ganz im Gegensatz zu den Kommunisten!

Das Gespräch entglitt also und steuerte – wie immer, wenn Matti über irgendetwas sprach, was ihn besonders berührte – auf das Kommunistenthema zu.[13] Offenbar hatte er das Gefühl, man könnte es moralisch zweifelhaft finden, wenn man zwei gleiche Kinder dabeihatte. Risto konnte Schweden ja nichts bieten, was Raimo nicht schon mitbrachte.

Diesen Standpunkt kann man freilich seltsam finden. Aber das war wahrlich nicht Mattis erster seltsamer Standpunkt, und es sollte auch nicht sein letzter bleiben.

Dass Matti die Namen ihrer Kinder zufällig in dieser

---

13 Wie eine Variante von Godwins Gesetz, welches bekanntermaßen postuliert, dass jede Diskussion im Internet früher oder später bei Hitler und den Nazis landet.

Reihenfolge genannt hatte, sollte später noch unerwartete Konsequenzen nach sich ziehen.

Yrjö hatte 1918 gegen die Kommunisten gekämpft. Matti selbst hatte diese Familientradition vier lange Jahre fortgeführt. Dann war der nördliche Teil seines Heimatlandes von einer anderen Sorte Sozialisten niedergebrannt worden, nämlich den Nationalsozialisten. Das hatte ihn gelinde gesagt misstrauisch gemacht gegenüber allem, was irgendwie mit Sozialismus zu tun hatte.

Vielleicht wundert sich der Leser über die Verbindung zwischen Zwillingen und Sozialismus. Wie stellte Matti eine Assoziation zwischen den beiden her? Der Verfasser kennt seine Grenzen und hat nicht vor, an dieser Stelle tiefer einzusteigen. Wir müssen einfach akzeptieren, dass es so war. Wir sprechen hier schließlich von einem Mann, der Bunker im Wald baute.

Aber hätte er nicht einfach aufs Kindergeld für einen der Jungen verzichten können?

Der Verfasser muss laut lachen und stellt fest, dass ein Leser, der in solchen Bahnen denkt, Matti Aalto noch nicht richtig kennengelernt hat. Denn wenn er das gemacht hätte, hätte er sich ja von der breiten Masse abgehoben, und das hätte er als Überheblichkeit betrachtet. Und so was lag den Aaltos absolut fern.

Die Familie sollte ein paar Jahre später, als sie bereits nach Schweden umgezogen war, ein ganz deutliches Beispiel dafür zu sehen bekommen, wie genau er es mit solchen Dingen nahm, als sie sich nämlich ein Telefon zulegten.

Matti blätterte verstört in seinem ersten Telefonbuch, das ihnen das Televerket – das Vorgängerunternehmen der schwedischen Telefongesellschaft Telia – zur Verfügung gestellt hatte. Seine Wangen wurden heiß vor Scham. Da standen sie ja ganz oben auf der ersten Seite! Als wollten sie sich über ihre Nachbarn erheben.

Bescheiden und zögernd nahm er Kontakt mit Televerket auf und erhielt die Mitteilung, dass ihnen nichts anderes übrig blieb, denn der Name Aalto landet in einem Telefonbuch mit den Teilnehmern der Region bei alphabetischer Sortierung nun mal unweigerlich an erster Stelle.

Matti hatte es zwar schon früher erlebt, dass sein Nachname als Erster auf irgendeiner Liste erschien. Aber hier ging es eben um das – zumindest für ihn – prestigeträchtige Telefon. Er hatte ohnehin schon gezögert, ob er einen Apparat anschaffen sollte, doch die Sache mit der Position im Telefonbuch hatte er überhaupt nicht bedacht.

Die Familie war von einem Land aufgenommen worden, das reicher war als ihr verstümmeltes und von Reparationszahlungen niedergedrücktes Finnland, und dafür waren sie sehr dankbar. Es stand ihnen nicht zu Gesichte, sich hier aufzuspielen. Es sah einfach nicht gut aus, erklärte er Beata.

Matti verfiel darauf, dass eine Namensänderung in Alto eine denkbare Lösung sein könnte, denn auf die Art konnten sich in der neuen Auflage des Telefonbuchs nächstes Jahr ein paar Abrahamssons und Adolfssons vor sie schieben. Außerdem benutzten die Schweden keine Doppelvokale (außer bei ihrem seltsamen Buchstaben „å“, der eigentlich zwei übereinandergeschriebenen „a“ entsprach. Doch Matti hätte sich darüber nie beschwert. Wenn jemand denn unbedingt derartige Konstruktionen benutzen wollte: bitte, nur zu), da musste dann seine Familie auch nicht großspurig mit ihrem Doppel-a daherkommen. Es war immer am besten, wenn man sich seiner Umgebung anpasste. Sich im Mittelfeld hielt.

Auf die Art kam die Familie zu dem Nachnamen, unter dem wir sie kennenlernen werden. Ansonsten könnte man an dieser Stelle noch anmerken, dass keinerlei Verwandtschaft zum Architekten und Designer Alvar Aalto vorlag.

Möglicherweise hatte Yrjö seine Politik des Nicht-Auffallens, die Mattis ganzes Leben bestimmen sollte, in erster Linie auf Situationen mit besonders bleihaltiger Luft gemünzt. Vielleicht war das seine Art, so gut wie möglich dafür zu sorgen, dass sein Sohn wieder nach Hause kam. Als Matti dann erlebte, wie ihm dieser Rat half, Situationen zu überleben, in denen viele andere umkamen, bildete sich eine Art abergläubisches Zwangsverhalten. Er war wie darauf fixiert, die Familie sozial unter der Tarnkappe zu halten. Übrigens waren seine Anstrengungen, wie der Leser mittlerweile sicher schon gemerkt hat, in den meisten Fällen sogar kontraproduktiv.

Zu guter Letzt einigte man sich darauf, dass die Jungs bei der Aalto-Verwandtschaft wohnen sollten, während die Eltern nach Schweden hinüberfuhren, um Arbeit und Wohnung zu organisieren. Sobald alles geregelt war, sollten die Kinder nachkommen. Beata hatte immer noch ihre Zweifel, konnte aber nicht an Mattis Entscheidung rütteln. Dass sie fortmussten, stand außer Frage. Ihr Mann wurde in Finnland langsam wahnsinnig, und bald würde ihr Bauch sich wieder richtig runden. Es war das Beste, wenn sie die Sache einfach hinter sich brachten. Vielleicht hatte sie eine nagende Vorahnung im Hinterkopf, dass sich Mattis Lösung später einmal rächen und an den Jungen nicht spurlos vorübergehen würde. Doch damals machte man sich noch nicht so viele Gedanken über Kinderpsychologie. Man musste schon lernen, ein paar Stöße abzufedern, auch wenn man noch ganz klein war. Vielleicht würde es den Söhnen ja sogar guttun, wenn sie ein paar Monate von ihrem Vater und ihrer Mutter fortkamen und eine andere Art von Familienleben erfahren konnten?

Matti und Beata landeten in der Kapplandsgatan in Hässleholmen, einem Stadtteil von Borås, wo sich schon massenweise andere Finnen niedergelassen hatten. Einen Job zu bekommen war gar kein Problem, und eine Weile arbeiteten beide als Dreher.

Doch für Matti lief es nicht so gut. Seine Kriegsverletzung am Rücken machte ihm zunehmend zu schaffen. Später sollte er im Rollstuhl landen, doch bis dahin sollten noch ein paar Jahre vergehen. Er bekam Schmerzen davon, dass er an der Maschine stand, und er bekam Schmerzen vom schweren Heben.

Er kündigte, um sich selbstständig zu machen. Dann konnte er in dem Tempo arbeiten, das ihm passte, und in einer Körperhaltung, die ihm bequem war. Sich durchzumogeln, indem er andere die Arbeit für sich machen ließ, war für ihn undenkbar.[14]

Außerdem hatte er eine Idee aus Finnland mitgebracht, die er gern ausprobieren wollte.

Matti gründete sein Unternehmen, aber dazu später mehr. Nach gerade mal zwei Monaten in Schweden wurde die Familie von der ersten der zwei Tragödien heimgesucht, von deren Nachbeben diese Erzählung handelt.

Man bekam einen langen Brief aus Finnland, geschrieben von Väinö. In dem Moment witterte Matti schon Unrat. Väinö

---

14 Mattis kleiner Bruder Väinö vertrat die genau entgegengesetzte Meinung – was überraschend ist, hatten sie beide doch dieselbe Erziehung genossen. Auch er zog nach Schweden und arbeitete eine Weile in der Fabrik in Hallstahammar, wo er mit einem Brett auf der Schulter herumlief. Der wirtschaftliche Aufschwung der späten Sechziger hatte bewirkt, dass man massenhaft Leute eingestellt hatte, die man dann nicht alle so gut im Auge behalten konnte. Deswegen konnte sich so mancher durchmogeln. Väinö kam acht Monate durch, ohne auch nur einen Finger zu viel gerührt zu haben. Die Katastrophe begann in dem Moment, als er morgens einstempelte und feststellte, dass jemand sein Brett geklaut hatte. Väinö erzählte immer, dass er damals schon kurz vor einer Beförderung stand, d. h., er hatte so ein Klemmbrett gefunden, das die Vorarbeiter manchmal in der Hand hatten. So eines wollte er sich schnappen und damit durch die Fabrik laufen und so tun, als würde er sich Notizen machen. Diese Geschichte ist natürlich nicht wahr. Doch im Herbst seines Lebens erzählte Väinö sie gern unter lautem Gelächter, und deswegen wird sie hier auch mit aufgenommen. Und mit irgendeinem wahren Kern war sie sicher auch in seinem Arbeitsleben verankert.

war sozusagen das schwarze Schaf der Familie. Da er ein Tagedieb war, der nicht unbedingt den vollsten Terminkalender hatte, wurde er für eine Weile mit der Betreuung der Kinder betraut. Das geschah ganz ohne Mattis Wissen und auch nur, weil seine Mutter, mittlerweile verwitwet, gerade in ein Altersheim in Tapanila[15] ziehen wollte. Viele aus der Familie halfen beim Umzug mit, weswegen am Ende Väinö die Aufsicht über die beiden Jungen übernahm.

Väinö hatte gewisse Geschäfte in Sodankylä zu erledigen, und er hatte die Zwillingsbrüder dorthin mitgenommen. Dort gab es einen Fluss, in dem die Deutschen, bevor sie sich nach Norwegen zurückzogen, ihre schwere Artillerie versenkt hatten. Die Kinder in dieser Gegend tauchten gern nach 88-Millimeter-Granaten, die sie dann aufsägten, um das Schießpulver in ihre selbst gebastelten Knaller zu füllen – ein Spiel, bei dem auch die Brüder mitgemacht hatten. Risto stand gerade mit einem anderen Jungen an einer Werkbank und sägte die Messinghülse einer Granate auf, als ein Funke von der Bogensäge oder einfach die Reibungswärme das Pulver entzündete. Den einen Moment standen die Jungs noch da, im nächsten gab es sie nicht mehr. Er konnte nichts gespürt, geschweige denn begriffen haben, was überhaupt geschah. Wenn ihnen das vielleicht ein Trost sein könnte.

Ein Zeitungsartikel über den Unfall war dem Brief beigelegt. Väinö stellte fest, dass die Beerdigung genauso gut in Schweden stattfinden konnte, weil es ja sowieso keine sterblichen Überreste gab.

---

15 Sie sollte dort noch zwei Jahrzehnte leben und schöne Decken weben, die sich immer noch im Familienbesitz befinden. Unter Berücksichtigung gewisser weiterer Anzeichen hat der Verfasser den Eindruck gewonnen, dass es sich um ein Sanatorium für Nervenkranke handeln könnte, wenn auch nicht notwendigerweise handeln musste. Es ließ sich nicht ermitteln, ob mit Tapanila der Vorort von Helsinki gemeint ist oder der Stadtteil von Lahti – das erschwert die Nachforschungen.

Beata wollte sofort nach Sodankylä fahren, während Matti mit feuchten Augen erklärte, dass sein Bruder, so schludrig er sonst auch sein mochte, ausnahmsweise recht hatte. Eine 88er-Granate konnte eine *Sotka*[16] aus zwei Kilometern Entfernung zerstören. Was so eine Kraft mit einem Jungenkörper anstellen würde, konnte man sich nur zu leicht ausmalen. Da gab es nichts mehr zu sehen. Am besten wäre es für sie, wenn sie einfach nur Raimo holten.

Beata diskutierte nicht groß. Sie gab ihm allerdings zu verstehen, dass sie es tatsächlich vorzog, allein zu fahren.

Matti hatte darauf bestanden, die Kinder in Finnland zu lassen, und sein Bruder hatte seine Aufsichtspflichten verletzt. Matti fühlte sich schuldig, und Beata schloss sich insgeheim dieser Auffassung an. Sie fuhr allein, und er war gar nicht so sicher, ob sie zu ihm zurückkommen würde. Doch die Situation war nun mal, wie sie war. Er hatte eine verhängnisvolle Entscheidung getroffen, und jetzt musste er eben damit leben. Entweder sie verzieh ihm oder nicht.

Beata, Raimo und Matti wurden wiedervereint. Der übrig gebliebene Zwilling war zutiefst traumatisiert und immer noch etwas schwerhörig nach der Explosion. Doch gnädigerweise hatte er keine Erinnerung an den Vorfall. Und allmählich ging man wieder zum Alltag über. Wenn man von Raimos totem Bruder sprach, war Mattis Meinung, dass das, was sich ereignet hatte, natürlich sehr traurig war. Aber nun war es eben, wie es war, und man musste weitermachen. Leute starben. Das hatten sie schon immer getan, und solange die Medizin keine großartige Erfindung machte, würden sie es auch weiterhin tun.

Die Familie ließ sich endgültig im neuen Land nieder. Raimos erste Erinnerung an Schweden war die, wie er bei einer

16 Die finnische Bezeichnung für den äußerst robusten russischen Panzer T-34.

Tagesmutter zum ersten Mal richtiges Feinbrot zu kosten bekam, das mit Sirup gesüßt war. Es schmeckte ganz anders als alles andere, was er jemals gegessen hatte. *Teufel noch mal!*, dachte er. Da hatte man ihn jahrelang mit minderwertigem finnischen Brot gefüttert, wo doch gleich hinter der Meerenge diese gewaltige Geschmackssensation auf ihn gewartet hatte! Den vollmundigen Geschmack sollte er für immer mit schwedischem Überfluss verbinden.

Bald bestand die Familie Alto wieder aus Matti, Beata und zwei Kindern. Der Neuzugang war eine Tochter, die auf den Namen Elina getauft wurde. Und in den frühen Siebzigern sollte Beata noch ihren Sohn Antti zur Welt bringen.

4. KAPITEL

Kassetten – Raubtiere – Mattis Rede

Wie war es nun also, in der Familie Alto aufzuwachsen?

Stellen Sie sich einen Weihnachtsabend in den Siebzigerjahren vor. Drei Holzkisten von Alko, dem finnischen Spirituosengeschäft, stehen nebeneinander, vor jeder steht brav ein Kind. Die Kisten sind ihre Betten. Raimo ist zu diesem Zeitpunkt bereits aus seinem herausgewachsen, aber man hat die Kiste einfach umgedreht und eine Spanplatte draufgelegt. Die Kinder haben gerade ihr gemeinsames Weihnachtsgeschenk bekommen: zwei Kassetten. Man merke: nicht drei, wie man es bei drei Kindern erwarten könnte, sondern zwei. Darauf dürfen sie aufnehmen, was sie wollen: jeder eine Seite mit einer halben Stunde Spielzeit, und dann noch eine gemeinsame Seite, auf der jeder noch mal zehn Minuten hat.

„Das ist wirklich ein gutes Geschenk", sagt Matti und mustert nachdenklich seine militärisch aufgestellten Kinder, die das anscheinend seltsamerweise noch nicht kapiert haben.

Die Kinder schauen die Kassetten an. Sie drehen und wenden sie ratlos.

„Na", sagt Matti auffordernd, „freuen sollt ihr euch."

Die Kinder versuchen gehorsam, den Befehl zu befolgen und zu lächeln.

„Nächstes Jahr bekommt ihr vielleicht einen Kassettenrekorder. Kommt drauf an, wie das Geschäft läuft."

Im Laufe des folgenden Jahres nahmen die Kinder Lieder auf, die ihnen gefielen, wenn sie bei Freunden waren, die schon Hifi-Anlagen mit Dolbyknöpfen und allem Pipapo besaßen. Die

Kassetten wurden in einem gemeinsamen Regal aufbewahrt, und ab und zu holten die Kinder sie hervor und träumten davon, dass es eines Tages eine Art Anlage in dieser Familie geben würde, die die magisch codierten Magnetmarkierungen auf den Bändern in herrliche Musik verwandeln würde, die man sich anhören konnte, wann immer man wollte. Die drei Kinder gaben mit ihren Aufnahmen an, prahlten, wie viel besser ihre Lieder waren als die von ihren Geschwistern. In dieser Arena konnte selbst der Unsicherste von ihnen leicht glänzen, denn das Gegenteil dieser Behauptungen ließ sich ja schwer beweisen.

Raimo kaufte später, als er mit Rasenmähen eigenes Geld verdiente, sogar eine LP im örtlichen ICA-Supermarkt, obwohl es der Familie fernlag, sich einen Plattenspieler zuzulegen. Die Platte hieß „Fonzie Favorites", und auf dem Cover war Henry Winkler aus der Serie „Happy Days" abgebildet. Die Kinder lasen die Rückseite, und wo sie das genannte Lied nicht kannten, versuchten sie anhand von Titel und Künstler zu erraten, wie es klingen könnte. Ein Track, bei dem Fonzie laut Text seine gängigsten Slangausdrücke lehrte, wie „Eyyyy!", „Sit on it!" sowie das kurze, schnelle „Nerd!", regte ihre Fantasie ganz besonders an, während sie darauf warteten, dass sich die Familie endlich eine Stereoanlage anschaffte.

Mattis Firma lief allmählich wirklich besser, und im Jahr darauf bekamen sie einen kleinen flachen Mono-Kassettenrekorder, in den sie ihre Kassetten stecken konnten. Das Gerät hatte kein Radio, aber stattdessen ein eingebautes Mikrofon, mit dessen Hilfe man Lieder aus einem anderen Radio aufnehmen konnte, oder auch die wenigen Musikprogramme, die im Fernsehen kamen. Darunter litt zwar die Tonqualität, doch es funktionierte, und die beiden Kassetten wurden immer und immer wieder überspielt. Bis auf Raimos vierzig Minuten, die nach einer Weile dauerhaft der Jerry-Williams-Platte „Money" vorbehalten blieben. Das Album wurde zu Hause häufig abgespielt, ja, sogar Matti nickte manchmal im Takt mit bei „Cotton Jenny“ und verkündete, dass die Kinder da wirklich ein erstklassiges Weihnachtsgeschenk bekommen hatten. Ihre Freunde mussten ja alle glühen vor Neid. Man teilte ihm nie mit, dass der betreffende Künstler erklärter Kommunist war, denn dann wäre es wahrscheinlich ganz schnell vorbei gewesen mit dem Mitnicken.

Das Geschäft lief zu Anfang noch etwas unrund, kam dann aber allmählich in Gang. Wenn auch langsam. Tatsächlich erwarb Matti später sogar ein kleines Vermögen mit Insekten, genauer gesagt: Raubinsekten, vor allem mit dem possierlichen kleinen Kerlchen *Rhizophagus grandis*, aber auch mit ähnlichen Tieren.

Diese Idee mit den Raubinsekten, wie man sich ihr Verhalten und ihre Tätigkeit zunutze machen könnte, hatte er aus dem finnischen Nadelwald mitgebracht. Dort hatte er sie entwickelt, während Beata sich schon Sorgen um seinen Geisteszustand machte, als er ebenso manisch wie kryptisch von Insekten sprach.

Wie diese Idee genau aussah?

Nun, es handelte sich um eine Zusammenarbeit, die für beide Seiten fruchtbar war: Die kleinen und sehr hartnäckigen Tierchen arbeiteten für Matti, der sie wiederum mit dem belohnte, was sie brauchten. Da die Verhaltensmuster von Insekten für gewöhnlich recht vorhersehbar sind, hatte er nicht lange gebraucht, um sich auszurechnen, wie diese Symbiose aussehen könnte. Er hatte alle möglichen Insekten genau beobachtet und sich mithilfe von Büchern über sie informiert, bis er sich schließlich auf eine bestimmte Gruppe von Raubinsekten festlegte. Wenn man sie richtig pflegte, sollten sie nämlich als biologischer und somit umweltfreundlicher, aber auch sehr effektiver Schutz gegen Schädlinge des Waldes dienen können. Ja, manche von ihnen sind tatsächlich so spezialisiert, dass sie ihre Eier nur dann legen, wenn ihre Beutetiere in der Nähe leben. Matti stellte ihnen ein angenehmes Umfeld zur Verfügung, und sie vergalten ihm diesen Gefallen, indem sie ihren Lebensraum von den Tieren reinigten, die dem Wald Schaden zufügten. Waldbesitzer wiederum bedankten sich bei Matti, indem sie seine Rechnungen bezahlten. Das Ganze war eine Art Geschäft mit drei Beteiligten, das für alle Seiten befriedigend war – außer für die Schädlinge eventuell.

Kurz und gut: Matti verkaufte Insekten.

Der Einstieg in sein Unternehmertum lief ein bisschen chaotisch. Im Versuchsstadium verwahrte Matti die Insekten im Haus, in auf den Kopf gestellten Blumentöpfen, die als Heimstatt für die Tierchen fungieren sollten. Sauerstoff bekamen sie durch das Loch im Boden des Behälters. Matti vertraute seinen neuen Geschäftspartnern so sehr, dass er glaubte, die ungünstige Platzierung des Luftloches würde ihnen schon zu verstehen geben, dass sie unter den Blumentöpfen in ihrem modrigen Holz und Moos bleiben sollten, das er ihnen so gemütlich hergerichtet hatte. Doch wie sich herausstellte, waren die Insekten dieses Vertrauens nicht würdig. Bald krabbelten überall im Haus kleine Käfer herum. Beata protestierte. Matti mochte da ja eine interessante Idee ausgebrütet haben, aber es ging wohl nicht an, dass jetzt die Schädlinge im Haus herumkrabbelten. Die mussten wirklich raus!

Das habe Beata nicht richtig verstanden, erklärte Matti, während er vorsichtig einen seiner Mitarbeiter beiseiteschob, der gerade in seine Kaffeetasse krabbeln wollte. Diese Insekten waren ja gerade die Garanten dafür, dass man *keine* Schädlinge zu befürchten hatte! Ihre Aufgabe war ja gerade die Bekämpfung von Schädlingen. Es gab wohl auch keinen Grund, die Aufmerksamkeit ihres Vermieters auf seine Tätigkeit zu lenken, aber sollte er dennoch davon erfahren, war Matti sicher, dass er sehr dankbar sein würde, ja, vielleicht würde er sogar ihre Miete senken.

Als das Geschäft so richtig in Gang gekommen war, legte sich Matti ein Gewächshaus an einem anderen Ort zu, wo er die Insekten züchtete.

Er richtete sich ein Büro in dem Haus ein, das sie später kaufen sollten, und dort hatte er einen kleinen Plastikwürfel mit einem präparierten *Rhizophagus grandis*, vor dem sich die Kinder ein paarmal im Jahr in einer Reihe aufstellen mussten, während er eine erzieherische Rede hielt. Es ging zwar jedes Mal ums gleiche Thema, aber Matti fand, dass sein Vortrag so viele Variationen und Aspekte aufwies, dass es auch denjenigen faszinieren musste, der ihn vielleicht schon mal gehört hatte. Es ist jedoch nicht sicher, ob eines der Kinder irgendwann einmal eine Variation wahrnahm. Doch das Gedächtnis ist ein subjektives, also dürfen wir annehmen, dass die Wahrheit irgendwo in der Mitte liegt. Die Kinder haben es im Nachhinein allerdings so in Erinnerung, dass sie den Vortrag ohne Probleme auswendig hätten mitsprechen können, und wenn ihr Vater ihnen den Rücken zuwandte, machten sie denn auch die entsprechenden Lippenbewegungen.

Matti litt zu dieser Zeit schon so sehr unter Rückenschmerzen, dass er im Rollstuhl saß. Den drehte er um und wandte seiner Zuhörerschar den Rücken zu, wenn er: a) mit seinem Stift, der sich zum Zeigestab ausziehen ließ, auf seinen *Rhizophagus grandis* deutete und die ausführliche Erzählung begann, wie er mit diesem genialen Geschöpf in Kontakt gekommen war, b) wenn er mit der Spitze des Zeigestabs auf eine Karte Nordeuropas und der grün gefärbten Gebiete tippte, in denen der Verkauf am besten lief, sowie c) wenn er nachdenklich über den See hinterm Haus blickte und seinen Kindern seine Hoffnungen auseinandersetzte, denn sie hatten ja wesentlich bessere Voraussetzungen. Dachte eigentlich mal jemand daran, wie es ihm als Kind gegangen war? Dachte da mal jemand dran? Ja, das würde Matti wirklich gern mal wissen.

Auf diese rhetorische Frage folgte dann die Geschichte, wie er aus dem Nichts nicht nur einen Markt für Raubinsekten geschaffen hatte, sondern auch dafür gesorgt hatte, dass er ihn beherrschte. Trotz der festen Überzeugung der großen Waldbesitzer, dass Chemikalien Wunder wirkten, war er dahergekommen, ein Finne mit einem Insekt in einer Dose, und hatte ihnen eine umweltfreundliche Alternative gezeigt! Zuerst hatte ihm niemand glauben wollen, deswegen hatte es eine Weile gedauert. Aber nun schau sich doch mal einer an, wo wir heute stehen!

Das alles sollten sich die Kinder gut merken. Ja, sie konnten gerne über die ganze Geschichte nachdenken, abends vorm Einschlafen. Sie sollten bloß nicht auf das in Schweden herrschende soziale Klima hereinfallen, wo anscheinend immer die anderen verantwortlich waren. Nein, man durfte sich nicht zurücklehnen und der Gesellschaft die Schuld geben, wenn man es nicht schaffte, sich zusammenzureißen.

Denn die Gesellschaft, das sind wir, wir alle. Sollte es die Schuld der anderen sein, wenn man selbst scheiterte, dann müsste es genauso gut der eigene Fehler sein, wenn ein anderer scheiterte. Oder? Und er, Matti, hatte bestimmt nicht die Absicht, die Schuld dafür auf sich zu nehmen, dass irgendein Kerl, den er nicht mal kannte, saufend auf der Parkbank saß! Nein, man musste selbst Verantwortung übernehmen, und wer saufen wolle, solle das ruhig tun, dies sei schließlich ein freies Land. Aber dann musste er verdammt noch mal eben auch mit dem Kater klarkommen! (Hier nähern wir uns dem Crescendo seiner Rede.) Die Kinder konnten sich einfach nicht darauf verlassen, dass die Gesellschaft immer so wohlhabend und fürsorglich aussehen würde, wie sie in Schweden zu diesem

Zeitpunkt war. Härtere Zeiten konnten jederzeit kommen, und sie würden auch kommen.

Viele Jahre später, als Bankdirektoren, die absurd hohe Gehälter dafür eingestrichen hatten, dass ihre Arbeit eben so eine große Verantwortung mit sich brachte, plötzlich astronomische Abfindungen bekamen, Millionen von Kronen, für die sie keinen Finger rühren mussten, als „Strafe" für ihr grobes Vernachlässigen eben dieser Verantwortung, stand Matti kurz vorm Herzinfarkt. Wahrscheinlich überlebte er nur, weil Beata einige kritische Ausgaben des sozialdemokratischen *Dala-Demokraten* vor ihm versteckte.

Der liebe Herrgott allein wusste, wo das noch alles hinführen sollte. Wie würde es denn aussehen, wenn diese nachfolgende Generation, die wie im Vakuum aufgewachsen war und Forderungen überhaupt nicht kannte, ans Ruder kam?[17] Was würde passieren, wenn dieses Land eben nicht mehr den Vorsprung besaß, den es jetzt in der Nachkriegszeit einfach durch seine intakte Industrie besaß? Hatten sie schon mal darüber nachgedacht? Hm? Hatten sie darüber mal nachgedacht?

Das System konnte natürlich nicht über einen längeren Zeitraum funktionieren, das verstand sich von selbst. Allein die Tatsache, dass man in Schweden in Konkurs gehen konnte, um dann, wenig später, wieder neu anzufangen, war unerhört. Wozu ermutigte denn so was, wenn nicht zur Wirtschaftskri-

---

17 Einmal machte er in diesem Abschnitt seiner Rede eine ganz interessante Bemerkung zu Filmen wie „Rosemary's Baby", „Das Omen" und „Poltergeist". Seiner Meinung nach waren jene Filme ein deutliches Anzeichen dafür, dass die gängige Kindererziehung in den westlichen Industriestaaten den Eltern nun ins Kreuz fiel. D. h., dass die Filmemacher versuchten, die mangelnde moralische Orientierung ihrer Kinder mit Religion und Dämonen zu erklären, statt einzusehen, dass sie durch ihre „liberale" Erziehung selbst diese Monster geschaffen hatten. Ganz in Übereinstimmung mit der allgemein herrschenden Auffassung, dass niemand für nichts verantwortlich war, fantasierte man sich eben zusammen, dass die Kinder, die sich einfach nur so aufführten, wie sie es gelernt hatten, besessen sein mussten.

minalität? Tja, die Frage konnte er wohl beantworten: zur Vermeidung jeder denkbaren Verantwortung!

In dem Teil Finnlands, aus dem er kam, rückte der Gerichtsvollzieher in seinem schlecht sitzenden Anzug an und nahm, ein Liedchen pfeifend, den Schuldner mit hinter die Sauna, damit seine Kinder nicht mit ansehen mussten, wie er ihn mit der Axt einen Kopf kürzer machte. Oder, na ja, so hätte es jedenfalls sein müssen. So beschrieb er eben seinen Kindern dieses wesentlich gesündere System, um ihnen einzuschärfen, dass das, was sie jetzt und hier erlebten, nicht normal war und sie nicht damit rechnen durften, dass dieser Zustand auf Dauer bestehen bleiben würde. Sie hatten den Vorteil, in einer künstlichen Blase aufzuwachsen, und sie mussten darauf vorbereitet sein, dass man sie früher oder später wie kleine Laborratten in eine wesentlich hässlichere Wirklichkeit entlassen würde.

In all den Jahren hatte er sich hartnäckig geweigert, zum Sozialamt zu gehen und dort irgend so eine olle Sachbearbeiterin um Almosen zu bitten. Und wie seine Kinder ihre Zukunft anpackten, blieb ihnen natürlich selbst überlassen. Aber sie sollten sich immer bewusst sein, dass auch in der Tasche der ollen Sachbearbeiterin irgendwann mal der Boden erreicht war, wenngleich sie das selbst nicht zu kapieren schien.

Und, so schloss er immer, seine milde Kritik des schwedischen Systems sollte keinesfalls bedeuten, dass er ihrer neuen Heimat nicht dankbar war. Im Gegenteil. Er war sehr dankbar. Und auch seine Kinder sollten die Dankbarkeit nie vergessen. Wenn die Kinder den Sermon ihres Vaters nicht mit stummen Lippenbewegungen mitsprachen, hefteten sie die Blicke auf irgendeine Medaille oder ein anderes Detail an der Wand des Büros und träumten sich weit weg. Elina schaute immer auf ein Holzscheit im Bücherregal, das seltsam fehl am Platz schien. Der Rinde nach zu urteilen, musste es von einer Birke stammen, und es war mit kryptischen Ritzungen versehen.

Aber sie fragte nie danach, denn damit hätte sie nur riskiert, dem regelmäßig wiederholten Vortrag noch eine Ausführung hinzuzufügen und ihn damit zusätzlich in die Länge zu ziehen. Das hätten ihre Brüder ihr nie verziehen.

Mattis feststehender Schlusssatz lautete: Denkt dran: Es gibt nicht einen einzigen Grund, warum man nicht immer mit dem Schlimmsten rechnen sollte!

5. KAPITEL

Elina und der Popcorn-Vorfall – Die Modetreppe

Elina wuchs zu einem relativ normalen schwedischen Teenager heran. Sie war ein großes Mädchen mit den stahlgrauen Augen ihres Vaters, und wenn sie ein wenig introvertiert war, wurde das von ihrem sarkastischen Humor kompensiert. Die Jungs ihres Alters hielt sie für nervige kleine Piss-Ameisen, und auch wenn sie sich manchmal fühlte wie eine Fahnenstange, war das immer noch besser als eine Kreatur, die nach Urin benannt worden war.

Wenn jemand versuchte, sie zu mobben, kassierte er so zweideutige und kryptische Antworten, dass er auf einmal nicht mehr wusste, wer die Lacher auf seiner Seite hatte, und dann verging ihm die Lust aufs Weitermobben.

Was Elina von den anderen unterschied, war der Umstand, dass die Familie in den sensiblen Jahren in der Mittel- und Oberstufe etwas schlechter gestellt war als die Familien ihrer Klassenkameraden. Und auch wenn sie sich nicht allzu sehr für Mode interessierte, drückte es doch ihr Selbstwertgefühl, nie solche Kleider zu haben wie die, in denen die anderen Mädchen herumstolzierten. Das ließ sie somit deutlich als anders herausstechen, was sie ansonsten durch ihre Fähigkeit zur Anpassung und Nachahmung ihrer Umgebung gut hätte vertuschen können. Es begann meistens damit, dass eins der beliebteren Mädchen aus der Klasse mit seinen Eltern nach Stockholm fuhr oder in irgendeine andere Metropole wie z. B. den Provinzregierungssitz Falun[18]. Von dort kam sie mit Plateausandalen,

---

18 Im Sommer, bevor Elina in die erste Klasse kam, zog die Familie aus Borås fort Richtung Norden. Auch das beförderte ihr Außenseitertum, als der Västgötaland-Dialekt auf den Dialekt von Dalarna traf.

Karottenjeans, irgendeiner besonderen Jacke oder anderen neuen Accessoires zurück, wie Lipgloss mit Himbeer- oder Erdbeergeschmack. Diese Neuigkeiten erregten gebührende Aufmerksamkeit in der Klasse. Soll heißen, Aufmerksamkeit vonseiten der Mädchen, während irgendein Junge einen spöttischen Kommentar abgab, der aber selbstverständlich – das war allen klar – eigentlich schmeichelhaft sein sollte. Es war nicht unbedingt so, dass man die neuen Sachen bewunderte, es war vielmehr die Art, wie das soziale System dem beliebten Mädchen die Verehrung erwies, die ihm zustand. Wenig später hatte der kleine Hofstaat um, nennen wir sie einfach Madeleine, seinen Eltern dieselben Kleidungsstücke oder Accessoires aus dem Kreuz geleiert. Auf diese Art verbreitete sich diese Mode in der Hackordnung regelmäßig nach unten. Wenn das betreffende Objekt zu guter Letzt ganz unten in der Kette angekommen war und auch das am wenigsten beliebte Mädchen der Klasse es sich angeschafft hatte, kam man natürlich nicht umhin, diese Mode als hoffnungslos out zu bezeichnen, und dann war plötzlich wieder etwas Neues angesagt.

Was passieren würde, wenn diese natürliche Ordnung auf den Kopf gestellt wurde, dazu konnte Elina nur Vermutungen anstellen. Und das tat sie auch, in einem Aufsatz. Ihr Lehrer fand ihn überraschend reif und scharfsinnig, ja interessant genug, um ihn mit seinen Kollegen im Lehrerzimmer zu diskutieren. Auf unbekannten Wegen drang die Sache zu den Schülern durch und löste einen handfesten Skandal aus.

In ihrem Aufsatz stellte Elina nämlich fest, dass es selbstverständlich undenkbar war, dass ein weniger beliebtes Mädchen sich als Erste ein neues Kleidungsstück zulegte. Dann würde diese Mode überhaupt nicht aufkommen. Aber was, so Elinas Fragestellung – denn sie stand ja außerhalb dieser Kette und konnte das Ganze vielleicht etwas unvoreingenommener beobachten als die Betroffenen –, was würde passieren, wenn die Nummer 9 in der Rangliste sich das Kleidungsstück direkt nach der Nummer 1 besorgte? Stieg die Nummer 9 dann auf? Würden die ansonsten doch recht begriffsstutzigen Jungen es merken und vielleicht sogar anfangen, ihr den Hof zu machen? Das war natürlich genau das, was die Werbung vorgaukelte, die sich an Teenager richtete, doch Elina hatte den Verdacht, dass das nicht unbedingt stimmte.

Die Rangordnung war mitnichten in Stein gemeißelt. Sie konnte sich immer ein wenig verändern, je nach Tagesform oder ausgelöst durch ein zufälliges Nicken von Madeleine. Aber sie ließ sich nicht beliebig verändern. Was würde zum Beispiel passieren, wenn Ann – normalerweise die Vorletzte auf der Modetreppe – sich die fragliche Jacke direkt nach Madeleine kaufte? Ein schwindelerregender Gedanke.

Die Antwort war natürlich die, dass Ann niemals die Courage hätte, so eklatant gegen die Konventionen zu verstoßen. Und sollte Anns Mutter aus unerfindlichem Grund den schlechten Geschmack besitzen, ihr diese Jacke trotzdem zu kaufen, würde Madeleine mit ihren Freundinnen irgendeinen Fehler daran finden, sodass Anns Jacke überhaupt nicht dieselbe Jacke war und die von Madeleine sowieso viel schicker. Echter, irgendwie. Ein ähnlicher Mechanismus war zuweilen bereits beobachtet worden, das war also nicht einfach nur geraten.

Aber wenn Ann nun trotzdem darauf bestand, dieses offensichtlich fehlerhafte Kleidungsstück zu tragen?

Und hier lehnte Elina sich mit der mutigen Hypothese aus dem Fenster, dass Madeleine dann gezwungen wäre, ihre Jacke abzulegen. Ann würde die Einzige sein, die dieses Teil trug, und ihr Status reichte nun mal bei Weitem nicht aus, mit einem Kleidungsstück herumzulaufen, das auch nur im Geringsten spektakulär war. Und deswegen würde es sehr schnell verschwinden. Und wenn dann eine gewisse Zeit verstrichen war und alle so tun konnten, als hätten sie vergessen, dass Ann diese Jacke jemals getragen hatte, konnte Madeleine sie noch einmal in der Klasse einführen.

So etwas geschah natürlich nie, das war reine Theorie. Elinas kontroverser Aufsatz wurde von ihren Klassenkameraden mit Empörung aufgenommen und bestätigte abermals ihr Außenseitertum. Alle leugneten aufs Heftigste, dass so eine alberne „Modetreppe" überhaupt existierte. Und alle (alle!) kauften sich ihre Kleider nur, weil sie ihnen gefielen, das war alles. Sogar Ann. Oder vielleicht gerade Ann. Dass sämtliche Mädchen der Klasse – und zu einem gewissen Teil auch die Jungen, auch wenn Elina sie in ihrer Analyse außer Acht gelassen hatte – dieselben Sachen trugen, wenn auch zu verschiedenen Zeiten, war reiner Zufall.

Die stärksten Reaktionen waren wohl gar nicht mal die auf Elinas Hypothesen, wie die Modetrends in der Klasse – und in Verlängerung auch in der Schule – funktionierten. Vielleicht ging es auch nicht darum, dass sie so eindeutig die Rangordnung definierte, die alle hartnäckig leugneten, insbesondere diejenigen, die ein paar Stufen unterhalb der Spitze standen. Nein, woran sich ihre Klassenkameraden am meisten stießen, war der Umstand, dass Elina sie studiert hatte wie Laborratten. Dass sie außerhalb stand, störte niemand, denn so was war absolut in Ordnung. Irgendjemand musste ja draußen stehen, damit die anderen drinnen sein konnten. Aber mit ihrem Aufsatz hatte sie sich ja selbst nach draußen gestellt. Als ob sie gar nicht in den inneren Kreis aufgenommen werden wollte!

Und das war nun wirklich eine Unverschämtheit.

Gott sei Dank wurde der Aufsatz kurz vor den Sommerferien geschrieben, und als die Schule begann, taten alle so, als hätte man ihn vergessen.

Trotzdem funktionierte das System für Elina ganz gut. Es gab zu jedem Zeitpunkt noch andere Mädchen als sie, die nicht nach der richtigen Mode gekleidet waren.

Das, in Verbindung mit diversen Ferien, Praktika, Studien- und Ausflugstagen, war der Grund, warum ihr Außenseitertum doch nicht so akut wurde. Zumindest hatte sie es sich so eingeredet.

Aber es ging nicht nur um die Kleidungscodes. Ein anderes Beispiel für die Kleinigkeiten, die sie ständig an ihr Anderssein erinnerten, war der Popcorn-Vorfall.

Die Schüler veranstalteten eine Disco im Speisesaal, um Geld für eine Klassenfahrt zu sammeln. Jeder sollte ein paar Tüten Popcorn mitbringen, die den Besuchern verkauft werden sollten. Als die Veranstaltung schon eine Weile im Gange war, tauchten zwei Schüler aus der Parallelklasse am Verkaufstisch auf und reklamierten. Elina spürte sofort einen Knoten im Magen. Sie ahnte, dass es um ihr Popcorn gehen musste. Beata verwendete bei der Zubereitung nicht nur Salz, sondern auch ein Würzmittel. Das gab dem Popcorn eine zusätzliche Geschmacksdimension, die Elina zu Hause immer sehr gerne mochte, aber mit der sie sich hier auf einmal schmerzlich anders fühlte. Sie verfluchte sich selbst, weil sie nicht daran gedacht hatte, ihre Mutter zu bitten, ganz normales Popcorn zu machen, wie es alle anderen mitbrachten. Innerlich betete sie, dass man nicht versuchen würde, die Herkunft dieser Tüten zu ermitteln, und sie hoffte, dass man sich damit begnügen würde, den unzufriedenen Popcornkäufern ihr Geld zurückzugeben. Aber nein, mit so einer einfachen Lösung konnte sich der Mob natürlich nicht zufriedengeben. Dafür lebte man schließlich in diesem Alter: alles Abweichende, alles, was nicht in die Gruppe passte, zu identifizieren und niederzuschlagen. Immer mehr Schüler versammelten sich am Popcornstand, kosteten die fragliche Ware, verzogen das Gesicht und stimmten ins Geheul des Rudels ein, das Blut gewittert hatte.

Auch wenn das kreativere Popcorn jemandem geschmeckt hätte, wäre es bei dieser Stimmung selbstverständlich unmöglich gewesen, das zuzugeben. Die meisten nahmen sich nicht mal die Zeit, es zu kosten, sondern warfen es sich einfach nur in den Mund, um es sofort wieder auszuspucken und in den Chor einzustimmen.

Da trat Elina vor. Vielleicht hätten die meisten von uns in einer solchen Situation das Popcorn selbst gekostet, um es dann empört dreimal zu verleugnen, so wie Petrus Jesus verleugnete, und dann hätten wir uns in der empörten Masse versteckt. Doch so war sie nicht erzogen worden. Und um der improvisierten Untersuchungskommission zuvorzukommen, die im Begriff war, sich zu bilden, und bevor die Stimmung noch mehr aufgepeitscht wurde, was am Ende dazu geführt hätte, dass der allgemeine Gerechtigkeitssinn auf radikale Art befriedigt werden musste, nachdem jemand versucht hatte, den Käufern minderwertiges Popcorn, wohlgemerkt zum gleichen Preis wie alle anderen normalen Tüten, unterzujubeln, da trat sie vor und gestand, dass es wahrscheinlich ihr Popcorn war. Die Kunden bekamen ihr Geld zurück, und sie musste die zwei halb gegessenen Tüten wieder mit nach Hause nehmen.

Niemand tadelte sie jemals offen für den Vorfall. Doch solche Dinge geschahen zu oft, als dass sie sich wie ein ganz normales Mitglied der Klasse hätte fühlen können.

Mit dem Eintritt ins Gymnasium, was einen Schulbesuch in der angrenzenden Gemeinde bedeutete, begann Elinas Außenseitergefühl zu schwinden. Ihre Altersgenossen waren mittlerweile so viel gewachsen, dass sie sie eingeholt hatten, und außerdem wurden die Klassen neu zusammengestellt, sodass Elinas Platz in der Hierarchie nicht mehr von vornherein felsenfest stand, wie all die Jahre zuvor.

Der einzige fassbare Unterschied zwischen ihr und ihren Klassenkameraden lag darin, dass sie nicht gerne Freunde in das Haus einlud, das die Familie sich mittlerweile hatte kaufen können. Sie fürchtete nämlich, dass die Begegnung mit den anderen Altos den Spalt nur wieder aufreißen würde, den sie endlich mit einer dünnen Schicht Lack hatte übermalen können.

Im Gymnasium begegnete sie auch einer anderen Art von Leuten, mehr oder weniger zornigen jungen Menschen, die Palitücher trugen und die alles, was die USA machten, jemals gemacht hatten oder in der Zukunft zu machen gedachten, für grundfalsch hielten. Eine Weile war sie zum Bespiel mit Sören zusammen, einem Typen von der Jungen Linken. Er war also Kommunist, und damit war es auch schon undenkbar, ihn Matti vorzustellen.

Sie löste die Situation, indem sie Sören belog. Da er im etwas größeren Nachbarort wohnte, konnte sie einfach behaupten, dass ihre Eltern starke Alkoholiker waren und man deswegen nicht zu ihr nach Hause gehen konnte. Sie konnten gewalttätig werden, erklärte sie, und ihr Heim war allgemein in üblem Zustand. Strom bekam man aus der Autobatterie, und statt Fenstern hatte man Pappkartons. Elina hatte seinen pathetischen Auslassungen entnehmen können, dass es wesentlich besser war, die Tochter eines hart arbeitenden, vom bösen Kapitalismus gebrochenen Finnen zu sein als das Kind einer Hausfrau und eines selbstständigen Unternehmers (wenngleich ohne Angestellte), der an der Wand die Auszeichnungen aus mehreren Kriegen gegen die Rote Armee hängen hatte und der der Diktatur des Proletariats eventuell auch skeptisch gegenüberstand.

Ab und zu erwähnte sie bei ihren politischen Diskussionen probeweise Finnland. Sie merkte, dass sowohl Sören als auch seine Freunde nur sehr vage Vorstellungen davon hatten, was dort vor knapp sechzig Jahren los gewesen war, obwohl sie so dezidierte Meinungen dazu hatten. Einer von ihnen bezeichnete Mannerheim sogar als Faschisten, obwohl es ja gerade dem Marschall zu verdanken war, dass Finnland eine demokratische und freie Republik wurde. Für Elina, die vielleicht gar nicht so schrecklich politisch interessiert war, klang es dennoch seltsam. Im Gegensatz zu Schweden hatte Finnland ja nicht mal einen König, oder? Doch die zornigen jungen Männer schienen sich ihrer Sache ganz sicher zu sein, ja, sie hörten sich sogar so an, als hätte man es vorziehen sollen, dass das Land ein Teil der Sowjetunion wurde, was zahlreiche Hinrichtungen von Andersdenkenden garantiert hätte unter einem Regime, das man gut und gerne als roten Faschismus hätte bezeichnen können, vielleicht sogar eine Umsiedelung des finnischen Volkes in ein Gebiet irgendwo hinter dem Ural. So was passierte in der UdSSR ja gerne mal mit lästigen Volksgruppen. Elina sagte jedoch nie etwas in der Richtung. Und auch wenn sie ihrem Vater nicht ganz abkaufte, wie er die Zusammenhänge darstellte, fand sie diese unzufriedenen jungen Leute naiver, als erlaubt war, wenn sie so leichtfertig ein ganzes Volk zum Elend verdammt hätten, nur wegen ihrer blinden politischen Dogmen. Wenn man zum Beispiel allein betrachtete, wie das einstmals blühende Karelien, in dem sich Finnlands zweitgrößte Stadt, Viborg, große Teile der Schwerindustrie und dreißig Prozent des landwirtschaftlich genutzten Flächen befanden, unter sowjetischer Regierung entvölkert worden und verfallen war, dann musste man doch einsehen, dass die vorherige Regierung tatsächlich dem Volk genützt hatte, das sie zu schützen glaubten, oder nicht? Natürlich verstand sie die Menschen, die sich im Bürgerkrieg auf die Seite der Roten gestellt hatten, damals, als man noch nicht wusste, wer Stalin war und was da noch alles nachkommen würde. Das war das eine. Und natürlich hatten die Weißen grässliche Massaker angerichtet, manche davon in der Hitze des Gefechts, andere dirigiert von einzelnen Psychopathen, die im Chaos freie Hand gehabt hatten. Der Bürgerkrieg hat ja gerne mal die Tendenz, besonders hässliche Züge zu entwickeln. Und der

Gulag hinterher war unbeschreiblich. Doch wenn man selber in westlichem Überfluss und Meinungsfreiheit aufgewachsen war und sich entspannt in dieser Situation zurücklehnen konnte, war es gelinde gesagt seltsam zu propagieren, dass Finnland doch gerne eine Sowjetrepublik hätte werden sollen. Davon sagte sie jedoch nichts, weil sie instinktiv wusste, dass Sörens Freunde zu jung waren, um unrecht zu haben, und hier jeder konstruktive Dialog unmöglich war.

Einmal versuchte sie sich der Frage aus einer mehr gefühlsmäßigen Perspektive zu nähern, weil sie wissen wollte, wie er darauf reagieren würde.

Eines Abends, als sie mit Sören allein war, fragte sie: „Aber wir wären uns doch nie begegnet, wenn Finnland nicht ein unabhängiges Land geworden wäre, oder?“

Da erklärte Sören, so unselig das auch gewesen wäre, das Glück des Volkes komme selbstverständlich vor ihrem persönlichen Glück. Elina hielt sich für einen Teil dieses Volkes, deswegen musste ihr Glück doch auch in höchstem Maße ein Teil vom Glück des Volkes sein? Des Weiteren bezweifelte sie, dass die Millionen Menschen, die im Gulag den Tod gefunden hatten, besonders glücklich gewesen waren, obwohl auch sie ein Teil des Volkes gewesen waren. Woraufhin Sören verkündete, Konterrevolutionäre und Schildbürger hätten kein Recht auf Glück, wenn es auf Kosten der Arbeiter ging.

Sie wunderte sich auch, wie Sören und seine Freunde auf die Ereignisse in Ådalen 1931 fixiert waren. Damals waren sechs demonstrierende Arbeiter vom Militär erschossen worden. Einige von Querschlägern. Natürlich war das richtig schlimm. Und es hatte auch zu einem Gesetz geführt, welches für die Zukunft den Einsatz des Militärs gegen die Zivilbevölkerung verbot. Doch in den Augen von jemandem, der aus einem Land stammte, das zwischen 1918 und 1944 vier Kriege mitgemacht hatte, waren sechs Tote im Jahre 1931 in Ådalen natürlich sehr tragisch, aber keine politische Karte, die man vierzig Jahre später noch spielen konnte. Von den persönlich in diese Geschichte verwickelten Personen war ja wohl niemand mehr in Entscheidungspositionen?

„Das ist hier ein sehr ruhiges Land, und darüber sollten wir uns freuen", hatte zum Beispiel ihr Vater diese Märtyrer der Arbeiterbewegung kommentiert, in einer Zeit, in der die RAF und die Roten Brigaden wesentlich mehr Todesopfer in Europa forderten. Er nahm es als Bestätigung dafür, was für ein gutes Land er für seine Familie ausgesucht hatte.

Elina merkte, dass Sören aufrichtig an das glaubte, was er da so sagte. Und seine Äußerungen basierten nicht auf bodenloser Schlechtigkeit, wie Matti behauptet hätte, sondern vielmehr auf der Überzeugung, dass seine Ideale für alle (na ja, fast alle) das Beste waren. Von jedem, wie er konnte, für jeden, wie er es brauchte. Und andere im Grunde ganz gute Gedanken.

Sie fühlte sich zu einem jungen Mann hingezogen, den ihr Vater als den Teufel in Person beschrieben hätte. Als sie nun zu der Einsicht gelangt war, dass er nur ein etwas verwirrter und fast naiver Idealist war, verlor er allen Glanz für sie. Die Beziehung verlief im Sande.

Sören hielt sich für einen unkonventionellen jungen Mann, der mit seinen Gefühlen in Verbindung stand und keine Angst davor hatte, auch mal zu weinen, und so schrieb er ihr noch mehrere melodramatische und pathostriefende Briefe. Aber so war nun mal das Leben. Ihre Beziehung konnte keine Fortsetzung finden. Wie sich herausgestellt hatte, war er ein ganz anderer Mann gewesen, als sie geglaubt hatte, und jetzt leuchteten die Pickel allzu deutlich in seinem Teenagergesicht.

Einmal versuchte sie, mit Matti über ihre Erkenntnis zu reden. Sie begann ganz vorsichtig mit der These, dass es nicht unbedingt die Schuld der jungen Idealisten war, wenn sie geschützt in ihrer Friedensblase aufgewachsen waren, während große Teile der Welt am eigenen Leib hatten erfahren müssen, was diese jungen Leute idealisierten.

„Sie meinen es eigentlich gar nicht böse“, sagte sie am Küchentisch. „Sie glauben wirklich, dass sie recht haben. Sie wollen die Gesellschaft verbessern.“

„Was zum Teufel redest du da eigentlich?“, erwiderte Matti in scharfem Ton.

„Na ja, sie wissen doch nicht, dass sie sich täuschen. Sie sind auf der Suche nach der perfekten Gesellschaft.“

„Und sie meinten, die würden sie in Finnland finden? Als sie mit ihren fliegenden Eichhörnchen[19] ankamen und drauflosballerten, auf Frauen und …“

Wir müssen die Diskussion wahrscheinlich gar nicht weiterverfolgen, um zu ahnen, wo sie endete.

---

19 Matti meinte das dicke kleine sowjetische Jagdflugzeug Polikarpow I-16.

6. KAPITEL

„Der Chinese" – Matti vs. die Siebzigerjahre

Gegen Ende der Siebzigerjahre, als die wirtschaftliche Lage der Familie es zuließ, beschloss Matti, ein paar von seinen Sünden zu sühnen. Die Familie nahm ein Pflege- oder vielleicht sogar Adoptivkind auf. Die Angaben gehen auseinander, und es haben sich keine Aufzeichnungen dazu finden lassen.

Ohne dass es jemand laut ausgesprochen hatte, könnte man meinen, dass der Junge als eine Art Ersatz für den Zwilling betrachtet wurde, den Matti und Väinö gemeinsam verschludert hatten. Es handelte sich um einen schüchternen asiatischen Jungen von vielleicht fünf Jahren. Roger hieß er. Und man hieß ihn herzlich willkommen.

Die Aussagen der Familienmitglieder, die bei anderen Gelegenheiten bedenklich auseinandergehen können, stimmen bei diesem Ereignis größtenteils überein. In Raimos Erzählung findet sich auch ein gewisser Unwille gegenüber dem unerwarteten neuen Familienmitglied. Er hatte seit dem Wettbewerb mit seinem Zwillingsbruder damals in Tavastland immer versucht, die ziemlich schwer zu verdienende Anerkennung seines Vaters zu gewinnen. Für ihn war der Junge ein Rivale und überdies eine unbekannte Größe, denn wer weiß, was der alles konnte.

Die dunklen Erinnerungen an diese albtraumhafte Konkurrenzsituation im empfindlichsten Alter wurden wieder wachgerufen, schwach und undeutlich, doch fest in seinem Unterbewusstsein verankert.

Vielleicht stellte die Ethnizität des Jungen sogar eine besondere Bedrohung dar. Denn wenn man den grobkörnigen, aber informativen VHS-Filmen glauben konnte, die Raimo bei Freunden angeschaut hatte, konnten Asiaten im Nahkampf offenbar geradezu übernatürliche Kräfte entfalten, mit allen möglichen Sprüngen und Tritten, die der Schwerkraft spotteten. Und damit nicht genug, offenbar hatten sie auch eine Art nicht ganz erklärlicher psychischer Überlegenheit, mithilfe von innerem Frieden, Buddhismus, Yoga und anderen suspekten Konzepten. Außerdem waren sie die absoluten Überflieger im Tischtennis.

Mit Letzterem hatte Matti auch gerechnet. Denn bevor der Junge eintraf, hatte er einen neuen Pingpongtisch gekauft und im Keller aufgestellt, was Raimo selbstverständlich nicht entging.

Schon bei der unbeholfenen, aber herzlichen Willkommensfeier überreichte der breit grinsende Matti dem Jungen ein rundes Paket mit herausragendem Griff, mit dem das Ding aussah wie eine kleine Bratpfanne. Es war natürlich ein Tischtennisschläger.

Nachdem man ihn im Haus herumgeführt und schließlich in sein eigenes Zimmer gebracht hatte, nahm der Junge seine erste Mahlzeit mit der Familie ein. Danach schlug Matti mit den Handflächen leicht auf den Tisch und verkündete, dass es jetzt vielleicht an der Zeit war, ein bisschen zu trainieren. Er brachte in diesem Zusammenhang sein Lieblingssprichwort an: das vom frühen Vogel, der den Wurm fängt.[20] Raimo und der kleine Junge wurden zusammen im Keller eingesperrt.

---

20 Matti scheint nie darüber nachgedacht zu haben, dass diese Metapher, die zum fleißigen Arbeiten anhalten sollte, zwei Akteure voraussetzte. Einen Gewinner und einen Verlierer, einen Vogel beziehungsweise einen Wurm. Es gab keinen Grund zu der Annahme, dass die beiden nicht auch ungefähr zur gleichen Zeit aufgestanden sein könnten. Frühes Aufstehen ist also nicht unbedingt eine Garantie für einen besonders erfolgreichen Tag. Zumindest nicht aus der Perspektive des Wurms.

Raimo hatte natürlich schon öfters Tischtennis im Aufenthaltsraum der Schule gespielt. Außerdem hatte er hart trainiert, seit der Pingpongtisch geliefert worden war, und jetzt schlug er dem Jungen geübt einen Schmetterball nach dem anderen um die Ohren. Der versuchte, sein Gesicht so gut es ging mit seinem Schläger zu schützen. Sein neuer großer Bruder war ein paar Handbreit größer und hatte eine wesentlich größere Reichweite. Raimo kannte auch die Regeln, weswegen er gleichzeitig den Schiedsrichter spielte und die Punkte zählte.

„Überhaupt kein Talent?", fragte Matti verblüfft, als er sich in seinem Arbeitszimmer mit dem keuchenden, rotgesichtigen Raimo unterhielt. „Aber ... wie ist das denn möglich?"

Raimo zuckte mit den Schultern.

„Aber das soll doch eine nationale Veranlagung sein?"

„Na ja, aber ... Vielleicht ist er so was wie zweite Wahl? Wahrscheinlich haben sie ihn deswegen hierher geschickt? Die Talentierten behalten sie wohl selbst."

„Bist du ganz sicher?"

Raimo war ganz sicher. Er hatte die Hände auf die Knie gelegt und nickte. Der kleine Junge hatte überhaupt keine Begabung für das Spiel gezeigt, und Raimo war selbst verblüfft, mit welcher Leichtigkeit er ihn besiegt hatte.

„Hm", sinnierte Matti. Das war ja nicht ganz so gelaufen, wie er sich das gedacht hatte. „Auch nicht die allerkleinste Neigung zum ...?"

„Nein."

Matti schwenkte seinen Rollstuhl herum und schaute nachdenklich aus dem Fenster.

„Verdammt, so was Blödes."

Wie sich später herausstellte, war mit den Papieren was nicht in Ordnung gewesen. Oder der Junge war überhaupt nur auf Probe da gewesen. Wie gesagt, die Umstände sind unklar. Aber es dauerte nicht lange, da kamen zwei Beamte und holten ihn wieder ab, während die Familie Alto – bis auf Matti – an der Treppe stand und ihm zum Abschied winkte.

Hinterher hielt der Vater den verbliebenen Kindern respektive Jugendlichen eine Rede.

„Denkt jetzt gut drüber nach, was mit eurem Bruder passiert ist, der sich nicht richtig angestrengt hat. Das war unschön, aber so kann es eben manchmal laufen. Was wirklich zählt, das ist, dass …" Er schaute von einem Kind zum anderen, bedachte jedes von ihnen ein paar Sekunden lang mit einem schneidenden Blick. „Das Leben. Egal, was sie euch in der Schule für Lügen erzählt haben – im Leben geht es nicht darum, Kaugummi zu kauen und sich irgendeinen Scheiß-Kari-Glitter anzuhören. Es geht darum, dass man sich anstrengt."

Matti war es gar nicht wichtig, dass die Kinder viel Geld verdienen oder berühmt werden sollten. Er wollte ihnen nur helfen, in einer harten, unbegreiflichen Welt zurechtzukommen. Er wollte sie nicht zu Menschen erziehen, die am Ende unter die Räder kamen und zurückbleiben mussten. Den namenlosen Bündeln, die man am Svir, bei Tienhaara und Ilomantsi, an den Ufern des Onega- und des Ladogasees zurückgelassen hatte.

Er seufzte. Stöhnte fast. Es war schwer, in Worte zu fassen, was er ihnen sagen wollte, ohne so zu klingen, als wäre er ihrem Gastland nicht dankbar. Je länger er die gesellschaftliche Entwicklung in den Siebzigerjahren verfolgt hatte, umso stärker hatte ein Verdacht an ihm genagt, und er tat sich schwer damit, ihn zu formulieren.

„Das ist hier wirklich ein gutes Land. Das steht ganz außer Frage. Aber …"

Es gab hier vielleicht ein bisschen zu viele Samthosen und Vollbärte, ja, zu viel Gesichtsbehaarung allgemein? Insgesamt wurden in Schweden zu wenig Haare geschnitten.

„Die Schweden fühlen vielleicht immer ein bisschen zu viel in sich rein …" Ihre flachen Hierarchien und das Mitbestimmungsrecht waren ihm ein Rätsel. Wie sollte man da jemals irgendetwas auf die Beine stellen können? Aber stand es ihm zu, das zu kritisieren? Matti fühlte sich, als säße er in einer Fuchsfalle.

„Tja."

Er überlegte. Kaute ein wenig auf seinem Schnurrbart herum, den er sich versuchsweise zugelegt hatte, um der Mode zu folgen und nicht so aufzufallen.

„Ich hatte nicht so viel Zeit, in mich reinzufühlen, als ich eine panzerbrechende Kugel in den Rücken bekam. Wie hätten wir auf der Karelischen Landenge überleben sollen, wenn wir angefangen hätten, von unseren Gefühlen zu reden?"

So absurd seine Sicht auf die Welt auch scheinen mag, müssen wir Matti lassen, dass er schon recht hatte, wenn er darüber nachdachte, wie unabhängig Finnland heute wäre, wenn sie den Russen mit der Einstellung gegenübergetreten wären, die die Gesellschaft durchdrang, die um ihn herum herangewachsen war. Wollte hier wirklich jemand ernsthaft glauben, dass man sich aus dem Winterkrieg hätte herausbatiken können?

Vor seinem inneren Auge sah er eine kleine Gruppe Soldaten mit zerlumpten finnischen Uniformen und Stahlhelmen deutschen Modells, die sich in einem flachen Schützengraben ducken, während die explosiven Kugeln in den Birkenzweigen über ihren Köpfen prasseln und die 82-Millimeter-Granatwerfer rundherum Fontänen von Erde hochschleudern. Irgendwo vor ihrer Linie wärmen sich brummende Panzermotoren vor dem Angriff auf, während die Stalinorgeln in der Ferne pfeifen, wenn sie ihre Raketen abschießen, die die Welt der kleinen Gruppe bald auf den Kopf stellen werden.

Sie selbst sind mit Pystykorva-Gewehren bewaffnet, ein

paar Suomi-Maschinenpistolen und eventuell einer leichten Maschinenpistole der Marke Degtjarjow, die man in Anbetracht der Gesellschaft, die sie gleich kriegen werden, mehr oder weniger als Furz in den Wind betrachten kann.

„Irgendwie empfinde ich es so …“, ruft einer von ihnen über den Detonationsdonner, „… dass der Iwan uns nicht mag.“

„Nein?“

„Nein. Gestern haben sie Pertti mit einem Sturmowik-Schlachtflugzeug gejagt. Er musste in den Graben springen. Was meint ihr, wie er sich in dem Moment gefühlt hat?

Was meint ihr, was er nach so einem Erlebnis in sein Erdloch mitgenommen hat?“

Die anderen Soldaten schütteln niedergeschlagen die Köpfe. Das war bestimmt nicht schön gewesen für Pertti. Das hatte sicher viele unbewältigte Traumata und Fragen hinterlassen.

„Ich finde, wir sollten mit dem Iwan darüber sprechen.“

Vereinzeltes Nicken in der Gruppe.

„Jaaa, aber man muss das auch mal von ihrem Standpunkt aus betrachten, findet ihr nicht?“

„Wie meinst du das jetzt?“

Riesenexplosionen, als die Raketen der Stalinorgel einschlagen.

„Na ja, es könnte ja sein, dass sie eine … schlimme Kindheit hatten und so. Vielleicht hatten sie es zu Hause richtig schwer! Eine dysfunktionale Beziehung zu ihren Eltern!“

„Vielleicht sollten wir sie zu einem Treffen einladen? Zimtschnecken backen und Kartoffelstempel basteln?“

„Ja!“, schreien alle unisono und stehen auf, woraufhin ihnen ein giftig knatterndes Maxim-Maschinengewehr die Köpfe durchlöchert.

Matti war fest überzeugt, dass es schlimm für Finnland ausgegangen wäre, auch wenn der Zeitgeist etwas anderes behaupten mochte.

Überhaupt erlebte er die meisten Begegnungen mit der Denkart der neuen Gesellschaft als seltsam. Seine zögerlichen Versuche, sich anzupassen, der Schnurrbart mit den zwei halbherzigen Koteletten dazu, machten es nicht besser, sie waren ihm nur unangenehm, und er fühlte sich noch mehr in der Defensive. Der Konflikt mit den neuen Normen wurde im Laufe der Zeit immer heftiger. Sosehr er sich auch bemühte, sich anzupassen und die Sitten und Bräuche zu lernen, die Lage spitzte sich immer mehr zu. Während der Rest der Familie sich ganz mühelos zu assimilieren schien.

Wie sahen nun Mattis Zusammenstöße mit dem Zeitgeist aus? Hier zwei Stichproben:

Matti war mit seinem Rollstuhl in einem ICA-Supermarkt. Er bezahlte, während Beata die Waren in eine Netztasche mit absurd großen Maschen und Griffen aus Plastikringen packte. Die Tasche war ein typisches Siebzigerjahre-Produkt, das Matti wortlos akzeptiert hatte, obwohl es ja schon fast hausieren ging mit seiner Unzuverlässigkeit, denn durch diese Löcher hätte jederzeit ein kleinerer Amboss hindurchrutschen können. Außerdem war es aus Plastik. Aber er hatte es nicht kommentiert. Oh nein. Hinter seinem unglücklichen Schnurrbart und den missglückten Koteletten war er mindestens genauso progressiv wie alle anderen. Beata trug eine überdimensionierte Brille, mit der sie an ein Insekt erinnerte. Auch die hatte Matti wortlos akzeptiert. Aber sah nicht sogar das Supermarkt-Maskottchen, Herr ICAnder, der von den Werbeplakaten auf sie herunterblickte, unnötig langhaarig aus? Nicht, dass Matti sich da eingemischt hätte. Dieser Strohhut allerdings musste doch in jedem Menschen Assoziationen zu einem betrügerischen fahrenden Pferdehändler wecken.

Der junge Verkäufer sah, dass Beata nicht alle Einkäufe in ihrer mitgebrachten Tasche unterbringen konnte, und riss

Matti aus seinen Gedanken mit einem: „Möchtest du auch noch eine Tüte?“

Matti schaute sich um. Der sprach doch nicht etwa mit ihm? „Möchtest du eine Tüte?“

Er deutete mit einem Nicken auf Beata, sprach aber mit Matti. Matti hatte ja so einiges ertragen, ja, Sie haben es ja weiter oben selbst gelesen und können bezeugen, wie er geschwiegen und alles akzeptiert hatte. Doch niemand, nicht mal Jesus selbst, hätte im entlegensten Winkel seiner Seele noch eine Wange gefunden, die er in dieser fast schon bizarren Situation noch hätte hinhalten können.

„Du?“

„Hä?“, blökte der offenbar schwachsinnige Verkäufer.

Nun fand Matti es zwar gut, dass auch geistig behinderte Menschen am Arbeitsleben teilnehmen durften. Aber man konnte seine geistigen Mängel nun auch nicht als Freifahrschein für alle möglichen Unverschämtheiten missbrauchen.

„Ich könnte mich nicht entsinnen, Ihnen das Du angeboten zu haben.“

Der Verkäufer zögerte.

„Hippie!“ Matti hob die Stimme ein wenig.

Nichts am Verkäufer deutete so wirklich darauf hin, dass er der Hippiebewegung entstammte. Doch Matti war nicht ganz im Bilde darüber, was ein Hippie wirklich war; er wusste nur, dass es jemand war, der für eine allgemeine Lockerung der gesellschaftlichen Normen stand, was er selbst noch nie gutgeheißen hatte. Das war eine Art Beschluss, der bei einer Besprechung gefasst worden war, zu der Matti keine Einladung bekommen hatte. Aber ihm war natürlich klar, dass ein Hippie seine subversive Tätigkeit auch ausüben könnte, indem er die Leute generell duzte und seine „Dus“ großzügig nach allen Seiten austeilte. Ganz besonders nach links.

Beata reagierte blitzschnell und bugsierte den Rollstuhl aus dem Geschäft, bevor die Situation eskalieren konnte. Sie war allzeit bereit. Ihr Alltag war voll von solchen Um-ein-Haar-Erlebnissen, die ihre Sinne oft schon wahrnahmen, bevor sie eingetroffen waren, sodass sie noch rechtzeitig eingreifen konnte. Zahllose Menschen in ihrer nächsten Umgebung waren durch Beatas schnelles Eingreifen cholerischen Zurechtweisungen entgangen, die zwar sprachlich etwas sperrig daherkamen, aber doch gewaltigen rhetorischen Impetus besaßen und in ihren kreativen Schimpfwörtern finnischen Geist atmeten.

Selbstverständlich hätte Matti sich niemals für etwas Besseres gehalten als den Verkäufer, kein Gedanke hätte ihm ferner liegen können. Es ging darum, dass ein unbekannter junger, pickliger Mann, dem die Haare über die Ohren hingen, mit einer völlig unnötigen Duz-Reform angekommen war, was bei Matti den Eindruck erweckt hatte, man wolle ihn betrügen. Als er noch ein Kind war, tauchten die reisenden Waldaufkäufer mit ihrem Branntwein auf den Höfen auf, verbrachten den Abend bei den Bauern und fuhren dann mit einer Unterschrift davon, an die sich der betreffende Bauer meistens kaum mehr erinnern konnte.

Diese geschickten Geschäftsleute waren ihren Opfern gegenüber immer sehr schnell mit dem „Du“ und „Bruder“ zur Hand gewesen, und so gingen bei Matti sämtliche Alarmglocken los.

Auf dem Heimweg hielt Matti den Kopf hoch erhoben. Nicht er war derjenige gewesen, der hier einen Fehler gemacht hatte.

Noch ein Beispiel: Matti kam zu einem Elternabend in der Schule mit.

Er war mit Beata und ihrem jüngsten, leicht pummeligen Sohn Antti hingegangen. Ihm war das Konzept der gesonderten Entwicklungsgespräche zwar suspekt, aber wie immer tat er sein Bestes, um sich anzupassen.

Anttis Lehrer war ein ziemlich langhaariger Mann mit runder Brille und Cordhose. Schon als sie ihn sah, wusste Beata, dass hier gleich was schiefgehen würde. Aber sie konnte nicht viel dagegen tun.

Zu Mattis Verteidigung sei gesagt, dass er ziemlich lange den Mund hielt. Als fast sieben Minuten verstrichen waren, theoretisch also die Hälfte des viertelstündigen Gesprächs, war gerade die eitle Hoffnung in Beata erwacht, dass vielleicht doch alles glattgehen würde. Doch da ergriff Matti zum ersten Mal das Wort.

Der Nickelbrillenträger hatte gerade in seinem nuscheligen Slang erklärt, er halte Antti für einen richtig „netten Kerl". Dann schaute er den Jungen lächelnd an, als wären sie Kumpels, die ein Geheimnis teilten. Dieses Theater hätte jeder normale Vater sofort durchschaut: Hier ging es nur darum, Antti das Gefühl zu geben, dass er auch teilnehmen durfte und ihnen gleichgestellt war. Doch Matti spürte, dass eine Reaktion fällig war. Er hatte ja schweigend danebengesessen und hatte sich so einigen Blödsinn angehört, aber jetzt war einfach die kritische Masse an Provokationen erreicht.

Er verzog das Gesicht und fragte mit seiner beherrschtesten Stimme: „Entschuldigung, was sagten Sie gerade?"

„Ich hab gesagt, ich finde, dass Antti ein richtig netter Kerl ist."

„Ein fetter Kerl? So dick ist er doch auch wieder nicht!"

„Nein, nein, ich meinte, er ist ein … prima Junge."

Der Lehrer sah Antti anerkennend an, lächelte und nickte. Der war natürlich glücklich und stolz, ein „prima Junge" zu sein, doch Matti war zu dem Schluss gekommen, dass jeder weitere Kommunikationsversuch mit diesem komischen Kauz sinnlos war. Stattdessen sah er seine Frau an.

„Das ist also der Lehrer von unserem Sohn?"

„Ja, er …"

„Verdammt, der kann ja nicht mal Schwedisch!"

Der Lehrer war ein in seinem Wesen sehr harmonischer Mann. Er hatte sein Prana und sein Chi gefunden, sein Yin und sein Yang und seine verschiedenen Auren und Chakras, als er mit dem Rucksack durch Indien getourt war. Mit diesen Erfahrungen im Gepäck war es ihm möglich, in diesem Moment einfach nur mit einem ruhigen Lächeln zu antworten, so wenig provoziert, wie in dieser Epoche nur ein angehender Reserve-Jesus lächeln konnte.

Doch Matti gehörte nicht zu den Menschen, die sich von solchem diffusen Pazifismus beirren ließen.

„Jetzt hören Sie mir mal zu, Herr Magister", fuhr er fort. „Ich habe auf dem Gymnasium in Lahti Schwedisch gelernt. Und ich kann behaupten, dass das, was Sie da reden, verdammt noch mal kein Schwedisch ist, das ich als solches erkennen könnte."

Mit einem Seufzer fasste Beata die Griffe des Rollstuhls und begann, ihn aus dem Zimmer zu schieben, während der Lehrer ihnen mit einem – wie Matti fand – schwachsinnigen Grinsen nachblickte. Antti, der einen Augenblick befürchtet hatte, sein Lehrer könnte beleidigt sein, beruhigte sich wieder, als der ihm zuzwinkerte.

Vielleicht war Matti ein bisschen zu misstrauisch? Denn wenn die Welt auch noch so verrückt aussah, wenn man einen schnellen Blick darauf warf, war er nicht so ignorant und verstockt, dass er sich eingebildet hätte, es könne immer nur die Welt schuld sein. Vielleicht ging ein Teil der ständigen Reibereien auf sein eigenes Konto? Vielleicht konnten die Welt und er ja einen für beide Seiten akzeptablen Kompromiss finden, wenn beide ein wenig nachgaben?

Matti hatte sich einen Schnurrbart wachsen lassen. Aber was, fragte er sich, was hatte eigentlich die Welt jemals getan, um ihm entgegenzukommen und sich so besser mit ihm zu verstehen?

7. KAPITEL

Das Verhör – Jocke Bäck – Drei Idioten

Mattis Konflikt mit der Welt war unselig. Das schon. Aber so was kommt nun mal vor. Nicht jeder kann jeden lieben. Jetzt waren die Welt und er ein bisschen aneinandergeraten, und so was kann auch passieren. Er hatte schließlich nicht an einem Beliebtheitswettbewerb teilgenommen.

Was ihn beunruhigte und nachts wach hielt, war vielmehr die Zukunft seiner Kinder. Wie würde sie dieses absurde gesellschaftliche Klima beeinflussen? Er selbst war ja alt genug, um die letzten Meter noch hinter sich zu bringen, und er sah auch klar genug, um gewisse Dinge unterscheiden zu können. Doch er wusste, wie leicht man in den ersten paar Jahrzehnten des Lebens zu beeinflussen ist.

Als Zehnjähriger hatte zum Beispiel er, Matti Aalto selbst, sich vom Nachbarsjungen Mikko überreden lassen, einen steilen Hügel auf dem Fahrrad von Mikkos Mutter herunterzufahren. Das Vorderrad rutschte im Kies mal auf die rechte Seite, mal auf die linke. Matti konnte kaum Rad fahren, und außerdem war das Fahrrad natürlich viel zu groß. Es endete damit, dass er stürzte. Hinterher behauptete er, er sei über einen Frosch gefahren, auf dem der Reifen dann seitlich weggerutscht sei, doch in seinem tiefsten Inneren wusste er, dass ihn der Gruppendruck zu Fall gebracht hatte. Was besonders jämmerlich war, wenn die Gruppe nur aus dem zwölfjährigen Mikko bestand.

Matti war schon immer der Meinung gewesen, dass er mental besonders stark war. Natürlich war er nicht besser als ein anderer, weit gefehlt, aber er wusste, dass er die Zähne zusammenbeißen konnte, wenn es nötig war, und Widerstand leisten, wenn er musste. Trotzdem hatte ihn Mikko dazu gebracht, auf dieses Fahrrad zu steigen. Mit diesem Gedanken im Hinterkopf – wie sollten da seine willenlosen Sitzsäcke von Kindern reagieren, wenn sie Gruppendruck ausgesetzt waren? Die Prognose war keine rosige, ganz besonders nicht für ihr jüngstes Kind, Antti. Es sah so aus, als wären ihnen die guten Gene schon ausgegangen, als der arme Kerl gezeugt wurde.

Zu seinen Versuchen, seine Sorge um die Kinder in den Griff zu bekommen, gehörte es unter anderem, dass Matti sie an ihren Geburtstagen ins Arbeitszimmer rief. Dort mussten sie vorm Schreibtisch strammstehen, über ihre Fortschritte im vergangenen Jahr berichten und ihre Zielsetzungen für das kommende erläutern.

Dann verglich ihr Vater ihre Leistungen mit denen ihrer Geschwister im gleichen Alter. Und das war kein allgemeines, lockeres Geplauder. Nein, das wurde schriftlich festgehalten, in Dokumenten, die man im nächsten Jahr wieder hervorholen konnte und die sehr unangenehm werden konnten für ein Kind, das einfach nur im Strom mitschwimmen wollte, ohne sich anzustrengen.

Er fertigte sogar ziemlich ausgeklügelte Diagramme an. Im Nachhinein, ohne eine Erklärung, sind diese Grafiken sehr, um nicht zu sagen: extrem, kryptisch. Was bedeuteten die verschiedenen Achsen? Warum hat er genau hier einen Punkt eingezeichnet, dort aber nicht? Was für Maßeinheiten liegen diesen Zahlen zugrunde? Auf solche Fragen werden wir wahrscheinlich nie eine Antwort bekommen. Vielleicht hatte er wirklich ein System, aber es ist wahrscheinlicher, dass er bei den Kindern den Eindruck erwecken wollte, dass er die Dinge auf eine geradezu magische Weise im Auge hatte.

Gemeinsam betrachteten sie dann ihren übergreifenden Plan für den Rest ihres Lebens. Was wollten die Kinder werden, wenn sie groß waren? Und was für Maßnahmen hatten sie bis jetzt ergriffen, um ihre Ziele zu erreichen? Natürlich erwartete er nicht, dass sie sich schon in zartem Alter endgültig auf eine Berufswahl festgelegt hatten.

Er wollte nur ein kleines Gegengewicht der Vernunft in dieser Umgebung bilden, er wollte, dass sie zumindest darüber nachdachten.

Wenn Raimo in jungen Jahren zum Beispiel einen Film mit Basil Rathbone als Sherlock Holmes sah und hinterher verkündete, er wollte Detektiv werden, nickte Matti anerkennend und stellte fest, es sei gut, dass Raimo Ideen habe. Man dürfe davon ausgehen, dass der moderne Detektiv meistens in einem Auto vor einem schäbigen Liebesnest saß und versuchte, Fotobeweise von einem Ehebruch zu bekommen. Nichtsdestoweniger war es klug, für die Zukunft vorzuplanen.

Ebenso ernst nahm er es, als Antti erklärte, er wolle Cowboy werden. Da erzählte Matti, dass diese in Kinderaugen unglaublich coole Berufsbezeichnung in Wirklichkeit englisch war. In Schweden existierte so eine Berufsbezeichnung gar nicht. Aber in direkter Übersetzung bedeutete dieses Wort „Kuhjunge“, eine Art romantisierter Bauernjunge, der auf die Pflege von Rindern spezialisiert war. Natürlich stehe es Antti frei, diese Tätigkeit anzustreben, er solle sich nur bewusst sein, worauf er sich damit einließ. Duelle auf der Hauptstraße bei Sonnenaufgang und Schießereien mit Indianern kamen nicht ganz so häufig vor, wie einen die Literatur – und vor allem wohl die Filmindustrie – nur zu gerne glauben machen wollte. Doch er konnte ja schon mal prima üben, Lassos auf die Holzböcke zu werfen, auf die Matti Holzstücke genagelt hatte, die Hörner darstellen sollten. Wenn Antti dann etwas älter wäre, könnten sie ja nach Gelegenheiten suchen, wie er lernen könnte, Pferde und Kühe zu versorgen.

Da verschwand der Großteil des Zaubers um die Cowboys, und Matti war natürlich klar, dass der Viehtreiberberuf sowieso bald abgelöst werden würde von Feuerwehrmann, Polizist oder irgendetwas anderem, was die jeweilige Altersgruppe spannend fand. Er hielt es nur für wichtig, dass der Junge sich daran gewöhnte, Pläne zu machen und dann zu prüfen, wie realistisch sie waren. War das wirklich zu viel verlangt von einem Vierjährigen?

Die Kinder verließen die feierliche alljährliche Besprechung oft sehr motiviert, mit dem Vorsatz, sich sofort an die Arbeit zu machen. Doch die Entschlossenheit, auf eigene Faust Elektrotechnik, Spanisch, Jiu-Jitsu oder Fußball zu lernen, nahm nach ein paar Wochen ab, und dann wurde alles wieder wie vorher.

Bei so einer Besprechung fragte Raimo übrigens einmal nach dem mystischen Holzscheit auf dem Bücherregal. Matti lobte ihn dafür, dass er so aufmerksam war und Dinge von echtem Wert erkennen konnte. Dann erzählte er, dass er dieses Scheit einmal von seinem Vater bekommen hatte, als dieser seinen Abschied von der Welt nahm, und dass dieses Stück Holz die Familie retten würde, wenn sowohl die Raubinsekten als auch der Wohlfahrtsstaat versagen würden.

„Das ist unsere letzte Sicherheit!“, verkündete er todernst und deutete mit seinem ausziehbaren Stift auf das Holzscheit.

Abgesehen von der offensichtlichen Erkenntnis, dass Matti mit nichts angefangen hatte und sich freigeschwommen hatte, deutete Raimo diese Auskunft so, dass das Birkenholz ihr symbolischer letzter Vermögenswert war, den man angesichts von Peak Oil, der Energiekrise, dem Untergang der Zivilisation, dem Atomwinter und allen möglichen anderen apokalyptischen Szenarien in die Heizung im Keller werfen konnte.

Ja, all so was, was Matti erwartete. Raimo hatte also keinen Grund zu der Annahme, dass dieses Stück Holz mehr als symbolischen Wert hatte.

Ab und zu, gerne beim Essen, interessierte sich ihr Vater auch für die Tagesaktivitäten seiner Kinder.

Matti: „Was habt ihr heute in der Schule gelernt?"

Elina, sieben Jahre alt, berauscht von allem, was neu und lustig war: „Wir haben ein Lied gesungen! Das geht so: Wir können. Die Flö-hö-te spielen! Wir können. Die Vi-hiola spielen!"

Als sie Luft holte, um anzusetzen zu: „Wir spielen. Zum Ta-hanz auf!", warf Matti rasch ein: „Aber könnt ihr das denn jetzt wirklich?"

„Was?"

„Na, habt ihr gelernt, diese ... Vihiola zu spielen? Wie hast du das noch gesagt? Was ist das eigentlich für ein Instrument?"

„Nein, das haben wir nicht gelernt. Wir haben nur gesungen! Dass: Wir können. Die ..."

„Dann haben sie euch in der Schule also eine platte Lüge beigebracht? Hab ich das richtig verstanden?"

Elina überlegte. Dann beschloss sie, sich aus der Affäre zu ziehen, indem sie anfing, lauthals ein anderes Lied aus der wunderbaren Musikstunde zu krähen.[21] Matti sah ein, dass er das Mädchen jetzt besser in Ruhe ließ. Sie musste beständig zwischen zwei Welten balancieren, und vielleicht war es nicht richtig, wenn er sie unter Druck setzte, diese andere Welt zu erklären, die er ja selbst nicht so ganz verstand.

Doch im Stillen grübelte er darüber nach, ob es die richtige Entscheidung gewesen war, auf die andere Seite der Botten-

---

21 Elina hatte den Text falsch verstanden. Wie sie auch gerne beim Beatleslied mitsummte: „Ey, kejs a-week".

wiek zu ziehen. Und was waren das denn für Lieder, die sie hier in der Schule lernten? Das war ja der reinste Nihilismus! Eine Vihiola kam in seinem Vokabelverzeichnis der Schwedischen Akademie jedenfalls nicht vor.

Eins seiner Kinder machte ihm mehr Sorgen als die anderen. An seinem zwölften Geburtstag stand Antti vorm Schreibtisch.

„Jaaaa … soso, dann bist du heute also zwölf geworden, hm?"

„Ja, Vater", antwortete Antti glücklich. Er hatte heute mehrere Geschenke bekommen, und außerdem hatte man ihn in der Schule gefeiert. Im Großen und Ganzen war es ein sehr schöner Tag gewesen. Vielleicht lenkte ihn das ab. Vielleicht lag es aber auch daran, dass er der Jüngste war und deswegen irgendwie der Schwedischste, dass er immer am schlechtesten begriff, was sein Vater von ihm hören wollte.

Feierlich fuhr Matti fort: „Das ist schon ein beachtliches Alter. Ich hab angefangen, im Wald zu arbeiten, als ich zwölf war."

„Ja, Vater."

„Hast du schon weiter darüber nachgedacht, was du später mal werden willst?"

Und hier machte Antti seinen ersten Fehler. Er zuckte mit den Schultern.

„Ich weiß nicht."

Als Antti noch jünger war, hatte Matti eine allgemeine Teilnahmslosigkeit noch tolerieren können, doch jetzt wurde es langsam Zeit, dass sich der Junge mal zusammenriss.

„Aber wofür interessierst du dich denn? Was würdest du gerne werden?"

Bevor Antti etwas sagen konnte, fügte Matti hinzu: „Das kannst du dir nämlich einfach von der Backe putzen und stattdessen was Realistisches ausdenken. Es wird Zeit, dass du solche Sachen ernst nimmst."

Antti überlegte. Das vorhin erst ausgepackte „Bauern-Spiel" lag im Zimmer und wartete auf ihn. Wenn er zu lange hier drinnen blieb, würden die anderen anfangen, ohne ihn damit zu spielen, obwohl es sein Geburtstagsgeschenk war.

Seine Position in der Geschwisterschar war nicht stark genug, dass er einfach noch einsteigen oder eine bereits begonnene Partie abbrechen könnte. Vielmehr müsste er dann ungeduldig auf die nächste Runde warten in der Hoffnung, dass die anderen beiden dann überhaupt noch Lust auf ein zweites Spiel hatten. Raimo zum Beispiel war es zuzutrauen, dass er aus reiner Bosheit so tat, als wollte er nicht mehr spielen, einfach nur, um Antti für seinen unkameradschaftlichen Streich zu bestrafen, Geburtstag zu haben und Geschenke zu bekommen. Und sollten sie doch noch spielen wollen, dann hatten sie schon Kenntnisse von den Regeln sowie verschiedenen Strategien, die er sich noch nicht hatte aneignen können. Außerdem hatten sie gemeinsame Erinnerungen vom ersten Spiel, die den beiden eine Art Teamgeist verlieh, was er am Ende ausbaden müsste, zum Teil im Spiel selbst, zum Teil in den sozialen Ereignissen drumherum.

Obwohl es alle glaubten, war Antti nicht dümmer als die anderen Kinder. Tatsächlich dachte er sogar eher mehr nach. Und wie ein Läufer, der weiter läuft als seine Konkurrenten, unvermeidlich als Letzter ins Ziel kommt, kam er immer etwas später als die anderen zu seinen Schlussfolgerungen. Das konnte leicht den Eindruck erwecken, dass er sich nicht für seine Umgebung interessierte, obwohl es in Wirklichkeit genau andersrum war. Er analysierte sie nur gründlicher, und da ihn das zuweilen zu anderen Schlussfolgerungen brachte, taten ihn seine Geschwister gern als leicht bekloppt ab.

Als Beweis dafür kann gelten, wie er einmal ausrechnete, wie viel mehr Süßigkeiten seine Geschwister bekommen hatten, weil sie vor ihm geboren waren. Er trat mit der Forderung an seine Eltern heran, diese Süßigkeiten rückwirkend zu bekommen. Der Antrag wurde abgelehnt.

„Ich glaube, dass ...", sagte Antti schließlich ganz langsam, während er umso fieberhafter überlegte. Da sie in der letzten Stunde Religionslehre gehabt hatten, bevor er endlich nach Hause rennen und seine Geschenke aufreißen durfte, machte er ungefragt die Bemerkung, dass „... Religion interessant ist". Matti musterte ihn nachdenklich von der Seite, während sich seine Augen verengten.

„Das ist gar nicht so dumm. Überhaupt nicht."

Antti, der schon befürchtet hatte, gleich wieder eine Gardinenpredigt zu kassieren, freute sich natürlich. Er hatte erwartet, dass sich Religion auch wieder als „teuflischer Blödsinn" herausstellen würde. Er hatte das nur gesagt, weil ihm nichts Besseres einfallen wollte. Er hatte sogar schon Zeit gehabt, es wieder zu bereuen. Die Gedanken an das wartende „Bauern-Spiel" hatten ihn an die ehrenhafte Tätigkeit der Bauern erinnert. Er hätte natürlich sagen sollen, er wolle Bauer werden! Es hätte ihm sogar richtig gefallen, im folgenden Jahr Kartoffeln und so Zeug hinterm Haus anzubauen. Antti war schon immer von der langsamen Entwicklung wachsender Pflanzen fasziniert gewesen. Vielleicht erinnerte ihn das ein bisschen an seine eigene vorsichtige, zögerliche Entwicklung. Er säte Hafer und Brunnenkresse und andere kleine Pflänzchen in Beatas Blumentöpfen und verfolgte dann interessiert, wie sie wuchsen. Beata wunderte sich manches Mal, wie es möglich war, dass solche unerwarteten Gewächse neben ihren Blumen sprossen.

Aber Religion schien nun auch zu funktionieren. Antti wusste nicht, dass man im Mittelalter den wertlosesten Sohn, der sich kein Erbe zu erwarten brauchte, der Kirche überließ.

„Du könntest sogar Bischof werden", fuhr sein Vater fort. „Ja, du kannst sogar Papst werden, wenn du dich richtig anstrengst. In diesem Land hier gibt es ja sonst nicht so viele, die das tun würden!"

Matti wusste, dass Leute, die sich anstrengten, es in Schweden sehr weit bringen konnten, weil Anstrengungen hier verhältnismäßig selten waren.

In dieser Wahnvorstellung lebte er, weil ein Großteil der sozialen Codes in seiner neuen Heimat völlig an ihm vorbeigegangen war. Die subtilere Konkurrenz, die durchaus da war, konnte er einfach nicht sehen. Und es ist natürlich schwierig, in einem System zu navigieren, die das eine behauptet, während die unausgesprochenen Regeln etwas ganz anderes verlangen. Zum Beispiel hartnäckig immer und immer wieder zu erklären, dass alle gleich viel wert sind, obwohl niemand jemals gleich viel wert war. Um ein schlagendes Beispiel dafür zu finden, musste man ja gar nicht lange suchen: Der König wurde in sein Amt hineingeboren und genoss überdies strafrechtliche Immunität.

„Obwohl", sagte Antti, „man muss doch wohl Katholik sein, um Papst werden zu können, oder?"

Matti hielt inne in seinen Überlegungen. Dann zeigte er auf Antti.

„Du darfst *niemals* zulassen, dass man dich wegen deines Glaubens oder deiner Herkunft herabsetzt! Niemals! Du kannst Papst werden, genau wie jeder andere auch. Du bist ein Alto."

Das waren die Töne, die Antti auch in der Schule immer zu hören bekam. Diskriminierung. Darüber hatten sie viel gelernt. Diskriminierung war etwas Schlechtes.

„Oder aufgrund meines Geschlechts?"

„Was?"

„Man darf auch nicht aufgrund seines Geschlechts diskriminiert werden."

„Stimmt. Du hast genauso viel zu bieten wie alle anderen. Aber weißt du …“ Matti deutete mit einem diskreten Nicken auf Anttis Schritt. „Wenn du fett bist, sieht er kleiner aus.“ Matti drückte seine filterlose North State aus und bedeutete Antti mit einer Handbewegung, dass das Gespräch beendet war.

Elina war das Kind, das am schnellsten lernte, wie man die Fragestunden des Vaters überstand. Es war schierer Zufall, dass sie über eine gute Lösung stolperte, an der sie jahrelang aus reiner Bequemlichkeit festhielt, weil sie so schön funktionierte.

Eine Weile fühlte sie sich im Allgemeinen zu älteren Jungen hingezogen, die bereits problematische Verhaltensweisen entwickelt hatten, insbesondere ein junger Mann namens Jocke Bäck. Sie trieb sich eine ganze Weile im örtlichen Jugendzentrum herum und bewunderte seinen Hintern, wenn er sich über den Billardtisch beugte, um dann mit einem zielgerichteten Stoß die Achterkugel ins Loch an der Seitenbande zu schießen.

Jocke Bäck war also ein erfahrener junger Mann, der bereits Leichtbier trank, damals ein völlig akzeptables Getränk für einen Jugendlichen. Er trug eine zerrissene Jeansjacke mit AC/DC-Bild auf dem Rücken und aufgeklebten Fünf-Öre-Münzen statt Nieten an den Säumen. Er schnupfte Schnupftabak, und die Haare reichten ihm bis auf die Schultern. Er war ein Rebell, und er hatte Elina das Herz geraubt.

Doch Jocke Bäck wusste nicht, wer sie war, und Elina begnügte sich damit, ihn aus der Ferne zu bewundern, vielleicht in dem unterbewussten Wissen, dass es so wohl am besten war. Mochte sie auch eine junge Romantikerin mit einer ganz allgemeinen, nicht näher definierten Lust zur Auflehnung sein – dumm war sie nicht.

Später bekam Jocke Bäck übrigens einmal richtiges starkes Bier in die Finger, durch einen Handel mit einem ungewöhnlich ehrlichen Penner, den er bei einer Klassenreise nach Stockholm traf. Nach einer Weile machte sich das Bier bemerkbar, und obwohl er in einer U-Bahn-Station stand, holte er sein Geschlechtsorgan heraus in der Absicht, Wasser zu lassen. Kompromissloser Rebell zu sein mag ein hartes Leben sein, aber es bringt auch seine Vergünstigungen mit sich, und dazu gehört, dass einem immer und überall eine Toilette zur Verfügung steht. Und Jocke war ein tatkräftiger junger Mann, das konnten mehrere nervenschwache Hausbesitzer in seiner Heimatstadt bezeugen, vor deren Häusern Jocke und seine Bande, die Hellriders, immer ihre Mopeds hochdrehen ließen.

Jocke Bäcks Strahl traf also auf die Gleise, besonders stark und mächtig aufgrund der dringenden Situation. Auf einmal kam er in Kontakt mit der stromführenden Schiene. Und so wurde Jocke Bäck poetischerweise mithilfe von zweien der drei Dinge gegrillt, die er im Leben am meisten liebte, nämlich seinen Penis und das Bier. Das dritte war eine bis zum Wahnwitz auffrisierte Puch Dakota. Als das geschah, wusste er immer noch nicht, wie Elina hieß.

Doch all das sollte sich erst später zutragen.

Jetzt war immer noch ihr dreizehnter Geburtstag, und Elina stand vorm Schreibtisch ihres Vaters.

„Ich würde gern ...“ Sie schaute zur Decke.

Matti seufzte leicht, aber lächelte gequält und tat tapfer sein Bestes, eine geduldige Miene zu wahren.

Elina überlegte. Was tat sie eigentlich gerne? Tja, Jocke Bäck angucken. Doch das würde ihren Vater herzlich wenig beeindrucken. Was mochte Jocke Bäck denn gern? Billard spielen, Moped fahren, Bier trinken und in der Cafeteria des Jugendzentrums rumhängen. Elina wählte die für Matti respektabelsten dieser Tätigkeiten aus und kombinierte sie, um ihnen quasi mehr Substanz zu verleihen.

„Vielleicht ein Billardcafé eröffnen?"

Ihr Vater zuckte zusammen. Das war ja ein richtig konkreter und realistischer Vorschlag! So was hatte er sich wirklich nicht erwartet von einem seiner sonst so unschlüssigen Kinder. Sollte sich hier wirklich etwas grundlegend verändert haben? Hatten seine Vorträge endlich Wirkung gezeigt? Hatte sein Nachwuchs nur ein bisschen reifer werden müssen?

Matti beugte sich vor und runzelte die Stirn. „Wie soll das aussehen?"

„Na jaaa ... dass man halt Billard spielen und Kaffee trinken kann. Und vielleicht Käsebrote dazu essen."

Ein interessanter Aspekt dieser Idee war im Übrigen der, dass Jocke Bäck dann vielleicht mal vorbeischaute. Matti schaute an die Decke und spitzte die Lippen.

„Tja ... das sind schon mal zwei Zielgruppen. Aber ich weiß ja nicht." Er rollte ans Fenster und schaute über den See. Es war tatsächlich gar nicht so blöd. Überhaupt nicht. „Ein Billardcafé. Doch, ja. Bei den Schweden weiß man nie. Das könnte schon funktionieren."

Ein paar Sekunden war es still. Dann drehte Matti seinen Rollstuhl schwungvoll herum.

„Aber im Jugendzentrum kann man doch umsonst Billard spielen. Was hast du dir vorgestellt, wie du denen Konkurrenz machen willst?"

Und an dieser Stelle konnte Elina ihrem Glücksstern danken, dass sie so viel im Jugendzentrum herumgehangen war, wenn Jocke Bäck spielte. Da hatte sie nämlich, sowohl von Jocke als auch von seinen Gegnern, jede Menge schleppend vorgetragene Klagen über die Mängel am Tisch des Jugendzentrums mit angehört, aber auch ein paar energischere, wenn ein Stoß ganz misslungen war. Sie hatte also eine ganze Menge Material, von dem sie sich bedienen konnte.

„Die haben da aber total schiefe Tische. Und die Bespannung ist zerrissen. Manche Queues sind krumm, und wenn man eine Kugel in die rechte Ecke platzieren will, ist die Wand im Weg, da muss man jedes Mal den Queue hinten hochheben, um überhaupt einen Stoß durchführen zu können. Da kann man gar nicht ernsthaft spielen. Und manchmal scheint einem auch die Sonne in die Augen. Am Boden steht ein Brett so raus, dass man drüber stolpern kann, und die Kugeln prallen nicht so richtig von der Bande ab. Und dann hocken noch massenweise Kinder rum und glotzen blöd." Letzteres hatte sie mehrmals gehört, und manchmal befürchtete sie, sie selbst könnte damit gemeint sein.

Matti war tief beeindruckt. Es war offensichtlich, dass Elina sich diese Idee nicht einfach aus der Luft gegriffen hatte. Sie hatte die Konkurrenz gründlich analysiert. Er schaute seine Tochter an, nickte und sagte:

„Gut, Elina."

Das war ein sehr seltener Ausspruch. Im ersten Moment meinte Elina, sie hätte sich verhört.

Ein Jahr später stand Elina wieder vor ihrem Vater.

„Letztes Jahr hast du doch von so einer Art Café erzählt, oder?"

„Äh … jaa. Schon." Elina nickte. Das Café schien bei ihrem Vater ja eine Saite angeschlagen zu haben. Aber übers Reden war sie noch nicht hinausgekommen, also musste sie jetzt improvisieren.

„Hast du vielleicht", versuchte es ihr Vater, „schon mehr über die Branche gelernt?"

Elina überlegte. Dann zuckte sie mit den Schultern.

„Ich hab zugeschaut, wenn sie im Jugendzentrum Billard gespielt haben."

„Na, es ist ja dein Unternehmen. Aber es wäre schon auch gut, wenn du zum Beispiel etwas über Buchführung lernen würdest."

Elina kaute ihren Kaugummi und schien zuzuhören. Oder? Sie hörte doch zu? Matti konnte es schwer sagen. Irgendwie argwöhnte er immer, dass seine Worte einfach an seinen Kindern abprallten. Sie hatten so einen leeren, unergründlichen Blick entwickelt. Drang er noch zu ihnen durch? War es überhaupt möglich, zu so einem Wesen durchzudringen? Als er jung war, hatte es das Konzept „Teenager" noch gar nicht gegeben, deswegen war es schwer zu sagen. Damals war man entweder ein Kind oder ein Erwachsener, nicht diese mystische Kreatur.

Am selben Abend spürte Matti das Bedürfnis, seiner Besorgnis Ausdruck zu verleihen. Beata saß im Bett und las. Matti hievte sich aus seinem Rollstuhl ins Bett, schob respektvoll die schlafende Katze[22] beiseite und schaute seine Frau an.

„Verdammt", sagte er nachdrücklich, „manchmal glaub ich, unsere Kinder sind alle drei Idioten." Er überlegte kurz. „Gut, Elina vielleicht nicht. Aber die anderen beiden."

Beata warf ihm nur einen zerstreuten Blick zu und las weiter. Nachdem er sich etwas im Bett herumgewälzt hatte, hielt Matti inne und schaute sie an.

„Sind in eurer Familie Fälle von Idiotie vorgekommen?"

„Nein." Sie las schweigend einen Abschnitt. „Nicht dass ich wüsste."

---

22 Die Familie hatte sich zwei Katzen aus dem gleichen Wurf angeschafft, zu denen sich nach einer Weile noch eine Wildkatze gesellte. Die Kinder tauften die beiden nach den schwedischen Politikern auf Palme und Geijer, die dominante Wildkatze bekam den Namen Nixon. So konnten sie nämlich rufen: „Palme und Geijer, Nixons Lakaien!" Diesem Treiben setzte Matti jedoch ein Ende. Geijer und Nixon durften ihre Namen behalten, aber Palme musste auf Morris umgetauft werden. Danach war die Tirade aber bald vergessen.

„Und dein Cousin? Sepe?“

„Sebastian?“

„Ja. Wie ist es mit dem?“

„Wieso sollte mit dem was nicht stimmen?“

„Sebastian …“ Matti überlegte. „Irgendwie fand ich schon immer, das ist eher eine Beleidigung als ein Name, oder?“ Manchmal konnte Matti solche völlig unerwarteten Meinungen kundtun, und man konnte nur schwer sagen, woher er sie eigentlich hatte.

Beata schaute ihn an.

„Hast *du* irgendwas an *meiner* Familie auszusetzen?“

Sie spielte selbstverständlich auf Väinö und den verschwundenen Risto an.

„Tja, das …“

Ihre Blicke trafen sich, und er verstummte. In den Jahrzehnten ihres Zusammenlebens mit Matti hatte Beata gelernt, vieles zu ignorieren. Aber irgendwo musste man auch mal die Grenze ziehen.

„Na ja, der Sepe ist ja schon ein ganz netter Kerl“, versuchte Matti seine Aussage wiedergutzumachen. „Viele ehrenhafte Menschen heißen Sebastian, das stimmt schon.“

Doch Beata verstand schon, worum es eigentlich ging. Als Matti eine bequeme Position im Bett gefunden hatte, legte sie ihr Buch aus der Hand und kuschelte sich an ihn.

„Das kommt schon alles in Ordnung. Es ist nur, weil … sie jetzt eben dabei sind, Schweden zu werden. Das musst du ihnen erlauben, und du solltest dich dabei am besten nicht einmischen.“

„Meinst du?“ Matti wusste nicht recht, was er davon halten sollte. Anpassung war natürlich gut und sollte gefördert werden. Aber mussten sie deswegen gleich schwachsinnig werden?

„Ja. Das ist doch wohl nicht so schrecklich, oder?“

8. KAPITEL

Lauftraining – Poesie – Der Treppenlift

Matti begann sich nach Wirkungsstätten für seinen Nachwuchs umzusehen. Eines Wochenendes nahm er sie zum Beispiel mit auf den städtischen Sportplatz.

Es war ein prächtiger Anblick. Da rannten die drei auf der Stelle und oder liefen in einer Reihe hintereinander, wobei sie ihre Beine energisch und rhythmisch im Gleichschritt hoben.

Matti saß in seinem Rollstuhl vor ihnen, mit Trillerpfeife um den Hals und Stoppuhr in der Hand. Alle vier trugen identische weiß-blaue Trainingsanzüge.

Irgendein Talent würde sich hier doch wohl entdecken lassen, dachte der Vater, ohne die Bande langhaariger Jugendlicher zu beachten, die sich in der Nähe herumtrieb. Es war geradezu symptomatisch, wie diese Kerle an der Einfassung lehnten, als wäre es schon zu viel verlangt, dass sie auch nur ihr eigenes Gewicht trugen.

Manche begnügten sich damit, ihr Leben damit zu vergeuden, dass sie Schnupftabak schnupften und die Motoren ihrer Mopeds aufheulen ließen. Seinetwegen sollten sie ruhig. Das blieb ihnen ganz allein überlassen, jeder traf seine eigenen Entscheidungen im Leben. Tatsächlich war das System richtig gut, das fanden sowohl Matti als auch die Jugendlichen. Aber wenn diese Rotzlöffel dort so blöd herumstanden und grinsten, ahnten sie ja nicht, dass hinter ihnen der Geist von Charles Darwin stand und seinerseits grinste. So war das Leben, und so musste es sein.

„Ich hab euch nur zwei Worte zu sagen“, begann Matti laut und barsch, während er seine Kinder musterte: „Lasse Virén.“

Die Kinder kamen aus dem Gleichschritt und tauschten verwirrte Blicke. Matti bemerkte die Verwirrung.

„Ihr wisst doch wohl, wer Lasse Virén[23] ist, oder nicht? Verdammt, lernt ihr denn gar nichts in der Schule?“

Sie hoben ihre Beine immer weniger hoch, und Matti wurde klar, dass weitere Verwirrung dem Ziel kaum zuträglich sein würde. Der erfolgreiche Athlet konzentrierte sich mit reinem und ungetrübtem Geist nur auf die Aufgabe, die vor ihm lag. Auch ansonsten wichtige Informationen wie die über Lasse Virén konnten zu einem unpassenden Augenblick übermittelt werden. Deswegen ließ er die Sache auf sich beruhen und zeigte nur auf die Aschenbahn.

„Rennt!“

Und die Kinder rannten. Matti beobachtete den Zeiger seiner Stoppuhr. Der Vorteil am Laufen war der, dass man im Unterschied zu vielen akademischen Fächern schnell Ergebnisse sah und entscheiden konnte, wie talentiert jemand war. Er schaute den Kindern nach.

Der Jüngste, Antti, war schon bedenklich zurückgefallen. Sein Laufen war nur noch ein atemloser Trott. Aber er war ja auch das Dickerchen in der Familie. Matti hatte ihn bloß mitgenommen, weil er die Kinder im demokratischen Geiste erziehen wollte, wonach allen dieselbe Chance zugestanden wurde.

Elina lag auf dem zweiten Platz. Und das, obwohl sie rückwärts lief und mit einem der Jugendlichen redete, die gerade noch am Zaun gestanden hatten. Er war ihr nachgefahren und rollte jetzt langsam neben der Aschenbahn her. Matti konnte nicht erkennen, ob die beiden sich von früher kannten oder ob hier ein Junge gerade erst ein Auge auf Elina geworfen hatte.

---

23 Lasse Virén war ein Langstreckenläufer, der in den Siebzigerjahren viele Lorbeeren für Finnland einheimste.

Es war jedoch offensichtlich, dass ihr der notwendige Wille fehlte.

Nur Raimo, immer auf der Jagd nach väterlicher Anerkennung, legte seine ganze Seele in dieses Rennen. Er konzentrierte sich so stark, dass ihm ganz entging, wie die Bahn eine Kurve beschrieb, und er geradewegs in die Umzäunung krachte.

„Vittujen kevät[24] …“, seufzte Matti.

In der Woche nach dem Lauftraining beugte Antti sich gerade über seine Hausaufgaben, als es an der Tür klopfte.

„Herein!“

Matti kam in sein Zimmer gerollt und legte ihm ein Buch auf den Tisch.

„Das hier“, verkündete er, „ist *Fähnrich Stahl*. Von Johan Ludvig Runeberg.“

Behutsam nahm Antti das Buch in die Hand. Es war eine kleine, ziemlich abgegriffene Schulausgabe der Gedichtsammlung mit zerfleddertem Lederrücken. Der Umschlag verriet, dass es die siebte Auflage war, übersetzt von Paavo Cajander und gedruckt 1890 in Helsingfors.

„Ja?“

Er schlug das Buch auf, las ein paar Worte. Blätterte.

„Könntest du so schreiben? Was meinst du?“

„Wie meinst du das, Vater?“

„Könntest du dieses Gedicht schreiben?“ Matti zeigte ins Buch. „Das da?“

„Das?“

Antti las ein paar Verse von dem Gedicht, das er aufgeschlagen hatte. Es schien darin um den Teufel zu gehen.

24 Könnte man direkt übersetzen als „Fotzenfrühling“, was jedoch irreführend wäre. Trotz der starken Formulierung klingt der Fluch für finnische Ohren weit weniger grob als für schwedische. Die Bedeutung ist eher ein resigniertes „Ja, du liebe Güte …“

„Das!“

Nun war Matti schon klar, dass nicht viel kommerzielles Potenzial darin lag, wenn jemand was über den Teufel zusammendichtete. Doch alle Familien müssen einen künstlerischen Bohème-Typ verkraften, solange es nicht total aus dem Ruder läuft. Außerdem ist das Leiden ja irgendwie auch etwas sehr Finnisches, und Dichter scheinen die Angewohnheit zu haben, meistenteils zu leiden und Angst auszustehen. Vielleicht wäre das ja was für den Jungen?

„Aber das wurde doch schon mal geschrieben“, versuchte Antti zu protestieren. „Von …“ Er warf einen Blick auf den Autorennamen: „Runeberg.“

„Na ja, schon! Aber wenn du ein bisschen schneller gewesen wärst, dann hättest du vielleicht derjenige sein können, der das schreibt. Oder nicht?“

„Aber ich war ja noch nicht mal auf der Welt, als …“

„Ach, Schnickschnack!“

Matti hätte ja gleich wissen können, dass der Junge wieder Fisimatenten machen würde. Antti hatte so eine bedauerliche Tendenz, sich hartnäckig auf die Schwierigkeiten zu konzentrieren, statt seine Chancen zu sehen.

„Es gibt ja wohl noch eine ganze Masse anderer Gedichte, die noch keiner geschrieben hat, oder? Vielleicht sitzt in diesem Moment grade irgend so ein Blödmann am Schreibtisch und schreibt ein Gedicht, das genauso gut du hättest schreiben können!“

Matti rollte aus dem Zimmer. Der Junge verstand offensichtlich überhaupt nichts von Poesie.

Antti blieb vor dem Buch sitzen. Es standen nicht viele Wörter auf jeder Seite. Und dünn war es auch. So ein Buch hätte man leicht an … na ja, was könnte man schätzen – an einem Tag schreiben können? Wie schwer konnte so was schon sein? Und das war dann also ein Job? Nachdenklich blätterte er um. Könnte das wohl was für ihn sein?

Vielleicht wundert sich der Leser darüber, dass Matti Alto seinen Sohn zum Dichten ermutigte, etwas, was in der westlichen Welt oft als Beschäftigung für schwache und suchende Seelen gilt, die nicht andeutungsweise Schwielen an den Händen haben. Aber es gibt auch Kulturen, in denen die Poesie als verhältnismäßig männlich gilt. Da fällt mir spontan die japanische Dichtkunst ein, und natürlich die finnische. Um der Wahrheit die Ehre zu geben: Matti hätte überhaupt nichts dagegen gehabt, wenn seine Kinder sich künstlerische Tätigkeiten gesucht hätten, es hätte ihn nicht mal nennenswert gestört, wenn sie sich auf Rock- oder Punkmusik verlegt hätten. Solange sie nur etwas machten.

Nur der Beruf des Malers hätte ihn zögern lassen. Aber aus rein persönlichen Gründen. Im Fortsetzungskrieg hatte er nämlich so eine Künstlernatur in seinem Zug gehabt. Der hatte sich einen Blumenstrauß auf eine seiner Stielhandgranaten gemalt. Es war ein wahres Kunstwerk, auf dem man in den kurzen Verschnaufpausen während der ersten Offensive die Augen ruhen lassen konnte und Kraft schöpfen.

Als der Iwan dann einen seiner verzweifelten Sturmangriffe begann, wie sie in dieser Zeit an der Tagesordnung waren, um sie aus den gerade erst eroberten Schützengräben zu verjagen, stand der Künstler dort mit seiner letzten Handgranate, die, die er so hübsch bemalt hatte. Er zögerte einen Augenblick und sackte dann zusammen, als er das schrecklich lange Bajonett eines Mosin-Nagant-Repetiergewehrs in den Brustkorb bekam. Es blieb zwischen seinen Rippen stecken, und Matti konnte den Russen gleich darauf mit der Maschinenpistole bedienen, bei der er gerade das Magazin gewechselt hatte.

Seiner Erfahrung nach konnte man sich also auf Künstler nicht so recht verlassen. Sie waren Träumer, und wenn er konnte, ging er ihnen aus dem Weg. Wenn man eine Granate so hübsch bemalte, dass man sie dann nicht mehr werfen mochte, verdrehte man die Realität, machte etwas anderes aus ihr, als sie wirklich war. Und so was konnte in die Hose gehen. Das hatte er ja mit eigenen Augen gesehen.

Diagnosen wie das Asperger-Syndrom waren noch nicht in Mode. Und wenn doch, ist trotzdem nicht gesagt, dass Matti sich um solchen psychosozialen Pipifax geschert hätte. Er hatte nur so ein allgemeines Gefühl, dass sein etwas pummeliger Jüngster mit der zarten Brille ein Idiot sein könnte.

Aber zu Anttis Glück hatte sein Vater ja so viele andere Sorgen, die ihn in Beschlag nahmen. Zum Beispiel die Sache mit dem Treppenlift.

Einmal die Woche, manchmal auch öfter, blieb der Treppenlift, der Matti mit seinem Rollstuhl zwischen den beiden Geschossen ihres Häuschens hin und her beförderte, mit einem Ruck in der Mitte stecken.

Zu dieser Zeit stand es mit seinem Rücken auch schon so schlecht, dass er schön sitzen bleiben musste, bis der Lift sich wieder in Gang zu setzen geruhte. Diese Macke schien sich immer nur bemerkbar zu machen, wenn er allein zu Hause war und niemand ihm helfen oder die Ursache ergründen konnte. Die Kinder waren grundsätzlich in der Schule und Beata beim Einkaufen oder sonst wo. Nachdem er nun schon mal für teures Geld einen Lift hatte einbauen lassen, sollte ihn doch der Teufel holen, wenn er trotzdem auf der Treppe herumkriechen musste. Matti hielt sich für einen extrem verständnisvollen und bis zur Selbstverleugnung toleranten Mann, aber irgendwo musste so ein Mensch *jumalauta*[25] auch mal eine Grenze ziehen. Und seine verlief beim Kriechen.

Das Ergebnis war, dass er ungefähr eine Stunde pro Woche zwischen Erdgeschoss und erstem Stock festsaß und im Leer-

---

25 Ein sehr geläufiger finnischer Kraftausdruck. In gewisser Weise nur ein halber Fluch, denn eigentlich ist es eine zusammengezogene Form von „Jumala auta!" – „Gott helfe!"

lauf müde fluchte, was die moderne Technik doch für ein Schrott war, der so konstruiert war, dass alles möglichst schnell kaputtging, um nur ja den unablässigen Konsumkreislauf in Gang zu halten.

„Begreifen die Menschen wirklich nicht, dass eine Einheit, die ewiges und ständiges Wachstum voraussetzt, irgendwann die Füße zermalmt, auf denen sie steht?", murmelte er in sich hinein und schüttelte den Kopf auf die resignierte Art, die Alter und Weisheit mit sich bringen.

Es war nicht nur nervend und beunruhigend, sondern auch sehr seltsam, dass niemals jemand in der Nähe war, der diese geradezu übernatürlichen Stromausfälle hätte bezeugen können.

Niemand sprach es laut aus, dass er diese Ereignisse bezweifelte. Nicht mal die Elektriker oder Mechaniker, die Matti mehrmals kommen ließ, um die Sache zu untersuchen, deuteten etwas in dieser Richtung an, wenngleich ihre Kommentare mit der steigenden Zahl ihrer Besuche immer undiplomatischer wurden. Vielleicht konnten sie es sich leisten, offenherziger zu sprechen als die Familie, weil sie ja wussten, dass sie nicht im gleichen Haus leben mussten wie dieser frustrierte, an den Rollstuhl gefesselte Mann. Der Hersteller des Treppenlifts schickte einen Mann, dem es aber nicht gelingen wollte, irgendeinen Mangel zu entdecken. Sooft Matti auch damit hinauf- und hinunterfuhr, er funktionierte absolut tadellos. Sosehr er die Knöpfe auch misshandelte, der Lift gehorchte jedem Befehl.

Matti bat alle, das Haus zu verlassen, und fuhr dann um die zehn Mal hinauf und hinunter. Er wechselte auf halbem Weg die Fahrtrichtung, was er sonst niemals getan hätte, weil das auf einen schwachen, unschlüssigen Charakter hingedeutet hätte. Und der Lift hatte nie besser funktioniert.

Ein Mann vom Elektrizitätswerk kam mehrmals, ohne einen Fehler zu finden. Alle Kabel waren unversehrt und lagen, wie sie sollten. Er prüfte alles mit seinem Messgerät, an allen Ecken und Enden, während Matti schmollend danebensaß und zuschaute und manchmal einen anklagenden Zeigefinger erhob.

„Da, das Kabel! Ist es das nicht?"

„Aber dieses Kabel ist doch …"

„Bitte ersparen Sie mir Ihr dämliches Fachchinesisch! Ja oder nein?"

Obwohl der Elektriker bestimmt mit der Hand auf der Bibel – oder welches Buch auch immer der Leser vorziehen mag – geschworen hätte, dass die Elektrizität im Haus ohne Fehl und Tadel war, blieb Matti schon am nächsten Tag wieder stecken und wurde fuchsteufelswild.

Zu guter Letzt akzeptierte er ergeben die unergründliche Ordnung der Dinge, genau wie er so vieles andere akzeptierte, und saß seine Zeit auf halber Strecke zwischen erstem Stock und Erdgeschoss ab. Er lernte, jedes Mal eine kleine Notfallausrüstung dabeizuhaben, ein Buch und eine Taschenlampe, in deren Schein er lesen konnte. Eines von Mattis Erfolgsrezepten bestand ja darin, sich gleichmütig allem zu fügen, was er nicht ändern konnte.

Mindestens eines der Kinder behauptete später, ganz sicher zu sein, dass Beata während dieser Stromausfälle mit Kopfhörern auf dem Kopf und einem Tablett mit Käse und Keksen auf dem Schoß (nebst der Sicherung, die sie aus dem Sicherungskasten genommen hatte) in aller Ruhe ihre allwöchentliche Folge von „Dallas" auf VHS genoss, in einer Oase der Ruhe.

Wie es sich in dieser Sache wirklich verhielt, will ich jedoch ungesagt lassen.

9. KAPITEL

Waldporno – Super Mario Bros – Danne Nilsson

Wir schreiten weiter zu den Achtzigerjahren.

Insgesamt war die erste Hälfte dieses Jahrzehnts eine magische Zeit für die Jugend.

Es war vor dem Internet. Ja, eine solche Zeit hat es wirklich einmal gegeben. Die Leser, die es nicht glauben wollen, können es ja googeln.

Ein junger Mann mit gewissen anatomischen Interessen konnte also nicht mit einem einfachen Klick auf Gigabytes und abermals Gigabytes von diversen informativen Aktstudien zugreifen und digitalen Dokumentationen erotischer Übungen, in denen er sich verbessern konnte, während er dem Rätsel um die Fortpflanzung und die Entstehung des Lebens nachspürte.

Nein, was es damals gab, waren vereinzelte Kataloge mit Unterwäsche. Darin fanden sich stark beschnittene Bilder, konformistisch, geradezu klinisch, die im Grunde alles der Fantasie überließen. Ansonsten konnte man sich an die Zeitschrift *OKEJ* wenden, in der sich ab und zu das eine oder andere aufreizende Foto eines weiblichen Pop- oder Rockstars finden ließ. Und es gab noch das Fach Sexualkunde in der Schule, das von den Lehrern hastig abgehakt und von den Schülern ziemlich zerkichert wurde.

An den Wänden der Toiletten fanden sich diverse Graffiti von mehr oder weniger aufgeklärten und talentierten Gegenwartskünstlern sowie knappe erotische Poesie von der Sorte „Schwanz“ oder „Fotze“. Abgesehen von dubiosen Informationen von Schulkameraden gab es in allen Bibliotheken ein Buch namens „Eins, zwo, drei“[26], das den Gerüchten zufolge den Prozess beschrieb, durch den ein Kind entstand. Das soziale Stigma, das man sich zuzog, indem man dieses Buch aufschlug, schreckte jedoch noch den Wissbegierigsten ab, weswegen – zumindest offiziell – nie irgendwelche Informationen darüber verbreitet wurden, ob in diesem Werk nackte Mädchen abgebildet waren.

Dann gab es natürlich noch das Phänomen des heute geradezu mythischen Waldpornos.

In jener Zeit wuchs der Porno im Wald. Der erfahrene Pornosammler hatte überhaupt keine Probleme, ihn hinter größeren Steinen oder Büschen aufzustöbern, fünfzehn bis dreißig Meter vom nächsten Waldweg entfernt. Leider war er oft zerlesen und durch den Regen beschädigt, und nicht selten waren Seiten verdächtig starr und zusammengeklebt, und dann konnte man das Ding natürlich nicht mehr anfassen.

Aber ab und zu fand man doch Porno, der sich noch konsumieren ließ. Manchmal war er einfach frisch, und manchmal steckte er in einer kleinen Plastiktüte zum Schutz vor Wind und Wetter, oder vielleicht lag er in einem Baumhaus. In selteneren Fällen versteckte er sich auch in der Kiste mit dem Streusand in den Fahrradkellern der Mietshäuser. Da bekam der glückliche und wissbegierige junge Mann endlich die Möglichkeit, sich genau anzusehen, worum es bei diesen viel beschrienen Dingen eigentlich ging.

Trotz des ungeschriebenen Gesetzes, dass jemand, der Porno aus dem Wald mitnimmt, genauso viel wieder dort hinlegen muss, verschwand der Waldporno im Laufe der Zeit. Da war eine neue Art in den Kreislauf eingeführt worden und hatte

---

26 Das Buch kann auch „Eins, zwo, zwei“ geheißen haben. Der Verfasser hat sich nicht getraut, diese Angabe jemals persönlich zu überprüfen.

ihn verdrängt. Das war natürlich der heutzutage völlig dominierende Internetporno.

In den Achtzigerjahren ging auch ein Gerücht, dass jeder Spieler, der es schaffte, Super Mario Bros in weniger als zehn Minuten durchzuspielen, zu sehen bekam, wie Mario selbst mit der Prinzessin Liebe machte, von hinten.

So dürftig sahen also die Alternativen zu unabhängigen Informationen aus, die Anttis Generation hatte, wenn sie mehr über das biologische Phänomen erfahren wollte, das die Gedanken junger Teenager so massiv in Beschlag nimmt.

Eines Tages, als sie einen Korridor entlanggingen, erklärte ihnen ein älterer Junge, Danne Nilsson, was es mit Marios liederlichem Hobby auf sich hatte. Antti saß gerne im Haus und meditierte. Er war nicht der Typ, der durch Wald und Feld streifte, um nach der natürlich wachsenden Pornografie zu suchen, wie so viele seiner Schulkameraden. (Was übrigens der Grund dafür ist, dass die letzte Generation von Schweden, die wirklich mit dem Wald vertraut war, eben die von Antti war.) Und dem selbstsicheren Gerede der anderen Jungen, zum Beispiel in der Umkleide nach wieder mal einer verhassten Turnstunde, hatte er schon entnommen, dass ihm hier sehr wichtige Informationen entgingen.

Danne Nilssons zufriedenes Grinsen und seine Unterleibsbewegungen, als er das gut gehütete Geheimnis des italienischen Klempners enthüllte, überzeugten Antti davon, dass dieses Projekt sein Engagement wert war. Sein Vater wäre vor Stolz geplatzt, wenn er die entschlossene Miene seines Sohnes gesehen hätte, als dieser zum ersten Mal ein deutliches langfristiges Ziel vor Augen hatte, wie er das Kinn vorschob und den Horizont fixierte.

Natürlich war es nicht ganz das erste Mal, dass Antti sich für etwas engagierte, das war schon ein paar Male passiert. Zum Beispiel, als er in den Kindergarten kam. Da hatte Beata ihm erklärt, er würde etwas bekommen, was sich „Speisezettel“ nannte. Vielleicht lag es an der Sprachverwirrung, an den Unterschieden zwischen Schwedisch und Finnlandschwedisch, sie hatte jedenfalls geglaubt, dass es sich dabei wirklich um einen Zettel handelte, den Antti gegen Essen eintauschen konnte. Sie ermahnte ihn also, ihn gleichzeitig mit den anderen Kindern zu verwenden. Antti freute sich schrecklich, die Verantwortung für einen eigenen Zettel zu haben und selbst die wichtige Entscheidung treffen zu dürfen, wann er ihn einsetzte. Als sich das Missverständnis aufklärte, war seine Enttäuschung freilich groß. Vielleicht war er damals sogar ein bisschen verletzt und wurde zynisch, was ein wenig die Distanz erklären kann, mit der er seiner Umgebung begegnete.

Nun gut, mehrere Jahre nach dem Zusammentreffen mit Danne Nilsson saß Antti immer noch ab und zu auf seinem Zimmer und genoss das inzwischen längst überholte Super-Mario-Bros-Spiel, wobei er seine Bestzeit Sekunde um Sekunde verbesserte. Nicht, dass es immer noch so wichtig gewesen wäre, zu sehen, wie Mario und die Prinzessin ihre Beziehung vollzogen, sondern rein aus Prinzip. Nachdem er so viel Mühe hier reingesteckt hatte, wollte er die Sache auch zu Ende bringen.

Das Projekt war mit einer Intensität begonnen worden, die seine Eltern überraschte. Eine solche Zielstrebigkeit hatten sie noch nie an ihm beobachten können. Bald wurde es zur Quelle ihrer Besorgnis. Der Junge war ja immer langsamer gewesen als die anderen. Als er sich nun endlich für etwas interessierte, musste es da wirklich ein Computerspiel mit den unglaubwürdigen Anstrengungen eines italienischen Klempners sein?

Die charakteristische Musik lag wie eine Decke über dem ersten Stock ihres Hauses, wo Antti wie hypnotisiert vorm Computer saß, während sich die Reflexionen vom Bildschirm in seinen Brillengläsern spiegelten. Seine Eltern hatten sich immer an die Regel gehalten, dass die Kinder selbst über ihr Leben bestimmen sollten. Also ließen sie ihn gewähren, solange er darüber die Schule nicht vernachlässigte.

Als die Besessenheit kein Ende nehmen wollte, machte sich Beata ausnahmsweise einmal mehr Sorgen als Matti. Sie verglich es damit, wie Antti einmal „Sein Mädchen für besondere Fälle“ mit Cary Grant gesehen hatte und hinterher alleine eine Schülerzeitung gegründet hatte. Das Ganze endete mit ein paar Bleistiftnotizen bei einem Interview mit dem Besitzer eines Schuhgeschäfts, dem er drei erschöpfende Fragen gestellt hatte. Dann verlief das überambitionierte Projekt von selbst im Sande. Und das hätte in diesem Fall auch so sein müssen.

Matti hingegen hatte drüber nachgedacht, was für Vorteile es haben könnte, auf einen Bildschirm zu starren, Informationen rasch zu verarbeiten und zu reagieren. Das war ein Talent, das auf einem zukünftigen Arbeitsmarkt für gewisse Berufsgruppen gefragt sein würde, vom Börsenmakler bis zum Kampfpiloten, und alles Mögliche dazwischen. Es war vielleicht gar nicht blöd, wenn der Junge übte. Solange er sich überhaupt auf etwas konzentrierte, hielt Matti das für etwas Positives.

Nach dem intensiven Spielen der ersten Wochen nahm die Manie etwas ab. Da erbot sich Matti ohne Beatas Wissen, ihm weitere Spiele zu kaufen. Antti nahm das Angebot an. Doch die anderen begeisterten ihn nie so sehr, und früher oder später kehrte er immer wieder zu Super Mario Bros zurück.

Viel später und aus reiner Sturheit erreichte er sein Ziel. Er schaffte das Spiel in weniger als zehn Minuten. Antti wollte seinen Augen kaum trauen, er riss die Arme hoch in einer für ihn ungewohnten Siegergeste, bevor er rasch nach der Toilettenpapierrolle griff, die er für diese Gelegenheit immer griffbereit liegen hatte, auch wenn es von Jahr zu Jahr immer unwahrscheinlicher geworden war, dass sie jemals eintraf.

Aber …?

Nichts geschah! Nichts anderes als das, was immer passierte, wenn man das Spiel durchgespielt hatte, egal in welcher Zeit. Die Prinzessin laberte irgendeinen Müll, und er konnte von vorne anfangen.

Das Gerücht von der Beziehung zwischen der Prinzessin und Mario war eben nur ein Gerücht und üble Nachrede. Ihre Liebe war rein und unbefleckt.

Antti war zutiefst enttäuscht.

Zusammenfassend lässt sich zu Anttis Jugend also sagen, dass er mehr Super Mario Bros gespielt hatte als ein durchschnittlicher Schulkamerad seines Jahrgangs. Außerdem muss man noch einen ungewöhnlich kreativen Scherz nennen, der definitiv erwähnenswert ist, weil man noch lange davon sprach, ja, er erreichte sogar überregionale Bekanntheit und verwandelte sich quasi in eine moderne Sage.

Folgendes trug sich zu:

Ein paar Wochen, nachdem er also Super Mario Bros im Zorn für immer verworfen hatte, saß Antti mit einem Klassenkameraden in der Cafeteria des städtischen Gymnasiums. Der Rest der Klasse schrieb noch an einem Test, mit dem die zwei schon fertig waren. Der sonst so schweigsame und schüchterne Antti beugte sich plötzlich mit einem für ihn ungewöhnlich diabolischen Grinsen über den Tisch und sagte: „Du kennst doch Danne Nilsson, der aus der Zwölften auf dem wirtschaftswissenschaftlichen Zweig?“

„Ja?“

Antti leckte sich über die Lippen und sah sich um, als wollte er sich vergewissern, dass sie niemand belauschte. Er hob die Augenbrauen und grinste und deutete an, dass er jetzt eine besonders saftige Geschichte zum Besten geben würde. Und hier können wir erstmalig erahnen, dass Antti ein Talent hatte, auch wenn er es selbst noch nicht entdeckt hatte, nämlich seinen natürlich Sinn für Dramatik, ein Gefühl dafür, wie man eine Geschichte präsentiert, wie man das größtmögliche Interesse beim Zuhörer weckt und ihn bei der Stange hält.

„Ja?", versuchte ihm sein Klassenkamerad die Fortsetzung zu entlocken.

Wieder schaute Antti sich theatralisch um.

„Also." Er senkte die Stimme noch ein wenig. „Danne Nilsson ist doch am Samstag mit einer etwas älteren Dame nach Hause gegangen."

„Ach ja?"

Geschichten über amouröse Eskapaden grassierten im Gymnasium ganz besonders, und der Wahrheitsgehalt tendierte gegen null. Man war also weder besonders ausgehungert nach solchen Historchen, noch ließ man sich allzu leicht beeindrucken. Die Miene seines Klassenkameraden verriet, dass er sich von Antti jetzt schon etwas wesentlich Interessanteres erwartete.

„Und dann ist er ganz in der Früh davon aufgewacht, dass jemand den Schlüssel ins Schloss schiebt. Er hat eine Todesangst gekriegt, ist ja klar. Stell dir vor, wenn da ihr Mann nach Hause gekommen wäre."

„Echt, oder wie?" Obwohl Antti mit diesem abgedroschenen Thema nicht die besten Voraussetzungen hatte, war ihm sein Zuhörer schon auf den Leim gegangen. Hätte dieser nur etwas mehr Lebenserfahrung gehabt, hätte er vielleicht Quellenkritik geübt. Denn das Bild, das Antti hier mit ein paar schnellen Pinselstrichen hinwarf, war einer Szene aus einer Seifenoper zum Verwechseln ähnlich. Aber es funktionierte.

„Ich schwör's dir! Er ist sofort aus dem Bett gesprungen." Antti lächelte, und seine Augen glänzten, so sehr war er in seiner Geschichte gefangen. „Und dabei ist er auf ihren Kanarienvogel gestiegen."

Antti illustrierte mit der flachen Hand, wie die Fußsohle den ganzen Vogel zermalmt hatte.

„Ein Kanarienvogel?“

„Ja! Er hatte am Vorabend einen Hamburger oder so was gegessen, da waren ein paar Sesamkörner auf den Boden gefallen. Der Vogel dachte sich: Jackpot, und im nächsten Moment war er mausetot.“

„Nicht im Ernst!“

„Und weißt du, was Danne Nilsson dann gemacht hat?“

„Nein?“

„Er hat sich den Fuß am Nachtkästchen abgewischt und ist dann durchs Fenster geflüchtet! Aber erzähl das bloß nicht weiter!“

„Ach komm! Echt?“

Sein Klassenkamerad lachte laut, und Antti fuhr fort: „Ich schwöre! Er ist aus dem Fenster gesprungen! Unglaublich. Seine Klamotten hat er einfach so zusammengerafft!“ Antti streckte die Hände vor sich aus.

Das Bemerkenswerte an dieser Geschichte, abgesehen von Danne Nilssons unwahrscheinlichem Pech und seiner Reaktion, war der Umstand, dass Antti sich das Ganze von der ersten bis zur letzten Silbe selbst ausgedacht hatte.

Doch weder der Schulkamerad, den Antti sich als Zuhörer ausgewählt hatte, noch einer von denen, die die Geschichte weitererzählten, hatten ein Interesse daran, dass sie sich als erfunden herausstellte. Vielleicht spürten sie instinktiv, dass das alles ein bisschen zu lustig war, um wahr zu sein, und vermieden es daher, ein derart unterhaltsames Gerücht zu sabotieren, indem sie seinen Wahrheitsgehalt überprüften.

In der ruhigen Gewissheit, dass es sich ganz von selbst über die ganze Schule ausbreiten würde, wiederholte Antti niemals die Originalerzählung. Er wusste, mit seiner angeborenen Begabung zum Geschichtenerzählen, dass sie das Potenzial zum exponentiellen Wachstum hatte, man würde sie sich an den Spinden zuflüstern, und im Speisesaal würde so mancher, wenn er sie zu hören bekam, seine Milch wieder zur Nase hinausprusten. Wie ein hartnäckiges Bakterium würde sie sich vom einen zum Nächsten ausbreiten, und bald hätten sie alle gehört, was es äußerst schwer machte, sie zu ihm zurückzuverfolgen. So scharfsinnig analysierte Antti also schon in verhältnismäßig jungen Jahren die Psychologie des Erzählens und die Mechanismen des Gerüchts.

Nicht mal der Schüler, dem Antti die Geschichte als Erstes erzählt hatte, konnte später mit Sicherheit sagen, woher die Geschichte über Danne Nilsson gekommen war. Die Story hatte sich nämlich zu einer Slapstickepisode von epischen Ausmaßen ausgewachsen, die nicht mehr viel mit dem zu tun hatte, was da in der Cafeteria ursprünglich geflüstert worden war.

Als Antti das mutierte Gerücht wieder zu Ohren kam, reagierte er wie alle anderen, ohne eine Sekunde zu verraten, dass es seine eigene Schöpfung war, und er gab es weiter an den nächsten Ring im Wasser, mit nur einer minimalen Verfälschung.

Viele Künstlerseelen hätten wohl ihr Werk verteidigt und versucht, das Gerücht zu seiner ursprünglichen Form zurückzuführen. Nicht so Antti.

Als extremes Beispiel kann man eine Version anführen, die in einigen Mittelstufeklassen zirkulierte und in der eine Damenvolleyballmannschaft in einem Hotel der Stadt vorkam, außerdem das Maskottchen des Teams, ein Pelikan, und ein Industriestaubsauger. Im Epilog wurde hinzugefügt, dass bis zu drei von den Mädchen schwanger geworden waren und die Mannschaft verlassen mussten.

Dass man sein Werk so umarbeitete, machte Antti gar nichts aus. Er war einfach froh, dass es weiterlebte. Nach ein paar Wochen intensiven Gerüchteverbreitens war Danne Nilsson vielleicht der Einzige an der ganzen Schule, der von dieser immer seltsameren Geschichte noch nichts gehört hatte. Doch er hatte gemerkt, dass man kicherte, wenn er irgendwo vorbeiging, was ihn bald nervös machte. War ihm Toilettenpapier am Schuh hängen geblieben? Stand sein Hosenstall offen? Hatte ihm jemand einen Zettel mit einem lustigen Spruch auf den Rücken geklebt?

Danne Nilsson schlug sich in die Herrentoilette und schaute nach.

Nichts.

Er setzte die Kopfhörer seines Walkmans auf, des modischsten Musikapparats dieser Zeit. Einen Walkman zu besitzen war cool. Aber das Ding fraß die Batterien nur so weg. Wer einen trug, gab zu erkennen, dass er das leere Gekläff der Welt ausblendete, um stattdessen Musik zu hören und ohne zu zögern sein ganzes Geld für Batterien auszugeben. Und so war man per definitionem saucool[27].

Gut, im Spiegel konnte Danne Nilsson schon mal kontrollieren, dass alles so war, wie es sein sollte. Einen schnittigeren Pony als seinen konnte sich auf dieser Seite des Dalälven kaum ein Junge aus dem Gesicht werfen. Und in die Waschmaschine, in der er seine Jeans wusch, hätte man nicht noch mehr Steine packen können. Den Walkman hatte er lässig an der Seite hängen.

Er trat wieder auf den Flur, aber diesmal machte er die Musik nicht an. Nicht, weil er Batterien sparen wollte, sondern weil dieser Riss, der sich in den letzten Tagen in seiner Welt aufgetan hatte, ihn so beunruhigte, dass er beschlossen hatte, die anderen zu belauschen. Er wollte wissen, was sie sagten, wenn sie glaubten, dass er sie nicht hören konnte.

---

27 Heute könnte man diesen Begriff vielleicht mit „megalässig“ übersetzen. Der Verfasser ist mit der Terminologie nicht hundertprozentig vertraut.

Was er da zu hören bekam, war sehr seltsam.

Wohin er auch kam, überall sangen die Leute das ebenso alte wie nervige Lied „Surfin' Bird"[28]. Viele versuchten den Takt an den Rhythmus seiner Schritte anzupassen. Wenn er jäh stehen blieb, hörten die Leute auf zu summen, und wenn er sich wieder in Bewegung setzte, machten sie weiter. Wenn er die Kopfhörer abnahm, verstummten sie, kicherten und grinsten sich zu.

Was war hier eigentlich los?

Die Geschichte vom Kanarienvogel/Kakadu/Pelikan/Seeadler wurde im Laufe der Jahre also zu einer modernen Sage. Und Danne Nilsson scheint nie mit ihr konfrontiert worden zu sein. Vielleicht weil er sich, als das Gerücht am intensivsten tobte, auf Skiurlaub in den österreichischen Alpen befand. Es ist sehr gut möglich, dass Antti sein Timing absichtlich so eingerichtet hat. Als er dann schließlich davon hörte, hatte sich die Hauptperson schon in „einen Jungen, der mit einem Kumpel von meiner Cousine in die Schule gegangen ist" verwandelt. Danne Nilsson konnte also genauso herzlich über die Geschichte lachen wie alle anderen, ohne zu ahnen, dass er selbst für einen Großteil der Stadt der vom Unglück verfolgte Protagonist war.

Obwohl Danne Nilsson gute Voraussetzungen hatte – prima Noten, überdurchschnittliche Intelligenz und eine Familie ohne größere soziale Probleme –, kam er dann im Arbeitsleben nicht so recht voran.

Er wurde oft zu Bewerbungsgesprächen eingeladen, bekam die Stelle dann aber nie. Vielleicht hatte er einfach nur Pech, vielleicht konnte man in seinem flackernden Blick die Un-

---

28 Dieses Lied, gesungen von The Trashmen, enthält die in diesem Zusammenhang sehr passende Zeile „A-well-a, everybody's heard about the bird. Bird, bird, bird, b-bird's the word".

sicherheit sehen, mit der er mittlerweile lebte. Vielleicht meinte der Personalchef, dass Danne Nilsson Gesichtszuckungen hatte, weil er Drogen nahm, nur weil der junge Mann zusammenzuckte, wenn eine Taube auf dem Fensterbrett landete. Vielleicht dachte sich der Schichtleiter in der Brauerei, dass der junge Mann fast ein bisschen aggressiv wirkte, wenn man anfing, vom Flaggschiff des Unternehmens zu sprechen, einem Bier namens Falcon.

Danne Nilsson trat also mit dem nagenden Verdacht ins Erwachsenenleben ein, dass der Rest der Welt ein pikantes Geheimnis kannte, das er selbst nur ahnen konnte. Offenbar hatte es irgendwas mit Vögeln zu tun. Er begann, die Menschheit immer mehr wie eine verschworene, geheime Schwestern- und Bruderschaft zu betrachten, deren Speerspitze, um nicht zu sagen: deren Schnabel, gegen ihn gerichtet war.

Aber dumm war er auch nicht. Er begriff, dass der Fehler bei ihm liegen musste. Alles andere war unlogisch, eine vogelbezogene Verschwörung gegen ihn war unwahrscheinlich. Und davon ausgehend rechnete er sich aus, dass in seinem Gehirn in der Spätpubertät irgendein chemisches Ungleichgewicht – höchstwahrscheinlich hormoneller Natur – eingetreten sein musste, das danach nie wieder in Ordnung gekommen war.

Aber immerhin war er einsichtig, was seinen Makel betraf. Das ist ja auch nicht jedem vergönnt. Manchmal konnte er seinen Stress nicht richtig deckeln und ließ in einem Anfall ein wenig Dampf ab, aber im Großen und Ganzen konnte er ganz gut damit umgehen.

Kurz und gut: Danne Nilsson erwarb sich einen Ruf als unberechenbarer Kauz.

Eine minimale Kursänderung zu Beginn einer langen Reise kann das Ziel enorm verändern. Obwohl Danne Nilsson bereit war, hart zu arbeiten, und mindestens in die mittlere Führungsebene gehört hätte, wohnte er nach ein paar Jahren in einem unabgesperrten Fahrradschuppen.

Was immer auch der Grund dafür sein mochte – und vielleicht hatte die Vogelgeschichte ja auch gar nichts damit zu tun –, so entwickelte sich jedenfalls sein Leben.

Eines Tages, Jahre später, war Antti gerade auf dem Weg ins Zentrum, um Briefmarken zu kaufen, weil er eine Erzählung verschicken wollte, in der Hoffnung auf Veröffentlichung. Da erblickte er eine buschige Gestalt in einem zerschlissenen grauen Militärmantel, die sich über einen grünen Abfalleimer beugte. In der Hand hatte sie einen selbst gebauten Greifer, mit dem sie im Müll nach Pfanddosen fischte. Es war Danne Nilsson.

„Tja, so kann es gehen, wenn man die Leute verarscht", dachte Antti.

Diese wild zugewucherte Erscheinung im Ortszentrum inspirierte Antti zu einer neuen Erzählung, die dann tatsächlich die erste sein würde, die veröffentlicht werden und ebenfalls gewisse unerwartete Nachwirkungen haben sollte.

10. KAPITEL

Der Bescheid – Das Holzscheit

Vielleicht hat der Leser langsam das Gefühl, dass sich diese Geschichte zur reinen Science-Fiction entwickelt, doch es ist eine Tatsache, dass Matti Alto eines Tages sterben würde.

Es kam der Tag, als er sich in die Faust hustete und dann bekümmert seine blutige Handfläche betrachtete.

Seine Rückenverletzung hatte ihn immer gequält. In den Fünfzigerjahren entdeckte er, dass der Schein einer UV-Lampe den Schmerz linderte, und sei es auch nur ein wenig. Die Ärzte vertraten die Ansicht, dass man die UV-Lampe mit Vorsicht genießen solle.

Doch Matti Alto war nicht der Typ, der auf Schamanen, Medizinmänner, Ärzte oder anderen Hokuspokus hörte. Er hatte für die Lampe bezahlt, er bezahlte für die Elektrizität, und es war sein Rücken, also ließ er sich's draufbrennen, so viel er wollte.

Das Ergebnis war, dass ein Muttermal, das in der Nähe der Rückenverletzung lag, ein paar Jahrzehnte später ein malignes Melanom entwickelte, also Hautkrebs. Es wurde herausoperiert. Doch diese Warnung seines Körpers konnte Matti nicht dazu veranlassen, sein hartnäckiges Rauchen zu unterlassen. Also kroch ihm der Krebs auch noch in die Lunge. Nächste Station war sein Gehirn, und dann blieb ihm auch schon nicht mehr allzu viel Zeit.

Da hatten die Russen über mehrere Jahre hinweg ununterbrochen versucht, ihn um die Ecke zu bringen, und nun sollte es zu guter Letzt also sein eigener Körper sein, der ihn im Stich ließ. Matti fühlte sich schwach. Er brauchte eine Zigarette.

„Schwer zu sagen, wie lange Sie noch haben", meinte der Arzt mit sichtlichem Unbehagen. Jedes Mal, wenn er so eine Auskunft geben musste, fiel es ihm wieder schwer. „Ein Jahr. Zwei vielleicht. Es tut mir wirklich leid. Ich habe hier ein paar Broschüren." Zögerlich schob er dem schweigsamen finnischen Paar ein paar Drucksachen hinüber, die sich mit dieser Art von Trauma befassten.

Matti starrte den Arzt mit abgrundtiefer Skepsis an. Er schluckte. Dann sah er Beata an. Das Leben war ja schon hinterfotzig genug. Man wurde einsam geboren und starb im Großen und Ganzen auch einsam, schreiend in einer Pfütze aus Pisse und Blut, und oft genug lebte man auch unter solchen Umständen. Doch das hier hatte er nicht erwartet. Etwas Feuchtes stieg ihm in die Augenwinkel. Hatte er jetzt etwa auch noch was an den Augen? Alle Geräusche verschwanden, und eine Weile hörte er nur das Klopfen seines eigenen Herzens. Das schon so bald verstummen sollte. Mattis Mund ging ein paarmal wie von selbst auf und zu. Dann ergriff er das Wort:

„Verdammt, Sie sind ja ein Komiker, Herr Doktor. Glauben Sie, ich werde gesund, wenn ich so ein paar blöde bunte Prospekte lese?"

„Nein, also, die sind eher dafür gedacht, dass Sie bei der Verarbeitung ..." Jetzt musste der Arzt schlucken. Im Laufe der Jahre musste man, so kaltherzig es klingen mag, eine gewisse Routine in solchen Dingen entwickeln. Musste sich bemühen, sie aus einer professionellen statt einer menschlichen Perspektive zu sehen. Aber vergebens. „In so einer Situation kommen ja viele Gefühle hoch. Und da kann es ganz gut sein, wenn man jemand zum Reden hat, der dafür ausgebildet ist."

„Gefühle?"

Wenn es eines gab, was Matti argwöhnisch machte, ja geradezu verabscheute, waren es justament Gefühle. Er sah Beata an.

„Was zum Teufel redet der denn jetzt? Soll ich mich hier jetzt raus*fühlen*?“

„Nein, ich … Also … Nein.“ Der Arzt beschloss, einfach nur eine bedauernde Miene aufzusetzen und zu versuchen, die unangenehme Situation auszusitzen. Matti war ein pragmatischer Mensch. Er wusste, dass seine Existenz auf Erden nicht notwendig war. Alles, was er machte, konnte irgendjemand anders mindestens genauso gut. Und schon beim ersten Krebs hatte er über sein Leben nachgedacht. Er konnte keinen Einfluss auf seine Krankheit nehmen, und er konnte sich auch nicht an sie anpassen. Nicht jetzt, nachdem man auch noch einen Hirntumor gefunden hatte. Also nahm er zumindest nach außen hin sein Schicksal gleichmütig an.

Für Beata war es schlimmer. Sie hatte im Laufe der Jahre gelernt, mit der Naturgewalt Matti umzugehen. Aber wie würde es für das Personal auf der anderen Seite laufen, wenn sie nicht dabei war und seinen Auftritt ein wenig dämpfte?

Die Familie Alto hatte keinen offiziellen gemeinsamen religiösen Standpunkt, auch wenn ein christlicher, protestantisch/orthodoxer Hintergrund da war, mit kleinen Einsprengseln des pittoresken karelischen Trollglaubens, der sich in ein paar entlegenen Winkeln immer noch hielt, als Matti aufwuchs. Doch Beata war sich darüber im Klaren, dass der Gevatter Tod nur ein Beamter war, der ausführte, was man ihm auftrug. Er war eine Figur, die man weder hassen noch fürchten konnte, mit der sich aber auch nicht verhandeln ließ. Gott hingegen war der Arbeitgeber des Todes, und er hatte das Recht, wesentlich gewichtigere Entscheidungen zu treffen, die nicht von irgendwelchen Berufsprofilen eingeschränkt waren.

Welcher Gott es letztlich war von all den Varianten, die einem von den Leuten empfohlen wurden, die an die Tür klopften oder auf dem Flughafen missionierten, der Frage wollte sie gar nicht erst nachgehen. So ein Beschluss würde unvermeidlich von persönlichem Gutdünken geprägt sein, will heißen, von Glauben. Aber sie machte sich Sorgen, wie der unbekannte Herrscher vor dem Einlass in irgendeine Art von Himmel auf ein Bewerbungsgespräch mit einem auch nur leicht gereizten Matti Alto reagieren würde. Das konnte übel ausgehen.

Dass Matti mit Sonne im Herzen und gut gelaunt ins himmlische Büro hereingerollt kommen würde, war absolut ausgeschlossen.

Beata hatte keine übertrieben hohe Meinung von sich selbst, aber sie glaubte, dass ihre guten Taten ihre schlechten überwogen. Und sie hegte die Hoffnung, dass sie im Leben nach diesem wieder mit ihrem Mann vereint sein würde.

Als sie nun den offensichtlich finalen Bescheid bekamen, legte sie ihre Hand auf Mattis Knie, nahm seine Hand und drückte sie. Ihr Mann führte die andere Hand ans Ohr, kratzte sich und dachte nach.

„Das ist Ihr Job, das verstehe ich. Aber ich glaube, was Sie nicht verstehen, Herr Doktor, ist …" Matti beugte sich vor und überlegte, wie er sich ausdrücken sollte, um die Sache so behutsam wie möglich zu erklären, ohne den Arzt zu erzürnen, der ja irgendwie das Verbindungsglied zwischen ihm und seinen letzten Tagen war. Der Arzt war ja ein hoch qualifizierter Mann. Doch er musste schon verstehen, wie unpassend es wäre, wenn ein Patriarch todkrank wurde, bevor er mit seinem Lebenswerk fertig war?

„Es ist ein Ding der Unmöglichkeit, dass ich jetzt schon …", er suchte nach den richtigen Worten, „aus dem Leben scheide." Er sah die verblüffte Miene des Arztes. „Also, ich meine, jetzt in nächster Zukunft. Das geht einfach nicht. Sie sollten unsere Kinder sehen, Herr Doktor." Er schüttelte bedauernd den Kopf und schnalzte mit der Zunge.

Der Arzt schrieb diese Reaktion dem Schock zu. Patienten versuchten manchmal, mit dem Tod zu schachern, und das war ja auch vollauf menschlich.

Beata drückte Mattis Hand fester.

„Matti ..."

„Ja, missversteh mich jetzt nicht – natürlich kann ich sterben. Das kann ja nicht so schwer sein. Das haben schon viele vor mir geschafft, und es ist noch keinem misslungen, soweit ich weiß. Das Problem ist bloß ..." Er schaute Beata an. „Wie würdet ihr zurechtkommen?"

Beata erwiderte seinen Blick. Das würde schon gehen, Matti musste jetzt an anderes denken. Er war offenbar verblüfft. Seufzte und schnaufte. Seine Einstellung zu solchen Dingen sah so aus, dass ein Mann bei der Arbeit starb. Ein Mann, der ging mit der Axt über der Schulter in den Wald, blieb dann jäh stehen und schlug längelang zu Boden. Seine letzten Worte waren ein Seufzer, der an ein überraschtes „*Saatana!*"[29] erinnerte. Das war anständig, so sollte es aussehen. Nicht so wie das hier.

Und da er nicht für immer leben würde, fand er es so wichtig, den drei Zwergenhirnen der Familie Kampfgeist einzuflößen. Insbesondere dem letzten Geleeklumpen.

Nicht mal Matti war es wichtig, welche von den Religionen nun richtiglag oder mit welcher der Auslegungsvarianten man auf der sicheren Seite war. Er zum Beispiel war im Schatten eines orthodoxen Zwiebelturms aufgewachsen, ohne davon Schaden zu nehmen.

Sein Leben zog auch nicht in einer flimmernden Revue vor seinem inneren Auge vorbei. Nein, in diesem Moment zeigte ihm nur die bedrohliche Zukunft für seine Liebsten ihre hässliche Fratze. Und er musste seine Anstrengungen jetzt ver-

---

29 Verdammt!

doppeln, um dafür zu sorgen, dass sein Nachwuchs überlebensfähig wurde.

Als sie wieder zu Hause waren, holte er das Holzscheit vom Regal und betastete es nachdenklich. Sollte er aus dieser Welt scheiden müssen, ohne herauszufinden, was für ein Geheimnis dahintersteckte?

Im Krieg war er mehrmals in Lettland gewesen. Doch damals hatte er weder Zeit noch Möglichkeit gehabt, Nachforschungen anzustellen. Und danach war Osteuropa ja hinter einem scheinbar undurchdringlichen eisernen Vorhang verschwunden.

11. KAPITEL

Väinö und die Leichen – Raimo und die Pferde

Als Matti und Beata anlässlich des Arztbesuchs in der Stadt waren, nutzten sie die Gelegenheit, den mittlerweile flügge gewordenen Raimo zu besuchen. Sie trafen sich in einem Restaurant.

Seine Eltern verrieten nicht, was sie gerade erfahren hatten. Beide hielten die Fassade aufrecht, es war ja auch nicht völlig überraschend gekommen. Doch Matti war natürlich mehr denn je daran gelegen, das Gespräch auf das Thema zu lenken, was sein Sohn mit seinem Leben anfangen wollte.

Raimo wohnte mit seiner Freundin Angie zusammen, im Großen und Ganzen ein anständiges Mädel, wenn auch ziemlich seltsam hergerichtet mit ihrem extremen Make-up, diversen Tattoos und zerrissener Strumpfhose. Sie hatten keine Kinder und schienen diesbezüglich auch keine Ambitionen zu haben.

Gut. Aber wohin sollte die Reise denn nun gehen?

Sein Sohn hatte eine Weile eine Stelle in einer großen Industriebäckerei gehabt. Und das war gut. Die Bäckerzunft war eine ehrenhafte. Doch dann hatte Raimo aufgehört, nach eigener Aussage aufgrund von Arbeitsmangel. Doch Matti wusste, dass die Bäckerei ab und zu wieder einstellte, ohne dass sein Sohn wieder ins Gespräch zu kommen schien, und er ahnte, dass er nicht die ganze Wahrheit zu hören bekommen hatte.

„Ich hab drüber nachgedacht“, sagte Raimo im Restaurant, während er eine hoffnungslos überteuerte Mahlzeit verzehrte, die Matti hinterher bezahlen würde. „Und ich glaube, ich würde gerne so werden wie Onkel Väinö.“

„Wie Väinö?"

„Ja."

„Ein Alki?"

Matti schaute seinen Sohn bekümmert an. Väinö war zwar ein fleißiger Mann, aber er war wie fließendes Wasser: Er schien immer den Weg des geringsten Widerstandes zu nehmen, was ihn unweigerlich in mehr oder weniger zwielichtige Bereiche führte. Vielleicht hatte es etwas damit zu tun, dass er ein kleiner Bruder war? Matti hatte mal gelesen, dass jüngere Brüder sich eher gegen Autoritäten auflehnten, dass es ihnen näherlag, einen anderen Weg einzuschlagen, weil ihnen ihre großen Brüder auf dem traditionellen Weg eben immer einen Schritt voraus waren. In diesem Artikel wurden mehrere jüngere Brüder aufgezählt, die Freidenker waren, die ... na ja, so auf die Schnelle wollte ihm jetzt keiner einfallen, aber es waren auf jeden Fall solche Leute wie Gandhi, Darwin und vielleicht sogar Einstein, Menschen, die die Welt auf den Kopf gestellt hatten. Nach dieser Theorie schien es kleinen Brüdern leichter zu fallen, Konventionen über Bord zu werfen. In Väinös Fall hatte das also seine Ordnung, wenn es auch bedauerlich war. Aber Raimo war doch ein großer Bruder? Sollte es denn wirklich so schwer sein, sich auch wie einer zu benehmen?

Matti war dem Kontakt mit Väinö aus dem Weg gegangen, was nicht schwer war. Dazu musste er ihm nur eine gewisse Geldsumme leihen und ihm eine Rückzahlungsfrist setzen, und schon fehlte jede Spur von seinem Bruder. Doch er wusste, dass Väinö alle konstruktiven Anstrengungen zuwider waren, dass er spielte und an der Flasche hing. Er war sogar stolz darauf, dass ein finnischer Arzt schon in den späten Sechzigerjahren festgestellt hatte, er habe „eine Leber wie ein russischer Fürst".

Väinö gab gerne seinen Kriegserlebnissen die Schuld an seiner Trinkerei. Das wiederum fand Matti bemerkenswert, denn

Väinö war zu jung gewesen, um am Krieg teilzunehmen. Am nächsten war er ihm gekommen, als er im Alter von vierzehn Jahren Leichen in einer Scheune bewachen musste. Es war schneidend kalt, sodass der Großteil der gefallenen Soldaten tiefgefroren angeliefert wurde. Da es in der Scheune wärmer war, begannen die Toten im Laufe der Nacht aufzutauen. Da sanken sie leicht in sich zusammen, und die Luft wurde aus ihren Lungen und durch die Stimmbänder gepresst. Die Leichen seufzten quasi, ein paar stöhnten auch im Dunkeln. So ein Erlebnis war natürlich sehr unangenehm für einen Vierzehnjährigen, mitten in der Nacht und ganz allein, und im Hinblick auf dieses Trauma war es vielleicht gar nicht so überraschend, wenn er den Tag manchmal mit einem *paukku* beginnen musste, meinte Väinö. Tatsächlich verstand niemand so richtig, wie es ihm danach gegangen war, welche Gespenster ihn seitdem verfolgten.

„Ich“, konnte Matti da antworten, „hab den Krieg auch als sehr unangenehm empfunden. Unter anderem dieses Detail, dass sie immer auf einen geschossen haben. Ich weiß noch, wie unser PK-Schütze[30] Korpi auf so eine sowjetische Landmine trat. Er ging neben mir, und Knochensplitter von seinem Fuß schlugen mir hier durch die Wange ...“, er deutete auf die Stelle, „... und haben mir zwei Zähne ausgeschlagen. Ich hab das als sehr unangenehm empfunden. Da war so viel Blut, dass man nicht wusste, ob man grade Teile von seinem Fuß ausspuckte oder ob das meine eigenen Zähne waren, die ich lieber noch mal fest andrücken sollte. Aber es wäre nicht klug, wenn man sich weiter in so etwas vertieft.“

„Diese Seufzer ...“, versuchte Väinö es noch einmal. Aber er wusste natürlich, dass er schon verloren hatte. Er war kein

30 PK steht für *Pikakivääri* bzw. Schnellfeuergewehr. Es handelte sich also um ein Maschinengewehr.

richtiger Kriegsteilnehmer gewesen, daran ließ sich nichts mehr ändern.

Eigentlich war es überhaupt nicht überraschend, dass er soff. Er war ja in der zusammengeschweißten Bruderschaft aufgewachsen, die einst die Republik gerettet hatte, und ihm war klar, dass er niemals dazugehören konnte. Das heißt ... na ja. In Wirklichkeit trank er eben einfach gern, und diese Seufzer waren als Erklärung genauso gut wie alles andere.

In Gesellschaft rein schwedischer Saufkumpanen lieh sich Väinö die Kriegserlebnisse seines Bruders aus. In erster Linie, weil es gute Geschichten waren, die einem ab und zu ein Freibier einbrachten. Aber er konnte auch sehen, wie sie sich mit ihren Blicken gegenseitig signalisierten: „Das ist einer von diesen verrückten Finnen. Haltet bloß die Messer außer Reichweite, wenn er besoffen ist!" Sie schienen ganz zu übersehen, dass er im Krieg noch ein Teenager gewesen sein musste. Andererseits hatte ihm sein ausschweifender Lebenswandel eine Art Patina verliehen, die den Betrachter sicherlich ein paar Jahre auf Väinös tatsächliches Alter aufschlagen ließ.

Und so wollte Raimo also gern werden?

„Nein! Aber auf Pferde wetten", sagte Mattis Sohn, als sie im Restaurant saßen, „das klingt nach einem guten Job, finde ich."

Matti starrte ihn an. Wo hatte er eigentlich so einen riesigen grundlegenden Fehler bei der Erziehung dieses Jungen gemacht? Und warum hatte Raimo so einen starren Blick? Warum kaute er so hektisch?

Dem Leser kann kaum entgangen sein, dass der Krieg, an dem Matti teilgenommen hatte, ihn sehr geprägt hatte. Unter anderem hatte er im Fortsetzungskrieg mit einer Art Notrationen Bekanntschaft gemacht, in Form einer Tablette namens

Pervitin.[31] Die nahm man, wenn man sich in besonders bedrängter Lage befand, zum Beispiel, wenn man sich als Kundschafter hinter den feindlichen Linien bewegen musste, wo es keine Gelegenheit zum Essen oder Schlafen gab. Er wusste noch, dass die Tablette die Sinne schärfte und einen zu einem ganz anderen Menschen machte, wenn auch mit ungewöhnlich starrem Blick und steifen, ruckartigen Bewegungen.

Ihm wollte scheinen, dass er diese Phänomene gerade an seinem eigenen Sohn beobachtete. Aber wie sollte das möglich sein? Wurde er etwa wahnsinnig? Stand er unter so starkem Stress? Verwechselte er aufgrund seines Hirntumors damals und heute? Es war sehr merkwürdig.

Wenn Matti nur ein klein wenig mehr chemisches Interesse gehegt hätte, hätte er gewusst, dass sich eine verwandte Substanz in vielen Schlankheitsmitteln fand, die man vor ein paar Jahrzehnten gerne aus den Mittelmeerländern importiert hatte. Damit hatte man eine Nachfrage geschaffen, und mittlerweile wurde die Chemikalie in heimlichen Laboren hergestellt oder importiert, und man konnte sie in allen größeren und auch den meisten kleineren Städten in kleinen Tütchen kaufen. Die Konsumenten bezeichneten die Ware als „Crystal", während die Medien sie Amphetamine oder Methamphetamine nannten.

Dass Matti die Wirkung an seinem eigenen Sohn beobachtete, zwingt uns, das Restaurant zu verlassen und uns anzusehen, wie sich Raimos Leben entwickelt hatte, nachdem er zu Hause ausgezogen war.

Dass er Onkel Väinö genannt hatte, war kein Zufall. Sie hatten sich nämlich ziemlich oft gesehen.

---

31 Auch die Deutschen verwendeten Pervitin, u. a. in Schokolade, die man vor allem Panzersoldaten und Fliegern gab: „Fliegerschokolade" und „Panzerschokolade". Die Engländer verwendeten eine ähnliche Substanz, Ephedrin, zum selben Zweck. Aus Letzterem wird Methamphetamin gewonnen.

Die Bekanntschaft begann damit, dass sie sich auf einer der Trabrennbahnen der Stadt über den Weg liefen. Sie kannten sich nur so halbwegs von Fotos, doch nach kurzem Zögern kamen sie zu dem Schluss, dass sie wirklich Onkel und Neffe sein mussten.

Angesichts des Ortes ihrer Begegnung hatten sie schon ein gemeinsames Interesse gefunden. Pferde und wie sie ihre Runden auf der Rennbahn drehten und ins Ziel liefen, und wie man Geld darauf wetten konnte, in welcher Reihenfolge sie dort eintrafen. Gerne auch größere Summen, als sie sich leisten konnten. Spieler waren sie also beide. Väinö war Spieler mit Leib und Seele, während Raimo diesen Lebensstil erst noch ausprobierte.

Spielen ist eine Sucht, die sich äußerst ungünstig auf die finanziellen Verhältnisse des Betroffenen auswirkt. Nur ein verschwindend geringer Teil der Spieler ist geschickt genug, um mit seinem Leiden Geld zu verdienen. Deswegen saß Väinö des Öfteren in der pekuniären Klemme. Doch er kannte sich mit dem Jargon aus, er kannte Leute auf der Trabrennbahn und hatte überdies als Vierzehnjähriger mitten in der Nacht Leichen bewacht, also war er ein Typ Mann, welcher der Junge nie werden konnte. Daher Raimos Eindruck, dass sein Onkel wusste, was er tat. Mit selbstsicherer Autorität inspizierte er die Tagesform der Pferde, studierte das Programm und lief angetrunken mit einem lauwarmen Bier im Plastikbecher herum, um „Informationen zu sammeln" bei anderen, ähnlich heruntergekommenen Gestalten. Raimo wollte so gerne glauben, dass sein Onkel ein erfolgreicher Spieler war, der ihn dieses Handwerk lehren würde. Und nichts ist leichter, als einen Menschen hinters Licht zu führen, der hinters Licht geführt werden möchte.

Sie gründeten eine Firma. Raimo stellte die Barmittel, während der Onkel das Know-how und die Kontakte lieferte. Sie hätten zwar auch jeder mit der Hälfte arbeiten können, doch Väinö hatte vorübergehend sein ganzes Geld in … ja. Aber es war ja wohl mehr als berechtigt, dass Raimo hier mit etwas mehr Kapital einstieg, wenn die Kluft zwischen ihrem Können so groß war?

Die Absichten waren gut und die Voraussetzungen großartig. Raimo dankte seinem Glücksstern, dass er über so eine Chance gestolpert war. Denn sein Onkel meinte ja, da könnte gar nichts schiefgehen. Na ja, außer wenn ein massives, nicht vorhersehbares Unglück eintrat.

Und das trat dann prompt ein.

Die Pferde liefen total falsch. Die Chance, dass so etwas passierte, lag bei eins zu tausend, wenn überhaupt. Eins zu einer Million!

Doch sollte man sich von so einer bizarren Laune des Schicksals wirklich Steine in den Weg legen lassen? Raimo erforschte seine Seele und kam zu dem Schluss, dass er an Angie und ihre eventuellen gemeinsamen Kinder denken musste, die irgendwann geboren werden könnten. Und an sich selbst. Er war eben nicht so wirklich fürs Arbeiten gemacht. Doch wenn das hier klappte und er alles von Väinö lernen konnte, dann hätte er bald seinen Lebensunterhalt gesichert.

Er zögerte also nicht lange, als Väinö ihm einen Plan vorlegte, dass man sich Geld von ein paar Gentlemen aus seinem Bekanntenkreis leihen könnte, um einerseits zurückzugewinnen, was sie verloren hatten, aber andererseits einen nicht ganz unbedeutenden Gewinn zu erzielen, mit dem er dann triumphierend nach Hause kommen konnte.

Und sie gewannen! Genau wie Väinö gesagt und garantiert hatte.

Raimo kam mit einem ganz warmen Gefühl im Bauch nach Hause. Nachdem sein Vater jahrelang vergeblich gebohrt hatte, hatte er jetzt endlich seine Berufung gefunden.

Am folgenden Donnerstag trafen sie sich wieder auf der Trabrennbahn, und alles lief wie am Schnürchen. Zu Anfang. Dann wurde es schlechter. Aber das war kein Problem, das hatte sich beim letzten Mal ja auch wieder eingerenkt. Außerdem musste man gewisse Schwankungen im Kapital mit einrechnen. Die sogenannte Varianz. Dieser Beruf war nichts für Nervenschwache, das verstand sich von selbst. Sonst hätte es ja auch jeder machen können.

Es schmerzte Raimo ein wenig, dass er mit derselben Summe heimkam, die er mitgenommen hatte, und nicht mit dem Geldscheinbündel, das er sich ausgemalt hatte und das als Embryo ja auch schon eine Weile existiert hatte. Deswegen schlug er vor, dass Väinös Freunde ihnen vielleicht etwas mehr leihen könnten. Dann konnten sie alles, was sie hatten, und das geliehene Geld noch dazu auf den letzten Lauf setzen, auf ein Pferd mit niedriger Quote, bei dem ein großer Einsatz erforderlich war, um eine nennenswerte Ausschüttung zu erzielen. Dann konnten sie wirklich einen anständigen Lohn für ihr Tagwerk mit nach Hause nehmen. Außerdem wollten ja die Unkosten gedeckt sein, das Bier war schließlich auch nicht umsonst.

Väinö verstand, was Raimo meinte. Er verstand es wirklich.

Und auch wenn es nicht die ganz orthodoxe Art zu spielen war, respektierte er den Unternehmergeist seines jungen Verwandten. Genau das unterschied den Gewinner nämlich vom Verlierer. In solchen Situationen zeigte sich der geborene Spieler. So kreuzten sie beim letzten Rennen nur ein einziges Pferd an. Ganz klar!

So kam es, dass sie ein kleines, zum Großteil zusammengeliehenes Vermögen auf den letzten und ziemlich sicheren Lauf setzten. Ihr Pferd führte auch, als sie auf die Zielgerade kamen, so wie es alle geahnt hatten. Das war, als hätte man das Geld schon auf dem Konto. Raimo fühlte sich wie im siebten Himmel. In seinen Ohren rauschte es. Endlich hatte er seinen Platz gefunden!

Doch dann geschah etwas. Als ob eines der Pferde ihn in den Bauch getreten hätte. Er merkte, wie seine Lippen ganz taub wurden. Eine ganze Reihe von Pferden zog an ihrem Kandidaten vorbei, und dieser war völlig geschlagen und erreichte nicht mal mehr eine Platzierung.

Väinö war mindestens genauso verblüfft wie Raimo. Er starrte den Pferden ein paar Sekunden schweigend nach. Dann zuckte er mit den Schultern und stellte fest, dass es eben doch so war, wie immer alle sagten: Es gab ganz einfach keine sicheren Rennen. Raimo meinte sich zu entsinnen, dass sein Onkel noch vor ein paar Minuten das genaue Gegenteil behauptet hatte, doch der Verlust war so enorm und lähmend, dass er es nicht schaffte, der Frage nachzugehen. Er schaffte es nur mit Müh und Not, sich am Geländer festzuhalten und zu schlucken, immer wieder zu schlucken, um sich nicht zu übergeben.

Raimo geriet in eine Abwärtsspirale. Und die führte sehr schnell nach unten. Rasch stellte sich heraus, dass er mit seinem Problem allein dastand. Väinö hatte nämlich gar keinen Kredit mehr gehabt. Die Freunde hatten das Geld an Raimo verliehen, und man erwartete wohl, dass sein Vater einsprang und seine Schuld bezahlte, wenn er es selbst nicht konnte. Diese Leute kannten Matti offenbar nicht. Aber dank Väinös flottem Mundwerk waren sie eben auf diese Annahme verfallen.

Doch das mache überhaupt nichts, erklärte sein Onkel, das würde schon in Ordnung kommen. Sie konnten das Geld immer noch zurückgewinnen, das war ja gerade das Tolle am Trabrennsport. Man hat erst verloren, wenn man aufgibt. Bis jetzt hatten sie nur den Pferden Geld geliehen. So musste man das sehen.

Aber die Schuld würden sie sich doch wohl solidarisch teilen?

Natürlich. Was glaubte sein Neffe denn von ihm?

Danach begann Väinö, ihm mit einer Geschicklichkeit auszuweichen, die von langer Erfahrung kündete. Raimo war nicht der Erste, der dieses Talent zu spüren bekam.

Der langen Rede kurzer Sinn: Raimo hatte Gläubiger im örtlichen Bikerclub, und die wurden unangenehm handgreiflich, wie sich bald herausstellte, wenn er nicht bis aufs letzte i-Tüpfelchen ihren Ratenzahlungsplan befolgte, den sie selbst, nach eigenem Gutdünken und ohne Verhandlungen oder Rücksichten auf seine Zahlungsfähigkeit, aufgestellt hatten.

Die Situation war unhaltbar und wurde mit jedem Tag schlimmer. Angie begriff, dass sie finanzielle Sorgen hatten, aber das Ausmaß ahnte sie nicht. Als stundenweise bezahlte Kraft bei der häuslichen Pflege nahm sie schon jede Schicht an, die sie kriegen konnte.

Raimo zerbrach sich verzweifelt den Kopf, um eine Lösung zu finden. Sein Vater hatte Geld. Seine Mutter hatte vielleicht die nötige Bereitschaft, ihm zu helfen. Aber keiner von beiden hatte beides.

So sah die Situation also aus, ein paar Wochen, bevor er seine Eltern im Restaurant traf.

12. KAPITEL

Ein hässlicher Hund – Der Plan

Doch was im vorhergehenden Kapitel beschrieben wurde, war nicht das einzige Unglück, das Raimo vor dem Treffen im Restaurant heimgesucht hatte.

In der Familie wurde auch immer von einem gewissen „Hundevorfall“ geflüstert.

Was sich da wirklich ereignete, ist schwer nachzuvollziehen. Man spricht nicht gerne davon, und die, die bereit wären, es zu tun, scheinen nur eine vage Vorstellung davon zu haben, was eigentlich passiert ist.

Gewisse Details können jedoch als gesichert gelten, und in der Kurzversion geht es um einen gestohlenen, offenbar ziemlich wertvollen Hund. Ein Hundezwinger, der von einem Esten betrieben wurde, soll ebenfalls beteiligt gewesen sein, sowie zumindest halb-organisierte Kriminalität.

Für den Freizeitleser folgt hier eine ausgeschmückte Version, die allerdings zum Großteil der Fantasie des Verfassers entsprungen ist, aber dennoch ein treffendes psychologisches Porträt von Raimo liefert und uns erlaubt, ihm ein wenig auf den Zahn zu fühlen. Vor allem lernen wir eine Menge über seine Problemlösungsfähigkeiten.

Also: Eines Morgens kam Raimo ein Gedanke, wie ein Blitz aus heiterem Himmel.

Er hatte eine Vision, ebenso genial wie einfach. Die sollte ihn auf einen Schlag aus seiner bösen Klemme befreien, wie durch Zauberei. Ganz unerwartet war ihm klar geworden, wie das perfekte Verbrechen ohne Opfer aussehen konnte. Sein fieberhaft arbeitendes Hirn hatte in seiner Verzweiflung die Zutaten seines ganzen problembeladenen Daseins hin und her gewendet, bis sie zum Schluss in einer gänzlich unerwarteten Anordnung landeten, einer Kombination, auf die bis jetzt wahrscheinlich noch niemand verfallen war.

An Raimos Plan würden alle Beteiligten verdienen. Und deswegen würde es auch keinen Grund für eine polizeiliche Anzeige geben, auch wenn sich sein Plan in einer Grauzone bewegte, vielleicht sogar in einer eher schwarzen als grauen Zone, sodass der eine oder andere Paragrafenreiter ohne Sinn für Gerechtigkeit und Moral noch die Nase rümpfen könnte.

Die revolutionäre Offenbarung überkam ihn eines Morgens, als er mit seiner Zeitung am Frühstückstisch saß. Sie hatten keine Zeitung abonniert, aber manchmal steckte zu Werbezwecken doch mal ein Gratisexemplar in ihrem Briefkasten. Dann breitete er die Zeitung auf dem Tisch aus, las in aller Ruhe und tat so, als wäre er einer von den Menschen, die generell morgens ihre Zeitung lesen. Das war ein kleiner Luxus, ein Sahnehäubchen auf seinem Alltag, den er sich manchmal einfach gönnen mochte.

Doch an diesem besonderen Morgen hatte Raimo, wie wir wissen, keinen Seelenfrieden. Gestresst blätterte er um, auf der Suche nach etwas, was ihn retten könnte, zum Beispiel ein Inserat mit einem unfehlbaren Tippsystem, das den Anwender garantiert im Handumdrehen finanziell unabhängig machte.

Er blieb an einem Artikel über eine Einwohnerin der Stadt hängen, die einen ungewöhnlich hässlichen Hund besaß. Davon ging es ihm gleich besser, denn offenbar gab es doch noch Wesen, die übler dran waren als er. Der Hund war mehr oder weniger nackt, was allein ja schon schlimm war für einen Hund; dafür hatte er eine Unmenge von blondem Haar auf dem Kopf, das fast so aussah, als hätte man es ihm auch noch hochtoupiert. Raimo fühlte sich spontan an Michael Monroe erinnert, den Sänger der finnischen Glamrockband Hanoi Rocks. Er konnte richtig herzlich lachen am frühen Morgen, wenngleich eine Prise Hysterie mitschwang. Und auf einmal blieb ihm das Lachen im Halse stecken. Da war er nämlich bei der Summe angekommen, die andere Hundebesitzer zu zahlen bereit waren, um ihre Tölen von diesem Viech decken zu lassen. Es war schockierend. Skandalös. Der Hund müsste nur ein paarmal den Geschlechtsakt vollziehen, um Raimos gesamte Schulden zu bezahlen!

Raimo stellte fest, dass er hier eine idyllische Homestory über Tierprostitution las. Das arme Tier arbeitete als Gigolo. Als er es noch einmal näher betrachtete, wurde ihm auch klar, warum Hunde in einer Stellung kopulieren, in der die Hündin ihren Partner nicht sehen muss.

Dass sein Frauchen breit lächelte, während sie mit langen, wohlmanikürten Nägeln und frisch frisiert in ihrem luxuriösen Oberklassehaus saß und ihren Champion hochhielt, machte es nicht weniger ungerecht, wenn sie für ihr groteskes Tier für solche Summen die Kupplerin spielte, während er diese Summen so dringend gebraucht hätte. Bittere Ironie überdies, dass er von wesentlich schöneren Pferden in den Ruin gelockt worden war. Raimo dachte noch einmal darüber nach, wie fies das Leben ihn behandelte.

Und da kam ihm die Idee:

„Angie!“

„Ja!“, erwiderte sie aus dem Badezimmer, wo sie gerade mit irgendetwas beschäftigt war, was ein kleines Lager aus Döschen, Tuben, Pinzetten, Wattebäuschen und anderen Requisiten erforderte, von denen er nicht recht wusste, was man mit ihnen anfangen sollte, die aber trotzdem unentbehrlich zu sein schienen.

„Komm mal her und schau dir das an!“

„Was denn?“

„Schnell, komm!"

Angie tauchte auf, und Raimo drehte die Zeitung so um, dass sie den Artikel sehen konnte.

Sie überflog den Text. „Und?"

„Sie vermietet ihren Hund für sexuelle Dienste, für …" Raimo klopfte mit dem Zeigefinger auf die Summe, „… einen ganz schön heftigen Preis! Findest du nicht?"

„Mhm. Wahnsinn."

„Findest du das richtig?"

„Ich weiß nicht." Angie zuckte mit den Schultern. „Sie kann doch machen, was sie will, oder?"

„Findest du es richtig, dass diese Kupplerin da in ihrem feinen Zuhause sitzt, während es uns nur so lala geht?"

„So ein Hund kostet garantiert total viel. Deswegen hat sie ihn ja. Und nicht wir."

„Genau. Und deswegen werden wir ihn uns ausleihen."

Angie musterte ihren Freund. Irgendwas an ihrem Blick kam Raimo seltsam bekannt vor. Er brauchte ein paar Sekunden, bis er den Blick wiedererkannte, den seine Mutter in bestimmten Situationen auf seinem Vater ruhen ließ.

„Ausleihen?", fragte sie dann.

„Ja. Ich weiß, wo sie wohnt. Der Hund …" Er beugte sich noch einmal vor und warf einen Blick in die Zeitung. „Putzi, der rennt im Garten herum. Ganz frei. Da ist einfach nur ein Zaun drumrum."

„Okay … und?"

„Na, stell dir doch vor, wenn der jetzt mal ausreißen würde. Glaubst du nicht, dass dieses Trophäenweibchen da bereit wäre, ganz gut dafür zu bezahlen, dass sie ihn zurückbekommt?"

„Einen Hund entführen? Also bitte …"

„Ich bin doch nicht blöd! Aber jetzt stell dir doch mal vor, der würde *wirklich* weglaufen … und wäre dann ein paar Tage weg, sodass sie anfangen, sich Sorgen zu machen. Dann finden wir den Hund zufällig und bringen ihn zurück. Vielleicht bezahlen sie uns ja einen Finderlohn?“

Angie schüttelte den Kopf.

„Sie werden glauben, dass du ihn geklaut hast.“

„Du kapierst es nicht! Das ist doch egal! Auch wenn sie keinen Finderlohn bezahlen wollen, weil sie so misstrauisch und zynisch sind, wie du glaubst, können sie nichts machen. Und warum nicht?“, kam er Angies nächster Frage zuvor. „Na, weil wir den Hund zurückgeben, ohne Forderungen zu stellen! Die können uns schließlich nicht anklagen, nur weil wir ihn zurückgebracht haben! Oder? Wie sähe das denn aus?“

Abgesehen davon, dass sie nicht recht verstand, was das für einen Zweck haben sollte, gefiel es Angie gar nicht, dass er bei der Beschreibung des dubiosen Unterfangens das Wort „wir“ statt „ich“ benutzte.

Angie wusste nichts von der Rechnung, die ihr Freund mit dem Bikerclub offen hatte. Es war keiner von den namentlich bekannten Clubs, die einem in den Medien begegnen. Nichtsdestotrotz waren sie sehr wohl fähig, ihn zumindest mit einem Kreuzschraubenschlüssel zu misshandeln, vielleicht auch mit einem Schlosserhammer. Davon war Raimo absolut überzeugt. Während seine Freundin es unschön fand, immer nur mit Müh und Not die Miete zusammenzubekommen, war er schon froh, wenn er sich eine unversehrte Milz bewahren konnte.

„Das versteh ich nicht. Einen Hund klauen, den man dann wieder zurückbringt? Und für den man eventuell einen Finderlohn bekommt?“

„Das ist doch großartig!“

„Du schläfst momentan nicht besonders viel.“

„Jetzt denk doch mal nach! Wir haben den Hund doch eine Weile. Und er kann ein bisschen Remmidemmi machen. Wenn wir genug von … der Ware haben, sozusagen, geben wir den Lauseköter zurück, und schlimmstenfalls bekommen wir eben keinen Finderlohn. Du siehst doch selbst, was die Leute bezahlen, um ihre Hunde von so einem Champion decken zu lassen!“

Raimo wartete auf eine Reaktion. Angie tat ihm den Gefallen nicht.

„Amen! Die Besitzer freuen sich, wenn sie ihren Hund zurückbekommen.“ Er hielt einen Finger in die Höhe. „Und die anderen Hundebesitzer freuen sich, wenn sie Zugriff auf solche tollen Gene kriegen, und das zum … na ja, zum halben Preis vielleicht?“ Er hielt einen zweiten Finger hoch. „Wir freuen uns, dass wir den Leuten helfen können.“ Ein dritter Finger. „Sogar der Hund dürfte sich freuen, weil er ein bisschen Gesellschaft kriegt. Die absolute Win-win-Situation! Die Gesellschaft hat nur Nutzen davon. Kaum kriminell, das Ganze.“

„Aber …“

„Manchmal muss man einfach genug Zivilcourage haben, um das Richtige zu tun.“

„Ich versteh nicht recht, was …“

„Wir bringen den Hund hierher.“ Raimo hielt sich die Hand vor den Mund, rülpste und machte ein paar vage Gesten in der Luft, bevor er fortfuhr: „Frieren das Produkt ein. Und dann suchen wir Leute, die Hunde haben wollen, die so aussehen …“, er klopfte auf die Zeitung, „… es sich aber nicht leisten können, Wucherpreise an so ein Hundezuhältersyndikat zu zahlen. Wir erklären, dass es von Putzi kommt, und dann werden sie sofort kapieren, was das für ein Schnäppchen ist.“

„Aber …“ Angie wusste gar nicht, womit sie anfangen sollte. „Solche Sachen sind doch registriert.“

„Wie ‚registriert‘?“

„Na, die Leute wollen einen Stammbaum. Sie wollen mit Putzi II. auf Hundemessen und so was fahren können. Weil, mal ehrlich …", sie deutete auf die Zeitung, „… so einen Hund will doch keiner haben, weil er so hübsch aussieht. Oder?"

Das war wohl wahr, dass niemand so einen Hund haben wollte, weil er so ein süßes Gesichtchen hatte, das leuchtete Raimo ein. Es musste dabei um eine Art Sammlerwert gehen.

Aber wenn man dieses Problem nicht lösen konnte, so konnte man sich vielleicht zumindest darum herummogeln.

„Und wenn …", Raimo schnalzte ein paarmal mit den Fingern, „und wenn wir das irgendwie dokumentieren? Den Akt an sich filmen, sozusagen? Und dann kriegen sie eine Videokassette?"

„Also wirklich!"

„Nein, warte, hör mir zu – wenn die ein Video kriegen, ist das doch der Beweis, aber das bleibt dann unter uns. Dass der Hund ausgerissen ist, das wird ja dokumentiert sein, weil die Besitzer es bei der Polizei melden, und in der Zeitung wird es sicher auch stehen. Dann können sie ja sagen, sie waren hier in der Stadt und haben ihren Hund in irgendeinem Park spazieren geführt, und dann kam Putzi und hat ihren unschuldigen Liebling vergewaltigt. Kann schließlich niemand das Gegenteil beweisen. Wenn die Besitzer einen Streit vom Zaun brechen – wozu sie ja gar keinen Grund haben, die sollten einfach froh sein, dass wir ihren Hund gefunden haben –, muss man ja nur einen Vaterschaftstest machen. Oder? Ist ja nun nicht so, dass er dann Unterhalt zahlen müsste. Und Putzi wird wohl auch nicht leugnen."

„Du willst das also an mehrere Hundebesitzer verkaufen?"

„Ja. Putzi ist ein ganzer Mann. Oder Hund. Das sieht man ja. Der schafft leicht ein ganzes Rudel, wenn er drei, vier Tage hat. Und ich glaube, er hat diesen androgynen Rocklook, auf den viele Tussen abfahren. Er hat es bestimmt nicht besonders schwer auf dem Markt."

„Ich finde, das klingt alles total krank."

„Aber das ist doch gerade das Schlaue daran!"

„Wie meinst du das?"

„Niemand wird glauben, dass jemand so was tun würde! Kein Staatsanwalt würde so was auch nur mit Asbesthandschuhen und Kneifzange anfassen, weil alle ihn für verrückt halten würden."

„Hab ich das richtig verstanden – das Gute an deinem Plan ist also, dass er verrückt ist?"

Das geht Genies eben oft so, dachte Raimo, dass sie von ihren Zeitgenossen missverstanden und abgelehnt werden, bis sich eines Tages der Wind dreht und alle einstimmig ihr Loblied singen. Und da niemand bereit zu sein schien, ihn jetzt zu verstehen, musste das Ganze per definitionem genial sein. Anders konnte es kaum sein. Wenn das Projekt erst mal gestartet war, würde sich die Meinung der Allgemeinheit schnell wenden.

Am gleichen Abend verschwand Putzi aus dem Garten seiner Besitzer.

13. KAPITEL

Probleme – Sauerteige

Wie sich herausstellte, erkannte nicht mal Larssa, der Präsident des Bikerclubs, sofort die Genialität dieses Plans, als er am nächsten Tag in ihrem Wohnzimmer stand. Er hatte vorbeigeschaut, um sich die nächste Ratenzahlung von Raimo abzuholen, und nun präsentierte ihm der stattdessen ein zweifelhaftes Tier, zusammen mit einer mehr als zweifelhaften Geschichte.

„Win-win-win-win-Situation!", erklärte Raimo und deutete beim letzten „Win" auf Larssa. Der kratzte sich langsam den Ziegenbart und musterte nachdenklich blinzelnd das Tier.

„Ich weiß ja nicht."

„Aber das ist doch super! Ihr werdet Teilhaber einer Firma. Bargeld kann jeder auftreiben, aber das hier, das ist ein Anteil an einem Unternehmen. Das ist was ganz anderes."

„Jeder kann Bargeld auftreiben?"

„Ja."

„Und wie wär's, wenn du das dann einfach mal machen würdest?"

Raimo tat, als hätte er den Einwand gar nicht gehört. Vielmehr wedelte er eifrig mit der Zeitung vom Vortag herum.

„Das ist ein *Champion*! Hier steht es. Weißt du, was das bedeutet? Die Leute sind wie bekloppt. Der Schwarzmarkt für Sperma von so einem Tier ist gigantisch. Und wir sprechen hier von einem Verkäufermarkt."

Larssa war immer noch skeptisch, doch Raimo ahnte, dass

er einen Spalt in den zuvor noch massiven Widerstand gestemmt hatte, und jetzt setzte er alles daran, ihn zu verbreitern.

„Du weißt doch, wenn man eine Stute von einem siegreichen Traberhengst decken lassen will, kann das so um die zwanzigtausend kosten. Locker. Und solche Hunde hier sind noch viel seltener. Pferde, die Trabrennen gewinnen, gibt es ja jeden Tag." Pech für Raimo, dass nur selten das richtige Pferd gewann. „Wir werden reich!" Aufmerksam musterte Raimo die subtilen Veränderungen in Larssas Gesichtsausdruck, während er weiterplapperte. Hatte er da nicht einen leichten Ruck an der Angelschnur gespürt? Der Fisch schnappte nach dem Köder. Er beschloss, lieber etwas nachzugeben und dann wieder etwas Leine einzuholen. „Aber natürlich …" Er drehte die Handflächen nach oben. „Wenn ihr nicht einsteigen wollt … eure Entscheidung."

Larssa hatte schon früher Schulden eingetrieben. Er wusste, dass man einem nackten Mann nicht in die Taschen greifen kann. Raimo hatte einen Hund entführt. In Larssas Augen wirkte das wie ein letzter Ausweg, eine Verzweiflungstat, was normalerweise bedeutete, dass es keine anderen Alternativen mehr gab. Und wenn bei Raimos seltsamer Hundegeschichte tatsächlich Geld raussprang, dann bestand die Möglichkeit, dass die ganze Schuld beglichen wurde. Andernfalls gingen sie eben einfach zurück auf Start. Die reine Mathematik sprach für ein Ja.

„Okay. Aber ich will nichts mit dem Hund zu tun haben."

Larssa schaute von Raimo zu Angie und zurück.

„Nein, keine Sorge. Oder … wie meinst du das?"

„Na ja, wer soll …?" Larssa machte eine Handbewegung, die männliche Masturbation illustrieren sollte. Die anderen beiden tauschten einen Blick.

„Ach so, das …" So weit waren Raimos Überlegungen noch gar nicht gediehen. Bis jetzt hatte das Problem, wie der Hund ausgerechnet zu ihnen ausreißen sollte, seine ganze Hirnkapazität in Anspruch genommen. Aber es war ja alles gut gegangen. Er war dankbar, dass ihn sein Vater damals im finnischen Urwald in die Grundzüge einfacher taktischer Manöver eingeweiht hatte.

Raimo schaute zu Angie.

„Vielleicht wäre es am naheliegendsten, dass …"

„Im Leben nicht! Das war alles deine Idee."

„Ist das nicht irgendwie illegal oder so?", fragte Larssa. „Sex mit Tieren und so?"

Vor seinem inneren Auge sah Raimo seinen ersten Tag im Gefängnis, wie ein muskulöser, rasierter und tätowierter Insasse sich erkundigte, wofür so ein süßer junger Mann wohl hinter Gitter gekommen sein könnte. Und wenn die Antwort dann „Hundesex" lautete, könnten seine Mitgefangenen sicher allzu leicht den Eindruck gewinnen, dass er sexuell wesentlich freigeistiger war, als es tatsächlich der Fall war. Er war viel zu hübsch fürs Gefängnis.

„Wir müssen so eine Art Barbie für ihn machen."

„Eine was?"

„So eine Sexpuppe. Dann gibt es technisch gesehen niemand, der sich irgendwas mit Tiersex zuschulden kommen lässt. Von uns. Für den Hund kann es ja gerne illegal sein, oder?"

Larssa wirkte nur minimal beeindruckt. Er nickte. „Nicht schlecht. Muss ich sagen. Eine Puppe können sie ja schlecht anklagen."

„Das mein ich auch!"

„Du hast Talent für so was."

Raimo zuckte mit den Schultern.

„Aber das Problem müsst ihr lösen. Wir sind nur passive Teilhaber. Du erledigst das alles. Und wenn es schiefgeht, hast du nie was von uns gehört."

Mit diesen Worten machte sich Larssa auf den Weg nach draußen. Raimo schaute Angie an.

„Dein kleiner Bruder hat doch so ein Schaukelpferd, oder? Wenn wir das jetzt ein bisschen aufbrezeln?"

„Mein kleiner Bruder soll auf dem noch schaukeln."

„Und?"

„Er hat ihm sogar einen Namen gegeben. Leppe."

„Aber vielleicht will Leppe ja auch mal ein bisschen in der Welt rumkommen? Und was erleben?"

Raimos Blick war herzzerreißend. Angie sah seine Verzweiflung durchschimmern. Und obwohl Larssa sich zivilisiert benommen hatte, hatte sie durchaus die Gewaltbereitschaft ahnen können, die da unter der Oberfläche schlummerte. Mit einem resignierten Seufzer akzeptierte sie das Schicksal des Schaukelpferds. Manchmal muss man in einer Beziehung auch Opfer bringen.

„Okay."

„Danke!"

Der Hund winselte.

„Was willst du denn?"

„Vielleicht will er raus?"

„Raus?"

„Ja. Gassi gehen. Das machen Hunde doch. Das ist doch sozusagen ihr Job."

„Echt?"

Als Angie das ungleiche Paar über den Hof gehen sah, merkte sie, dass Raimo in der Aufregung und im dunklen Flur versehentlich ihre Jacke genommen hatte. Er war eindeutig überarbeitet. Und das war schon eine Leistung, wenn man sich vor Augen hielt, dass er eigentlich an beständiger Arbeitslosigkeit litt.

Früher hatte Raimo ja in einer Industriebäckerei gearbeitet. Dort kneteten riesige Maschinen Teige von einem Gewicht bis zu einer halben Tonne, die dann mit Messern und Guillotinen zerhackt und auf Förderbändern zu Brotlaiben und anderem Gebäck geformt wurden, bevor man sie gehen ließ und dann buk.

Aufgrund der Mengen waren die Sauerteige, die man verwendete, hundertfünfzig Kilo schwer. Man ließ sie in Trögen liegen, in denen der Teig zuerst nur den Boden bedeckte. Dann, wenn der Sauerteig ging, füllte er die Behälter fast ganz, ja, bis auf eine kleine Lufttasche. Der Alkohol, den die Bakterien ausschissen, während sie den Zucker verzehrten, blieb zu einem gewissen Teil in dieser Luft. Wenn man dann vorsichtig den Deckel anhob und tief einatmete, stieg einem ein leichter Alkoholdunst durch die dünnen Nasenschleimhäute und direkt ins Gehirn. Man konnte tatsächlich einen leichten Schwips kriegen, wenn man eine halbe Minute Sauerteig schnüffelte. Zumindest, wenn man ein paar Tröge hintereinander machte, eine Kunst, die Raimo in den langen Nachtschichten schnell lernte, wenn weniger Arbeiter in der Fabrik waren und nicht so viele wachsame Augen.

Dieser Zeitvertreib warf jedoch zwei Probleme auf:

1. Es dauerte seine Zeit, bis sich genug Alkohol gebildet hatte, weswegen man ein paar Sauerteigtröge mehrere Tage zurückbehalten musste, um etwas davon zu haben. Raimo war nicht der Einzige, der entdeckt hatte, warum eine gewisse Konkurrenz um diese Tröge entstanden war.
2. Die Tröge beanspruchten Platz und waren deswegen so geformt, dass man sie übereinanderstapeln konnte. Man brauchte also einen Gabelstapler, um an den Sauerteig zu kommen, und damit zog man leicht die Blicke auf sich.

Eines Nachts, als Raimo gerade den Schichtenplan studierte, sah er, dass er nicht mehr länger warten konnte, bis er sich den reifenden Wolkenkratzer aus Sauerteigtrögen vorknöpfte, den er schon seit einer Weile im Auge hatte. Also fuhr er mit dem Gabelstapler in den Kühlraum, und dort beging er einen folgenschweren Fehler. Statt von unten zu beginnen, wie es naheliegend gewesen wäre, stellte er sich auf die Gabel des Fahrzeugs, drückte mit dem Fuß auf den Hebel und ließ sich bis zum obersten Trog hochfahren. Er schnüffelte daran, ließ sich ein Stückchen herunterfahren, hob den Trog darunter mit der Gabel heraus und schnüffelte auch daran. Als er den letzten Behälter erreicht hatte, war er schon etwas angeschickert und positionierte den Gabelstapler ein bisschen zu schräg. Als er sich dann bückte, um die Alkoholdünste aus dem Trog genüsslich einzuatmen, kippte der ganze Wolkenkratzer um. Es musste mehr als eine halbe Tonne Sauerteig mitsamt den Behältern gewesen sein, die wie durch ein Wunder genau über den sich duckenden Raimo hinwegpolterten, um dann auf den Boden aufzuschlagen. Die Tröge zerplatzten, und der Teig explodierte über den lackierten Zementboden.

Auf einen Schlag war Raimo stocknüchtern. Sein Gehirn arbeitete auf Hochtouren. Hatte es jemand gehört? Konnte er diese Bescherung aufräumen, bevor die nächste Person irgendwas im Kühlraum zu tun hatte? Er hängte sich an den nächstbesten Trog in dem vergeblichen Bemühen, ihn wieder in die richtige Position zu zerren. Doch der Teig, der halb herausgeronnen war, war viel zu schwer. Und bald sollte der Vorarbeiter der Schicht eintreffen, der würde den Lärm auf jeden Fall hören. Ein kurzer Blick auf das Chaos verriet, was hier passiert war.

Raimo hatte insofern Glück im Unglück, als er keinen Gabelstaplerführerschein hatte. Das ging vielen in der Fabrik so, man hatte einfach zu viel Personal, und es war teuer, ständig Leute ausbilden zu lassen. Deswegen hatte sich ein pragmatisches System eingebürgert: Wer wollte, konnte so tun, als hätte er einen Schein, während die Vorarbeiter so taten, als glaubten sie es. Für Bäckereien ist es ja typisch, dass die ganze Zeit Teig gärt, weswegen eine Unterbrechung der Produktion, gerade bei sommerlich hohen Temperaturen, rasch Probleme bereitet. Es lag also im Interesse aller Beteiligten, dass man in dieser Frage ein bisschen flexibel war.

Auch wenn man dem Vorarbeiter den Unfall nicht anlasten konnte, wären Fragen gestellt worden. Fragen, die nach Erachten aller Anwesenden besser ungestellt blieben. Sie räumten also alle zusammen und schweigend auf.

Eine Weile später wurde Raimos Stelle aufgrund von Arbeitsmangel gestrichen, doch er bekam zumindest ein gutes Zeugnis. Allerdings verwenden Arbeitgeber in ihren Zeugnissen offenbar bestimmte Codewörter, was vielleicht erklären könnte, warum Raimo später Probleme hatte, einen Job zu finden.

14. KAPITEL

Problem II – Raimo wäscht

Raimo ging mit Putzi in dem Wald Gassi, der hinter ihrem Wohnblock begann. Dort gab es Büsche, Bäume und diverse natürliche Landschaftsformen, die den Toilettenbedürfnissen von Hunden entgegenkamen.

Fröhlich hob Putzi das Bein an einer Reihe von Pflanzen, um dann eine Probe von der Unruhe zu geben, die viele Hunde befällt, wenn sie eine passende Stelle für ihre Fäkalien suchen. Raimo konnte sich nur wundern, mit welcher Umsicht der Ort für die Hundewurst ausgewählt werden musste. Zu guter Letzt entschloss sich der Hund für den Bahndamm, auf dem die Gleise verliefen, und nahm dort die hundetypische Hockstellung ein.

Obwohl Putzi für sein Geschäft den höchsten Punkt der lokalen Topografie gewählt hatte, als wollte er der ganzen Welt zeigen, was er hier fabrizierte, als wollte er es auf einen Thron legen, der Gott so nah wie möglich war, schaute Raimo mit der Diskretion des geborenen Gentlemans in die andere Richtung.

Unterdessen hämmerten seine Gedanken im gleichen Rhythmus wie sein Puls. Worauf hatte er sich hier eingelassen? Der Plan, der ihm tags zuvor noch so einwandfrei und glasklar vorgekommen war, schien immer komplizierter zu werden. Und unrealistisch. Vielleicht hatte Angie recht und er war wirklich überarbeitet? Diesen ganzen Gläubigern die Stirn zu bieten war schon ein Vollzeitjob, und wie sollte er überhaupt Gelegenheit finden, mal ein paar Dukaten zu verdienen, wenn ihm alle pausenlos auf der Pelle saßen? Diese Aasgeier, die ständig Geld von ihm wollten.

Er schlief viel zu wenig, und das rief eine Art unbestimmter Angst in ihm hervor, die seine Entscheidungsprozesse verzerrte.

Raimo hatte gedacht, der Diebstahl würde der schwerste Teil des Unternehmens sein, vielleicht weil es einfach der erste war und das größte Risiko darstellte. Aber wie sich herausstellte, waren eine Zange, ein Kotelett, ein geliehenes Hundehalsband und ein Paar Handschuhe sowie ein tief in die Stirn gezogenes Käppi ein einfaches Erfolgsrezept.

Als Nächstes musste er jetzt Spekulanten für seine Ware finden. Hundebesitzer. Er wurde rot bei dem Gedanken an die peinliche Stimmung, die dabei leicht entstehen konnte. Wie würde das Verkaufsgespräch aussehen? Und was würde passieren, wenn auch nur einer der Kunden beschloss, die Polizei zu verständigen?

Es war noch nicht zu spät, das Tier zurückzugeben. Im Nachhinein begann diese Alternative immer besser auszusehen. Aber jetzt hatte er seine Idee ja schon Larssa verkauft. Damit war er in einen Kaugummi gestiegen, den er sich bestimmt nicht mehr so leicht von der Schuhsohle kratzen konnte.

Auf einmal war die Welt erfüllt von ohrenbetäubendem Donnern. Ein Güterzug mit Metallschrott auf dem Weg zum Walzwerk raste brüllend nur einen Meter neben ihm vorbei. Raimo war so tief in Gedanken versunken gewesen, er hatte schlichtweg nicht gemerkt, dass ihn nur zehn Zentimeter von einem gewaltsamen Tod trennten.

Er trat einen Schritt zurück, um sich den Luftverwirbelungen und dem Sog des Zuges zu entziehen. Die Waggons ratterten einer nach dem anderen vorbei, und der Zugführer tutete. Der Wind riss an Angies Jacke, Raimos Haar wurde kräftig zerzaust, und dann war der Zug wieder weg, genauso schnell, wie er gekommen war.

Vielleicht war es ja möglich, einen kleinen Finderlohn für Putzi zu bekommen, wenn er jetzt einfach aufgab? Er hätte ja auch wirklich Kosten haben können in diesem Zusammenhang. Wenn der Hund zum Beispiel irgendetwas Teures zerkaut hatte? War es dann recht, dass er diesen Verlust einfach so abschreiben sollte? Je länger er darüber nachdachte, umso mehr ärgerte es ihn, dass die wohlhabenden Leute sich wahrscheinlich gar nicht darum scherten, sondern ihr Untier einfach Amok laufen und alles zerreißen ließen, was ihnen in den Weg kam, Dinge, die vielleicht nicht so besonders viel gekostet hatten, aber einen enormen ideellen Wert besaßen. Gegenstände, die man mit Geld niemals ersetzen konnte! Ja, zumindest nicht mit ein paar Kronen. Vielleicht ein Fotoalbum aus seiner Kindheit?

Raimo zog an der Leine. Da entdeckte er, dass sie nach einem Meter fein säuberlich abgetrennt war. Der einzige Beweis dafür, dass hier mal ein Hund gewesen war – abgesehen von der halben Leine, – war ein säuberliches Häufchen noch dampfender Hundescheiße zwischen den Eisenbahnschienen.

In diesem Moment wäre selbst der Stärkste zusammengebrochen. Zahlreich sind die, die sich zu einem kleinen Bündel zusammengerollt hätten und einfach liegen geblieben wären. Wie man weiß, ist es nie zu spät aufzugeben.

Aber das war nicht Raimos Art, mit Problemen umzugehen. Sein Vater hatte ihm die einfache Lebensregel eingeschärft, dass sich nichts von selber regelt und dass man sich nur auf sich selbst verlassen kann. Ja, man will ja nicht schroff klingen, aber im Grunde können alle anderen gleich zur Hölle fahren, damit sie einem nicht im Weg stehen.

Statt sich von Panik packen zu lassen, analysierte er daher eiskalt die Situation. Der Hund war weg. Vorhin hatte er

Larssa die Idee mit diesem Tier noch schmackhaft gemacht. Aus diesem Blickwinkel war das Fehlen eines Hundes wirklich ungünstig. Die Besitzer wussten nicht, dass er ihn sich ausgeliehen hatte, die konnte er also getrost aus der Gleichung herauslassen.

Traurige Sache, aber was konnte er schon tun? Es war nicht seine Schuld, dass der Köter vor lauter Inzucht nicht zögerte, sein Geschäft direkt vor einem heranrasenden Zug zu verrichten. Darwin hatte das Gesetz der natürlichen Auslese formuliert, nicht Raimo. Da wusch er seine Hände nun wirklich in Unschuld.

Theoretisch hätte er also einfach mit den Schultern zucken und davongehen können. Seine Karriere als Verkäufer toller Hundegene war hiermit beendet.

Aber vielleicht auch nicht. Larssa hatte ja gesehen, dass er Putzi hatte, und er würde sich wohl kaum mit der Auskunft begnügen, dass das Tier verschwunden war. Er würde ahnen, dass da irgendwo ein Hund begraben lag, obwohl dieser de facto ja gar nicht begraben war, sondern auf dem Kühlergrill eines Zuges klebte.

Man musste sich jedoch vor Augen halten, dass Larssa das Tier nicht so gut kannte wie Herrchen und Frauchen. Es musste jede Menge kleiner besonderer Kennzeichen gehabt haben, die ausgerechnet diesen Hund zum Champion gemacht hatten. Aber für Larssa war es ein x-beliebiger hässlicher Hund.

Nicht mal die von Raimo anvisierten Käufer dürften bis zum letzten Haar mit Putzis Aussehen vertraut sein.

Hm ...

Eine Anzeige von den mutmaßlichen Kunden wäre verhältnismäßig ungefährlich, wenn Raimo ein neues Tier anschaffte, das an Putzi erinnerte, aber eben nicht Putzi war! Beim Verkauf würde er sich dann schon irgendwie rausreden können, dass er da keinen Champion hatte. Er konnte es vielleicht einfach wahrscheinlich aussehen lassen und dann zusehen, wie die Kunden sich selbst betrogen.

Vor ein paar Jahren war Raimo bei einer Reihe von Hunderennen gewesen. Die fanden auf einer schlammigen Rennbahn auf dem Land statt, mit einem kleinen Wettbüro im knöchelhohen Gras, das eher aussah wie ein Tombolastand. Die Bons wurden von der gleichen mechanischen Maschine ausgegeben, aus der die Busfahrer damals ihre Tickets zogen. Ihm war nie ganz klar gewesen, wie legal diese Veranstaltungen eigentlich waren, doch er hatte bald herausgefunden, dass die Besucher ganz normale Hundefans waren, die Gleichgesinnte treffen wollten. Sie kannten sich alle untereinander so gut, auch die Hunde der anderen, dass es für einen Außenstehenden unmöglich war, irgendwelche falschen Odds zu finden, aus denen sich Gewinn schlagen ließ. Außerdem waren die Obergrenzen für die Wetteinsätze sehr niedrig. Raimo hörte sehr schnell wieder auf, solche Veranstaltungen zu besuchen.

Doch vorher hatte er noch Arved kennengelernt. Arved hatte estnische Wurzeln und einen Hundezwinger, durch den viele Tiere gingen. Vielleicht war da ja mal eines dabei, das ein ungeübtes Auge mit Putzi verwechseln konnte? Wenn nicht vielleicht sogar Arved ihm helfen konnte, eines zu finden?

Dieses Problem musste sich doch irgendwie lösen lassen. Da sich Raimos Probleme bis jetzt noch nie hatten lösen lassen, musste er jetzt doch mal an der Reihe sein. Sonst hätte er ja genauso gut gleich bei seiner Geburt aufgeben können.

Entschlossen machte er einen Schritt, um in die Welt hinauszumarschieren und die Dinge wieder ins Lot zu bringen, die schiefgegangen waren, auf dieselbe männliche Art, wie sein Vater das gemacht hätte – zumindest bildete Raimo sich das so ein. Er war ganz in Gedanken und passte nicht auf, stolperte über die eine Schiene und fiel längelang in Putzis Kothaufen.

Nicht so, dass die Fäkalien Angies offenbar ziemlich teure Jacke nur ein bisschen berührten, sodass es kleine Flecken gegeben hätte, die man mit einem nassen Taschentuch hätte entfernen können. Nein, Vollkontakt war angesagt, mit seinem ganzen Körpergewicht drückte er die Exkremente quasi in den Stoff.

Jetzt wurde es aber wirklich langsam widrig.

Raimo lenkte sein Auto zu Arveds Hundezwinger, der ungefähr fünf Kilometer vor der Stadt lag. Sein Bekannter wunderte sich, ihn zu sehen, aber er zeigte ihm gerne die Hunde.

Es gab keinen, der auch nur entfernt an Putzi erinnert hätte. Er war wahrhaftig ein einmaliger Hund gewesen, und er fehlte Raimo jetzt wirklich sehr.

„So, das waren alle."

„Verdammt!"

„Was ist das denn für eine Rasse?"

Raimo hätte ihn auf das Bild der gestrigen Zeitung verweisen können. Doch die Vorsicht hielt ihn zurück. Wahrscheinlich hatte die Polizei einen Sondereinsatz wegen Putzi laufen, und Arved war in der Hundebranche. Bestimmt hatte ihn die Nachricht von Putzis Verschwinden erreicht oder würde ihn bald erreichen. Dann würde er eins und eins zusammenzählen und sich ein Bild machen, das nicht unbedingt der Wahrheit entsprechen musste, ihr aber nah genug kommen konnte, um Raimo in Schwierigkeiten zu bringen. Und auch wenn sein Gegenüber wie ein korrekter Kerl wirkte, war Raimo nicht bereit, sein Schicksal in Arveds Hände zu legen. Hinter dem wettergegerbten Gesicht und dem Lederkäppi ließ sich doch auch etwas leicht Zwielichtiges erahnen, oder?

„Er hat mich an Michael Monroe erinnert."

Arved schüttelte den Kopf. Das sagte ihm nichts.

„Vince Neil?"

Jetzt hellte sich die Miene des Esten auf.

„Von Mötley Crüe? Dann weiß ich schon." Arveds Sohn hatte die Wände seines Zimmers nämlich mit diversen Sleazerock-Bands tapeziert. „Ich weiß, was für eine Rasse das ist. Über so einen stand neulich auch was in der Zeitung."

„Echt?"

„Ja. Aber so einen hab ich nicht hier."

„Kann man so einen denn besorgen? Ein Männchen?"

„Tja ..." Arved überlegte. „Vielleicht. Kann mich mal umhören."

„Wie viel nimmst du denn für so einen?"

Das nächste Problem war freilich, dass Raimo kein Geld hatte. Er hoffte daher auf einen Kredit.

„Die sind nicht billig."

„Ich bin im Moment ein bisschen knapp bei Kasse. Ginge das, dass du mir da was auslegst? Nicht für lang."

„Nein."

„Bitte?"

„Wirklich nicht."

Wie viele andere, die erst im Erwachsenenalter Schwedisch gelernt haben, hatte Arved Mühe mit den seltsamen Windungen dieser Sprache. Warum sollte er zum Beispiel eine rationale Entscheidung ändern, nur weil jemand das Wort „bitte" benutzte? Doch er sah Raimos Enttäuschung und begriff, dass dieser Hund wichtig für ihn war. Und vielleicht war es ihr gemeinsames finnougrisches Erbe, das sein Herz ein wenig erweichte, denn dann sagte er: „Okay. Wenn du mir einen Gefallen tust."

„Ja?"

„Dann vielleicht."

„Im Ernst? Ich würd alles tun!"

„Aber ich kann nichts versprechen. Ich werd mich nur umhören."

„Ist klar. Also, worum geht's?"

Wie sich herausstellte, war Arved in die Importbranche eingestiegen. Er hatte eine Partie Waschmittel aus seiner ehemaligen Heimat gekauft. Vielleicht hatte es tatsächlich nur die Qualität, die man mit Planwirtschaft für gewöhnlich so erreichen kann, aber es war billig. Und jetzt hatte er es in solchen Mengen nach Schweden eingeführt, dass es auf Jahre hinaus reichen würde, die Kleidung der Familie und sämtliche Hundedecken zu waschen. Entweder hatte es ein Missverständnis gegeben, oder sie hatten ihn absichtlich übers Ohr gehauen. Auf jeden Fall saß er jetzt auf einem Riesenhaufen Waschmittel. Aber er wollte sich sein Geld zurückholen, ja vielleicht sogar ein bisschen was dran verdienen, indem er den Überschuss verkaufte. Wenn Raimo einfach ein bisschen Waschmittel mit in die Stadt nehmen könnte, ein paar Warenproben sozusagen, würde Arved dafür sorgen, dass sein Kontakt zu Raimo kam und das Zeug bei ihm abholte.

„Und mehr muss ich nicht tun?" Raimo musste ja sowieso in die Stadt, also war das wirklich nicht der Rede wert.

„Jupp."

Wenn Raimo sich also bereit erklärte, dieses estnische Waschmittel zu transportieren und es ein paar Tage aufzubewahren, höchstens eine Woche oder vielleicht drei, aber ganz bestimmt nicht mehr als einen Monat, jedenfalls nicht wesentlich länger, dann würde sich Arved nicht nur nach so einem Hund für Raimo umhören, sondern ihm gleich so einen kaufen.

„Das ist ja großartig!"

„Ja, so bin ich nun mal."

„Du bist echt ein Teufelskerl!" Das Waschmittel war schnell eingeladen, und sie verabredeten, dass sie deswegen einfach telefonieren würden.

„Sieh zu, dass du dich an alle Geschwindigkeitsbegrenzungen hältst. Und fahr nicht bei Rot über die Ampel."

„So was mach ich nie. Kann ich mir nicht leisten bei meinem chronischen Pech."

„Wunderbar, ganz wunderbar!"

An dieser Stelle könnte man einflechten, dass Raimo keineswegs mehr Pech hatte als andere Leute. Schlechte Spieler bilden sich oft ein, dass ihre schlechten Entscheidungen mit Pech zu tun hätten. Aber das ist ein bisschen so, als würde der Alkoholiker es als Pech bezeichnen, wenn er mit einem Kater aufwacht. Klar, behaupten kann er es natürlich, aber es entspricht eben nicht der Wahrheit.

„Gut, Raimo, sehr gut. Man muss sich immer schön an die Verkehrsregeln halten. Das ist das Beste für alle."

So kam es, dass Raimo einen braunen Karton voller Pakete mit estnischem Waschmittel in sein beziehungsweise Angies Auto lud.

Uns allen ist klar, dass hier was faul ist. Und Raimo merkte sicher auch, dass an dieser Situation etwas nicht ganz koscher war. Aber er stand so unter Stress, dass er nicht genau hätte sagen können, was ihn da störte. Und so hatte er weder Zeit noch Geistesgegenwart genug, um innezuhalten und die Geschichte zu überdenken. Raimo hatte das Gefühl, er hätte Glück gehabt, und in so einem Moment durfte man sich nicht querstellen, nein, man musste die Gunst der Stunde nutzen, solange es ging.

Arved sah das Auto zwischen den Bäumen verschwinden. Er überlegte, ob er richtig gehandelt hatte. Dieser Raimo war schon ein seltsamer Kerl. Warum war er so gestresst gewesen? Er bildete sich doch nicht etwa ein, dass Arved ihm die Geschichte von seiner Freundin abgekauft hatte, die genau so einen Hund für den Geburtstag ihres kleinen Bruders brauchte? Und warum hatte Raimo eine Frauenjacke an, mit Hundescheiße an der Vorderseite?

Nein, Arved wurde immer unsicherer.

Als Raimo das Auto in der Stadt parkte, spürte er, dass sich das Blatt jetzt zu seinen Gunsten wenden wollte. Er hatte zwar Probleme gehabt, aber jetzt hatte er den Hundeexperten Arved an seiner Seite und arbeitete an der Lösung. Angies Jacke war zwar total verdreckt, aber hey, er hatte schließlich ein ganzes Auto voll Waschmittel! Das konnte kein Zufall sein. Irgendwo war doch eine höhere Macht am Werk, die für ihn sorgte.

Er beschloss, in den Waschkeller zu gehen und nachzuschauen, ob gerade eine Maschine frei war. Dann konnte er waschen und gleichzeitig ein bisschen entspannen. Das brauchte er jetzt.

Raimo pulte den braunen Karton an den Kanten auf, nahm sich eins der Waschmittelpakete und rüttelte einmal kräftig am Karton, sodass sich die restlichen Pakete verteilten und es nicht so offensichtlich war, dass eines fehlte. Dann ging er zu seiner seelischen Erbauung in den Waschkeller hinunter.

Er fand es immer richtig beruhigend, Wäsche in der Trommel kreisen zu sehen. Irgendwie baute es seine innere Anspannung ab, wenn die Sachen immer wieder im Kreis liefen. Ja, auch wenn er nicht richtig wusste, was es bedeutete, hatte er das Gefühl, dass das etwas von Zenbuddhismus hatte. Es war ja etwas völlig anderes als zum Beispiel fernzusehen. Vor dem Fernseher konnte es einem passieren, dass man sich in die Hauptperson eines Dramas hineinversetzte, die in alle möglichen grässlichen Situationen geriet, die sich am Ende zwar alle lösten, aber trotzdem, bis dahin konnte es ganz schön unangenehm werden. Oder man kam nicht umhin, über irgendeine wichtige Meldung in den Nachrichten zu erschrecken, denn die waren ja fast immer negativ. Und wenn man sich erdreistete, umzuschalten, musste man plötzlich raten, wer der Mörder war in einem so hoch komplizierten Krimi, dass es einem vorkam, als wollte einem der Drehbuchautor eine lange Nase drehen und zeigen, wie blöd man doch war.

Für so was fehlte ihm die Ruhe.

Nein, da lobte er sich die Wäsche. Für seine gestressten Sinne war es befreiend leicht, einfach nur in stiller Meditation zuzusehen, wie sich die Kleidungsstücke in der rotierenden Trommel bewegten. Raimo dachte sich dann immer, wie die Sachen in völliger Harmonie in der Trommel durchgemischt wurden, ganz egal, ob es Strümpfe, Unterhosen, Hosen oder T-Shirts waren, und damit zeigten, was man viel lieber in den Nachrichten gesehen hätte. Aber dann fiel ihm wieder ein, dass die Trommeln meistens streng nach Farbe sortiert wurden, das passte natürlich nicht so gut zu seinen feinsinnigen Gedanken.

Als er ein kleiner Junge war, hatte seine Faszination für die Waschmaschine seinem Vater übrigens große Sorgen bereitet, weil er befürchtete, sie könnte ein Anzeichen von Idiotie sein.

Das Mietshaus, in dem Angie und Raimo wohnten, hatte eine große Waschküche mit einer Reihe von Maschinen, die von mehreren Blöcken genutzt wurde. Man reservierte also nie den ganzen Raum, sondern immer nur zwei, drei Maschinen und wusch zusammen mit anderen. Wegen des Diebstahlrisikos blieben die meisten während der Waschzeit im Keller, deswegen gab es dort eine Reihe von fest angeschraubten Plastikstühlen für die Wartenden. Raimo legte die dreckige Jacke in eine freie Maschine. Er steckte auch Pullover, Jeans und Strümpfe mit hinein, wo er jetzt schon mal beim Waschen war. Teils machte er das, weil es nicht umweltfreundlich war, für eine halb volle Trommel die Waschmaschine anzuschalten[32], vor allem wollte er aber mehr Kleidungsstücke als bloß die eine Jacke im schäumenden Wasser kreisen sehen. Er wollte sehen,

32 Mattis Weltuntergangstheorien in Verbindung mit der Energiekrise der Siebzigerjahre, auf die die Schulen mit einer Reihe von Energiespar-Lektionen reagierten, hatten dafür gesorgt, dass sich alle drei Kinder mehr oder weniger umweltbewusst verhielten.

wie am Ende im Schleudergang die Farben ineinanderliefen. Nur mit Unterhose und Schuhen bekleidet hockte er sich vor die Maschine. Das und Verkaufsfernsehen mit seinen Werbesendungen für Küchenmesser[33] – das war Balsam für die Seele.

Er schüttete das estnische Waschmittel ins entsprechende Fach, schaltete die Maschine an und setzte sich davor, um die Vorstellung zu genießen. Dann schlief er ein.

Ungefähr eine Stunde später wurde er von einer Frau geweckt, die ihm behutsam auf die Schulter klopfte und auf die Waschmaschine deutete. Raimo interpretierte es als serbokroatische Ansage, dass sie jetzt die Maschine reserviert hatte.

„Hoppla, bin ich doch glatt eingeschlafen. Tut mir leid." Er nahm seine Sachen aus der Trommel. Dann steckte er sie noch einmal in die superschnelle Schleuder und zum Schluss kurz in den Trockner, damit die Klamotten warm wurden. Die Restfeuchtigkeit konnte dann gerne trocknen, wenn er die Sachen anzog.

So, fertig und ab.

---

33 Raimo hatte eine ganze Videothek mit den verschiedenen Messer-Werbesendungen. Die schaute er immer an, wenn er deprimiert war. Geschliffener japanischer Stahl, der durch Schuhsohlen glitt oder spielend leicht Tomaten zerschnitt, die man auf die Klinge fallen ließ, hatte einfach so etwas Reines und Klares an sich.

15. KAPITEL

Das Schaukelpferd – Problem III

Während Raimo mit dem Hund Gassi ging, hatte Angie das Schaukelpferd ihres kleinen Bruders geholt. Es hatte so einige moralisch zweifelhafte Manöver erfordert, es in ihre Wohnung zu holen. Aber jetzt war es hier.

Sie betrachtete Leppe. Es ist zwar allgemein bekannt, dass Hunde jederzeit alles bespringen, aber sie konnte sich den Gedanken nicht verkneifen, dass dieses Holzpferd schon extrem unsexy war.

Vielleicht sollte sie es ein bisschen aufpeppen? Nicht, dass es Putzi groß gekümmert hätte, aber sie wollte nicht, dass Raimo hinterher behauptete, sie habe nur auf der faulen Haut gelegen, und dann, wenn die Dinge nicht so liefen wie geplant, am Ende noch widernatürliche Handlungen von ihr verlangte.

Leppe und sie würden sich ins Zeug legen und ihren Teil dazu tun. Wenn Raimos idiotischer Plan dann in die Binsen ging, hatte es zumindest nicht an ihnen gelegen.

Sie versuchte es mit abgelegten Strumpfhaltern, die sie Leppe überstreifte, und dann schminkte sie ihn auch noch ein bisschen. Da Hunde einen sehr empfindlichen Geruchssinn haben, war sie eher zurückhaltend mit dem Parfüm. Dann betrachtete sie ihr Werk.

Hm … Vielleicht lieber doch nicht?

Da klingelte es an der Tür. Wie sich herausstellte, war es Larssa. Als er seinen Kollegen das Hundeprojekt erläutert hatte, war ihm selbst bewusst geworden, wie dumm das alles klang. Jetzt war er also zurückgekommen, um noch einmal neu zu verhandeln.

„Er ist nicht zu Hause“, sagte Angie.

„Und der Hund?“

„Er ist mit dem Hund rausgegangen. Der musste mal Gassi.“

In solchen Fällen ist man als Gläubiger natürlich misstrauisch. Aber Larssa fand trotzdem, dass es glaubwürdig klang. Hunde waren ja dafür bekannt, ihre täglichen Spaziergänge zu brauchen, also gab er sich mit der Auskunft zufrieden.

Sollte sich jedoch herausstellen, dass Raimo auch bei seinem nächsten Besuch rein zufällig Gassi gehen war, würde er argwöhnisch werden. Und das wollte Angie nicht. Das war etwas, was Larssa ihr dank langjähriger Berufserfahrung durch Blicke und Körpersprache deutlich vermitteln konnte.

Als Raimo den Karton aus dem Auto geholt hatte und mit frisch gewaschener Kleidung die Treppe hochkam, traf er Larssa, der gerade auf dem Weg nach unten war.

„Hallo.“

„Ähm.“ Raimo kontrollierte kurz, ob ihm die abgerissene Hundeleine nicht irgendwo aus einer Tasche schaute. Im Gegensatz zu Larssa hatte er nämlich das Gefühl, dass es nicht nötig war, ihm in Realzeit Einblick in seine Tätigkeiten zu gewähren. Seriöse Unternehmen liefern Quartalsberichte ab oder begnügen sich mit Jahresberichten im Januar mit den erforderlichen Kurven und Diagrammen. Investoren haben ja leider selten dasselbe Fingerspitzengefühl, wie es der direkt Beteiligte entwickelt, und deswegen verstehen sie nicht alle Wendungen und Schwankungen, denen das Unternehmen im Tagesgeschäft unterworfen ist.

„Wie läuft's?“, fragte Larssa.

„Ach ja, läuft.“

„Was ist das da?“

„Das hier? Waschmittel.“

„Wozu?“

„Ich weiß nicht. Oder – wie meinst du das jetzt?“

„Warum hast du solche Unmengen von Waschmittel dabei? Das ist doch nicht normal. Woher hast du das Geld für so was, frag ich mich? Hä? Wo du so viel Schulden bei uns hast."

„Na ja, das ist ja nicht meins."

„Das ist nicht deins?"

„Nein, das gehört einem Kumpel. Der importiert das Zeug."

„Taugt das was?"

„Wie meinst du das?"

Raimo konnte ja nicht ahnen, dass sich jemand wie Larssa für Waschmittel interessierte.

„Meiner Mutter gehört der Esplanad-Waschsalon. Die wäscht total viel Tischtücher von Restaurants und Berufskleidung und so was."

„Echt?"

„Und sie bemüht sich immer, die Kosten zu senken. In der Waschbranche ist die Konkurrenz hart. Schlimmer, als man meinen möchte. Wo ist überhaupt der Hund?"

Auf die letzte Frage wollte Raimo ungern antworten. Arved wollte das Waschmittel verkaufen. Larssa wollte Geld haben. Larssas Mama wollte ihre Kosten senken. Hier fielen ja grade alle Puzzleteilchen ganz von selbst an ihren rechten Platz!

Hätte sich das Ganze heutzutage ereignet, hätte Raimo natürlich kurz auf dem Handy bei Arved angerufen, hätte sich erkundigt, wie viel er für sein Waschmittel haben wollte, und dann eine passende Kommission für sich auf den Preis aufgeschlagen. Doch da Mobiltelefone damals noch so groß waren wie eine Ananas, man außerdem eine separate Aktentasche mitschleppen musste und das Ganze ein halbes Vermögen kostete, hatte in diesen Zeiten noch nicht jeder ein Handy.

Raimo musste das Geschäft deswegen nach Gefühl abwickeln.

„Das ist echt gutes Zeug. Sag einer über die Ostblockstaaten, was er will, aber die Chemikalien von denen, die können echt was. Da wird die chemische Industrie ja nicht so drangsaliert von den ganzen Umweltschützern, so wie bei uns, die können ihre Abgase einfach so in die Luft pusten. In Schweden ist das Zeug wahrscheinlich verboten." Raimo deutete mit einem Nicken auf den Karton. „Weil es so wahnsinnig stark ist. Und obendrein total billig. Die brauchen ja Westgeld, weißt du."

„Verdammt." Larssa sinnierte. „Das frisst aber nicht den Stoff kaputt, oder? Oder beschädigt die Maschinen oder so?"

„Nein, Mann! Warum sollten die so ein Waschmittel herstellen?"

„Tja ... warum eigentlich nicht? Sie könnte es ja mal ausprobieren. Was willst du dafür haben?"

Der Vorteil für Larssa war, dass ein kleiner Teil von Raimos unsicherem Kredit zurückgezahlt werden würde, falls er das Waschmittel wirklich an das Unternehmen seiner Mutter verkaufen konnte. Außerdem hatte sein Schuldner keine besonders günstige Verhandlungsposition, also konnte Larssa einfach aufs Geratewohl einen Dumpingpreis nennen und selbst noch ein kleines Geschäft dabei machen.

„Na, sagen wir mal ... Was bezahlt sie denn jetzt?"

„Weiß der Henker."

„Wie wär's mit fünfundsiebzig Prozent von ihrem jetzigen Preis?"

„Die Hälfte."

„Na ja, es ist ja nun doch nicht mein Waschmittel, ich kann schlecht ..."

„Abgemacht, also die Hälfte."

Raimo zuckte mit den Schultern. Es konnte nicht viel machen. Wenn man Waschmittel privat über die Ostsee importierte, musste es ja wesentlich billiger sein als die einheimischen Produkte. Wenn er mit dem Geschäft einen kleinen Verlust machte, musste er das eben als Investition betrachten.

Sobald Larssas Mutter merkte, was das für ein tolles Zeug war, würde sie ihm die Tür einrennen, und dann konnte man den Preis immer noch nachjustieren. So funktionierte das eben in ihren Kreisen.

„Wir ziehen das dann von deinen Schulden ab." Larssa griff nach dem Karton.

„Das geht aber nicht!"

„Oh doch. Und wie das geht."

„Aber das ist doch nicht meins! Das gehört Arved!"

„Ist mir doch scheißegal! Das war doch wohl von vornherein klar, wie wir die Bezahlung handhaben."

Raimo verstand Larssas Argumentation sehr gut. Und normalerweise wäre er ja auch froh gewesen, etwas zu haben, was ihm einen kleinen Aufschub verschaffte. Aber wenn man das Ganze aus der langfristigen Perspektive betrachtete, als potenzielle Geschäftsidee – und so sah er die Sache bereits –, dann würde Arved ihm wohl kaum mehr Waschmittel verkaufen, wenn Raimo ihn nicht bezahlte. Das ist eins der Grundprinzipien der Marktwirtschaft.

Larssa war schon auf dem Weg nach unten, und Raimo lief ihm nach.

„Aber hör mal, wenn deine Mutter wirklich die Unkosten senken will …"

„Ja …?"

„Dann will sie danach doch sicher noch mehr davon kaufen. Und darauf wird Arved sich nicht einlassen."

Larssa verstand Raimos Argument. Außerdem lag es ja in seinem eigenen Interesse, dass Raimos Geschäfte gut liefen, dass er Geld verdiente, welches Larssa wiederum beschlagnahmen konnte. Im Gegensatz zur allgemeinen Auffassung reicht es nämlich nicht, wenn man in seiner Branche einfach nur unangenehm und gewalttätig auftritt; manchmal muss man auch überlegen und flexibel sein.

„Okay."

„Okay?"

„Du kriegst die Hälfte."

„Wovon?"

„Von dem, was sie bezahlt. Vorerst fünfhundert. Dann sehen wir weiter."

„Fünfhundert Kronen?"

„Ja."

Vielleicht würde das ja wirklich reichen, um Arved zu bezahlen, dachte Raimo. Er konnte ja behaupten, dass er das Waschmittel auf Kommission verkauft hatte und später noch Geld nachkommen würde.

„Okay."

Das Waschmittel blieb in Larssas Auto, während sie einen Bankomat suchten, um das Geld für Arved zu holen. Als sie in der Schlange vor dem Geldautomaten standen, kamen zwei Polizisten mit einem Hund und stellten sich hinter die beiden.

Das wollte Larssa gar nicht gefallen. Er hatte in letzter Zeit zwar nicht mehr Gesetzesübertretungen begangen, als in seiner Branche angemessen waren, aber hier ging es ums Prinzip. Diese Schweine sollten ihm vom Hals bleiben. Er rotzte auf den Gehsteig.

Da begann der Polizeihund zu winseln. Und dann wurde er immer lauter und fing an zu bellen. Und bellte eindeutig Raimo an.

Raimo liebte Tiere. Deswegen zeigte er auch nicht die Zähne, als er den Hund anlächelte, denn das hätte der ja als aggressiv auffassen können. Er hatte auch nichts gegen Polizisten, also nickte er ihnen ebenfalls freundlich zu.

„Hallo, Hund", sagte er. Der reagierte natürlich auf Putzis Geruch. „Ich heiße Raimo. Wie geht's?"

Der Polizist, der die Leine hielt, betrachtete das Tier aufmerksam.

„Feiner Hund. Sehr kontaktfreudig. Der ist gerne … ja …“, sagte Raimo zum Hundeführer in einem Versuch, die Stimmung aufzulockern. Hundebesitzern ist es ja oft unangenehm, wenn ihre Schützlinge sich einen unschuldigen Menschen ausgucken, also wollte er zeigen, dass er es ihm nicht übelnahm. „Ich hab selber einen. Deswegen ist er wahrscheinlich so …“ Er deutete mit einem Nicken auf das Tier. „Was ist das denn für einer? Ein Schäferhund?“

„Ein Drogenhund.“

„Ach ja? Ein Freund von mir hat sich so einen mal ausgeliehen. Er hatte nämlich zwei Gramm Gras verlegt und meinte, die müssten irgendwie beim Sofa durchgerutscht sein, und er wollte versuchen, das Zeug mit dem Hund wiederzufinden, und da …“ Raimo verstummte mitten im Satz. Der Groschen war gefallen. Jetzt war ihm klar, was das estnische Waschmittel in Wirklichkeit war und warum der Drogenhund beim Geruch von Raimos Kleidung so aus dem Häuschen geriet, denn die war ja damit gewaschen worden.

Langsam hob Raimo den Blick vom Hund zum Polizisten.

Larssa trat diskret den Rückzug an.

„Mögen Sie vielleicht mal Ihre Taschen für uns leeren?“

„Warum? Also, ich hab nichts dabei. Ich schwöre. Ich hab mein Lebtag noch keine … Das ist doch total absurd. Mit dem Hund kann irgendwas nicht stimmen. Ganz im Ernst.“

„Gehören Sie zusammen?“, wandte sich der Polizist an Larssa.

„Ich wollte nur Geld abheben. Ich hab den Kerl noch nie gesehen.“ Larssa verzog sich.

Die Polizisten nahmen Raimo beiseite, und der Hund hüpfte eifrig um sie herum. Und genau wie Raimo vorhergesagt hatte, fanden sie nichts in seinen Taschen, so akribisch sie

sie auch von innen nach außen kehrten. Nicht mal als sie die Säume kontrollierten und andere Stellen, an denen hinterlistige Süchtige ihre Drogen gern versteckten, fanden sie etwas. Trotzdem schien sich der Hund seiner Sache immer sicherer zu sein.

„Jetzt holen Sie das Zeug schon raus. Damit machen Sie es uns allen am einfachsten."

„Haben Sie die Jacke eigentlich geklaut? Das ist doch eine Damenjacke?"

„Ich habe nichts! Ich schwör's!"

Aber die Polizisten ließen sich davon nicht beeindrucken. Die Leute hatten ihnen schon öfters was geschworen, manche sogar beim Grabe ihrer Mutter, um dann überraschenderweise ausgerechnet von bewusster Mutter aus der U-Haft abgeholt zu werden.

„Jetzt hören Sie auf mit den Albernheiten. Sonst nehmen wir Sie mit aufs Präsidium und führen eine Leibesvisitation durch. Eine gründliche", fügte der Polizist vielsagend hinzu. „Wenn Sie es nicht anders wollen?"

Vielleicht war es eine leere Drohung, vielleicht auch nicht. Doch in diesem Augenblick begann der Hund völlig über Raimos Jacke auszuflippen. Raimo hatte das Gefühl, es sei seine Pflicht, Angies Jacke zu retten, die in seinen Händen ja schon mehr mitgemacht hatte, als sie eigentlich sollte. Und wenn er die Wahl hatte zwischen einem ihrer Lieblingskleidungsstücke und physischen Unannehmlichkeiten für sich selbst, zögerte er nicht, sich zu opfern. So war er eben. Kurz darauf saß er auch schon im Polizeiauto. Wir können nur annehmen, dass Raimo danach eine angespannte Begegnung mit einem Mann und dessen Latexhandschuh hatte.

Später lief Raimo durch die Stadt nach Hause, ein reingewaschener und rehabilitierter Mann. Er hatte viele Probleme, aber sein Zusammenstoß mit dem Gesetz war auf jeden Fall schon mal abgehakt.

Aber ansonsten begann die Situation jetzt wirklich aus dem Ruder zu laufen. Er musste Larssa telefonisch erreichen und ihm sagen, dass er seine Mutter davon abhalten musste, das Waschmittel zu benutzen. So eine Großwäscherei konnte den ganzen Karton im Nullkommanix aufbrauchen, und das würde Arved gar nicht gut aufnehmen. Natürlich befand sich nicht in allen Kartons Pulver, der Großteil musste schon Waschmittel sein. Aber was jetzt schon fehlte, war bereits ein fast unüberwindliches Problem. Und von der Sorte brauchte er jetzt nicht noch mehr.

Sollte er fliehen? Aber dafür brauchte er Geld und zumindest ein wenig Zeit für die Vorbereitungen. Und er hatte weder das eine noch das andere. Die Scheiße war bereits auf dem Ventilator gelandet, wie der Amerikaner so schön sagt.

Raimo beschleunigte seine Schritte und nahm die Abkürzung über den alten Bahndamm.

Und da, in der Dunkelheit unter einer Fichte, erblickte er etwas Seltsames. Als er jung war, hatte sein Vater oft betont, wie wichtig es sei, in der Wirklichkeit zu leben und sich nicht mit irgendwelchem Unfug abzugeben. Raimo war also nicht für Wichtel und Trolle, Kristalle, Astrologie, Kryptozoologie oder Homöopathie zu haben. Trotzdem erblickte er plötzlich eine Art bizarren Zwerg, der auf allen Vieren daherhüpfte, nackt und sonnenverbrannt, aber offenbar in der absurden Vorstellung gefangen, ein Bandmitglied der New York Dolls zu sein, oder vielleicht auch von …

Hanoi Rocks?

Raimo blieb stehen. Die Figur machte ein paar Schritte von der Fichte fort und trat ins Licht.

Und es *war* Putzi! Der Hund kam auf ihn zugetrippelt und zog dabei die abgerissene Leine hinter sich her.

Im Grunde hätte Raimo sich so richtig freuen müssen. Und für Putzi freute er sich ja auch sehr. Aber er war nicht sicher, ob er jetzt noch in der Lage war, sein Hundeprojekt weiterzuführen. Die Waschmittelgeschichte hing ihm schon wie ein Mühlstein um den Hals. Er hatte keine Energie mehr für einen Hund, aus dem er Qualitätssperma gewinnen wollte – das er dann wahrscheinlich doch nicht verkaufen konnte, denn als er auf diese Idee verfallen war, war er seelisch schon ziemlich aus dem Gleichgewicht gewesen.

Das Einzige, was Putzi ihm liefern konnte, war ein Anklagepunkt. Andererseits konnte er den Hund ja schlecht im kalten Wald alleinlassen, nackt wie er war.

Raimo lockte Putzi an, und der schien ihn auch wiederzuerkennen. Freundlich kraulte er dem Hund den Kopf.

„Vielleicht ist es das Beste, wenn du mit mir nach Hause kommst?"

Putzi kläffte glücklich.

16. KAPITEL

Eine Pulverwolke – Die Auflösung

Angie kam ihnen im Flur entgegen.

Es war schon fast zwölf Stunden her, dass Raimo mit dem Hund nach draußen gegangen war.

„Wo bist du gewesen? Ist dir eigentlich klar, was ich mir für Sorgen gemacht habe?!"

„Tja, ich ..."

Raimo trat ein und sah das Schaukelpferd, das Angie hergerichtet hatte. Sie hatte sich auch eine Videokamera besorgt, die sie auf einem Stativ befestigt hatte, um die Herkunft der Körperflüssigkeiten dokumentieren zu können. „Ich bin von der Polizei festgenommen worden."

„Was?"

„Ja."

„Mit dem Hund?"

„Nein. Der hat sich so vor einem Zug erschreckt, dass er sich im Wald versteckt hat."

Angie warf ihm den Blick zu, den er immer kassierte, wenn er spät, mit einer verdächtigen Fahne und weniger Geld als gedacht nach Hause kam.

„Ich muss Larssas Mutter anrufen. Und Arved."

„Ach ja?"

„Ich erklär dir das dann alles. Es geht um ein estnisches Waschmittel, das er nicht benutzen darf."

„Aha ...?"

Raimo rief zuerst Larssa an, doch der war nicht zu Hause. Dann blätterte Raimo den Lokalteil durch, um den Waschsalon der Mutter herauszufinden. Was hatte er noch gesagt, wie hieß der? Raimos Hirn war kurz vorm Überkochen, es war mit so vielen neuen Informationen überflutet worden, dass er die benötigte Information jetzt kaum herausfischen konnte. „W“ wie Wäsche? Nein. Gleichzeitig probierte er es bei Arved in der Hoffnung, dass das alles nur ein Missverständnis war und es doch nur ganz gewöhnliches Waschmittel war.

„Hallo, ich bin’s, Raimo. Du, hör mal … dieses Waschmittel … wenn ich dafür einen Käufer finde, wie viel würdest du …?“

Arved fiel ihm sofort ins Wort. „Unmöglich! Mein Kumpel kommt das Zeug abholen. Es ist schon verkauft. Red bloß nicht mit irgendwem darüber, stell es einfach in einen Kleiderschrank und vergiss es, bis er auftaucht.“

„Okay.“

„Gibt’s sonst noch was?“

„Ja, also … wenn das Zeug verschwinden würde – also, jetzt rein hypothetisch –, was schätzt du, wie viel …“

„Das würde ich überhaupt nicht schätzen!“ Im Hintergrund hörte Raimo einen Hund kläffen und knurren, während er an einem Knochen zerrte, den Arved in der Hand hatte. Deswegen klang seine Stimme auch besonders angestrengt.

„Nein, schon klar“, sagte Raimo.

„Dieses Gespräch gefällt mir überhaupt nicht. Was versuchst du mir hier eigentlich zu sagen? Soll ich das hier als Erpressung verstehen?“

„Nein, absolut nicht! Ich hab nur …“

„Du hast nur was?“

„Ich weiß nicht. Eigentlich.“

„Du, ich schick meinen Freund jetzt sofort vorbei. Er kommt zu dir und holt den Karton. Dann vergessen wir die Sache.“

Er machte eine kurze Pause und fügte dann hinzu: „Das hätte ich wirklich nicht von dir gedacht, Raimo."

„Aber ..."

Doch Arved hatte bereits aufgelegt. Raimo starrte den Telefonhörer an. Das war jetzt ja nicht so doll gelaufen. Sein Versuch, das Terrain zu sondieren, hatte seinen Untergang nur beschleunigt. Statt ein paar Tage Spielraum zu gewinnen, um sich aus seiner misslichen Lage herauszumanövrieren, blieben ihm jetzt nur noch Stunden. Wenn überhaupt. Eine Katastrophe türmte sich auf die nächste.

Langsam, aber sicher begann es eng zu werden für Raimo. In seinen Ohren rauschte es, als würde er in einem kräftigen Luftzug stehen. Er stolperte in die Küche und stützte sich auf die Arbeitsplatte. Kniff die Augen zusammen und versuchte nachzudenken.

„Raimo ... Was ist denn los?"

Er holte einen leeren Karton heraus. Dann wühlte er im Vorratsschrank und in der Abstellkammer. Er sammelte alles zusammen, was sich an weißem Pulver im Haushalt auftreiben ließ. Waschmittel, Backpulver, Mehl, Salz. Eine Zwei-Kilo-Packung Zucker. Mit seiner Improvisation würde er sicher niemand hinters Licht führen, aber vielleicht konnte er sich damit zumindest ein wenig Zeit kaufen, bis er Larssa und den richtigen Karton zu fassen bekommen hatte?

Und wenn Angie und er einfach flohen? Und wenn er den Karton einfach ins Treppenhaus stellte? Wenn Arveds Kumpel das Haus einfach mit einem Karton verließ, war ja nicht ganz klar, wer den Inhalt ausgetauscht hatte, und ...

Nein. Er hatte eben gerade Arved angerufen, und jeglicher Verdacht würde nur ihn treffen. Flucht war das einzig Realistische. Und dann Larssa ausfindig machen.

„Was machst du denn da?"

„Tja, also ..." Raimo schluckte. „Wir müssen abhauen."

„Was?"

„Schnell."

„Ich hau ganz bestimmt nicht ab. Warum sollte ich?"

Raimo seufzte. Und dann erzählte er ihr die ganze Geschichte. Alles. Nur ohne die Hundescheiße auf der Jacke.

„Und jetzt …", schloss er, „ist Arveds Kumpel auf dem Weg hierher. Wir machen es so: Wir lassen den Karton einfach vor der Tür stehen und dann …"

Im gleichen Augenblick klingelte es an eben dieser.

Wer war das? Doch wohl nicht Arveds Kumpel? Nein, das war unmöglich. Selbst wenn er ganz in der Nähe wohnte, musste Arved ihn ja trotzdem erst mal anrufen, dann musste er losgehen, sich ins Auto setzen, herfahren und die Treppe hochgehen. Er konnte es nicht sein.

Aber Larssa konnte es sehr wohl sein!

Obwohl Mobiltelefone zu diesem Zeitpunkt bei normalen Menschen beileibe noch nicht an der Tagesordnung waren, war Arveds Freund dummerweise einer von der Handvoll Personen in der Stadt, die eines besaßen. Um die Sache noch schlimmer zu machen, war er gerade planlos mit dem Auto durch die Gegend gefahren, auf der Suche nach dem ziemlich teuren verschwundenen Hund seiner Frau, als ihn der Este anrief. Da er einen Tipp bekommen hatte, dass ein Hund, der ihrem ähnlich sah, in einem Wald hier in der Nähe gesichtet worden war, war er tatsächlich genau um die Ecke, auf dem Weg zum alten Bahndamm, als er den Anruf bekam.

Jetzt stand er also vor Raimos und Angies Haustür und klingelte.

„Was meinst du, wer das ist?"

„Er kann es auf keinen Fall sein. Oder? Das wäre viel zu schnell."

Raimo warf einen Blick auf die Küchenuhr.

„Es muss Larssa sein. Und das ist gut. Wenn das Larssa ist, dann ist das jetzt richtig gut."

Raimo lief auf den Flur und riss die Tür auf. Da stand ein Mann, den er vage wiederzuerkennen meinte, aber aufs Erste nicht einordnen konnte.

„Hallo."

„Hallo."

„Ich soll hier was abholen. Für Arved."

Das Worst-Case-Szenario.

Raimo musste sich beherrschen, eine ungerührte Miene zu behalten. Bevor er sich's versah, war der Kerl in die Wohnung gekommen, als wollte er vermeiden, dass ihn einer von den Nachbarn sah. Jetzt stand er im Flur und blockierte ihren Weg in die Freiheit. Obendrein war er auch noch ein Schrank von einem Mann. Selbst wenn Raimo ihn schnell und überraschend mit dem Kopf gerammt hätte, wäre es schwer geworden, an ihm vorbeizukommen. Außerdem wäre Angie dann allein in der Wohnung zurückgeblieben, und das war gänzlich undenkbar. Sein Hirn lief auf Hochtouren.

Der Karton? Konnte dieser halbherzige Bluff den Mann wohl lange genug ablenken, dass Raimo sich einen gusseisernen Kerzenhalter greifen und ihm über den Hinterkopf ziehen konnte? Es war nicht unmöglich. Er deutete in die Wohnung.

„Kommen Sie rein."

Der Mann folgte ihm. Sein Blick fiel natürlich auf das Schaukelpferd mit Make-up und Strumpfhaltern, das vor dem Stativ mit der Videokamera stand.

„Hoppla!", sagte er. „Was dreht ihr denn hier für Pornos?"

Das Mädel war wirklich eine Puppe, er hätte überhaupt nichts gegen einen Film mit ihr gehabt. Aber wozu sollte das Schaukelpferd gut sein?

Raimo wiederum fand, dass ein Mann, der estnisches Pulver

abholen wollte, nicht unbedingt in der Position war, sich hier moralisch aufs hohe Ross zu setzen.

„Hier drinnen ist es." Er zeigte in die Küche. „Da ist das Waschmittel."

Die zwei Männer traten in die Küche. Und da stand der Hund, der eifrig Zucker und Mehl aus dem Karton schleckte. Der Mann starrte das Tier an.

„Putzi!"

Er schaute auf die Videokamera, auf das Schaukelpferd und dann wieder zu Putzi, der dort stand, die Schnauze voll mit weißem Pulver, das nach seinem Wissensstand ja nichts anderes sein konnte als Amphetamin.

„Kennen Sie den Hund?"

„Der gehört meiner Frau."

Putzi freute sich natürlich, sein Herrchen zu sehen, und wedelte mit dem Schwanz, war aber nicht bereit, von seinem Karton abzulassen.

„Ich kann das alles erklären", sagte Raimo und hob beschwichtigend die Hände. Er wollte schnell etwas sagen, bevor der Mann falsche Schlussfolgerungen zog. „Also, das war so …"

Und dann rannte er los, in den Flur und zur Tür hinaus. Es kam so überraschend, dass es ein paar Sekunden dauerte, bevor der Mann reagierte und ihm nachlief. Theoretisch gesehen hatte Raimo also eine reelle Chance zu entkommen, denn er hatte einen guten Vorsprung. Er war besser in Form als der korpulente Mann mittleren Alters, und leichter war er auch, sodass er immer eine halbe Treppe hinunterspringen konnte, während der Mann immer nur zwei, drei Treppenstufen auf einmal nehmen konnte. All diese Faktoren sprachen für eine glückende Flucht, und das hätte auch klappen können, wäre nicht in diesem Moment Larssa mit der Kiste mit dem estnischen Waschmittel die Treppe hochgestiegen. Der Karton versperrte ihm die Sicht, und als Raimo um die Ecke schoss, wusste er innerhalb eines Sekundenbruchteils, was jetzt passieren würde. Aber da war er schon mitten im Sprung. Mist!, konnte er im Flug noch denken, bevor er auf Larssas Arm landete.

Larssa kippte haltlos nach hinten, und mehrere Pakete explodierten in einer Wolke aus Waschmittel, aufgepeppt mit hie und da etwas Stimulanzien fürs zentrale Nervensystem. Beide atmeten instinktiv ein und erwischten dabei eine ordentliche Dosis.

Im gleichen Augenblick bog Putzis Herrchen ein Stockwerk über ihnen um die Ecke. Der Lärm hatte ihn vorgewarnt, dass hier etwas passiert war, also hatte er keine Probleme mit dem Bremsen. Da lag die perverse Sau, direkt neben einem Biker, beide bedeckt mit einer dünnen Schicht Ostblockwaschmittel und Rauschgift.

Man könnte meinen, dass Raimos Situation in diesem Moment einfach nicht mehr schlimmer hätte werden können. Und das stimmte auch. Wenn man erst mal ganz unten ist, kann es nur noch bergauf gehen.

Putzis Herrchen hätte dem perversen Hundeentführer gerne ins Gewissen geredet, allein in der Wohnung, mit Hammer, Zange und Lötkolben. Doch jetzt lag das Schwein im Treppenhaus, umgeben von einer Rauschgiftmenge, die ihn für eine mindestens zweistellige Zahl von Jahren ins Gefängnis bringen würde. Wenn er ihn jetzt verprügelte, würde er damit nur irgendwelche Nachbarn aus ihren Wohnungen locken, die dann die Polizei anrufen würden. Und er hatte keine Lust, seine Trophäenfrau für einen Aufenthalt hinter Gittern zu verlassen.

Und so hatte Raimo Glück im Unglück.

So.

Das ist also die persönliche Interpretation des Verfassers, wie sich der „Hundevorfall“ zugetragen haben könnte. Vielleicht war es in Wirklichkeit alles ganz anders. Ja, wahrscheinlich. Das lässt sich nicht mit Sicherheit sagen. Tatsächlich hab ich das Gefühl, als wäre die Geschichte hier ein wenig aus dem Ruder gelaufen.

Ich glaube, wir kehren jetzt mal wieder zu Matti, Beata und Raimo im Restaurant zurück.

17. KAPITEL

Matti denkt nach – Hunderttausend Kronen

Am Tisch herrschte betretenes Schweigen. Obwohl Raimo vorübergehend gestärkt war von dem Chemikaliencocktail, den er vor ein paar Stunden eingeatmet hatte, war er psychisch erschöpft. Matti konnte natürlich nicht ahnen, warum sein Sohn so mitgenommen war. Er konnte nur innerlich seufzen über diese schlaffe Jugend von heute, die schon müde wurde, wenn sie einmal mit dem Bus quer durch die Stadt fahren musste.

Vor ein paar Stunden hatte ihm ein Arzt mitgeteilt, dass sein Ableben bevorstand. Und jetzt saß er hier am Tisch und schaute seinen ältesten Sohn an, sein Erbe für die Nachwelt. Das war weiß Gott nicht besonders aufbauend.

Für jemand, der einen Erben für ein bescheidenes, aber solides Geschäftsimperium suchte, war eine Musterung von Raimo schlichtweg deprimierend. Seit Mattis und Beatas Erstgeborener zu Hause ausgezogen war, sahen sie ihn nicht mehr so oft. Und bei den Gelegenheiten, wenn sie ihn sahen, wurde ihr Argwohn gegen den Lebenswandel ihres Sohnes regelmäßig bestätigt. Jetzt schien er noch einen Schritt nach unten gemacht zu haben auf der Leiter aus Gewaltvideos, Haschisch und Satanismus, von der man täglich mit Grauen in der Zeitung lesen konnte. Raimo wiederum schwitzte unter dem forschenden Blick seines Vaters. Sollte es den Versuch wert sein, den Ball mit der Schuld in die elterliche Spielfeldhälfte zu schießen? Oder zumindest zur Mittellinie? Er versuchte es mit einem leichten Gegenangriff.

„Warum habt ihr eigentlich Angie nicht mit eingeladen?“

„Sie ist ein nettes Mädchen", antwortete Matti entschieden, „aber wir wollten mit dir reden. Über eine ganz bestimmte Angelegenheit." Er wischte sich die Mundwinkel ab. „Ich hab ein bisschen nachgedacht, und vielleicht wäre es das Beste, wenn deine Geschwister auch dabei wären."

„Ach so?"

„Ich hätte gern, dass sich die ganze Familie trifft, um die Zukunft zu besprechen."

„Die Zukunft?" Wie wir wissen, hatte Raimo den Verdacht, dass die seinige ziemlich kurz ausfallen dürfte.

„Ja. Wie es mit euch Kindern weitergehen soll."

Dazu hatten sie sich in ihrer Kindheit doch schon endlose Litaneien anhören dürfen, war das denn noch nicht genug?

„Tja, Vater … ich hab aber im Moment wirklich viel zu tun."

„Ich dachte, wir könnten drüber reden, was wir mit der Firma machen wollen, wenn ich mich zurückziehe."

Das war ja mal etwas ganz Neues. Raimo wusste nicht, ob er richtig gehört hatte.

„Willst du dich zurückziehen?"

„Ja. Irgendwann muss ich ja mal. Ich werd schließlich auch nicht ewig leben."

„Nein?"

„Nein."

Wirklich?

„Gut, aber daran denken wir doch wohl erst in dreißig Jahren oder so?" Raimo sah seinen Vater forschend an.

Matti kicherte. „Ich hab mir gedacht, ich genieß den sogenannten goldenen Herbst meines Lebens noch ein wenig. Ich will ja nicht arbeiten, bis ich ins Grab falle."

Irgendwas war hier faul, das witterte Raimo. Es hätte seinem Vater durchaus ähnlich gesehen, zu arbeiten, bis er ins Grab fiel, und dann hätte er noch Bürokram mit in den Sarg genommen. Aber das Ganze war zweifellos eine interessante Entwicklung.

„Hast du vor, einem von uns die Firma zu vermachen, Vater?“

Immerhin war er ja der älteste Sohn. Die Firma aufzuteilen war keine Option. Es war doch nur natürlich, dass sie an ihn fiel, oder? Und die Raubinsekten, diese kleinen Schlingel, hatten im Laufe der Jahre schon einiges an Kohle eingebracht! Wie Tetrissteinchen begannen alle Puzzleteilchen in Raimos Kopf an ihren Platz zu fallen. Vergiss nicht, flüsterte sein geplagter Geist dem Magenkatarrh zu, der gerade im Anmarsch war, dass in der Firmenkasse eine ganze Menge Bargeld liegt! So günstig es aus steuerlichen Gesichtspunkten auch sein mochte – sein Vater hatte nie viel für Kredite und Schulden übrig gehabt. Außerdem hatte er immer unnötig große Puffer für unerwartete Ereignisse. Raimo konnte sich nicht zurückhalten.

„Hast du dir gedacht, dass ich die Firma übernehmen soll, Vater?“

„Nun …“ Matti lächelte vieldeutig. „Das besprechen wir alles am Sonntag.“

Der Alte führte irgendwas im Schilde, das war offensichtlich.

Was ansonsten in Raimos Leben los war, wissen wir nicht sicher, aber er tauchte am Sonntag in seinem Elternhaus auf und versuchte, seinen noch zu Hause wohnenden Geschwistern Informationen zu entlocken. Mit magerem Ergebnis. Sie hatten aufgeschnappt, dass irgendetwas im Busch war, aber mehr auch nicht. Antti schien bekümmert, wenn nicht sogar verängstigt. Aber das hatte nichts zu sagen, denn Veränderungen der Tradition hatten ihn schon immer erschreckt. Er hatte stets die Routine und das Vorhersehbare geliebt.

Elina zuckte mit den Schultern. Sie hatte keine Ahnung. Die Stimmung zu Hause hatte sich verändert, nachdem die Eltern Raimo in der Stadt getroffen hatten, also sollte er ihr doch lieber erklären, was hier eigentlich los war.

Raimo wusste, dass seine Schwester die größte Konkurrenz war. Vielleicht hätte er sich eine Strategie zurechtlegen sollen, eine Argumentationskette, die er vorbringen konnte, um sich mit kleidsamer Bescheidenheit als den selbstverständlichen Kandidaten zu präsentieren, während er seine Schwester gleichzeitig in ein schlechtes Licht rückte? In der finnischen Kultur ist der Angeber eine absolut verächtliche Gestalt, deswegen stand ihm hier ein echter Balanceakt vor den kritischen Blicken seines Vaters bevor. Er hätte etwas vorbereiten sollen. Aber im Nachhinein ist man immer schlauer. Und es war ja nicht so, dass er sonst nichts zu tun hatte.

Das Abendessen war verzehrt, ohne dass Matti das Thema auch nur angeschnitten hätte. Raimo verfolgte aufmerksam alle Nuancen in dem wie immer sparsamen Tischgespräch, konnte aber keine brauchbaren Informationen herausfiltern. Dann begann Beata mit dem Abwasch.

„Tja“, begann Matti. „Eure Mutter und ich haben die Sache schon besprochen, also sollten wir vier vielleicht ins Arbeitszimmer gehen und es hinter uns bringen?“

Die drei Kinder tauschten Blicke. Antti war wie gesagt verschreckt, aber der machte sich ja schon in die Hose, wenn ein Schulausflug angesagt war – oder grundsätzlich alles, was seine Alltagsmuster irgendwie durchbrach. Elina war verblüfft und Raimo vorsichtig hoffnungsvoll.

Aus alter Gewohnheit stellten sie sich in einer Reihe vor dem väterlichen Schreibtisch auf. Als Matti dann zu seiner traditionellen Rede anhob, als wäre es die natürlichste Sache der Welt, kam es zur Antiklimax. Sie mussten sich leicht verwirrt abermals anhören, wie wichtig es war, sich anzustrengen, sich ins Zeug zu legen, und wie ihr Vater sich hochgearbeitet hatte, obwohl niemand an ihn geglaubt hatte. Wie immer erklärte er, man dürfe nicht damit rechnen, dass jemand anders schon für einen sorgen würde, sondern dass man sich immer nur auf sich selbst verlassen konnte. Und manchmal nicht mal das, sagte Matti, wobei er die Kinder eins nach dem anderen streng musterte. Et cetera.

Raimo kam zu der Überzeugung, dass sein Vater wohl langsam Alzheimer bekam oder irgendein anderes altersbedingtes Leiden, das ihn gerade zehn Jahre in die Vergangenheit zurückversetzte. Es konnte doch wohl nicht wahr sein, dass er sich angesichts seines vollen Terminkalenders einen Tag freigeschaufelt hatte, um sich nun so was anzuhören? Er hatte schließlich gewisse Angelegenheiten in Ordnung zu bringen und Dinge zu richten.

Doch als ihr Vater sich dann dem Ende seines ausgetretenen Weges näherte, wich er endlich davon ab. Er hatte zwar immer die eine oder andere Stelle improvisiert, hatte sich über irgendein Thema ausgelassen, das damals gerade aktuell war (die Kinder erinnern sich zum Beispiel noch heute mit Schrecken an die Zeit, als das russische U-Boot U-137 vor Karlskrona auf Grund lief[34]), aber jetzt war es anders, und Raimo lauschte aufmerksam auf Nuancen in der Suada seines Vaters. Der erklärte gerade mit energischer Stimme, dass für seine Kinder nun die Zeit gekommen sei, vorzutreten und zu zeigen, was sie draufhatten, zu beweisen, dass sie ihm zugehört hatten, als er versuchte, ihnen die harten Realitäten des Lebens zu erklä-

34 Man kann als Kuriosum noch anfügen, dass Antti Jahre später tatsächlich auf einer Verlagsparty in einem solchen U-Boot aus der Whiskey-Klasse war, das vor dem Vasa-Museum lag. Es war tagsüber als Museum geöffnet und wurde abends als Partylocation vermietet. Antti betrank sich und schlummerte neben einem russischen Torpedo ein. Wie Matti auf so einen Anblick reagiert hätte, ist eine interessante Frage. Anttis Vater war zu diesem Zeitpunkt jedoch schon mehrere Jahre tot.

ren, und nicht einfach bloß wie drei Säcke Heu in seinem Arbeitszimmer herumgestanden hatten!

„Jetzt könnt ihr eure Träume erfüllen", schloss er.

„Häh?" Keines von seinen Kindern kapierte so recht, was das für ein neues Element war.

„Ja. Ihr bekommt jeder hunderttausend Kronen von mir." Matti legte eine Pause ein, um ihre Reaktionen abzuwarten. Zu Anfang kamen allerdings gar keine. Die Kinder tauschten unsichere Blicke untereinander. Der Leser sollte sich erinnern, dass es die Zeit war, in der man fünf Kronen „einen Palme-Dollar" nannte. Doch hier ging es jetzt um hunderttausend Achtziger-Jahre-Kronen, die eine ganz andere Kaufkraft besaßen als das blasse Kronen-Derivat, das heute im Umlauf ist. Nach der ersten Verwirrung ergriff Raimo das Wort und formulierte eloquent, was die anderen dachten: „Was?"

„Ja." Matti hustete in seine Hand. „Hunderttausend. Für jeden. Das macht euch vielleicht mal ein bisschen Dampf, damit ihr endlich mal was angeht. Ihr seid eine Bande von Träumern, und jetzt werde ich euch sozusagen eure Träume finanzieren. Dann könnt ihr mal zeigen, was ihr draufhabt."

„Zeigen, was wir …?" Man hörte Anttis Stimme die Besorgnis an. Er wusste ja schon, dass er nicht viel draufhatte, und er hatte keine große Lust, das noch extra vorzuführen. Das Ganze klang wahnsinnig gut, aber er witterte Unheil.

„Wie meinst du das – ‚draufhaben'?", fragte Elina nicht weniger besorgt. Sie kombinierte schnell und hatte schon erraten, was das hier zu bedeuten hatte: dass sie das Billardcafé eröffnen musste, das sie in Wirklichkeit nie hatte eröffnen wollen, aber das sie ihrem Vater jahrelang vor der Nase hatte baumeln lassen. Wer hätte denn auch ahnen können, dass ihr Bluff so brutal auffliegen würde?

„Hunderttausend?" Raimo leckte sich nervös die Lippen. Das war ja die Lösung für all seine Probleme. Keines von Mattis Kindern glaubte, dass sie das Geld einfach so kriegen würden, aber Raimo war in einer Situation, in der ihm keine Zeit mehr blieb und er es sich auch nicht leisten konnte, kritisch zu denken.

„Ja. Ihr könnt mit dem Geld machen, was ihr wollt. Euch selbst verwirklichen sozusagen." Letzteres war ein Ausdruck, der in diesen Jahren schwer in Mode war.

„Reisen?", schlug Elina vor, wenn auch nur mit schwacher Hoffnung.

„Was meinst du? Reisen? Wie hübsch! Wozu sollte das denn bitte gut sein? Nein, es wird Zeit, dass ihr anfangt, die Dinge richtig anzupacken. Es ist bestimmt schön, sich die Zeit mit Kautabakkauen zu vertreiben und seinen Namen mit dem Messer in Parkbänke zu ritzen oder weiß der Teufel, was ihr so treibt. Aber ihr könnt nicht euer Leben lang verantwortungslose Jugendliche bleiben. Irgendwann beginnt der Ernst des Lebens. Und für euch beginnt er heute."

„Wir dürfen mit dem Geld also machen, was wir wollen?", erkundigte sich Raimo.

„Genau. Das hab ich doch grade gesagt. Und sollte sich herausstellen, dass einer von euch ein Händchen fürs Geschäft hat, weiß ich dann auch, wer die Firma übernehmen wird."

„Die erbt also nicht der älteste Sohn?", fragte Raimo mit kaum verhohlener Enttäuschung.

„Verdammt, wir leben doch wohl nicht mehr im Mittelalter! Die Firma erbt selbstverständlich derjenige, der am besten dazu geeignet ist. Ja, wenn es so allmählich Zeit für mich wird, mich zurückzuziehen." Wieder hustete Matti in die Hand. „Na …", brummte er dann beruhigend, „ihr anderen werdet ja auch nicht leer ausgehen. Wer den zweiten Platz macht, bekommt dieses Holzscheit." Er zeigte auf das Stück Birkenholz, das schon in seinem Regal lag, solange die Kinder zurückdenken konnten. „Wer die Firma bekommt, kümmert sich auch um die anderen – und um eure Mutter natürlich. Er oder sie macht da weiter, wo ich aufgehört habe. Eine Familie braucht ein Oberhaupt. Eine starke Persönlichkeit. Mutter und ich werden nicht ewig leben. Hier geht es darum, dass ihr euch der Verantwortung gewachsen zeigt."

„Der zweite Platz?", echote Elina. Das klang ja schon wieder verdächtig nach einem Wettbewerb. War es ja gewissermaßen auch.

Matti hatte nämlich noch weitergedacht. Nur der Wettbewerb lockt das Äußerste aus einem Menschen hervor. Das wussten schon die alten Griechen, woraufhin sie prompt die Olympischen Spiele ins Leben riefen. Die Kinder sollten sich nun auch miteinander messen, um untereinander auszumachen, wer geeignet war, die Fackel weiterzutragen. Das war dieselbe Pädagogik, die er damals in Tavastland bei den Zwillingen angewendet hatte, als er sie gegeneinander ausspielte.

Die Geschwister schauten sich an.

Wenn Antti das richtig verstanden hatte, sollten sie in die Welt hinausziehen und irgendwelche Sachen machen. Das war zutiefst beunruhigend. Es ging ihm doch gut in seinem Zimmer. Gleichzeitig konnte er der Chance nicht den Rücken zuwenden. Denn insgeheim hegte er ja den Traum, Schriftsteller zu werden. Er war noch nicht veröffentlicht worden, doch er hatte ein, zwei vorsichtig ermutigende Briefe von Lektoren bekommen, wahrscheinlich irgendwelche Standardbriefe, die sie an jüngere Schriftsteller schickten, die noch längst nicht reif für eine Veröffentlichung waren, aber doch nicht ganz hoffnungslos. In diesen Briefen hatte er Nahrung für seine keimende Hoffnung gefunden, und er hatte die positiven Formulierungen ebenso maßlos überinterpretiert, wie er alle Kritik ignoriert hatte. Es war sein Traum, einen Roman über seine Jugend in der etwas anderen Einwandererfamilie zu schreiben. Wenn er denn jemals zu Hause ausziehen konnte, in eine Bohème-Schriftstellerbude in einer Dachstube mit einem kleinen Fenster direkt unter den Dachziegeln, mit Ausblick aufs Pariser Künstlerviertel, wo dann auch ein dunkelhaariges Mädchen wohnen würde, das Bilder malte und ihn vielleicht auch liebte, dann würde er gezwungen sein, sein Geld selbst zu verdienen, das war ihm schmerzlich bewusst. Das machte ihm Sorgen, denn er war zu der Erkenntnis gekommen, dass er nicht der Typ war, der sich eine Arbeitsstelle organisierte und sein Geld verdiente. Morgens hatte er oft schon Probleme, sich anzuziehen, weil er gerne mit einer Socke in der Hand dastand und sinnierte, während die Minuten wegtickten. Antti wusste die Stille zu schätzen, ohne die Forderungen, die vor allem die Schule, aber auch ganz normale soziale Konventionen an ihn stellten. Er lag gerne da und starrte an die Decke, während sich in seinem Kopf diverse Szenarien abspielten, die sich im Laufe der Zeit allmählich zu einer Art primitivem Roman zusammenfügten, in dem er selbst die Hauptrolle spielte. Er hatte sich nicht die Mühe gemacht, sich diese einzelnen Kapitel zu merken, was nur gut war, denn die Erzählung war oft übertrieben melodramatisch geraten. Aber in diesem Moment war sein Traum wieder zum Leben erwacht.

Daher betrachtete er diese Chance jetzt mit einer Mischung aus Verzückung und Schrecken. Geld war für ihn nicht gleichbedeutend mit materiellem Besitz, sondern mit freier Zeit, dem wichtigsten aller Güter. Und daran ist ja etwas Wahres, das müssen wir ihm wahrscheinlich sogar lassen! So reich man am Ende seines Lebens auch ist, man kann sich keine zusätzliche Lebenszeit mehr kaufen. Deswegen wäre es klug, wenn man das vorher schon machen würde.

Wie bereits erwähnt, hatte Elina schon begriffen, dass sie jetzt gezwungen war, ihr Projekt Billardcafé umzusetzen. Anders würde es kaum gehen. Und das war gar nicht gut. Aber:

Es war schließlich auch möglich, dass sie Erfolg haben würde. Die Konkurrenz war ja tatsächlich nicht besonders hart. Dann würde sie die Besitzerin eines gut laufenden Unternehmens werden. Damit konnte sie wiederum einen Umzug nach London finanzieren, wo sie in der alternativen Szene abhängen und eine bekannte Fotografin werden konnte, die innovative und vor allem schwarz-weiße Bilder von verschiedenen Musikern machen würde, insbesondere von Robert Smith, dem Sänger von The Cure, wobei er ganz nebenbei erkennen würde, was für eine tiefe Seele sie hatte. Ab da musste sie dann nach Gefühl weitermachen. Im Kunstunterricht in der Schule hatte sie schon viel fotografiert, und sie machte gern wehmütige Bilder von einsamen Blättern, die im Herbst noch am Baum hingen, und ähnlichen Motiven. Aber genau wie Antti hatte sie ihr Interesse vor der Familie geheim gehalten. Ihr Vater war eben so auf Ergebnisse fixiert. Wenn er Wind davon bekommen würde, würde er sich auf ihr Hobby stürzen und daraus ein Unternehmen herauspressen, bei dem sie Porträts oder Pressefotos machte, und würde damit alle Poesie zerstören, und ihr Interesse gleich mit. Genau wie in Anttis Fall waren ihre künstlerischen Ambitionen noch jugendlich prätentiös, und das war ihr bewusst.

Raimos Gehirn arbeitete auf Hochtouren. In der dunkelsten Stunde seines Lebens war von irgendwoher eine mögliche Rettung aufgetaucht und baumelte nun wenige Zentimeter vor seinen Fingerspitzen. Was hatte sich der Alte gedacht, was sie tun sollten, um das Geld zu bekommen? Hunderttausend Kronen einfach so einzustreichen war bei näherem Nachdenken wohl nicht möglich. Solche Summen – ja, Geld überhaupt – auszuteilen lief Matti Altos Natur zuwider: Man musste selbst zurechtkommen. Raimo ahnte nicht nur, dass ein Haken an der Sache war, sondern eine ganze Handvoll Haken. Trotzdem konnte er sich nicht zurückhalten.

„Wir kriegen hunderttausend? Kann ich die diese Woche auf mein Girokonto kriegen? Ich hab nämlich gerade ein paar Geschäfte laufen."

Sein Vater lachte schallend.

„So weit kommt's noch." Matti spürte, dass er den Kindern solche wichtigen Sachen wie ihre Träume und ihre Pläne zu deren Verwirklichung nicht einfach selbst überlassen konnte. „Nein, ihr müsst mir zumindest einen plausiblen Geschäftsplan vorlegen, den wir dann zusammen durchgehen. Und wenn er gut aussieht, dann versuchen wir es. Oder ihr. Woran hattest du denn gedacht?"

Als hätte Raimo es nicht gleich geahnt. Verdammt aber auch.

„Na ja, also … äh …"

Es war also genauso, wie Matti vermutet hatte. Sieh an.

„Weißt du", fuhr er fort, „wenn es irgendwie sinnvoll sein soll, euch Geld zu geben, müsst ihr mir beweisen, dass ihr auch ein Händchen fürs Geschäft habt. Ihr müsst eine Art Mehrwert schaffen können. Es ist nicht unmöglich, so eine Summe auf lange Sicht zu verzehnfachen, wenn man nur ein wenig Unternehmergeist hat."

„Wir müssen das Geld also verzehnfachen?", fragte Antti. Wenn das Dasein schon so chaotisch und schwer zu begreifen war, wollte er einfach klar definierte Regeln, an die er sich klammern konnte.

„Na ja", lächelte Matti, als er die Verwirrung in den Gesichtern seiner versammelten Nachkommenschaft sah. „Das hab ich nicht gesagt. Achthunderttausend wären auch schon gut. Der Punkt ist einfach der, dass ihr zeigen müsst, was ihr könnt, wenn ihr von mir was kriegen wollt. Sonst vergeudet man ja einfach alles, was …"

„Und wenn niemand so viel schafft?", wagte Raimo seinen Vater zu unterbrechen.

„Nicht die Zahl ist wichtig, sondern dass ihr etwas schafft, dass ihr etwas mit euren eigenen Händen macht. Zeigt, dass ihr einen Sinn fürs …" Er seufzte. „Na ja, sollte ich jetzt abtreten müssen und ihr habt erst eine halbe Million beisammen, dann kann ich damit leben. Beziehungsweise …" Er hustete wieder in seine Hand. „Vielleicht nicht leben, aber ihr wisst schon, wie ich meine."

„Und wenn wir vierhunderttausend sagen?", erkundigte sich Antti.

Matti nickte seinem Jüngsten beruhigend zu.

„Vierhunderttausend gehen auch. Ich will das Ruder nur einfach jemand überlassen, der weiß, wie er es anpacken muss. Ihr sollt kein Geld aufhäufen, sondern einen Mehrwert schaffen. Das kann zum Beispiel eine Firma sein, die so viel wert ist, mit allem Inventar, sämtlichen Bestellungen und so weiter."

„Und wenn sie nur, sagen wir mal, zweihunderttausend wert wäre?", wollte Elina wissen. Mit ein bisschen kreativer Lagerbewertung bei der Inventur, vielleicht sogar einem gefälschten Gebot auf das Billardcafé, dürfte das eigentlich kein Problem sein.

„Ach, Zahlen … ihr konzentriert euch zu sehr auf Zahlen. Darum geht es doch gar nicht", seufzte Matti. Er schaute seine Kinder an. Hatten nicht die alten Ägypter irgendeinen Trick gewusst, wie man sein Vermögen ins Jenseits mitnehmen konnte?

18. KAPITEL

Das Säulendiagramm – Raimo und der Fuchs – Antti und die „Antiquitätenrunde“

Matti saß in seinem Arbeitszimmer und pusselte herum.

„Rumpusseln“ würde man im Finnischen mit *askarrella* ausdrücken. Und dieses finnische Wort ist, wenn überhaupt möglich, noch stärker mit Unmännlichkeit aufgeladen. Im Allgemeinen ist man der Meinung, dass *askarrella* etwas ist, womit sich Kinder beschäftigen, oder vielleicht Frauen, die über mindestens drei Kinder Aufsicht führen. Die Schlacht von Suomussalmi wäre wohl kaum mit Verlustziffern von 900 versus 27.000 ausgegangen – zum Vorteil der heimischen Truppen –, wenn die finnischen Männer Rumpussler gewesen wären. Das war Mattis feste Überzeugung. Nichtsdestoweniger war er sich seiner Männlichkeit aber so sicher, dass er sich nicht zu fein war, auch mal zu *askarrella*, wenn die Situation es erforderte.

Und so fertigte er jetzt gerade ein Säulendiagramm an. Eine rote Säule für jedes Kind. Sie waren veränderlich und konnten ausgezogen und zusammengeschoben werden, je nachdem, wie sich die Lage entwickelte, zwischen der Null ganz unten und der Million ganz oben. Vielleicht war diese Ziffer zu ehrgeizig. Aber er wollte die Kinder nicht beschneiden.

Dieses Diagramm war übrigens absolut symptomatisch für seine Art, an seine verschiedenen Projekte heranzugehen – er hatte die Tendenz, sie überzustrapazieren. Manchmal garantierte erst das ein optimales Ergebnis, aber eben auch nicht unbedingt.

Als er fertig war, stellte er alle Säulen auf die gleiche Höhe ein, auf hunderttausend. Dann zog er sie nach oben, bis zur

Million, lehnte sich zurück und musterte das Bild befriedigt, als wäre es bereits eingetroffen.

Dass jemand die Erfolge eines Menschen kontrolliert und misst, ist wichtig, um ihn oder sie zum Fortschritt anzuspornen. Das war simple Psychologie. Nun war Matti in dieser Disziplin kein Ass, aber ein bisschen verstand er sich doch darauf. Er hatte da zum Beispiel eine Studie gelesen, nach der sich die Leistungen trotz schlechterer Arbeitsbedingungen verbesserten, solange jemand Interesse für denjenigen zeigt, der die Arbeit leistet. Auch wenn sich zum Beispiel die Lichtverhältnisse verschlechtern, steigt die Produktion dennoch, sobald nur jemand da ist und die Helligkeit misst. Und das ist ja im Grunde selbstverständlich: Wenn jemand es wichtig findet, was man leistet, dann nimmt man es selbst auch wichtig.

Und er würde das jetzt auch wichtig nehmen, weiß Gott. Wenn er sauer verdiente dreihunderttausend Kronen in dieses Unterfangen steckte, blieb ihm ja gar nichts anderes übrig.

Leider machte er sich nicht unbedingt die größten Hoffnungen. Aber diese Kinder waren nun mal die, die er hatte. Um jetzt noch mehr Kinder zu zeugen und aufzuziehen, war keine Zeit mehr. Langsam zog er die Säulen wieder nach unten auf die Ausgangslage.

Von seinen drei Lahmärschen war Antti schon immer der gewesen, um den er sich am meisten Sorgen gemacht hatte. Aber am Ende war Raimo da ganz schnell und überraschend auf die Überholspur gewechselt. Der Junge war eine Spielernatur, und Matti befürchtete, dass das nicht sein einziges Problem war.

Raimo, der zu diesem Zeitpunkt in der Stadt war, hätte zumindest Ersteres ganz massiv bestätigt. Er saß in einer Sportsbar, wo er darüber nachdachte, wie er seinem Vater die hunderttausend Kronen abluchsen könnte.

Da entdeckte er einen Bekannten, den Fuchs. Der saß mindestens genauso nachdenklich wie Raimo in der Bar und betrachtete drei Biergläser, die vor ihm standen. Sie waren alle fast voll, und der Fuchs musterte sie aus nächster Nähe. Er studierte die Farbe, verfolgte aufmerksam die Kohlensäurebläschen, ihre Größe und die Geschwindigkeit, mit der sie an die Oberfläche stiegen. Sein Kopf wurde hinter dem Glas durch die Lichtbrechung verzerrt, mal verzogen zu einem grotesk großen Schädel, mal gestaucht zu einem winzigen Zwergenkopf.

Die Russen hatten eine Redensart im Stile von „Kein Mensch sollte mehr besitzen dürfen als das, was er mit sich auf eine Birke nehmen kann". Und Raimo konnte sich nur schwer vorstellen, wie der vollschlanke Fuchs mit drei Biergläsern in der Hand auf eine Birke klettern könnte. Völlig utopisch. Hier lag ein ganz offensichtliches Missverhältnis in der Ressourcenverteilung vor.

Er ging zum Fuchs, der seinen Spitznamen wegbekommen hatte, weil er früher einmal jung und gerissen gewesen war, und noch dazu immer auf Crystal, was ihm die sehnige Erscheinung von Konsumenten ZNS-stimulierender Drogen verlieh. Zu dem Zeitpunkt, als sich diese Szene abspielte, war er jedoch in seinem Leben schon einen Schritt weitergegangen, hatte sich die Kristalle abgewöhnt, war dicklich und fast vierzig geworden. Doch wie das meist so ist, war sein Spitzname an ihm hängen geblieben.[35]

„Na, was machst du da?", fragte Raimo und warf begehrliche Blicke auf die drei Biere. Die würden doch ganz schal werden, wenn der Fuchs sie nicht rechtzeitig austrinken konnte, und es fiel ihm schwer, bei so einer Art von Verschwendung danebenzustehen und zuzusehen.

---

35 Auf Åland soll es einen Mann gegeben haben, den man „den Hahn" nannte, weil sein Großvater in seiner Jugend angeblich mal einen Hahn gestohlen hatte. Das zeigt, wie hartnäckig Spitznamen sein können.

Der Fuchs streckte seinen krummen Rücken und deutete mit einem Nicken auf die Gläser.

„Ich hab sieben Bier gekauft, damit ich nichts vom Spiel verpasse." Er schaute zum Fernseher hoch, der in der Ecke an der Wand montiert war. Die Kommentatoren versuchten gerade, die Zuschauer mit klugen Beobachtungen zu unterhalten, bevor die zweite Halbzeit eines Fußballspiels begann. „Und dann …" Der Fuchs deutete auf die Gläser.

„Was?"

„Ich wollte vor der Halbzeitpause nicht auf die Toilette gehen. Ich hab fünfhundert Tacken auf das Spiel gewettet. Also", er beugte sich vor und schnüffelte mit leicht angewiderter Miene, „hab ich in eins von meinen Gläsern gepinkelt." Der Fuchs schaute sich nervös um und hoffte, dass ihn niemand gehört hatte. „Und jetzt weiß ich nicht mehr, in welches."

„Aber dann brauchst du doch bloß dran riechen, oder nicht?"

Der Fuchs schüttelte den Kopf.

„Es war nicht ganz leer. Ich hatte es einfach so eilig, das war grad der Moment mit dem Elfmeter." Er deutete nacheinander auf die drei Gläser. „Ich hab ja schon ein paar intus, ich trink seit ein paar Tagen. Und ich finde, dass sie alle gleich riechen."

Raimo streckte die Hand aus und ließ sie über den Gläsern schweben, als wollte er den Becher aussuchen, unter dem die Erbse lag, wenn sie der Bauernfänger nicht schon längst hätte verschwinden lassen.

„Eine Wahrscheinlichkeit von eins zu drei."

Jetzt war seine Spielernatur geweckt. In den zahlreichen Varianten des oben genannten Hütchenspiels hat man dieselbe Quote für das Auffinden der Erbse, der Dame, des Stanniolkügelchens oder was auch immer. Und Raimo hatte auf die harte Tour lernen müssen, dass es völlig unmöglich war. Mehrere Hunderter hatte er dabei verloren. Aufs Geratewohl bei einer Chance von drei zu eins zu wetten machte man ja auch nur eins von zehn Malen, so eine empirische Forschung. Und damit war die Chance, das falsche Hütchen zu erwischen, minimal.

Raimo schnappte sich ein Glas. Er trank einen ordentlichen Schluck, bevor er es ins Licht hob.

„Das hier war es schon mal nicht! Zum Dank für das Bier bring ich dir jetzt was über die Spieltheorie bei."

„Was?" Der Fuchs war nicht ganz sicher, ob er das richtig verstanden hatte. Hatte er hier gerade für irgendeine Unterrichtsstunde bezahlt?

„Du hast jetzt nur noch eine Chance von eins zu eins. Also fünfzig Prozent. Du hättest zuschlagen müssen, als sie noch bei sechsundsechzig lag."

Raimo zwinkerte ihm zu und verließ den Tisch, um ein paar Freunden Hallo zu sagen, die ihn mit einem hoch komplizierten Handschlag begrüßten, den die transatlantische Filmindustrie populär gemacht hatte.

„Verdammt!", zischte der Fuchs und wandte sich wieder der Betrachtung seiner zwei verbliebenen Biergläser zu. Das war gar nicht gut hier.

Wir werfen einen kurzen Blick auf die Spieltheorie, hinter dem, was dort eigentlich geschah. Raimo hatte recht damit, dass seine Chance, die Bier-Urin-Mischung herauszufinden, bei ungefähr sechsundsechzig Prozent lag. In vielen Situationen ist das eine ziemlich gute Quote. Alle Ausschüttungen, die im Gewinnfall mehr als 1,33 Kronen pro gewetteter Krone ergeben, haben einen positiven Erwartungswert (EV+), während alles darunter einen negativen (EV-) bedeutet. Das wiederum heißt, wenn wir annehmen, dass ein Bier fünfzig Kronen kostete, setzte Raimo das Unbehagen, eventuell Urin zu trinken, gegen hundertfünfzig Kronen.

Letztlich geht es darum, wie wichtig es einem ist, am nächsten Morgen nicht mit dem dumpfen Geschmack von Urin im Mund aufzuwachen. Raimo fand, dass das Risiko die Sache wert war, wobei er von einer sechsundsechzigprozentigen Gewinnchance ausging. Es steht jedoch zu bezweifeln, ob er den Gewinn in Bezug zum Einsatz gesetzt hat.

Ein anderes Problem von Raimo bestand darin, dass er sich schwer damit tat, eine schlechte Hand aufzugeben. Als er also mit dem verdächtig lauwarmen Bier des Fuchses dastand und zu ahnen begann, dass er vielleicht doch das falsche Glas genommen hatte, trank er trotzdem weiter, weil er nicht das Gesicht verlieren wollte, indem er einen Verlust zugab.

Wir können also festhalten, dass Raimo in mehr als einer Hinsicht ein schlechter Spieler war.

Zu Hause saß sein Vater vor seinem Säulendiagramm. Er nahm den Blick von Raimos Säule, bei dem ihn wie gesagt schlechte Vorahnungen befielen, und schaute auf Elinas. Da huschte ein schwaches Lächeln über seine Lippen, denn dort gab es noch Hoffnung. Die Tochter hatte eben doch eine gut durchdachte Geschäftsidee, die über mehrere Jahre herangereift war. Er war tatsächlich ein bisschen überrascht, dass sie ihn noch nicht um das erforderliche Startkapital gebeten hatte. Er hatte solches Vertrauen in ihren Geschäftsplan, dass er fast hoffte, einer seiner Söhne würde sie noch um die Belohnung bringen, denn es wäre fast schade, wenn sie später ein erfolgreiches Unternehmen abwickeln müsste, um die Schädlingsbekämpfungsfirma zu übernehmen. Denn in dem Fall würden ja gleich zwei Kinder auf dem Trockenen sitzen.

Zu guter Letzt schaute er auf Anttis Säule. Das Gute bei seinem jüngsten Sohn war immerhin, dass er viel zu zaghaft war, um überhaupt Geld verschleudern zu können. Es würde

Matti sehr wundern – aber natürlich freuen –, wenn Antti ihm eine Geschäftsidee unterbreitete.

Antti lag in diesem Moment in einem anderen Teil des Hauses auf dem Sofa, sah fern und grübelte. Angeblich schaute er „Die Antiquitätenrunde“, was jedoch unwahrscheinlich klingt, weil diese Sendung erst fünf Jahre später ins Leben gerufen wurde. Es muss also entweder das ausländische Vorbild gewesen sein, das das schwedische Fernsehen eingekauft hatte und später abkupfern sollte, oder Antti hat sich im Nachhinein selbst eine Erinnerung zusammengeschustert, um zu erklären, was damals passierte.

In seiner Erinnerung lag er jedenfalls da und sah zu, wie die Experten bestimmte Gegenstände taxierten, woraufhin die Besitzer aus allen Wolken fielen. Pflichtschuldigst riefen sie: „Nein! Im Ernst? So viel? Das hätte ich nie gedacht!“ Die Frauen berührten oft ihre Wangen, während die Männer lächelnd nickten und von einem Fuß auf den anderen traten.

Antti ließ sich also weismachen, dass das ältere Zeug, mit wenigen und seltenen fast schon sensationellen Ausnahmen, immer wesentlich teurer war, als die jeweiligen Besitzer gedacht hätten. Hier gab es offensichtlich ein Geschäft zu machen! Man musste die Sachen nur kaufen, bevor die Leute auf die Idee kamen, sie im Fernsehen zu zeigen, wo ihr wahrer Wert enthüllt wurde.

So kann das Fernsehen also unsere Wahrnehmung der Wirklichkeit verzerren. Was Antti nicht bedachte, war natürlich der Umstand, dass man nur die spektakulären Gegenstände zeigte und Unmengen von wertlosem Tand unter den Tisch fallen ließ, den die Leute in der Hoffnung angeschleppt hatten, einen echten Schatz zu besitzen. Er bedachte auch nicht, dass diejenigen, die ihre Familienerbstücke begutachten ließen, sich der Fernsehkamera sehr wohl bewusst waren, und vor der wollten sie weder eingebildet noch dumm wirken. Ja, selbst wenn sie in Wirklichkeit am liebsten dem Experten die Faust ins Rektum gerammt hätten nach seinem Verunglimpfen ihres unschätzbar wertvollen Gegenstands, nickten sie nur, lächelten überrascht und sagten: „Ach, wirklich, doch so viel? Das hätte ich jetzt nicht gedacht."

Antti war ja ein ungewöhnlich schüchterner junger Mann. Einfach unangemeldet bei alten Leuten aufzukreuzen und ihren Hausrat aufzukaufen, war für ihn undenkbar. Da hätte er ja mit ihnen sprechen müssen.

Doch am Sonntag sollte im Gemeindezentrum eine Auktion im Filmsaal stattfinden. Vielleicht konnte er da ja ein Schnäppchen machen? Einen Versuch war es wert. Mit ein paar Hundertkronenscheinen in der Tasche ging er hin und nahm einen Stapel Donald-Duck-Heftchen aus den Sechzigerjahren ins Visier. Auch wenn er sich nicht recht traute, den Zustand zu überprüfen, war er überzeugt, mit den Heften ein gutes Geschäft zu machen.

Als die Auktionsnummer des Stapels immer näher kam, brach ihm unter den Armen der Schweiß aus, während der Stein in seinem Magen immer größer wurde. Und auf einmal begriff er, wie dumm es war, dass ein so schüchterner Mensch wie er sich an einer Form von Verkauf beteiligte, bei der man sich so laut wie möglich zu Wort melden musste, während man vor eventuellen Konkurrenten so tun sollte, als wäre man weiß Gott wie selbstbewusst. Der Augenblick rückte unbarmherzig näher. Doch der Auktionator hörte Anttis Gepiepse gar nicht, und so ging der Schatz unverschämt billig an jemanden, der den Mut gehabt hatte, sich weiter vorne hinzusetzen. Und als hätte dieser Bauchplatscher nicht schon gereicht, fing der Mann, der vor ihm saß, auch noch an zu lachen. Wahrscheinlich über Anttis jämmerliche Versuche, an der Versteigerung teilzunehmen.

Mit glühenden Wangen verließ Antti die Auktion. Den ganzen Heimweg über bildete er sich ein, die Blicke aller Leute brennend im Nacken zu spüren.

Das hört sich nun vielleicht nach einer Überreaktion an. Doch wir dürfen nicht vergessen, dass Antti schon mehr als einen Bus „verpasst" hatte, weil zu viele Fahrgäste darin saßen und er sich nicht traute, einzusteigen und die Blicke sämtlicher Passagiere auf sich zu ziehen. Und dann gab es am Ende womöglich keinen freien Sitzplatz mehr und er musste die ganze Zeit stehen, sodass alle ihn anstarrten. Unvorstellbar.

Als er wieder zu Hause war, schloss er sich in seinem Zimmer ein und begann das Fiasko zu verarbeiten.

Am Ende konnte er das Ganze so rationalisieren, dass er sich einredete, Auktionen seien für den Ankauf ungeeignet, weil die Preise dort so leicht in die Höhe getrieben wurden. Und er beschloss, seinen Platz auf dem Antiquitätenmarkt eher als Investor denn als aktiver Händler einzunehmen. Schließlich war er eher ein langsamer, sorgfältiger Analytiker, der die Dinge gründlich machte, als ein wendiger Akteur und Freund schneller Entscheidungen.

19. KAPITEL

Der Korkenzieher – Aktien – Triumph!

Raimo stand schon wenige Tage später wieder bei seinen Eltern auf der Matte. Er wollte mit seinem Vater sprechen, und Matti wusste gleich, worum es ging.

„Wir gehen ins Arbeitszimmer."

Raimo humpelte seinem Vater hinterher, während seine Geschwister ihn mit unverhohlener Bewunderung, vielleicht gemischt mit einer Prise Neid, musterten. Von ihnen hatte noch keiner den Mut gehabt, dasselbe zu tun. Antti wollte in dieser Woche überhaupt erst die Auktion besuchen, und Elina quälte sich mit ihrem Café herum. Außerdem sah Raimo so unverschämt ruhig aus.

Doch innerlich war er alles andere als ruhig. Am Tag nach dem Essen im Kreise der Familie hatte er einen Zusammenstoß mit einem seiner Gläubiger gehabt. Und jetzt humpelte er.

Wie gesagt, wir wissen nicht genau, was in Raimos Leben so vor sich ging. Doch wenn man die vorherige Idee des Verfassers weiterspinnen will, war es vielleicht Arved, der den Verlust von Amphetamin im Wert von über fünfundsechzigtausend Kronen beklagte und der ihn aufgesucht hatte, um ihm zu erklären, dass er eigentlich überhaupt kein aggressiver Mensch sei. Im Gegenteil, er wolle die Angelegenheit auf friedlichem Wege lösen, aber leider sähen seine Kollegen das nicht so. Vielleicht hatte Arved daraufhin ein Schweizer Armeemesser gezückt und den Korkenzieher ausgeklappt.

„Keine Sorge!", hatte er zu Angie gesagt, der allmählich aufgegangen war, in was für ernsthafte Schwierigkeiten ihr

Freund da geraten war. Arved legte Raimo die Hand aufs Bein, wie um ihn zu beruhigen. „Keine Sorge. Ich weiß, dir ist da einfach ein dummes Malheur passiert. Aber Typen wie diese bittet man nicht zu warten. Vor allem nicht lange. Was die mit dir machen werden, ist eine ganz andere Nummer als das hier."

Woraufhin ihm Arved den Korkenzieher ins Bein rammte. Dann schlug er Raimo mit der anderen Hand auf den Kehlkopf, sodass er nicht schreien konnte.

Angie kam ihrem Freund instinktiv zu Hilfe, doch da hatte Arved sich schon wieder aufgerichtet, das Messer zusammengeklappt und deutete damit auf sie.

„Das hier", erklärte er, „war ein Korkenzieher. Und mit Korkenziehern geben diese Leute sich gar nicht ab. Die benutzen richtiges Werkzeug. Schlagbohrer. Schleifmaschinen. Und eine Kreissäge."

Nun hat der Verfasser oben ein insgesamt recht unangenehmes Szenario entworfen, und der Leser mag vielleicht meinen, dass so etwas nicht in die ansonsten ganz nette Geschichte gehört. Tatsächlich mag es unnötig scheinen. Aber es ist wichtig, dass uns klar ist, unter welchem Druck Raimo gestanden haben muss, als er ins Arbeitszimmer seines Vaters humpelte. Denn das war eine Tat, die eine ganz außergewöhnlich starke Motivation erforderte.

Matti versuchte, eine barsche Miene aufzusetzen, aber in Wirklichkeit freute er sich natürlich. Raimo war zwar nicht das Kind, an das er in diesem Zusammenhang besonders glaubte, aber es war zu begrüßen, dass der Erste einen Versuch machen wollte. Vielleicht lockte das die anderen dann auch hervor.

Er rollte hinter seinen Schreibtisch.

„Und?"

„Tja", begann Raimo, der nach dem Schlag auf den Kehlkopf immer noch heiser war, „ich wollte gern mit dir sprechen, Vater." Wie sollte er anfangen? Er war eine Reihe von Gesprächseröffnungen durchgegangen, ohne etwas Gutes zu finden. An der Wand hinter seinem Vater leuchteten warnend die drei Säulen des Diagramms wie drei große rote Ausrufezeichen. „Du wolltest doch, dass wir uns im Geschäftsleben versuchen."

„Ja. Schon." Matti nickte, faltete die Finger unterm Kinn und musterte seinen Sohn kritisch.

„Du verstehst dich ja auf Geschäfte, Vater, und ich wollte dich um ein bisschen Rat bitten, bevor ich es versuche."

Da schlug er genau die richtigen Saiten an. Matti nickte.

„Kluge Überlegung, Raimo. Sehr klug. Wer nicht fragt, der lernt auch nichts."

„Genau das hab ich mir auch gedacht."

„An welche Tätigkeit hattest du denn gedacht? Welche Branche findest du ...", Matti warf einen Blick auf seinen in Kunstharz gegossenen *Rhizophagus Grandis*, „... interessant?"

„Ich dachte, ich versuche es an der Börse. Aktien und ... ja, so was finde ich spannend. Da steckt großes Potenzial drin." Raimo verstummte, als er die Miene seines Vaters sah.

Das war nun wirklich nicht das, was Matti hatte hören wollen. Für ihn war die Börse ein Spiel und damit nichts, womit Raimo sich befassen sollte. Der Spielteufel hatte seinen eigenen Bruder schon schwer erwischt, und Raimo hatte dieselben Tendenzen gezeigt – es war gut möglich, dass diese Neigung in der Familie lag.

„Du willst also mit Geld spielen?"

„Nein, nein. Der Markt ist ja kein Nullsummenspiel. Das ist eine ganz legitime Sparform."

„Eine legitime Sparform? Hm. Aber der eine oder andere soll auf die Art doch schon Millionen verspart haben, oder?"

„Ja, wenn man zu große Risiken eingeht, aber ...“

„Was *weißt* du denn eigentlich über die Börse?“

„Na ja ... Ich weiß, dass sie im Laufe der Zeit um sieben Prozent im Jahr hochgegangen ist. Und wenn ich mich hinsetze und mich einlese und lerne, dann ist es nicht unmöglich, bessere Erfolge zu erzielen. Hast du nicht auch selbst etwas investiert, Vater?“

„In Aktienfonds, ja. In Aktienfonds. Da hat man aber auch einen Experten, der das betreut. Aber sich selbst hinzusetzen und zu meinen, man könnte ...“ Matti schüttelte den Kopf. „Man muss sich spezialisieren. So wie ich mit meinen Raubinsekten.“ Kurze Pause. „Raubinsekten, Raimo.“ Matti klopfte mit einem Stift auf seinen Plastikwürfel. Konnte man eigentlich noch deutlicher sagen, was von diesem Sohn erwartet wurde?

„Ich werde daran denken. Danke, Vater. Das war ein guter Rat.“

„Ja, denk mal nach.“

„Ich habe schon mal über Waldaktien nachgedacht. Die sind im Moment sehr niedrig notiert. Und der Wald hat ja die Eigenschaft, dass er die ganze Zeit wächst. Auch wenn man im Bett liegt und schläft. Der Wald arbeitet ununterbrochen für einen.“

Raimo ahnte, dass die Beständigkeit des Waldes seinen Vater ansprechen würde.

Es gibt ein finnisches Sprichwort, das ungefähr so lautet: „Boden verkauft man nicht, den kauft man.“ Und er hatte das Gefühl, dass der Wald da irgendwo ganz gut reinpasste.

Doch sein Vater blieb skeptisch. Es gab zwar Leute, die ganz gut vom Börsenhandel lebten, das bezweifelte er gar nicht. Aber es war nicht genug, wenn man als Amateur daherkam und meinte, man könnte einfach mal so in ein Piranha-Aquarium hüpfen. Nein, hunderttausend hart erarbeitete

Kronen wären verschwendet für den Taugenichts vor seinem Schreibtisch. Das war ganz offensichtlich. Aber er konnte nichts tun. Er konnte schlecht eines seiner Kinder ausschließen, egal, wie schlecht dessen Erfolgsaussichten waren. Sie mussten alle drei dieselbe Chance bekommen, alles andere wäre ... tja ... Kommunismus? Matti war nicht sicher, was die marxistisch-leninistische Doktrin dazu zu sagen hatte, aber es war durchaus denkbar. Und vielleicht konnte Raimo ja eine ähnliche Funktion erfüllen wie der ausgestopfte Hase auf der Hunderennbahn, indem er seinen Geschwistern Beine machte?

„Ach ja?", sagte er nur.

„Ja."

Raimo merkte, dass es nicht gut lief, und versuchte es aus einem anderen Angriffswinkel: „Und dann hab ich mir noch Baufirmen angeschaut."

„Baufirmen?"

„Ja."

„Und warum?"

„Weil ... Tja. Die Bevölkerung wächst ja ständig, es muss also auch ständig neu gebaut werden. Und die alten Häuser müssen instand gehalten werden. Oder?"

„Ja, doch." Sein Vater nickte halbwegs anerkennend. „Du glaubst also, du kommst da mit irgendwelchen hausgemachten Theorien durch? Auf diesem Markt, der schon Leute ruiniert hat, die wesentlich klüger waren als du?"

Jetzt war Raimo endgültig klar, dass es nicht klappen würde. Sein Vater erwartete sich selbstverständlich eine Art konkrete Tätigkeit, die man sehen und anfassen konnte. An einem Autobahnrastplatz einen Stand mit Süßigkeiten aufmachen oder so was. Aber wie viel Startkapital brauchte man dafür? Er würde nie eine Summe zusammenbekommen, die ihm rechtzeitig aus der Patsche half, nicht so.

„Ich werde natürlich auch über deinen Rat mit den Aktienfonds nachdenken, Vater. Das ist ein guter Rat.“ Raimo seufzte resigniert. Wie hatte er sich einbilden können, dass es anders hätte ausgehen können? Der Alte saß bestimmt eine halbe Minute schweigend da. Sollte er ihm die Wahrheit erzählen?

Es war sein letzter Ausweg. Aber er wusste jetzt schon, dass das nicht helfen würde.

Doch auf einmal sagte Matti: „Vielleicht.“

„Was ‚vielleicht‘?“

„Es könnte schon funktionieren. Wenn du selbst wirklich dran glaubst, musst du es wohl versuchen.“

„Du hältst es also für eine gute Idee, Vater?“

„Das hab ich nicht gesagt. So kannst du mich nicht zitieren. Aber es klingt nun auch nicht … vollkommen unvernünftig.“

Raimo wollte seinen Ohren kaum trauen.

„Und was willst du jetzt von mir? Nach diesen Fragen?“, fuhr sein Vater fort.

Einen Augenblick hatte Raimo schon vor seinem inneren Auge gesehen, wie er weiterleben durfte, mit unversehrten Körperteilen und Körperfunktionen. Doch jetzt wurde ihm diese Vision gleich wieder vor der Nase weggezogen. War es nicht klar, was er wollte? Seine bereits traumatisierten Stimmbänder zogen sich verschreckt zusammen und versteckten sich hinter dem großen Kloß in seiner Kehle. Er konnte Matti wohl kaum geradeheraus um die hunderttausend Kronen bitten, oder? Es gab doch bestimmt irgendein Naturgesetz, das dem entgegenstand? Aber dann kam es doch wie von selbst: „Du hast doch selbst gesagt, Vater …“

Matti hatte gehofft, sein Sohn würde zumindest die Charakterstärke besitzen, ihn um das Geld zu bitten. Doch selbst die schien ihm abzugehen.

„Du willst also dein Geld haben?“

Raimo schluckte. Das tat weh im Adamsapfel, und er musste kurz das Gesicht verziehen.

„Ja, natürlich. Natürlich bekommst du dein Geld. Das hab ich ja versprochen. Und wenn du die Sache nun mal so aufziehen willst, ist das deine Entscheidung."

„Danke, Vater."

„Aber dir ist schon klar, dass die Sache gelaufen ist, wenn du das Geld verspielt hast, oder? Wenn du mit deinen Investitionen Glück hast, werde ich nicht besonders beeindruckt sein. Und wenn du Pech hast, werde ich das im Hinterkopf behalten, wenn ich mir überlege, wem ich meine Firma übergebe. Das ist dir klar, oder?"

Das war Raimo herzlich egal. Er wollte einfach nur sein altes Leben zurückhaben.

Als Raimo das Arbeitszimmer verließ, hatte er sich schon wieder fassen können.

„Danke, Vater", sagte er ein drittes Mal, bevor er die Tür hinter sich zuzog.

Ein paar Sekunden herrschte angespanntes Schweigen in der Küche.

„Ich muss jetzt nach Hause", sagte Raimo heiser zu Beata. Er war so bewegt, dass der Kloß in seinem Hals noch ein Stück angewachsen war.

„Du klingst ja schrecklich! Willst du nicht zum Arzt gehen damit? Und mit deinem Knie?"

„Ich humple nur ein bisschen. Und bin erkältet."

„Ich bezahl auch die Praxisgebühr. Du musst auf dich aufpassen, Raimo."

Raimo, der sehr gut wusste, dass sein Vater durch die Tür alles mithörte, erwiderte, er hätte schon gern eine gewisse Krankheit vorzuweisen, wenn er beim Arzt auftauchte. Alles andere würde nur das Personal verwirren.

In Wirklichkeit schluckte Raimo Tetracyclin in Form von lettischem Doxycyclin, das er von Arved bekommen hatte, damit sich sein Bein nicht entzündete. Er hoffte, dass es damit getan war.

„Wenn es schlimmer wird, geh ich hin."

„Tu das. Versprich mir, dass du das tust."

„Ja."

„Es war auf jeden Fall schön, dass du so bald schon wieder bei uns warst."

Beata umarmte ihren Erstgeborenen.

Als Raimo im Flur seine Jacke anzog, tauchten Elina und Antti dort auf.

„Wie ist es gelaufen?", flüsterte sein kleiner Bruder.

„Was hat er gesagt?", wollte seine Schwester wissen. „Hast du die Kohle gekriegt? Du hast sie doch wohl nicht gekriegt? Die hast du doch garantiert nicht gekriegt, oder?"

„Doch."

„Nein! Echt?"

„Natürlich. Warum sollte ich sie nicht kriegen?"

„Was hast du ihm denn gesagt?"

„Wie konntest du denn einfach so die Kohle bekommen? Also, *hunderttausend* Tacken?"

Der große Bruder zuckte nonchalant mit den Schultern.

„Man muss sich doch bloß eine Geschäftsidee ausdenken. Die Welt ist voll davon. Man muss sich bloß eine aussuchen und ihn dann davon überzeugen."

Raimo hatte sich genug sammeln können, um die Verwirrung zu genießen, die er mit seinen Worten auslöste. „Oder wie wolltet ihr das machen?"

„Was hattest du denn für eine Idee?"

„Also … Er will nur wissen, dass ihr das, was ihr machen wollt, auch beherrscht. Ihr könnt nicht mit irgendwas daherkommen. Und am besten ist es, wenn man einen guten Businessplan mitbringt", fügte er hinzu, um den Schrecken in den Reihen seiner Rivalen noch zu erhöhen.

„Was hast du dir denn ausgedacht?"

„Tja, wie es aussieht, wird es wohl darauf hinauslaufen ..." Er zuckte mit den Schultern. „... dass ich in die Baubranche gehe."

Er machte eine kurze Pause und schaute seine Geschwister mit einem gewissen Maß an gespielter Überraschung an, obwohl er sehr wohl gemerkt hatte, dass er sie jetzt erst mal ein gutes Stück abgehängt hatte.

„Habt ihr denn überhaupt nichts?"

„Doch", sagte Elina. „Natürlich. Ich hab das Billardcafé. Ich dachte mir nur, es wäre interessant zu wissen, was du dir ausgedacht hast."

Raimo ließ sie stehen. Denen hatte er jetzt erst mal schön eingeheizt, dachte er.

Der Großteil von Raimos Geld sollte für seine Schulden draufgehen. Aber ein bisschen musste er auch in Aktien investieren, um vor seinem Vater etwas vorweisen zu können. Wenn Matti sah, dass Raimo Aktien eines großen schwedischen Bauunternehmens im Wert von dreitausend Kronen gekauft hatte, würde er begreifen, dass sein Sohn vorsichtig war und es ernst meinte mit seinem Plan, mehr über den Aktienmarkt zu lernen, und dass er überhaupt kein Wirrkopf war, der bereit war, alles auf eine Karte zu setzen, alle Eier in einen Korb zu legen etc. etc.

Doch selbst dann würde noch eine Summe übrig bleiben. Wenn er die dann auf der Trabrennbahn mit Väinös Hilfe ein paarmal verdoppeln konnte, würde sie nicht mehr so unbedeutend wirken. Und dann war er auf der Gewinnerstraße. Denn um die Wahrheit zu sagen, er hatte hier ja keine größere Konkurrenz zu befürchten. Schon auf dem Heimweg im Bus begann sich vor seinem geistigen Auge ein nettes kleines Vermögen aufzutürmen, mitsamt dem Erbe, das er sich erwarten durfte.

So schnell hatte Raimo sich also wieder erholt. Die düstere Stimmung und die Resignation seiner Geschwister hatten sein Selbstvertrauen noch weiter gestärkt. Es wurmte ihn immer noch, dass diese harmlosen Kinder Anspruch auf das Erstgeborenenrecht haben sollten, für das er selbst so hart gearbeitet hatte, unter anderem, weil er der Erste war, der sich überhaupt getraut hatte, auf die Welt zu kommen. Und das unter wesentlich härteren Bedingungen als denjenigen, unter denen aufzuwachsen diese beiden das Privileg gehabt hatten. Sein Zwillingsbruder und er hatten den Alten weicher gemacht, und dann waren die anderen Geschwister aufgetaucht und waren schön im Windschatten mitgefahren. Und jetzt sollten sie die Früchte seiner Arbeit ernten? Das konnte einfach nicht recht sein.

Lange Zeit war er vom Pech verfolgt gewesen, aber jetzt wollte sich das Blatt endlich wenden.

20. KAPITEL

Antti in der Antiquitätenbranche – Die Mutter aller Stühle

Am nächsten Tag sprach Antti mit seinem Vater.

Der war richtig überrascht. Antti kam als Zweiter? Was war mit Elina los?

In Wirklichkeit hatte sie sich durchaus drangemacht, die Geschäftsidee mit dem Billardcafé auszuarbeiten, aber sie war eben wesentlich schlechter vorbereitet, als ihr Vater glaubte.

Sie suchte nach dem besten Geschäftslokal und Billardtischen und hatte sogar angefangen, sich ins Thema Buchhaltung einzuarbeiten.

„Antiquitätenhandel, sagst du?" Matti schaute seinen jüngsten Sohn forschend an.

Antti berichtete, was er im Fernsehen verfolgt hatte. Er erzählte auch, dass er mehrere Auktionen besucht hatte, zum Zwecke der Feldforschung, und dass es seiner Meinung nach so aussah, als gebe es hier wirklich etwas zu holen. Der Markt für ältere Comichefte, die Sammlerexemplare, schien ihm besonders vielversprechend. Aber er hatte nicht vor, sich da festzulegen, er wollte überall nach guten Geschäften Ausschau halten.

„Was weißt du eigentlich über Antiquitäten?" Diese Idee kam doch wie aus dem Nichts. Raimos Börseninteresse war ja nachvollziehbar, wenn man sich vor Augen hielt, dass es auch eine Art Wettspiel war. Aber das hier?

„Hast du nicht über andere Branchen nachgedacht, vielleicht über …" Matti schaute auf sein Insekt auf dem Schreibtisch. „Tjaaa …"

Und natürlich hatte Antti auch darüber nachgedacht, wie es wäre, wenn er einfach mit Raubinsekten handelte. Doch die Kundenkontakte, insbesondere der Part der Neukundenakquise und der Vertrieb, lagen seiner Natur so fern wie nur was. Nein, da passte es viel besser zu ihm, wenn er alte Sachen abstaubte, während er sich ausmalte, was wohl an einem Rokokoschreibtisch geschrieben worden sein mochte, was für Briefchen mit Liebesbotschaften oder vielleicht auch ausspionierten Staatsgeheimnissen, die in seinen Schubladen verborgen wurden. Einen Kürassierhelm aus dem Dreißigjährigen Krieg anzuprobieren (Antti hatte *Die Erzählungen des Feldschers* dreimal gelesen und danach den Hund der Familie auf den Namen Wallenstein getauft, nach dem Ligisten[36] und Heerführer desselben Namens) und sich in aller Ruhe auszumalen, was sein damaliger Besitzer sich gedacht hatte, das entsprach seinem Geschmack viel mehr, als Kontakt zu Menschen zu haben und zu erraten versuchen, was sie heute so dachten, wie man sie behandeln sollte, und vor allem, was sie einem mit ihrer Körpersprache und ihrem Tonfall verrieten. Die letzten beiden Aspekte waren seine Schwachpunkte, wenn es um Kommunikation mit seinen Mitmenschen ging.

„Aber wenn man ganz vorsichtig anfängt? Sozusagen nur mit einem Marktsegment? Zum Beispiel mit Donald-Duck-Heften aus den Sechzigerjahren. Und dann lernt man dazu und erweitert das Tätigkeitsfeld. Könnte man das so machen? Das geht sicher immer schneller, wenn man dazulernt und Kontakte dazugewinnt."

„Aha." Matti hätte es wirklich lieber gesehen, wenn seine

36 D. h. Mitglied der Katholischen Liga. Anttis Sprache war ein wenig seltsam, durchsetzt mit anachronistischen Vokabeln und Redewendungen. Das lag wahrscheinlich daran, dass er mehr las, als sich mit Leuten zu unterhalten. Und er bevorzugte eben Geschichtsbücher und historische Romane.

Söhne mit handfesten Unternehmen[37] gekommen wären statt mit diesen schwammig definierten Handelsvorhaben, für die sie sich jetzt entschieden hatten.

Doch zumindest theoretisch war es sicher machbar. Das schüchternste seiner Kinder hatte sich etwas ausgedacht und zudem ungewöhnlichen Unternehmergeist gezeigt, indem es auf Auktionen ging, um die Marktlage zu sondieren. Matti betrachtete seinen Sohn. Es war ja denkbar, dass er Waren aus Finnland importierte, einem Land, das in gewissen Bereichen trendtechnisch immer ungefähr ein Jahrzehnt zurücklag. Antiquitäten, die hier schon fast wieder in Mode waren, waren dort immer noch in Gebrauch oder einfach Sperrmüll.[38] Das Ganze lief ja in Zyklen. Vielleicht war die Idee gar nicht so blöd?

„Du fängst jetzt einfach mal klein an, und dann schauen wir uns an, wie es läuft."

Ein paar Tage später stand Antti wieder in Mattis Arbeitszimmer. Der beugte sich verblüfft in seinem Rollstuhl vor.

„Fünfundfünfzigtausend? Für zwei Stühle?" Er hob Zeige- und Mittelfinger, um die Anzahl zu verdeutlichen, aber es sah aus wie eine verwirrte Siegesgeste. „Zwei?"

Folgendes war passiert: Antti hatte das örtliche Antiquitätengeschäft aufgesucht, um sich umzuschauen, den Markt zu

---

37 An dieser Stelle sei die interessante Anmerkung gemacht, dass das finnische Wort für Unternehmer, yrittäjä, in der wort-wörtlichen Übersetzung „Versucher" heißt. D. h., während man in Schweden etwas unternimmt, ist man in Finnland ein klein wenig bescheidener und versucht nur zu unternehmen. Eine sprachliche Nuancierung, die Matti sicher bewusst war und die er in diesem Zusammenhang im Hinterkopf hatte.

38 Dasselbe Phänomen war übrigens der Grund dafür, dass es in Schweden Prestige bedeutete, sein eigenes Haus zu haben, während es in Finnland genau andersrum war. Dort hatten die wohlhabenden Bürger Wohnungen in einem Haus, das von jemand anders in Schuss gehalten werden musste, während die armen Pächter auf dem Land ihre Dächer selbst abdichten mussten. Generell gesprochen. Mit Ziegelhäusern sah es freilich noch mal anders aus.

sondieren, sich das Preisniveau anzusehen, kurz und gut – um ein Gefühl für das Ganze zu bekommen. Der Laden wurde von einem Exilrussen geführt, der zwar schon seit den Vierzigerjahren in Schweden lebte, aber immer noch Schwierigkeiten mit der Sprache hatte. Zu Anfang hatte Antti das Geschäft nur mit dem Fahrrad umkreist, in dem ganz besonderen mentalen Prozess, den er durchlief, um Mut zu fassen. Dann trat er ein und stand dem Inhaber gegenüber, einem alten Mann, den er nicht ganz verstand. Aber es war ihm undenkbar, öfter als zweimal „Wie bitte?" zu sagen, deswegen lächelte er die meiste Zeit nur abwesend, nickte und tat, als würde er alles verstehen. Dass Antti selbst auch nur schüchtern in sich hineinmurmelte und dem Blick des Mannes auswich, minderte die Sprachverwirrung nicht gerade. Er zog es vor, seine Begegnungen mit der Welt im Voraus sorgfältig zu planen. Bei Telefonaten schrieb er sich das Gespräch gerne auf ein Blatt, und wenn der andere vom Manuskript abwich, tja, dann hatte er ein Problem. Hier bewegte er sich also in völlig unbekannten Fahrwassern.

Er fühlte sich ein bisschen wie ein ständiger Tourist im Leben, der seinen Sprachreiseführer auswendig gelernt hat und flüssig seine Standardphrasen sagen kann, aber keine Chance hat, sobald das Gespräch von dem Muster abweicht, das er sich eingeprägt hat.

Wie der Antiquitätenhändler seinerseits die Situation erlebte, wissen wir nicht, aber es wäre wohl nicht sehr abwegig, wenn man auf leichte Verblüffung tippen würde.

Das Ganze endete damit, dass Antti in schierer Panik zwei sehr schöne Sulla-Stühle, Senatorenstühle mit geschwungener Lehne und säbelförmigen Beinen, kaufte, aus dem Pavillon Gustavs III. in Haga, für fünfundfünfzigtausend Kronen. Als Geschichtsinteressierter kannte er natürlich nicht nur Gustav III., sondern auch Lucius Cornelius Sulla. Deswegen waren sie für ihn verhältnismäßig vertraut und anheimelnd in einer ansonsten stressigen Umgebung. Als er die Hand auf die stabile Rückenlehne legte, breitete sich sofort Ruhe in seinem Körper aus. Sie hatten eine Verbindung zu Männern, die ihm aus der Literatur bekannt waren, wo Menschen überhaupt nicht so unberechenbar und schwierig im Umgang waren wie in der Wirklichkeit. Ja, der Mann im Antiquitätengeschäft war dafür ja das beste Beispiel. Antti spürte einfach, dass es richtig war, diese Stühle zu kaufen.

Jetzt standen die Stühle zu Hause, und Antti stand mit ihnen vor seinem Vater. Er war nicht mal sicher, ob man den Stil der Stühle überhaupt als gustavianisch bezeichnen konnte, nachdem sie nach einer Vorlage gefertigt worden waren, die man in Pompeji gefunden hatte. Ein paar Sekunden schwiegen Vater und Sohn, während Antti nervös auf seine exklusiven Sitzmöbel schaute.

„Ich befürchte, ich verstehe nicht ganz, Antti …"

„Das war ein gutes Geschäft", murmelte sein Sohn, wagte aber nicht aufzublicken.

„Wer hat das gesagt?"

„Die haben doch so viel gekostet. Und in der Zukunft …"

„Tja …" Matti betrachtete die Stühle. „Viel gekostet haben sie sicherlich. Aber du sollst sie ja nicht zu dem Preis kaufen, den sie wert sind, oder? Der Witz ist der, dass du sie zu einem Preis kaufen sollst, der unter ihrem Wert liegt, um sie dann weiterzuverkaufen an jemand wie …" Matti ließ den Blick eine Weile auf den Stühlen ruhen. „Jemand wie dich."

Er beugte sich vor und versuchte wirklich irgendetwas zu entdecken, was einen Wert von siebenundzwanzigtausendfünfhundert Kronen pro Stück rechtfertigte.

„Fünfundfünfzigtausend?"

„In der ‚Antiquitätenrunde' haben sie immer …"

„Aber das ist doch im Fernsehen, Antti. Das muss dir doch

klar sein, dass das alles nicht in echt so ist. Wenn sich Batman rumprügelt …" Matti vollführte in seinem Rollstuhl ein paar Boxhiebe in die Luft und schüttelte dann den Kopf. „Das ist doch alles nicht echt." Er rollte zu den beiden Stühlen hinüber und musterte sie gründlich von oben nach unten. Antti wagte kaum zu atmen, geschweige denn den Mund aufzumachen.

„Hast du eine Ahnung, wie lange du auf so einem Stuhl sitzen musst, um diese Summe zu amortisieren?"

„Nein."

„Ich auch nicht. Aber eine ganz schön lange Zeit, das kann ich dir versichern!" Jetzt studierte Matti die zwei Möbelstücke aus allernächster Nähe. „Glaubst du, dass du lange auf denen sitzen wirst? Glaubst du das wirklich?"

„Na ja, ich …"

Antti schluckte. Prüfend ließ er sich auf einen der beiden Stühle nieder.

Wenn er den Wert dieser Investition jemals wieder reinholen wollte, war es sicher am besten, wenn er gleich anfing. Außerdem hatte er ganz schwache Knie. Er starrte geradeaus und konzentrierte sich ganz aufs Sitzen.

„Missversteh mich nicht. Es ist dein Geld. Du kannst damit machen, was du willst. Aber als ich in deinem Alter war, saß ich auf einer Holzkiste, die meine Schwester angemalt hatte. Und ich hab mein Leben dann prima gemeistert. Ich brauchte keine …" Er schluckte. „Fünfundfünfzigtausend?"

Wieder war es eine Weile still.

„Antti", seufzte Matti schließlich gequält auf, „inwiefern kann man das hier als ‚klein anfangen' bezeichnen?"

„Ich dachte, ich sehe eine Chance. Da musste man zugreifen."

Geradezu verzweifelt suchte er in seinem Sitzerlebnis nach irgendetwas, was fünfundfünfzigtausend Kronen wert sein könnte, aber er fand nichts, was auch nur annähernd dort hinkam.

„Na, was meinst du?“, fragte sein Vater, der erriet, was Antti gerade zu erspüren versuchte.

„Auf dem kann man angenehm sitzen. Sehr angenehm sogar“, nickte der Sohn.

„Fünfundfünfzigtausendkronenangenehm?“

Antti lehnte sich von einer Seite zur anderen, schraubte seinen Hintern quasi in das weiche Polster, als suchte er in der Tiefe nach dem sublimen Sitzerlebnis, das diesen im Nachhinein betrachtet wirklich saftigen Preis gerechtfertigt hätte. Er schaukelte hin und her, ohne dass seine Gesäßmuskeln mit irgendetwas in Kontakt gekommen wären, was diese Summe wert sein könnte.

Sein Vater nahm sich das Säulendiagramm vor und zog Anttis Säule auf ungefähr fünfundvierzig Prozent der Ausgangssumme nach unten. Die Kinder hatten nicht für das Geld gearbeitet und erfassten deshalb seinen Wert nicht. Er schaute die Säule an. Ganz wertlos waren die Stühle trotzdem nicht. Er ging noch einmal fünf Prozent nach oben.

Da knirschte es hinter ihm, gefolgt von einem Krach, als die Beine des Senatorenstuhls nachgaben. Matti schwenkte seinen Rollstuhl herum und starrte auf seinen Sohn, der wie ein Häuflein Elend auf dem Boden saß; und, ja, glänzte da nicht sogar eine Träne in seinem Augenwinkel?

Matti griff sich eine Schere und schnitt Anttis Säule in der Mitte durch. Die obere Hälfte fiel herunter wie bei einer gefällten Föhre. Und das Definitive dieser Tat, dass er die Säule nicht nur nach unten zog, sondern physisch abschnitt, sodass sie nie wieder bis nach oben wachsen konnte, traf seinen Sohn sehr hart.

„Die …“, begann er mit tränenerstickter Stimme.

„Ja?“

„Als Paar waren sie mehr wert."

Antti versuchte nicht mal zu beschönigen, in was für einer Kernschmelze seine Karriere als Antiquitätenhändler geendet hatte.

„Verdammt aber auch", seufzte Matti und schnitt noch ein Stückchen ab.

21. KAPITEL

Elinas Billardcafé – Ronny – Raimos Investition

Elina stand mit einem Makler in einem Geschäftslokal, das zur Vermietung stand.

Vielleicht war das Billardcafé doch keine so verrückte Idee. Ihre Brüder hatten zwar wesentlich einfachere Lösungen gefunden, doch wenn sie es ihnen gleichtat, würde sie als wankelmütig und unzuverlässig dastehen. Und da ihr Projekt arbeitsintensiver war, hatte sie ihnen gegenüber sogar einen Vorteil. Die physische Existenz des Cafés war ebenfalls eine Trumpfkarte. Es war ein richtiges Unternehmen. Etwas zum Anfassen. Doch gleichzeitig enthielt es auch abstrakte Aspekte wie Goodwill, Kundenkreis, Entwicklungsmöglichkeiten und viele andere Dinge, die sich schwer in Zahlen messen ließen und die man daher eher interpretieren oder nach eigenem Gutdünken bewerten konnte. Das Billardcafé konnte sich tatsächlich als Jackpot herausstellen. Elina schaute sich um und nickte. Sie glaubte, alle Fragen gestellt zu haben, die man von einer angehenden Cafébesitzerin erwarten konnte.

„Ich nehme es."

Elina kaufte zwei gebrauchte Billardtische, eine Kaffeemaschine, ein Buch mit ganz besonderen Sandwich-Rezepten und noch einige andere Dinge, die ihre von den Notjahren gezeichneten Eltern nicht schon auf dem Dachboden und in der Garage gehamstert hatten. Matti steuerte außerdem noch ein Buchführungsprogramm auf einer 200-mm-Floppydisk bei und bot sich an, in den ersten Monaten die Buchführung für sie zu machen, was bedeutete, dass Beata sie in der Praxis machen würde. Sie wollten sie überhaupt nicht kontrollieren, sie vertrauten darauf, dass sie hart arbeiten würde, und wussten, dass ihre Idee gut durchdacht war, nachdem sie so lange Zeit zum Reifen gehabt hatte. Aber sie wussten auch, was für eine Schufterei es war, ein richtiges Unternehmen aufzubauen, deswegen wollten sie ihr helfen und sie entlasten.

Die eifrige Hilfsbereitschaft ihrer Eltern sowie der Ausdruck „ein richtiges Unternehmen" bestätigten Elina noch einmal, dass sie ein paar Extra-Punkte eingeheimst hatte. Die galt es jetzt klug zu verwalten.

Unter der Voraussetzung, dass sie ihre Getränke nur von der heimischen Brauerei kaufte, steuerte diese einen Kühlschrank bei, der mit ihrem Logo geschmückt war und eine Glastür hatte, damit sich die Kunden ihre Erfrischungen selbst aussuchen konnten.

Dann kam die Eröffnung. Obwohl Eröffnung vielleicht fast etwas zu hoch gegriffen ist – eines Tages sperrte sie eben die Türen auf, ohne größeres Getue, Werbeaktionen oder auch nur Schilder im Fenster. Elina hoffte, sozusagen einfach mit dem Straßenbild zu verschmelzen, als wäre sie schon immer da gewesen. Sie befürchtete nämlich, dass die Leute sich sonst davorstellen, glotzen und sagen würden: „Glaubt die wirklich, dass das funktioniert, ein Billardcafé in diesem Kaff? Ist die denn total unfähig? Dieses große Mädchen, das da drin steht und ganz genau weiß, dass niemand in so ein Scheißcafé gehen will?" Nein, sie wollte auftauchen wie die geheimnisvollen arabischen Lädchen auf den Basaren, die einem armen unwissenden Westler eine magische Affenhand verkauften und dann, kaum hatte sich dieser kurz abgewandt, verschwunden waren. So irgendwie.

Sogar hinter ihrem schützenden Tresen fühlte sich Elina beobachtet. Sie hatte etwas, was sich fast mit Lampenfieber vergleichen ließ.

Aber als die ersten richtigen Kunden – Familienmitglieder und ein paar Freunde ausgenommen – ihren Kaffee getrunken, die Zeitung gelesen und sich ohne weitere Zwischenfälle wieder entfernt hatten, begann sie sich zu entspannen und fühlte sich allmählich sogar richtig wohl in ihrer Haut. Vielleicht würde es ja doch alles gut gehen. Sie begann sich schon auf den Abend und das Ende ihres Arbeitstages zu freuen, da wollte ihr Freund mit ein paar Kumpels vorbeikommen, um Kaffee zu trinken, Billard zu spielen und die Brötchen aufzuessen, die sie über Tag nicht verkauft hatte. Natürlich alles gratis.

Elinas Freund gehörte zu der Sorte Jungen, mit denen sie in der Mittelstufe viel zusammen gewesen war, aber von denen sie sich jetzt eigentlich schon ziemlich entfernt haben sollte. Er hieß Ronny und dealte in privatem Rahmen mit Hasch, beging kleinere Brüche und erschummelte sich nebenher noch ein bisschen Sozialhilfe. Obwohl es ihm an Ambition mangelte, war es ihm mit seiner ganz eigenen Art bis jetzt gelungen, vor Gericht immer mit Sozialdienst davonzukommen. Elina wunderte sich regelmäßig, wie er es schaffte, vom Sozialamt immer noch mal eine Extrazahlung für irgendwelche fantasievollen Krisen zu bekommen, meist von weiblichen Sachbearbeiterinnen. Dabei halfen ihm ein Paar lachende Augen, ein gewinnendes Lächeln, ein nie versiegender Redeschwall sowie ein ständig aktives soziopathisches Naturell. Und aufgrund seines Lächelns, seiner Augen und vielleicht auch der Macht der Gewohnheit war sie ihm verfallen. Aber sie brauchte nicht lange, um seine Fassade zu durchschauen, und sie hatte den Verdacht, dass er sich nur deswegen für sie interessierte, weil sie beim häuslichen Pflegedienst jobbte, wodurch sie Zugriff auf Oxazepam, Mogadon und Valium hatte. Die Beziehung steuerte also allmählich aufs Aus zu. Aber mit dem Billardcafé und dem ganzen Drum und Dran hatte sie einfach keine Energie mehr gehabt, sich damit auseinanderzusetzen. Und dann hatte er eben doch so eine Art, dass sie ihre halbherzigen Versuche, Schluss zu machen, wieder abgebrochen hatte. Es muss wohl kaum erwähnt werden, dass Matti Ronny nie getroffen hatte.

Elinas erste Billard spielende Kunden waren zwei junge Männer, die sie von der Schule kannte. Sieh an, dachte sie, als sie das Geld in die Kasse legte. Wieder ein Schritt auf dem langen Weg zu einem richtigen Leben.

Der eine legte die Billardkugeln elegant und geübt auf den Tisch und brachte sie mit dem Plastikdreieck in Position. Der andere wartete darauf, das Dreieck sprengen zu dürfen, vorgebeugt, den Queue in der Hand. Nachdem sein Kumpel das Dreieck weggenommen hatte, zielte er und ließ den Queue zutiefst konzentriert vor- und zurückgleiten. Elina spürte die Feierlichkeit des Moments – der erste offizielle Billardstoß in ihrem Café! Nostalgische Erinnerungen an ihren alten Schwarm Jocke Bäck stiegen unwillkürlich in ihr auf. Und zugleich spürte sie zum ersten Mal, dass sie sich hinter diesem Tresen wohlfühlen konnte, wenn sie hier Sandwiches machte, Radio hörte und mit einer Handvoll alter Stammgäste plauderte. Ihr eigener Herr sein. Vielleicht konnte sie im Laufe der Zeit auch jemand anstellen und sich ab und zu ein Wochenende freinehmen? Als sie da so stand, war sie sehr geneigt, ihrem Vater recht zu geben, dass es schon seinen Wert hatte, wenn man tatsächlich etwas auf die Beine gestellt hatte.

Da geschah etwas Merkwürdiges: Die Kugel, die ganz vorne in dem Dreieck lag, das der Spieler gerade sprengen wollte, verließ ihre Kollegen und begann träge auf sie zuzurollen. Wer das Spiel kennt, weiß, dass das ein sehr unorthodoxes Verhalten ist. Verblüfft starrte ihr der Spieler nach, bis sie gegen die weiße Kugel stieß und dann mit dieser an der Bande liegen blieb.

„Hä?“, sagte er.

Dann folgte der Rest der Kugeln, wie eine zögerliche Schafherde, die widerstrebend ihrem Leithammel folgt. Die zwei Billardspieler tauschten einen zweifelnden Blick. Da stimmte doch was nicht! Dann grinsten sie und schnaubten. Elina wäre am liebsten im Boden versunken. Einer von den beiden nahm die Kugel, ging in die Hocke und legte sie auf den Boden. Die Billardkugel rollte davon, bis sie gegen eine Wand stieß.

„Also …“ Er schaute Elina an. „Hier kann man echt nicht Billard spielen.“

Mit hochrotem Kopf machte sie die Kasse auf. Das war kein guter Start für ein Billardcafé. Ihr Vater hatte ihr eingebläut, dass ein zufriedener Kunde durchschnittlich zwei Personen von seinen Erfahrungen erzählt, während ein unzufriedener sich zehn Personen mitteilt.

Das Gebäude war alt, traditionsreich und stand unter Denkmalschutz. Es war um 1810 von einem ortsansässigen Holzbaron errichtet worden, und es hatte einen schönen Keller mit einem weiß verputzten Steingewölbe. Im Laufe der Jahre hatte sich das Haus über dieses Gewölbe herabgesenkt, sodass der Boden langsam, aber sicher eine gewisse Bananenform angenommen hatte.

Die Einzigen, die die Tische hier ausprobiert hatten, waren Ronny und seine Freunde gewesen, denn Elina selbst interessierte sich ja nicht besonders für das Spiel. Bestimmte biochemische Faktoren hatten die Aufmerksamkeit der Tester beeinträchtigt, die erforderlich wäre, um eine ganze Partie zu Ende zu spielen, und so hatten sie hauptsächlich eine Reihe von Trickstößen ausgeführt, die keine größere Konzentration erforderten. Wenn sie vorbeischossen, hatten sie allen möglichen Faktoren die Schuld gegeben: dass der Tisch schief war, die Queues mangelhaft waren, dass jemand gehustet hatte, dass mit den Billardkugeln was nicht stimmte, dass die Bespannung nicht die von der World Billard Pool Association anerkannte

Standardbespannung war und dass die Kreide zwar nicht von zweifelhafter Qualität, aber eben doch nicht so war, wie sie es gewohnt waren. Und so weiter. Das waren alles Ausreden, mit denen sie seit Jocke Bäcks Tagen vertraut war, weswegen sie sie auch diesmal nicht ernst genommen hatte.

Mit einer Wasserwaage und kleinen Stapeln sorgfältig zugeschnittener Pappe konnte man die Tische natürlich gerade richten. Aber es war einfach kein guter Eröffnungstag gewesen. Das zeigte Matti, dass sie trotz jahrelanger Vorbereitung so etwas Grundlegendes wie hundertprozentig waagerecht stehende Billardtische nicht kontrolliert hatte.

Als er von der Sache erfuhr, korrigierte er die Höhe ihrer Säule ein bisschen nach unten, um anzuzeigen, dass sie etwas von dem Prestige eingebüßt hatte, das die Ambitionen ihres Projekts zu Anfang nahegelegt hatte.

Wie unselig.

Matti saß vor seinem Diagramm. Der Start sah ja nicht gerade vielversprechend aus. Freilich war das Ganze im Grunde ein gewagtes Spiel gewesen. Aber es war nur recht, dass die Kinder eine ehrliche Chance bekamen, sich zu beweisen. Er bereute nichts. Außerdem war noch keines der Kinder bei null angekommen, und Raimo war immer noch auf derselben Höhe wie zu Anfang. Nichtsdestoweniger war die Tendenz besorgniserregend.

Matti griff zum Telefonhörer und wählte die Nummer seines Erstgeborenen.

„Hallo, Raimo."

„Hallo." Wie immer klang sein Sohn gestresst und zerstreut. Sein alter Vater würde bald krepieren, und sein Sohn schien nicht das geringste Interesse daran zu haben, mit ihm zu sprechen. Er hatte zwar noch nichts von seiner Krankheit erzählt, aber nur, weil er den Jungen schonen wollte.

„Wie geht's dir?"

„Ach ja, ganz gut. Oder meinst du was Bestimmtes, Vater?"

„Kannst du herkommen und einen Bericht abgeben?" Matti hatte das Gefühl, dass er jetzt ein paar gute Neuigkeiten vertragen könnte.

„Äh ... ja. Obwohl ich im Moment schon ziemlich viel zu tun habe ..."

„Aber kurz am Telefon kannst du schon reden, oder?"

„Jetzt gleich?"

„Ja. Ich will doch gerne wissen, was mit meinem Geld so los ist."

„Ja, das kann ich schon machen."

„Also?"

„Na ja, ich hab beschlossen, es so zu machen, wie du gesagt hast, Vater – ich hab auf Fonds gesetzt. Das ist wohl das Beste. Es ist nicht klug, wenn man sich detailliert mit Sachen befasst, die man doch nicht von Grund auf beherrscht. Da hast du wohl ganz recht, Vater."

„Aha, Fonds also. Ja, das ist gut. Aber das wird eine Weile dauern, bis das Kapital da gewachsen ist. Und es ist ja auch kein richtiger Job, einfach nur Fonds zu besitzen. So war es eigentlich nicht gedacht."

„Aber du hast doch gesagt ..."

„Ja, du kannst es natürlich handhaben, wie du willst, es ist dein Geld. Was für Fonds hast du dir ausgesucht?"

„Ich hab viel drüber nachgedacht ..." Matti hörte, wie Raimo schluckte. „Und dann bin ich zu dem Schluss gekommen, dass ..."

„Ja?"

„Ich hab mich gefragt, was schon immer da war. Und immer da sein wird."

Matti wartete ab.

„Krebs! Den kann jeder kriegen! Bei den ganzen Chemikalien und Umweltgiften, die so verbreitet werden. Das ist eine sichere Bank."

Matti hustete in seine Hand. Krebs, ja.

„Und da hast du investiert? Ja, das ist wohl etwas, was ... Ja." Zweifellos war es eine Krankheit, die im Trend lag.

„Es klingt vielleicht zynisch, wenn man mit den Krankheiten anderer Leute Geld verdient. Aber die Pharmaunternehmen brauchen auch Kapital, um neue Medikamente entwickeln zu können."

„Die Pharmaziebranche ist sehr stabil, die hängt nicht von der allgemeinen Konjunktur ab." Matti drehte und wendete den Gedanken hin und her. „Die Menschen werden immer älter. Da kommt natürlich die Frage mit dem Schadensersatz für Nebenwirkungen dazu. Aber heutzutage wird ja alles so gründlich getestet. Und dann laufen Patente aus. Aber ansonsten ... Ja, doch."

„Genau! Egal, was passiert – die Leute werden krank! Bei Hochkonjunktur arbeiten sie zu viel, und bei schwacher Konjunktur kriegen sie Depressionen. Oder so."

Matti war nicht ganz unzufrieden. Doch er hörte an Raimos Stimme, dass irgendwas nicht stimmte.

„Und wie lief es mit den Bau- und Forstaktien?"

„Na ja, also, ich hab ja stattdessen die Fonds genommen, wie gesagt."

„Was für Fonds denn?"

„Arzneimittelfonds."

„Wie heißen die?" Matti griff nach dem *Svenska Dagbladet*, um zum Wirtschaftsteil zu blättern.

„Äh ... das war der Krebsfonds ..."

Eine Weile hörte man nur das Rauschen der Telefonleitung.

„Was hast du da gerade gesagt, Raimo?"

„Der Krebsfonds. Weil sie jede Woche neue krebserregende Stoffe entdecken, da kann doch wohl nichts schiefgehen, oder?

Den einen Tag sind es Champignons, den nächsten Tag ist es Milch oder …“

„Aber Himmel noch mal!“

Stille am anderen Ende der Leitung.

„Du hast das Geld also im Krebsfonds angelegt?“

„Ja …?“

„Raimo.“

„Ja, Vater?“

„Du bist ein Volltrottel.“

Drei Sekunden war es ganz still. „Ja, Vater.“

Matti legte auf. Er rollte zu seinem Säulendiagramm, streckte die Hand aus und nahm Raimos Säule ganz heraus.

Wir wissen freilich, wohin Raimos Geld in Wirklichkeit gegangen war.

Der Krebsfonds war eine Notlüge gewesen, die einzige, die ihm in der Eile eingefallen war. Er kannte sonst keinen anderen Fonds mit Namen. Lieber so als die Wahrheit sagen.

Und Matti war ja nicht dumm, der glaubte keinen Augenblick, dass das stimmte. Er wusste, dass sein Sohn Probleme hatte. Spielen, Drogen oder Schulden. Doch seine verbliebene Lebenszeit war so kurz, dass es sich nicht lohnte, einen Streit anzufangen. Wenn es ihm drei Jahrzehnte lang nicht gelungen war, den Jungen auf den rechten Weg zu bringen, würde es in den wenigen Monaten, die ihm noch blieben, auch nicht mehr gelingen.

Matti hätte jetzt toben und schreien können, dass die Wände wackelten, und der Sohn wäre nach der Tirade immer noch derselbe Taugenichts gewesen. Raimo hatte seine gerechte Chance bekommen, und jetzt konnte er die Sache eben nur noch vergessen.

Matti betrachtete das Säulendiagramm. Im Lichte der jüngsten Ereignisse sah Elinas Säule doch nicht so schlecht aus.

22. KAPITEL

Ronny besorgt ein Geburtstagsgeschenk – Matti verzweifelt

In einer kühlen Sommernacht stand einst ein junger Mann vor Elinas Billardcafé. Er hatte das ausgezehrte Aussehen des Drogensüchtigen und wirkte auch ansonsten ein wenig zwielichtig, doch auf seine seltsame Art und Weise hatte er etwas Sympathisches. Er schaute sich um, als würde er auf jemand warten, während er den lauten Furz eines frierenden Mannes in die Stille losließ. Es war Ronny, Elinas Freund.

Er hielt Ausschau nach der Bullerei sowie potenziellen Zeugen, der menschlichen Antwort auf Pissameisen. Er war, wie die Massenmedien es immer so schön ausdrücken, dem langen Arm des Gesetzes „bereits einschlägig bekannt". Sollte jedoch jetzt jemand von ihnen auftauchen, konnte er immer noch darauf verweisen, dass das Café von seiner Freundin betrieben wurde, und die würde das auch bezeugen. Dann würde er behaupten, er warte hier, weil er sie heimbegleiten wolle, was wirklich angezeigt war, wenn man an all die lichtscheuen Elemente dachte, die sich hier in den Gassen herumtrieben. Um die sollte sich die Polizei mal kümmern, statt ehrenhafte Bürger wie ihn zu belästigen. Ihre früheren Zusammenstöße waren zurückzuführen auf eine Kombination aus Missverständnissen, unglücklichen Umständen sowie der Tatsache, dass die Bullen einfach eine Scheißfaschistenbande waren. Dass Elina schon vor fast drei Stunden nach Hause gegangen war, würde er dann vielleicht damit erklären, dass er das mit dieser relativ neu eingeführten Sommerzeit noch nicht so ganz kapierte.

Nachdem er ein paar Minuten gewartet hatte, kam Ronny zu dem Schluss, dass die Luft rein war. Er ging zur Treppe. Ein letzter Blick über die Schulter, dann klopfte er an die Tür, obwohl er wusste, dass schon längst niemand mehr da war. Bis zu diesem Zeitpunkt hatte er noch nichts Schlimmes getan, für den Fall, dass so ein Bullenschwein plötzlich um die Ecke biegen sollte, unerwartet und hinterhältig, wie das so ihre Art war. In dem Moment, wo er dann das kleine Fenster neben der Klinke einschlug, würde seine Ausrede wahrscheinlich nicht mehr greifen. Aber er würde doch gerne sehen, wie sie ihm nachwiesen, dass er *nicht* von drinnen ein gedämpftes Stöhnen gehört und sich Sorgen um seine Freundin gemacht hatte. Würde er denn allen Ernstes ins Café seiner eigenen Freundin einbrechen? Was für ein Unfug! Außerdem würde Elina ihn sowieso nicht anzeigen. Und vielleicht war das Fenster ja schon kaputt gewesen, als er kam? Vielleicht kamen die echten Täter davon, während ihn hier so ein Bulle schikanierte?

Es war immer gut, wenn man ein bisschen Rohmaterial für eventuelle Erklärungen im Kopf hatte für den Fall, dass man Pech hatte, dachte Ronny und fühlte sich so scharfsinnig, wie es einem eben geht, wenn man Amphetamine genommen hat.

Er war die Sorte Mann, dem das Geld nur so durch die Finger rann. Als wäre es allergisch gegen ihn. Selbst wenn man die Innenseite des Münzfachs in seinem Portemonnaie mit einer Rasierklinge abgeschabt hätte, hätte man kein Geldmolekül zutage fördern können. Das Leben war ganz schön ungerecht. Als Elina ihr Café aufmachte, hatte er sich daher auf eine gewisse Beteiligung gefreut, und wenn er die amerikanischen Fernsehsendungen, mit denen er sich so die Tage vertrieb, nicht missverstanden hatte, stand ihm als ihrer besseren Hälfte auch die Hälfte von ihrem Geld zu. Sie waren zwar nicht verheiratet, aber wenn man sich liebt, teilt man alles. Seine Hoffnungen waren jedoch bitter enttäuscht worden. Von Tag zu

Tag wurde Elina immer deprimierter wegen der Rechnungen, die sich nur so stapelten, während die Einnahmen verschwindend gering blieben.

Ein Mann kann nicht nur von Sandwiches, Kaffee und Billard leben – und von seinen Prahlereien vor Freunden, dass er mehr oder weniger selbstständiger Unternehmer sei.

Trotz seiner Soziopathie war Ronny in seinem tiefsten Inneren überzeugt, ein netter Kerl zu sein, der seine Lebensgefährtin nicht leiden sehen mochte.[39] Jetzt stand ihr Geburtstag bevor. Auch wenn er momentan nicht flüssig war, wollte er die niedergeschlagene Elina mit etwas richtig Schönem überraschen. Und er hatte sich auch schon das perfekte Geschenk überlegt. Denn obwohl Ronny ökonomisch gesehen ein schwarzes Loch war, war er trotzdem nicht völlig unbeleckt in ökonomischen Fragen. Im Gegenteil. Man könnte sagen, er war wie der Lahme, der alles über Hochsprung weiß.

Kurz und gut, sein Einbruch war eine Tat der Liebe, auch wenn die gefühlskalten Bullen das nie verstehen würden.

Ronny pirschte durch das dunkle Lokal. Er wusste, wo die Möbel standen, und navigierte sich geschickt bis zu dem Regal mit den Zeitungen, wo er die tagesaktuellen Exemplare herausnahm. Er knüllte sie zu einem großen Ball zusammen, den er fest in den Papierkorb stopfte. Das Ganze stellte er dann unter eine Gardine. Hinter dem Tresen nahm er die oberste, ungeöffnete Rechnung aus dem Stapel. Ronny stellte interessiert fest, dass es ihm einen gewissen Genuss bereitete, das Kuvert mit seinem Werbefeuerzeug anzustecken und in den Abfalleimer fallen zu lassen. Hatte er am Ende pyromane Neigungen, die er aufgrund der verdammenden Einstellung

39 Sic! Er war der Meinung, dass er sie nicht leiden sehen wollte – wenn auch auf eine berechnende Art.

der Gesellschaft nie auszuleben gewagt hatte? Ronny war immer auf der Suche nach einem neuen Kick.

Zunächst flackerte das Feuer ein wenig, aber dann brannte es schnell hoch. Die Flammen leckten über die Wände bis zu den Gardinen und den fast zweihundert Jahre alten Holzbalken an der Decke. Ronny beschloss, seine potenzielle Pyromanie bei anderer Gelegenheit gründlicher zu untersuchen, und eilte hinaus, bevor der flackernde Schein Aufmerksamkeit erregte.

Als er durch die Nebengassen nach Hause huschte, dachte sich Ronny, was für ein toller Freund er doch war. Nicht viele würden so für ihre Partnerin da sein. Er riskierte nicht nur eine Gefängnisstrafe wegen Brandstiftung mit möglicher Todesfolge und lebenslange Kundschaft beim Gerichtsvollzieher, er hätte auch leicht selbst ein Opfer der Flammen werden können. Mit Feuer spielt man nicht. Elina konnte sich glücklich schätzen, dass sie ihn hatte statt irgend so einen lahmen Durchschnittsschweden, der einfach danebengesessen und zugeschaut hätte, während seine Freundin in die finanzielle Misere und Depression abrutschte. Wenn Elina nur ein bisschen Ehre im Leib hatte, würde sie die Versicherungssumme mit ihm teilen. Schließlich hatte er ja die ganze Arbeit gemacht. Ja, er würde wahrscheinlich nicht davor zurückschrecken, den einen oder anderen Hinweis darauf zu geben, wie mies das Geschäft gelaufen war, wenn sich am Ende herausstellen sollte, dass sie gar keine Moral besaß.

Und wie er schon geahnt hatte, war Elina überrascht. Später sollte sie sogar besonders überrascht sein, als sie feststellte, dass er das Feuer ausgerechnet mit dem Überweisungsschein für die Versicherung angezündet hatte, die sie bis dahin noch nicht hatte zahlen können.

Wenig später stand Ronny wieder vor dem Café, diesmal aber in der Rolle des tröstenden Freundes. Seine Schulter war der Fels, an den der Ozean von Elinas Tränen brandete. Ja, er wunderte sich tatsächlich selbst, wie treu er doch immer wieder war. Da stand er jetzt hier, obwohl Steffe und Limpan fünf Gramm lecker schwarzen Afghanen ergattert hatten, den sie jetzt gerade schön wegrauchten.

Im Schein der Flammen hielt er sie im Arm und streichelte ihr den Kopf, während sie weinte. Aus reiner Dankbarkeit und Erleichterung, wie er annahm.

Funken stoben in die Luft, vom majestätischen Feuer in den dunklen Nachthimmel geschleudert, während immer mehr Menschen zusammenliefen, um zuzusehen und zu genießen, was er hier geschaffen hatte. Ronny konnte sich einen gewissen Stolz nicht verkneifen.

Genau so, dachte er, musste sich ein Ingenieur fühlen, der eine große, komplizierte Brücke gebaut hat, wenn er endlich fertig ist und einen Schritt zurücktritt, um sein Werk zu bestaunen.

„Das kommt schon alles in Ordnung, Schatz", sagte er und ignorierte die zwei Feuerwehrmänner, die ein Stück entfernt standen und mit einem Polizisten redeten.

„Wie denn?", schluchzte Elina. „Wie soll das denn bitte in Ordnung kommen?"

„Ich weiß, es ist natürlich schlimm, nachdem du da so viel Arbeit reingesteckt hast und so. Aber das Café war doch versichert, oder?"

Heulend stieß Elina etwas hervor, was Ronny im ersten Moment nicht hören wollte.

„Was hast du gesagt?"

„Nein!", weinte Elina. „Es war nicht versichert!"

Er wollte seinen Ohren nicht trauen. Da besorgte er ihr das beste Geburtstagsgeschenk überhaupt, und dann verdarb diese blöde Kuh alles? Was war eigentlich los mit dieser Frau? Alle Firmen, die wirtschaftlich schlecht dastehen, müssen versichert sein bis über den Schornstein, gerade weil sie so leicht in Brand geraten. Das war doch allgemein bekannt, oder etwa nicht?

„Du machst Witze, oder?“

Doch Elinas Geheul sagte ihm das Gegenteil.

Ronny fand, das hätte sie wirklich besser regeln können.

Am nächsten Tag nahm Matti auch Elinas Säule aus dem Diagramm. Das einzige Kind, das jetzt überhaupt noch eine Säule hatte, war Antti, und die war schon ganz schön verstümmelt. Es war schmerzlich offensichtlich, dass keines seiner Kinder in der Lage war, eine Firma zu führen.

Matti war ein bisschen wie die Eltern, die ihren Kindern das Schwimmen beibringen wollen, indem sie sie am tiefen Ende ins Becken schubsen. Manchmal funktioniert's. Manchmal nicht. In diesem Fall waren sie untergegangen wie die Steine.

Es heißt, dass Matti zum letzten Mal Anfang der Siebzigerjahre gelacht hatte, als er Antti zum ersten Mal auf der Entbindungsstation zu Gesicht bekam. Der sah als Säugling mit seiner Kahlköpfigkeit nämlich Urho Kekkonen[40] furchtbar ähnlich, was seinen Vater maßlos amüsierte.

---

40 Eine Anekdote über Urho Kekkonen, die Matti angeblich vom Präsidenten selbst auf einem Ball gehört hatte, dreht sich darum, wie er bei der Delegation dabei war, die eine der vielen Friedensverhandlungen mit den Sowjets führte. Wahrscheinlich die von 1944. Während der Verhandlungen erzählte Stalin einen gutmütigen Witz über die Finnen, der bei den Sowjets gerade im Schwange war, und alle lachten. Kekkonen, der eine untergeordnete Rolle in der Delegation innehatte, erdreistete sich, einen ähnlichen Witz über die Russen zu machen. Es wurde totenstill. Unter seinen buschigen Augenbrauen starrte der georgische Diktator, dessen Reich sich immer noch im Krieg mit Finnland befand, Kekkonen streng an.

Als die finnische Delegation Moskau dann verlassen sollte, tauchten zwei Männer vom NKGB auf dem Bahnsteig auf und fragten nach Kekkonen. Nach kurzem Zögern trat der zukünftige Präsident vor. Das sowjetische Volkskommissariat für innere Angelegenheiten, das allein in den Jahren 1937–38 für 700.000 Hinrichtungen verantwortlich gewesen sein soll – viele davon bestimmt für geringfügigere Vergehen verhängt als für einen unpassenden Witz –, überreichte ihm eine Kiste Champagner, mit schönen Grüßen von Stalin.

Jetzt war Matti wiederum kurz vorm Lachen. Doch diesmal war es anders: Es war ein erleichtertes Lachen, weil er den hoffnungslosen Kampf nun endlich aufgeben konnte. Vielleicht war die Erleichterung auch durchsetzt mit einer Prise leichter, wenn auch bittersüßer Genugtuung, weil er letztlich doch den Beweis dafür bekommen hatte, dass er die ganze Zeit recht gehabt hatte. Seine drei Kinder taugten zu nichts. Sogar die schwache Hoffnung, die er sich bei seiner Tochter gemacht hatte, war vergeblich gewesen.

Wie hatte es nur so kommen können?

Matti war nie der Typ gewesen, der Schuld von sich weist. Im Gegenteil, er neigte dazu, eher zu viel Verantwortung auf sich zu nehmen als nötig. Wahrscheinlich aufgrund seiner Überzeugung, dass man sich nur auf sehr wenige Menschen, in der Tat auf keinen wirklich verlassen konnte außer vielleicht auf Carl Gustaf Emil Mannerheim und auf Beata.

Nun gab es freilich einiges an suspekten Genen in dieser Familie, die sich in erster Linie in Väinös Leben und Weben manifestierten. Trotzdem war dies sein eigenes Scheitern, das er keinem anderen in die Schuhe schieben konnte.

War der Umzug nach Schweden am Ende doch ein Fehler gewesen?

23. KAPITEL

Eine unerwartete Nachricht – Teuvo Aalto – Der Brief

Die Aufregung über den Brand des Cafés legte sich. Elina hatte keine verheulten Augen mehr, wenn sie aus ihrem Zimmer kam. Stattdessen schlich sie durchs Haus wie ein bleicher Schatten, wie eine Kammerzofe, die vor hundert Jahren ermordet wurde und jetzt ebenso schüchtern und zaghaft herumspukte, wie sie gelebt hatte. Zu guter Letzt besprach Matti die Sache mit Beata. Er wusste, dass sie ihre Kinder verteidigen würde wie eine Löwenmutter, aber sie mussten ja doch darüber reden können. In diesem Zustand konnte er die Familie nicht verlassen.

Beata lag bereits im Bett und las, und Matti kletterte aus seinem Rollstuhl ebenfalls ins Bett. Er setzte sich zurecht, starrte eine Weile an die Decke und sagte dann: „*Jumalauta!*"

„Was denn?" Beata blickte von ihrem Agatha-Christie-Krimi auf.

Er seufzte und meinte: „Beata, wir müssen den Tatsachen ins Gesicht sehen."

„Welchen Tatsachen?"

„Sie sind doch schwachsinnig. Alle drei."

Sie rückte ihre Lesebrille zurecht. „Es ist ja nun nicht Elinas Schuld, dass ihr Café abgebrannt ist."

„Ich weiß nicht, was ich tun soll." Matti starrte ins Leere.

„Sie werden schon zurechtkommen. Mach dir keine Sorgen. Heutzutage sind die Leute ein bisschen länger jung als früher. Es sind eben andere Zeiten."

Matti überlegte eine Weile. Dann sagte er: „Woher weiß ich,

dass sie zurechtkommen werden? Du kannst dich nicht ewig um sie kümmern."

„Das kommt schon alles in Ordnung, Matti. Du machst dir zu viel Sorgen."

„Und die Firma? Warum interessieren sie sich nicht für Raubinsekten? Das sind doch so tolle Tiere! Die Raubinsekten haben ihre ganzen Fahrräder und Jugendzeitschriften bezahlt. Und das *Phantom*! Ein erwachsener Mann im Schlafanzug. Das war wohl der Moment, ab dem es schiefging." Düster schüttelte Matti den Kopf. Sie hätten nie das *Phantom* für Raimo abonnieren dürfen.

„Es kann doch sein, dass sie im Laufe der Jahre Interesse für Raubinsekten entwickeln", versuchte Beata es tapfer, aber so richtig überzeugt klang sie nicht.

„Aber ich hab nun mal keine Zeit mehr zum Warten."

Beata schmiegte sich an ihn, und so blieben sie eine Weile still liegen. Beide starrten an die gegenüberliegende Wand und versuchten, sich ihr Dasein nach der großen Veränderung vorzustellen. Der Abschied näherte sich.

Dann sagte sie: „Und Risto?"

„Ja?" Matti spürte einen Stich seines schlechten Gewissens, obwohl inzwischen so viele Jahre vergangen waren.

„Wenn er noch leben würde?"

„Das war doch derselbe Junge, er wäre doch wohl genauso geworden wie Raimo, oder?" Matti spielte auf seine Zwillingstheorie an.

„Das kann man nicht mit Sicherheit sagen."

„Doch, wäre er. Wie hätte er anders werden können?"

„Aber stell dir doch mal vor, was gewesen wäre, wenn er anderswo groß geworden wäre?"

„Ist er aber nicht. Er ist überhaupt nicht groß geworden." Matti wurde immer schwermütiger. „Und das ist meine Schuld. Das auch noch."

„Überhaupt nichts ist deine Schuld.“ Beata legte ihm die Hand auf die Brust. „Du hast immer dein Bestes getan. Mehr als das kann man nicht tun. Und du hast es gut gemacht.“

Matti merkte, dass seiner Frau irgendetwas auf der Seele lag.

„Ich weiß nicht, ob ich dir das erzählen sollte. Du hast jetzt ja so viel im Kopf, mit deiner Krankheit und allem.“

Matti schwieg.

Beata stand auf und ging zu einer Kommode, der sie einen dünnen Stapel Ansichtskarten und ein paar Briefe entnahm. Wortlos reichte sie sie Matti.

„Was ist das?“

Er begann zu lesen.

Ganz zuoberst lag eine Postkarte, die in Łódź in Polen abgestempelt war. Der Text war in gebrochenem Finnisch abgefasst. So viel Matti den dicht mit kleinen Buchstaben beschriebenen Zeilen entnehmen konnte, handelte es sich vor allem um allgemeine Informationen über das Leben und Weben eines jungen Mannes, der Angestellter in einem schnell expandierenden Unternehmen in der Baubranche war.

Als er zur Unterschrift kam, runzelte Matti die Stirn und schaute Beata misstrauisch an.

„Risto?“

„Ja.“

„Was soll das denn nun bedeuten?“

„Die ist von Risto“, sagte Beata.

„Nein. Risto ist tot.“

„Er wohnt in Polen.“

Rasch blätterte Matti den Stapel durch. Er schaute auf das Datum. Alle Schreiben waren neueren Datums. „Was ist das? Woher hast du die?“

„Ich hab mir mit Risto geschrieben. Seit zwei Monaten. Es war ganz schön schwer, ihn zu finden.“

„Verdammt noch mal, was redest du denn da? Das ist doch irrwitzig!"

„Jetzt hör mir mal zu."

„Beata, da führt dich jemand hinters Licht. Wie viel Geld hast du denen gegeben?"

„Matti. Sei doch ein einziges Mal nicht so misstrauisch. Kannst du dich nicht einfach darüber freuen, dass wir unseren Sohn zurückbekommen haben?"

Matti starrte Beata an. Wie es aussah, war er nicht der Einzige in der Familie mit einem Gehirntumor, aber ihrer musste so groß sein wie eine Grapefruit. Oder hatte die ganze Situation sie derart mitgenommen, dass sie in eine Fantasiewelt entglitten war, die irgendein polnischer Gauner ausgenutzt hatte?

„Wie viel Geld hast du da hingeschickt?"

„Gar keins. Er braucht keins, es geht ihm gut."

„Sagt er jetzt! Aber dann passiert plötzlich was, und er, ‚er' ..." Matti wedelte mit dem Brief. „... braucht Hilfe. Ich weiß, wie so was läuft. Er will Geld, damit er die Reise zu uns bezahlen kann, und dann, wenn du ihm das Geld geschickt hast, stellt sich raus, dass ..."

„Matti, jetzt hör mir doch mal zu", unterbrach ihn Beata.

„Oder es geht ihm tatsächlich richtig gut! Und dann stirbt er plötzlich. Und damit wir das Erbe bekommen, müssen wir irgendwelche Anwaltskosten bezahlen. Ich bitte dich, den Trick gibt es schon seit dem Mittelalter. Damals nannten sie ihn ‚der spanische Gefangene'."

„Matti, bitte, jetzt sei doch mal still und hör mir zu." Dann begann Beata, von der verblüffenden Kette von Ereignissen zu erzählen, die sich ein paar Monate zuvor zugetragen hatten.

Aber um ein vollständiges Bild dieser Geschichte zu bekommen, müssen wir weiter zurückgehen, etwas über ein Jahr.

Es wurde bereits einmal ein Cousin von Matti erwähnt, Teuvo Aalto, der von den Sowjets gefangen genommen wurde und von dem man dann nie wieder hörte. Beziehungsweise – nicht ganz. Ungefähr ein Jahr vor Mattis Erkrankung widerfuhr der Familie ein unangenehmer Vorfall. Es tauchte ein seltsamer Brief auf, abgestempelt in einem Russland, das gerade auf die Perestroika zusteuerte, und verfasst von einem Mann, der von sich behauptete, Teuvo zu sein.[41]

Der Brief kam aus dem tiefsten Sibirien und war in einem etwas rostigen Finnisch abgefasst. Der Verfasser erklärte, es gehe ihm so weit ganz gut. Er war nach dem Krieg fast zehn Jahre im Gefangenen- oder Arbeitslager gewesen und sagte, er schäme sich für die Propagandasendung, an der er damals mitgewirkt hatte. Aber er habe damals eben keine andere Wahl gehabt.

Teuvo erzählte, er sei mithilfe einer Dolmetscherin aus Ingermanland vom NKGB verhört worden. Sie und er waren die einzigen Personen im Raum, die Finnisch verstanden.

„Bildete er sich ein!“, schnaubte Matti, der der versammelten Familie den Brief vorlas. Er war ja nicht ganz unvertraut mit Vernehmungsmethoden.

Da sah Teuvo seine Chance und schaltete den berühmten Aalto-Charme ein.

Matti blickte misstrauisch von seiner Lektüre auf. Dass es innerhalb seiner Familie irgendeinen berühmten Charme geben sollte, war blanker Unsinn! Charme, das war was für zwielichtige Pferdehändler und Heiratsschwindler, aber ganz bestimmt nicht für die zuverlässigen Aaltos. Der Brief war ganz offensichtlich eine Fälschung. Aber allein Matti hatte bis jetzt kapiert, wer dahintersteckte und warum.

---

41 Dem Verfasser ist vollauf bewusst, dass die Geschichte plötzlich vor Briefen wimmelt, die von eigentlich tot geglaubten Männern kamen. Rein erzähltechnisch sieht das natürlich nicht gut aus. Aber es war nun mal so. Man kann deswegen nicht einfach was anderes erfinden.

„Teuvo", jetzt sprach Matti den Namen wie einen Fluch aus, hätte angeblich mit der Dolmetscherin in den kurzen Pausen zwischen den Fragen geplaudert, über Verbände, Befehle, Kommunikation, Stellungen, Moral, angebliche Kriegsverbrechen und anderes. Er hatte das Gefühl, einen guten Kontakt zu ihr aufzubauen. Der langen Rede kurzer Sinn: Als er endlich frei war, heirateten die beiden, und nach achtundzwanzig Jahren kinderloser Ehe starb seine geliebte Impi an „Blutkrebs". Danach hatte er niemand mehr kennengelernt. Wie hätte er auch die Frau ersetzen können, die um seinetwillen freiwillig nach Sibirien gezogen war?

Impi hatte ihm geholfen, in der russischen Gesellschaft Fuß zu fassen, unter anderem hatte sie ihm auch einen Job beschafft. Als sie starb, hatten sie zwei Jahrzehnte für dieselbe Organisation gearbeitet. Man könnte sagen, dass es sich um eine Art Komitee handelte, das mit Sicherheitsfragen aus Makroperspektive zu tun hatte.

Als er so weit gekommen war, wurde Matti immer aufgeregter. „Das Komitee für Staatssicherheit!" Dessen Abkürzung lautete, wie die ganze Familie wusste, KGB.

„Teuvo" war inzwischen Leutnant und beschäftigte sich nach eigener Aussage hauptsächlich mit Maschinenschreiben. Er hatte ein Büro in einem entlegenen Ort auf dem Land. Nach dem Tod seiner Frau war er sehr einsam. Das Komitee schrumpfte gewaltig, und er war schon kurz vor der Pensionierung. Vor Kurzem war auch noch die Katze gestorben.

„Und hier", erklärte Matti der Familie, „versuchen sie jetzt, unsere Gefühle anzusprechen, Mitleid erregen und so. Das ist der älteste Trick der Menschheit."

Die Nachbarn redeten mit „Teuvo" höchstens übers Wetter. Und das Wetter war immer gleich. Er hatte versucht, Gitarre zu lernen, hatte sich zu einem Kurs angemeldet, um andere Leute kennenzulernen. Aber irgendetwas an seinem Gemüt ließ ihn ständig die Saiten durchspielen, und die waren nicht so leicht zu ersetzen, wenn die Regale in den Läden immer leer waren. Eines Tages ging die G-Saite ab, und als „Teuvo" versuchte, sie zu reparieren, entdeckte er, dass auch der Steg gesplittert war. Er versuchte ihn mit einer Schraube zu reparieren, aber jetzt lag der Ton der alten G-Saite, die er noch ein letztes Mal aufziehen konnte, bevor sie endgültig zu kurz war, etwas höher, als es sich mit den anderen Saiten vertrug.

„Das ist nicht besonders geschickt geschrieben", erklärte Matti. „Hier versuchen sie, unser Zusammengehörigkeitsgefühl mit ‚Teuvo' zu wecken, und dazu greifen sie das Gitarrenspiel auf, ein westliches Phänomen. Wahrscheinlich haben sie die *MTV*-Sendungen gesehen und wie die alle heißen und bilden sich ein, dass das etwas ist, womit sich alle Bewohner der westlichen Welt identifizieren können. Ich hab schon mit so was gearbeitet. Das müssen sie wissen." Misstrauisch schüttelte er den Kopf. „Die Russen in der Taiga", bemerkte er abschließend, „spielen die dreieckige Balalaika mit Stahlsaiten. Vielleicht noch Akkordeon." Er schnaubte und zog die Augenbrauen hoch. „Gitarre! Ja, natürlich!"

„Jetzt lies weiter", bat Beata.

Die anderen in „Teuvos" Gitarrenkurs hatten ihn von Anfang an nicht leiden können, vielleicht weil er Ausländer war. Vielleicht wegen seines Jobs. Dass ihre gemeinschaftlich benutzte Gitarre jetzt nur noch vier Saiten hatte, machte die Sache auch nicht besser.

Doch niemand traute sich, ihn zu bitten aufzuhören. Stattdessen verließen die anderen den Kurs, einer nach dem anderen, und zum Schluss auch noch der Lehrer. Sie riefen einen anderen Kurs ins Leben, der im Nebenraum übte. Sie hatten sich eine neue Gitarre angeschafft. Jeden Mittwoch saß er allein im Kulturhaus und versuchte, aus einem Buch zu lernen, wie man – auf vier Saiten – spielt. Durch die Wand hörte er die fröhlichen Rufe, wenn die Teilnehmer jede Woche schöner spielen lernten. Manchmal versuchte er, mit ihnen mitzuspielen, um so zumindest eine Art von Kontakt zu bekommen, aber sie hatten ihn schon viel zu weit überholt, und seine ungeschickten Versuche, es ihnen gleichzutun, waren völlig lächerlich. Vielleicht lachten sie ja die ganze Zeit über ihn? Manchmal nahm der Lehrer das Instrument in die Hand und spielte etwas, was „Teuvo" für Flamenco hielt. Von dieser spanischen Musik hatte er schon gehört, aber er wusste nicht genau, wie sie klang.

Diese Passage im Brief war verlaufen und verschmiert. Ob von Tränen, Wodka oder Niederschlag, ließ sich unmöglich sagen, aber Matti schnaubte verächtlich über so einen billigen sentimentalen Trick.

„Teuvo" hatte Angst vor seinem Leben als Rentner. Viele seiner Kollegen waren zwar interessant für das organisierte Verbrechen, aber die hatten vorher eben auch Feldarbeit geleistet. Er war ja mehr administrativ tätig gewesen. Wenn überhaupt. Ein Büroangestellter. Und alt. Jeden Monat konnte er schlechter von seinem Gehalt leben, und die Inflation hatte bereits seine ganzen Ersparnisse aufgezehrt. Aber die Arbeiter im Stahlwerk hatten schon seit drei Monaten keinen Lohn mehr bekommen, also durfte er sich wahrscheinlich nicht beklagen.

Jetzt saß er allein in seiner und Impis Wohnung und dachte an Finnland. Er überlegte, ob er dort nicht vielleicht doch glücklicher gewesen wäre, auch wenn die Obrigkeit in seiner neuen Heimat mit Nachdruck das Gegenteil behauptete. Während er dies schrieb, hatte „Teuvo" sich mit Wodka gewärmt, und obwohl er wusste, dass er diesen Brief bereuen würde, wollte er am Abend trotzdem rausgehen und ihn aufgeben.

Seine Frage war nun, ob Matti, mitsamt seiner eventuellen Familie, nicht ein Visum beantragen wollte, um ihn zu besuchen? Oder ihm zumindest ein paar Gitarrensaiten schicken? G, A, D sowie das hohe G, aus Nylon, darüber würde „Teuvo“ sich sehr freuen. Mit den allerherzlichsten Grüßen!

Da hatte Matti fertig gelesen. Die anderen Familienmitglieder tauschten stumme Blicke.

„Wir müssen dem Armen schreiben“, sagte Beata.

„Pah!“, rief Matti. Sah Beata denn nicht, was für eine durchsichtige Falle das Ganze war, aufgestellt von den sowjetischen Behörden, die offenbar alte Rechnungen begleichen wollten, bevor ihr Spiel endgültig aus war? Abgesehen davon, dass der Brief aus psychologischer Sicht auffallend miserabel geschrieben war, ja geradezu dilettantisch, war er obendrein mit platten Fehlern und bizarren unwahrscheinlichen Fakten gespickt. Das Ganze war so schlecht, dass es wahrscheinlich eine versehentlich abgeschickte Art Abschlussarbeit von der Nachrichtendienstschule der GRU war. Hätte der richtige Teuvo denn so lange in der Sowjetunion gelebt, ohne sich zu melden? Hätte er zehn Jahre im Gulag überlebt? Um dann auch noch vom KGB angestellt zu werden, nachdem er als politisch unzuverlässig registriert worden war? Würde ein Aalto für den KGB arbeiten? Hätte die sowjetische Zensur seinen Brief überhaupt durchgelassen? Warum schrieb er ausgerechnet Matti, der doch nur sein Cousin war? Wie war Teuvo an ihre Adresse gekommen, wo sie doch auch noch die Schreibweise ihres Nachnamens geändert hatten?

Nein, das war ihm alles ein bisschen unheimlich, weil es zeigte, dass sich die Russen seiner immer noch erinnerten. Aber im Großen und Ganzen war es nichts, was man weiter hätte beachten sollen. Vielleicht war es ja ein Projekt im Zusammenhang mit der Vierzigjahrfeier zum Sieg im Großen Vaterländischen Krieg? Es wäre doch schön, wenn man die mit ein paar Scheinprozessen krönen könnte?

Matti knüllte den Brief energisch zusammen.

Ja, stimmte Beata ihm zu, allerdings war die Geschichte ziemlich seltsam. Aber es wäre nicht das erste Mal, dass jemand seine Erfolge in einem fremden Land ein bisschen aufbauschte. In ihrer eigenen Familie hatte es auch ein paar Briefe aus Amerika gegeben, die dann doch wenig mit der Wirklichkeit zu tun hatten, wie sich später herausstellte. Es war sogar eher die Regel denn die Ausnahme, dass der Verfasser des Briefes ein Angestellter der Firma war, die er zu besitzen vorgab.[42] Wenn man es aus dieser Perspektive betrachtete, war der Brief sogar überraschend bescheiden. Es war eine natürliche menschliche Schwäche, sich als erfolgreich darstellen zu wollen. Vielleicht war es sogar besonders leicht, dieser Schwäche nachzugeben, wenn man einsam und betrunken war.

Matti murmelte etwas Unverständliches und tat den Brief in den Müll. Später zog Beata ihn dort wieder heraus, wischte Eierschalen und Kaffeesatz herunter und las alles noch einmal sorgfältig durch. Wie gesagt, das Schreiben war in einem etwas wackligen Finnisch abgefasst, und für Beata war Finnisch ja nicht mal die Muttersprache. Mehrere Ausdrücke verstand sie überhaupt nicht, und außerdem begegneten ihr auch mehrere russische Wörter, die mit lateinischen Buchstaben transkribiert waren. Mit dem Schreibstil hätte Teuvo sich auch ein bisschen mehr anstrengen können. An manchen Stellen hatte schließlich sein Stift nicht mehr recht funktionieren wollen, aber er hatte trotzdem weitergeschrieben, und sie musste seine Botschaft mithilfe der Vertiefungen im Papier deuten.

Beim Lesen empfand sie aufrichtigen Kummer über Mattis verlorenen Cousin. Obwohl sie ihn nie persönlich kennengelernt hatte, beschloss sie, ihm zumindest seine Gitarrensaiten

---

42 Die jüngeren Leser müssen sich vor Augen halten, dass Beata auf eine Zeit Bezug nimmt, in der sich Informationen sehr langsam verbreiteten und man die Dinge nicht einfach googeln konnte. Deswegen war es wunderbar möglich, sich zum Beispiel als Generaldirektor von Ford auszugeben.

zu schicken. Es war bestimmt nicht lustig, wenn man in Sibirien alleine alt werden musste, und sie fand es äußerst unwahrscheinlich, dass dies wirklich ein Versuch der Kommunisten sein sollte, Matti dranzukriegen.

Obwohl er sich ein wenig für seinen Brief geschämt hatte, freute sich Teuvo über die Antwort. Und so entstand ein sporadischer Briefwechsel.

24. KAPITEL

Beata schwingt ein Messer – Eine Ereigniskette, an der u.a. auch ein polnischer Zirkus beteiligt ist

Wir kehren nun also ins Schlafzimmer zurück, wo Beata ihrem Mann gerade erklärt, wie sie in Kontakt mit dem Sohn kam, den sie so lange tot geglaubt hatten.

Eines Tages war sie nämlich in die Lage gekommen, dass sie Teuvo um Hilfe bitten musste. Und da er sich nur zu gut an ihr Päckchen mit den Gitarrensaiten erinnerte, tat er gerne, was in seiner Macht stand.

„Und zwar?", fragte Matti misstrauisch.

„Hör mir zu, dann wirst du's gleich erfahren."

Obwohl er zumindest nach außen hin keine teureren Hobbys zu haben schien, hatte Raimo ständig Geldsorgen. Beata wusste natürlich, dass er spielte. Einmal, als ihr Sohn sich Geld von ihr „lieh", verplapperte er sich, und so erfuhr sie, dass Mattis Bruder Väinö an diesen Wettgeschäften beteiligt war. Sie beschloss, ihn persönlich aufzusuchen.

„Du hast dich also mit Väinö getroffen?"

„Ja, im Frühjahr. Es geht ihm gut."

Beata berichtete, wie sie an einem Donnerstagvormittag gegen elf Uhr in Väinös Wohnung kam. Da saß er am Küchentisch, umgeben von überquellenden Aschenbechern, nur bekleidet mit einer Frotteeunterhose mit Eingriff und einer braunen Lederjacke. Aus dem Heer aus leeren Bierdosen auf der Spüle ragten vereinzelte Schnapsflaschen heraus, und im Spülbecken türmte sich ein beachtlicher Tellerstapel. In der Küchentür prangte ein genau faustgroßes Loch. Väinö saß mit seinen Arbeitsgerätschaften, einem Stift, einem Trabrennprogrammheft und einem Zahnputzglas Wodka, am Tisch. Zu Anfang freute er sich sehr, weiblichen Besuch zu kriegen. Beata schätzte, dass so etwas bei ihm eher nicht an der Tagesordnung war. Aber als er sah, wer da kam, bekam seine Begeisterung einen Dämpfer. Sie verkündete, sie wisse, dass Väinö und Raimo auf Pferde wetteten. Er war sofort geständig. Und fügte hinzu, dass ihn in den ganzen Jahren ein bisschen das schlechte Gewissen geplagt hatte wegen dem, was Raimos Zwillingsbruder widerfahren war, weswegen er jetzt freiwillig und ganz ohne Gegenleistungen zu erwarten Raimo Schützenhilfe beim Einstieg in diesen Sport der Extraklasse leistete.

Beata fiel ihm ins Wort und erklärte Väinö, dass er sofort aufhören solle, dem Jungen beim Geldverlieren zu helfen. Ja, er solle sogar jeden Kontakt zu Raimo abbrechen. Um zu unterstreichen, wie ernst es ihr war, griff sie sich – das gestand sie Matti etwas beschämt – ein Küchenmesser. Sie war so wütend, dass sie sich einfach nicht mehr beherrschen konnte.

Väinö nahm das sehr übel auf. Ja, er verstand es schon, wenn seine Hilfe unerwünscht war, das brauchte sie ihm nicht so deutlich zu verstehen geben. Im Übrigen hatte er ja nicht mal eine Bezahlung verlangt (geschweige denn eine bekommen), als er damals mehrere Wochen den Babysitter gespielt hatte.

Angesichts dieser Dreistigkeit geriet Beata so in Rage, dass sie nahe dran war, das Messer wirklich gegen den Mann einzusetzen, den sie zwanzig Jahre lang insgeheim gehasst hatte. Doch sie hielt sich zurück. Vielleicht, gestand sie jetzt, war das Messer irgendwo in der Gegend von Väinös Schritt gewesen, und er war deswegen so aus dem Gleichgewicht geraten. Ja, er war dermaßen erschüttert, dass ihm da etwas entschlüpfte, was Beatas Welt auf den Kopf stellen sollte. Er schrie, dass Risto ja gar nicht in Sodankylä gestorben sei, an jenem Abend in den Sechzigerjahren. Und wenn Beata so gut sein könnte, seine

Weichteile zu verschonen, würde er sein Möglichstes tun, um ihr zu helfen, ihn wiederzufinden.

Im ersten Moment hielt sie das Ganze für eine Notlüge, die seiner Panik entsprungen war. Und sie gestand Matti mit einem verschmitzten Lächeln, dass es ihr durchaus ein bisschen gefallen hatte, dem Taugenichts einen Heidenschreck einzujagen. Aber dann platzte Väinö mit einer Geschichte heraus, was vor zwanzig Jahren wirklich passiert war. Und die war so detailreich, dass sie nach Beatas Einschätzung unmöglich von einem Betrunkenen mit einem Brotmesser an den Eiern erfunden sein konnte, an einem Donnerstagvormittag um elf Uhr.

Während des fatalen Besuchs in Sodankylä, so erzählte Väinö, hatte er ein paar geschäftliche Angelegenheiten mit einem polnischen Zirkus auf Finnlandtournee zu regeln. Damals war er nämlich ein erfolgreicher Geschäftsmann, der in allen möglichen Branchen zu Hause war. Wäre er nicht Opfer mehrerer unglücklicher Umstände geworden, die oft – aber nicht immer – mit Pferden zu tun hatten, dann wäre er heute vielleicht eine der absoluten Wirtschaftsgrößen. Das war überhaupt nicht weit hergeholt.

Man müsse wissen, dass die Polen eine ganz bestimmte Geschäftskultur hätten. Da konnte man nicht einfach vorbeischauen, seine Angelegenheiten besprechen und weiterhasten. Oh nein. Das hätte man als unhöflich empfunden, ja, damit hätte er seine Geschäftspartner beleidigen können, vielleicht sogar einen lukrativen Kontakt gänzlich verloren. Väinö wurde also von den Umständen gezwungen, sich zu ihnen ans Lagerfeuer zu setzen, ihr Essen zu kosten und ihren Wodka zu trinken. Da ging es nicht um ein vulgäres Besäufnis, das müsse Beata verstehen, sondern um den Test von Warenproben, die Auswahl des Sortiments fürs nächste Jahr. Er wusste ja selbst so viel besser als seine polnischen Geschäftsfreunde, welche Art von Getränken der finnischen Volksseele entgegenkam.

Raimo war noch in der Stadt und spielte mit einem Freund, doch Risto war bei ihm und wollte natürlich etwas übers Geschäftsleben lernen. Übrigens war das keine Minute zu früh, wenn man sich vor Augen hielt, in was für einer ungesunden Isolation die Familie da in ihrer Kate in Tavastland gelebt hatte.

Der Junge schien Branntwein nicht gewohnt zu sein und schlief wenig später in der Wärme des Lagerfeuers ein. Väinö nahm seine Aufgabe, sich um Risto zu kümmern, sehr ernst, deswegen trug er ihn in eine der Lkw-Fahrerkabinen, wo er in Ruhe schlafen konnte.

Am Abend, als alles erledigt war, setzte er sich ins Auto, um auf den Jungen zu warten. Und an dieser Stelle war Väinö ein bisschen vage in seiner Erzählung. Vielleicht war mit den Warenproben irgendwas gewesen, vielleicht lag es auch am Auto, schwer zu sagen so im Nachhinein. Aber auf einmal kam es ihm vor, als würden sich die Straßenlaternen bewegen! Sie zogen am Auto vorbei. Mit Mühe und Not, und in erster Linie dank seiner hervorragenden Reflexe, gelang es ihm, das Steuer herumzureißen und ihnen auszuweichen. In seiner Verwirrung verpasste er die Hauptstraße und geriet auf einen kleineren Waldweg. Väinö liebte die Natur. Spätabends, wenn er vom Besuch bei einem guten Freund nach Hause kam, fuhr er auch meistens über die kleineren Forstwege nach Hause, einfach wegen des Naturerlebnisses. Eine Weile war also alles gut und vertraut. Doch dann nahm sein Glück eine jähe Wendung. Wie aus dem Nichts legte sich ihm ein Straßengraben in den Weg, sein Auto kippte hinein – so langsam und anmutig, wie es nur ältere, reife Kombis können – und blieb mit hoch aufragendem Heck stehen.

Väinö war verletzt. Er hatte sich die Stirn am Lenkrad aufgeschlagen. Dessen ungeachtet versuchte er, seinen Kombi und sich aus dieser misslichen Lage zu befreien. Er trat das Gaspedal durch, aber das Auto schien sich nur noch weiter in den Graben zu fressen. Er hatte keine Chance. Es war unmöglich, da wieder herauszukommen.

„Hattest du den Rückwärtsgang eingelegt?", erkundigte sich Beata, die verblüfft war über den totalen Mangel an Vernunft, mit dem Väinö offenbar durchs Leben ging.

„Das kann man nicht so einfach sagen, das war eine sehr wirre Situation. Das musst du verstehen. Ich war verletzt, ich hatte mir den Kopf angeschlagen. War sehr verwirrt."

Dann schlief Väinö ein. Wahrscheinlich die Nachwirkungen eines ernsthaften Schädel-Hirn-Traumas. Noch heute schätzte er sich glücklich, dass er überhaupt überlebt hatte.

Am nächsten Morgen wachte er auf. Er lag auf dem Lenkrad. Das war bestimmt nicht sein bester Morgen, aber er hatte durchaus schon Schlimmeres erlebt. Einmal wachte er zum Beispiel in einem Container in Jyväskylä auf, ohne Schuhe, ohne Portemonnaie und ohne einen Schimmer, was für ein Wochentag eigentlich war und was ihn dort hingeführt hatte. So etwas konnte einem aktiven Mann damals schon mal passieren. Die Zeiten waren danach.

Mehr instinktiv als bewusst ging ihm auf, dass irgendetwas nicht stimmte. Irgendetwas fehlte. Außerdem befiel ihn ein heftiger Durst, und seine Kopfverletzung brachte sich mit hartnäckigem Kopfweh in Erinnerung. Er war natürlich so erfahren, dass er wusste, wie er seinen Kater zu bekämpfen hatte. Dieser harte Morgen schrie nach eben dieser kleinen Dosis Alkohol, die an einem so übel mitgenommenen Mann Wunder wirken konnte, die alle schrecklichen Schmerzen wegblies und die Vögel wieder zwitschern ließ. Und in dem Moment machte er die schreckliche Entdeckung.

Der Schnaps war weg!

Die Beifahrertür und der Kofferraum standen weit offen. Alles war gestohlen. Auch die Zigaretten. Mit unfassbarer Dreistigkeit hatte jemand also sein Auto geplündert, während Väinö selbst darin schlief. Sogar die Kassetten mit seinem geliebten finnischen Foxtrott waren gestohlen worden, zusammen mit dem Kassettenrekorder, den er so schlau unterm Sitz versteckt hatte. Was für Menschen hatten denn da seinen Weg gekreuzt?

„*Jumalauta*", seufzte Väinö resigniert, als er das alles erzählte. Dann fing er Beatas Blick auf. Ja, in erster Linie war er natürlich bestürzt darüber, dass Risto verschwunden war. Das war ein harter Schlag. Vernichtend. Aber es war eben auch noch vieles andere mit ihm verschwunden.

Die Umstände zwangen Väinö, die Zähne zusammenzubeißen. Er marschierte zurück zum Feld in der Hoffnung, jemand zu finden, der ihm das Auto aus dem Graben zog, und natürlich auch, um den Jungen abzuholen. Doch der Zirkus war weg. Väinö, der in seiner Jugend Indianerromane gelesen hatte, befühlte die Asche des Lagerfeuers und stellte fest, dass sie kalt war.

Jetzt hatte er ein Problem. Das Kapital seiner Finanziers war verschwunden, und damit drohte sein ganzes Imperium einzustürzen – übrigens ganz ähnlich wie beim Imperium des Zündholzkönigs Kreuger Anfang der Dreißigerjahre, falls das Beata etwas sagte. In so einem Fall wären viele Menschen, denen er ein sicheres Einkommen verschaffte, vor dem Nichts gestanden. Und dann war ja auch noch der Junge verschwunden.

Als er sich ein paar Stunden später mit einem *lonkero* in einem nahe gelegenen Wirtshaus stärkte und versuchte, die Lage zu überdenken, erreichte ihn die Nachricht von dem explodierten Jungen. Väinö rannte ins Krankenhaus, in das der unter Schock stehende Raimo eingewiesen worden war. Der Junge weinte über den Tod seines Bruders, was Väinö im ersten Moment verwirrte. Dann wurde ihm klar, dass Raimo, traumatisiert davon, dass sein Spielkamerad plötzlich in Fetzen an ihm klebte, der Meinung war, sein eigener Bruder sei umgekommen. Dabei war er das ja gar nicht.

Oder?

Man konnte es natürlich nicht mit Sicherheit sagen. Wenn man die Sache nun aus einer philosophischen Perspektive betrachtete – war es dann Väinös Sache, hier Raimos Wirklichkeit zu definieren? Was er erlebt hatte und was nicht? War es richtig von ihm, einem anderen freien Menschen zu diktieren, wie er die Welt wahrnahm? Nun, da war er sich gar nicht mal so sicher.

Natürlich hatte Väinö vor, sobald es irgendwie möglich war, die Suche nach Risto aufzunehmen, um herauszufinden, was wirklich passiert war. Aber er wollte dem Jungen auch keine falschen Hoffnungen machen. Womöglich war Risto per Anhalter vom Zirkus zu seinem Bruder gefahren und tatsächlich bei der Explosion mit in die Luft geflogen?

Und dann kam es eben so, dass ... Väinö verstummte und senkte den Blick.

„Es *kam* so?" Beata wollte ihren Ohren nicht trauen. Gleichzeitig war ihr aber bewusst, dass Väinö trotz aller Unterschiede wirklich Mattis Bruder war. Beide argumentierten ganz unübersehbar mit einer Art von Rückwärtsdenken.

Tja, und da Väinös Unternehmen jetzt am Rande des Ruins stand, musste er zunächst eben mehrere eilige geschäftliche Angelegenheiten erledigen. Er nahm einfach an, dass der Junge, wenn sein Verdacht richtig war, von selbst wieder auftauchen würde. Irgendwo saß ja gerade jemand mit einem Jungen zu viel da, der würde sich dann schon mit den Behörden in Verbindung setzen. Aber zu seiner Überraschung geschah nichts dergleichen. Es war ja wie gesagt ein sehr chaotischer Abend gewesen, also hatte Raimo vielleicht doch … Nun, kurz und gut, er wusste es nicht.

Gleichzeitig reagierte sein Investor negativ auf die Neuigkeit von den gestohlenen Waren. Die Situation wurde sehr schnell unhaltbar. Väinö musste schleunigst fliehen und landete in Schweden. Beata wusste ja selbst von Matti, wie hart es sein konnte, wenn man sich gezwungen sah, die Heimat zu verlassen, nur weil man seine Pflicht getan hatte. Und von Schweden aus war es natürlich wesentlich schwieriger, Risto zu suchen. Wohlgemerkt, als der Zirkus nach Finnland zurückkam, hatte er unter Gefahr für seine eigene Person die Heimat wieder aufgesucht.

Die Lastwagenfahrer behaupteten, sie wüssten nichts von irgendeinem Jungen, und scheuchten ihn ziemlich schroff weg. Er war auf jeden Fall ganz sicher, dass es derselbe Zirkus gewesen war.

Die Lehre war also die, dass man einen polnischen Lkw-Fahrer nicht zum Babysitter machen sollte, zumindest nicht die Sorte Fahrer, die für fahrende Zirkusse arbeitet. Es mochte hart sein, es so auszusprechen, aber weniger verantwortungsvolle Menschen dürfte man kaum finden.

Und mehr hatte er zu der Sache nicht zu sagen. Er wusste nicht, wo der Junge war, aber diese Begegnung mit Beata hatte seine Erinnerung wieder erweckt, und er war verhältnismäßig sicher, dass Risto sich nicht in die Luft gesprengt hatte.

Warum hatte er das dann nicht schon früher gesagt? Begriff er nicht, wie sehr Beata und Matti all die Jahre gelitten hatten? Diese Sache hätte beinahe ihre Ehe zerstört!

Väinö verzog seufzend das Gesicht. Es war eben auch für ihn eine sehr schwere Phase gewesen. Sie musste sich vor Augen halten, wie es ihm damals ging. Ein erfolgreiches Unternehmen war dahin, und erboste Männer waren ihm auf den

Fersen. Aufgrund eines wirklich schrecklichen Katers war es ihm überdies mehrere Tage schwergefallen, mit seinem vollen Potenzial zu handeln. Im Nachhinein konnte man leicht schlauer sein, aber sie sollte sich lieber mal in seine Lage versetzen, bevor sie den ersten Stein warf. Außerdem wusste er es ja nicht genau. Ab dem Treffen mit den Polen war alles sehr nebulös. War Risto wirklich dabei gewesen, oder hatte er das womöglich alles selbst erfunden? Väinö glaubte nicht, dass eine Puritanerin wie Beata verstehen konnte, was für Streiche der Geist einem Mann wie ihm spielen konnte.

Als Beata die Geschichte von ihrem Besuch bei Väinö fertig erzählt hatte, hob sie die Hand, um Matti zu bitten, noch kurz zu warten.

„Lass mich fertig erzählen. Ich wusste nicht, was ich tun sollte. Ich hatte deinen Bruder aufgesucht, um ihm zu sagen, dass er Raimo in Frieden lassen soll, und bei der Gelegenheit erfuhr ich, dass Risto vielleicht noch am Leben war. Du warst krank geworden. Und Väinö ist ja immerhin dein Bruder. Ich wollte nicht, dass die Dinge zwischen euch so bleiben, wie sie jetzt sind. Besonders nicht, wenn sich herausstellte, dass das alles gar nicht wahr war. Aber was wusste ich schon von Polen? Da fiel mir Teuvo wieder ein. Ich hab ihm geschrieben und ihn gefragt, ob er eine Idee hätte, wie man einen Jungen finden könnte, der vor zwanzig Jahren mit dem Lkw nach Polen gekommen ist. Ich wagte natürlich nicht zu hoffen, aber ich musste doch irgendwas unternehmen. Teuvo freute sich, dass er für mich ein bisschen herumtelefonieren und in den Archiven graben durfte. Ich weiß nicht, ob er wirklich *kagebeschnik* war, aber er hat ein Kinderheim in Danzig gefunden, in das zum betreffenden Zeitpunkt ein Kind im passenden Alter gekommen war."

Matti starrte seine Frau an.

„Dieser ‚Teuvo' aus Sibirien hat also einen Jungen in Polen gefunden, der angeblich Risto war? Und wie viel hat uns das Ganze gekostet?"

„Er musste ein paar Polen für die Auskünfte bezahlen – ich konnte ja schlecht verlangen, dass er selbst ..."

„Wie viel?"

„Tausendzweihundert."

„Kronen?"

„Ja."

Matti sah nachdenklich aus.

„Das war dann ja nicht ganz so schlimm." Dann blitzte es in seinen Augen auf. „Aber gereicht hat es natürlich nicht, oder? Wie viel mehr wollte er von dir haben?"

„Nichts mehr."

Obwohl Matti seine typische Miene aufgesetzt hatte, mit der er immer aussah, als hätte er gerade in eine Zitrone gebissen, wusste er nicht recht, wie er sich zu der Sache stellen sollte. Aber er hielt sich vor Augen, wie leicht es ist, das zu glauben, wovon man möchte, dass es wahr ist.

Beata setzte die Beschreibung dessen fort, was sich vor zwanzig Jahren ereignet hatte. Jetzt mit Ristos Briefen als Quelle.

25. KAPITEL

Das Kinderheim – Die Baufirma von Tomasz Slaski – Bartlomiej Kubitsky weiht eine Wasserrutsche ein

Der Zirkus war in der Nacht aufgebrochen, und am Spätnachmittag des nächsten Tages rollten die Lkw in Danzig von der Fähre. Der Fahrer Jarek schob eine Kassette nach der anderen in seinen Rekorder in der Hoffnung, Elvis, die Beatles oder irgendwelche andere westliche Musik zu hören, die im Ostblock hoch angesehen war, weil sie so schwer zu beschaffen war. Zu seinem Frust schallte ihm nur eine seltsame Musik im Dreivierteltakt mit unverständlichen finnischen Texten entgegen, die er sofort als unhörbar verwarf.

Auf einmal bewegte sich der Vorhang der Schlafkabine. Ein zutiefst schlaftrunkener Risto kroch heraus. Sein erster Kater nahm ihn ganz schön mit. Er war aber gar nicht so unzufrieden damit, im Gegenteil. Unter Mattis wachsamen Augen hätte er darauf wahrscheinlich mindestens bis zu seinem zwanzigsten Geburtstag warten können.

Jarek war verblüfft. Er war die ganze Nacht durchgefahren, um die Fähre zu kriegen, deswegen hatte er sich nicht schlafen gelegt.

Die Unterhaltung, die nun folgte, muss sich ungefähr so angehört haben:

„Dzień dobry, wyrostek. Czy …?“

„Missä minä olen?“

„Nie mówi po polsku?“

…

„Spik inglish?“

„No, mitäs tässa?“

„Rosyjski?“

„Missä Väinö on?“

„Deutsch?“

Und so weiter.

Risto sprach im Grunde nur Finnisch. Wie man weiß, ist das eine finnougrische Sprache, und abgesehen von ein paar Lehnwörtern ist sie, anders als man glauben könnte, weit entfernt von den slawischen Sprachen, die der Fahrer beherrschte. Die germanischen Sprachen, in denen er sich aufgrund seiner Tätigkeit radebrechend verständigen konnte, sind vom Finnischen mindestens genauso weit entfernt. Für den Ottonormalsprachverbraucher hat Finnisch eigentlich nur nachweisliche Ähnlichkeiten mit dem Estnischen. Ungarisch kann mit seiner Sprachmelodie an Finnisch erinnern, aber die Sprachen haben kein gemeinsames Vokabular, das der Rede wert wäre. Nun hatte Risto von seiner Mutter zwar ein wenig primitives Schwedisch aufgeschnappt, aber das half auch nichts. Er konnte sogar ein paar russische Brocken, die er von seinem Vater gelernt hatte. Doch es ist sehr schwierig, eine fruchtbare Konversation mit einem Wortschatz zu führen, der größtenteils aus Waffennamen, Bezeichnungen für Uniformkleidungsstücke sowie den Namen von Generälen und Feldmarschällen besteht.

Totale Sprachverwirrung in der Fahrerkabine also.

Während der Fahrer die Zollformalitäten erledigte, kletterte Risto aus dem Gefährt in der Absicht, Onkel Väinö zu finden oder auch gleich nach Hause zu fahren. Glücklicherweise hatten zum Überlebenstraining, das sein Vater ihm hatte angedeihen lassen, auch Orientierungsübungen gehört. Die hatten sich zwar vor allem auf Wald und Feld konzentriert, aber schlimmstenfalls musste er wohl einfach einen Wald auftun, in dem er überleben konnte. Viel schwieriger konnte es ja wohl kaum sein, oder?

Bis dahin machte er sich also noch keine Sorgen. Vielleicht dämpfte auch der Restalkohol in seinem zarten Körper die bösen Vorahnungen.

Aber es dauerte nicht lange, bis seine Besorgnis den Gipfel erreichte und ihm der Ernst seiner Situation aufging. Er verstand die Sprache nicht, die hier gesprochen wurde, und allein das war schon alarmierend. Doch was noch schlimmer war: Gewisse Wörter erkannte er wieder. Straße hieß *ulica*. Brot hieß *chleb*. Das war ja Russisch!

Dass die Schilder, durch die er sich mühsam hindurchbuchstabierte, auch den einen oder anderen Fantasiebuchstaben enthielten, wie das ł, und dazu noch Varianten von e, a und o, bestätigte in seinen Augen, dass es sich hier um das kyrillische Alphabet handeln musste. Matti hatte ihn natürlich oft darüber informiert, was ein Finne in der Sowjetunion zu erwarten hatte, insbesondere, wenn es sich um einen Aalto handelte.

Da war Risto klar, dass er zu niemandem auch nur ein Wort sagen durfte. Zum Glück, dachte er, hatte seine Familie ihre Wurzeln im östlichen Teil von Finnland, daher hatten sie den etwas runderen Schädel, der umso häufiger wurde, je weiter man nach Osten vorstieß.[43] Wenn Risto einfach den Taubstummen spielte, konnte er vielleicht als Ortsansässiger durchgehen.

Allzu oft hatte Risto über Mattis strengen Drill geflucht. Doch jetzt begriff er, wie wichtig er gewesen war, und insgeheim dankte er seinem Vater.

Der Lasterfahrer wusste, woher er kam. Risto begann also damit, dass er Lkw samt Fahrer weit hinter sich ließ. Wahrscheinlich war Jarek darüber nur froh.

Auf dem Landweg nach Hause zu fahren war undenkbar,

---

43 Ja, Sie haben richtig gelesen. Als Matti Karelien zum letzten Mal sah, war es immer noch in Mode, den Leuten die Schädel zu vermessen.

er musste ein Boot stehlen. Risto war nicht alt genug, um sich auf Motoren zu verstehen, also musste es ein Ruderboot sein.

Wenn er nun also in Ingermanland war, musste er Richtung Westen rudern, bis er zusammenbrach, und wenn er dann wieder zu sich kam, musste er sein Boot in nördliche Richtung steuern. Er konnte die charakteristische Festung von Viborg von Sveaborg unterscheiden, da Letztere ein wesentlich niedrigeres Profil aufwies. Die eine lag in Russland, während die andere immer noch auf finnischem Boden stand. Am Ende würde schon alles gut werden.

Der langen Rede kurzer Sinn: Nach diversen Abenteuern, zu denen unter anderem die Plünderung eines Gartens gehörte, landete Risto in einem polnischen Kinderheim. Denn er war ja in Polen. Man hielt ihn für taubstumm und zudem leicht zurückgeblieben, weil er stoisch schwieg, wann immer man mit ihm zu kommunizieren versuchte. Risto, der die Lehren seines Vaters quasi im Rückenmark hatte, fasste diese Gespräche als Verhöre auf und erwog keine Sekunde lang, um einen Dolmetscher zu bitten oder zu tun, als würde er irgendein Bild wiedererkennen, das man ihm zeigte, oder Zettel und Stift anzunehmen, mit denen er sich verständlich machen sollte. Ihm war nicht so recht klar, ob er als Zivilist nach den Grundsätzen der Genfer Konventionen behandelt werden würde, er wusste ja nicht mal, ob die Sowjetunion dieses Dokument auch unterschrieben hatte oder, wenn ja, ob sich die Sowjets dann auch daran halten würden. Vor allem aber wusste er, dass es ganz bestimmt nicht angeraten war, ihnen den Namen Aalto zu nennen.

Risto hatte also nichts zu sagen, und das machte er mit solcher Bravour, dass sein Vater stolz gewesen wäre.

Die Behörden konnten nicht viel tun. Aber das wundervolle Paradies von Kinderheim, das sich im Zeichen kommunistischer Wohltätigkeit entwickelt hatte, war ja ein voller Ersatz für jede liebevolle Familie.

Mattis Übungen im Wald hatten Risto auch darauf vorbereitet. Als sich die Russen, neugierig und hämisch grinsend, im Kreis um ihn scharten und ihr Rotwelsch plapperten, begriff er instinktiv, dass er keine Wahl hatte. Er wollte wirklich keinen Streit, aber es war besser, wenn er solche Ansätze gleich im Keim erstickte, bevor sie ihm über den Kopf wachsen konnten. Hier galt es Grenzen zu setzen.

Mit wildem Blick, der vielleicht gar nicht mal nur gespielt war, riss Risto sich das heimeigene Hemd vom Leib. Er suchte sich das größte Kind aus, beugte sich vor und rammte ihm den Kopf in den Magen. Wenn er diesen Riesen verdrosch, würden die anderen schon kapieren, dass man diesen Taubstummen hier besser in Ruhe ließ.

Der Junge, den er sich ausgesucht hatte, war nicht nur von kräftiger Statur, er war auch älter als Risto. Und obwohl er einen guten Kampf lieferte, stand der Ausgang von vornherein fest.

Nachdem sie sich eine Weile auf dem Boden gewälzt hatten, landete Marcin auf ihm, und Risto bekam seine harten Faustschläge ins Gesicht, während die umstehenden Jungen jubelten.

Es war nicht das letzte Mal, dass er Prügel bezog. Doch im Laufe der Zeit bekamen die anderen es satt, den Taubstummen zu schlagen, weil er sich weiterhin hartnäckig verteidigte, egal, wie schlecht seine Chancen standen. Außerdem bastelte er mit einem Erfindungsreichtum, der für einen leicht Zurückgebliebenen schon erstaunlich war, verschiedene improvisierte Waffen aus den Gegenständen, die er so fand. Es war also nicht ganz ungefährlich, ihn zu drangsalieren. Die Jungen im Kinderheim hatten einen ausgeprägten Überlebensinstinkt und passten sich schnell an.

Ein paar Monate später traf auch ein, was als Wunder Gottes hätte durchgehen müssen, wenn das kommunistische System die betreffende Instanz nicht mit solcher Skepsis betrachtet hätte. Man war eher geneigt, die Pädagogik des Sozialismus zu preisen, die sogar das Wunder bewirken konnte, dass Risto – beziehungsweise Piotr Górka, wie er mittlerweile hieß – anfing zu sprechen. Es war zwar ein stotterndes, sehr ungelenkes Polnisch, ganz ohne grammatikalische Finessen und mit heillos durcheinandergebrachten Zischlauten, von denen diese Sprache ja eine große Zahl zu bieten hat. Aber trotzdem! Und allmählich schien er seinen Kameraden auch in geistiger Hinsicht gleichgestellt. Ein Kunststück, das wahrhaftig nur der Kommunismus vollbringen konnte!

Risto/Piotr wuchs heran. Und wie sich herausstellte, waren die Russen gar nicht so unausstehlich, wenn man sich nur die Zeit nahm, sie kennenzulernen. Nach einer Weile waren sie sogar so entgegenkommend, keine Russen, sondern Polen zu sein.

Sexuelle Übergriffe gab es natürlich nicht im sozialistischen Paradies, so etwas war dem dekadenten kapitalistischen Westen vorbehalten, das versteht sich von selbst. So viele Hormone hier auch auf engstem Raum eingesperrt waren, weder das Personal noch ältere Jungen waren verkommen genug für so etwas.

Einen interessanten Vorfall könnte man vielleicht dennoch erwähnen, als man nämlich eines Morgens einen Mann vom Heimpersonal auf Knien neben dem Bett eines Jungen vorfand, als würde er beten. Seine Hände waren gefesselt, und in seinem Mund steckte ein Strumpf, in den jemand ejakuliert hatte und der dann getrocknet war. Der Atem des Mannes hatte den Strumpf dann wieder angefeuchtet.

Der Grund, warum er noch hier war und auf seine Kollegen wartete, war der Umstand, dass man seine Kniescheiben am Boden festgenagelt hatte, mit zwei groben Nägeln aus der Werkstatt, in der die Jungen ihr Handwerk lernten.

Trotz gründlicher Ermittlungen und kollektiver Bestrafungen bekam man niemals heraus, wer hinter dieser bestialischen Tat steckte. Die Jungen im Saal hatten das Ereignis einfach verschlafen. Außerdem hatten sie Angst. Wer hätte keine Angst gehabt, wenn man wusste, dass hier so ein Monster frei herumlief? Der Mann war von hinten niedergeschlagen worden, als er nachsehen wollte, ob die Jungen auch schön schlummerten, deswegen konnte er keinen einzelnen benennen. Das Bett, an dem er gefunden wurde, war zu diesem Zeitpunkt nicht belegt.

An dieser Stelle kann man vielleicht noch erwähnen, dass die Misshandlungen an Piotr zu diesem Zeitpunkt aufgehört hatten. Keines der Kinder hätte ihn als seinen Freund bezeichnet, aber sie waren sich rührend einig, dass man ihn besser in Ruhe ließ.

Als Piotr schließlich alt genug war, das Kinderheim zu verlassen, war er zu einem durch und durch assimilierten polnischen Genossen geworden. Auch wenn er sich noch an sein Leben im leicht suspekten Finnland erinnerte, das auf unzuverlässige Art zwischen den Blöcken des Kalten Krieges zu balancieren schien, hatte er mittlerweile gelernt, dass das Volk dort schwer unter dem unmenschlichen Kapitalismus zu leiden hatte. Er schätzte sich glücklich, dass seine liebevollen Eltern ihn ins Arbeiterparadies hatten schmuggeln lassen.

Die Berufsschule hatte ihn für eine Arbeit auf dem Bau vorbereitet. Und obwohl er ganz unten begann, bemerkte sein Vorarbeiter sehr schnell das Potenzial des schweigsamen jungen Mannes. Wir wissen eigentlich nicht besonders viel über sein Arbeitsleben in Polen, außer dass er für einen Bauunternehmer namens Tomasz Slaski arbeitete.

Später fand man noch Folgendes heraus:

Als die Mauer endgültig fiel und die Wirtschaft langsam, aber sicher in die freie Marktwirtschaft überging, begann es für Slaski richtig gut zu laufen. Und das war zum Großteil Piotrs Verdienst. Slaski war der Stratege hinter dem Geschäftsmodell, das das Unternehmen in dieser gewissen Semi-Anarchie entwickelte, die ein planwirtschaftlich geführter Markt auf dem Weg zu einer funktionierenden Marktwirtschaft oft durchlaufen muss, wo niemand so richtig weiß, wie man es eigentlich machen muss. Piotr hingegen war der Taktiker, der Mann auf dem Feld.

Obwohl die Firma aus verschiedenen Ursachen wie Korruption oder Vetternwirtschaft nicht die Aufträge bekam, für die man sich beworben hatte, tauchte er dann auf der Baustelle oder bei der Einweihung auf. Er war der dunkle Schatten, vor dem die Männer schauderten und die schwangeren Frauen unbewusst ihren Bauch wegdrehten. Und überraschend oft stellte sich heraus, dass die Konkurrenz mangelhafte Arbeit geleistet hatte.

Wie zum Beispiel im Falle der Wasserrutsche in einem beliebten Freibad, für deren Bau Slaskis Firma nicht den Zuschlag bekommen hatte. Piotr tauchte bei der Einweihung auf. Er wollte sehen, ob sie etwas von der Konkurrenz lernen konnten, aber auch analysieren, ob sie das Bauprojekt mit einem knapper kalkulierten Budget auch noch hätten ausführen können, denn so etwas hätte ja ihre eigenen Angebote bei ähnlichen Ausschreibungen in der Zukunft beeinflussen können.

Viele waren zusammengekommen, um zu sehen, wie Bartlomiej Kubitsky, der Lokalbonze, der die Entscheidung durchgeboxt hatte, zum ersten Mal herunterrutschte. Es mag zwar ein bisschen lächerlich wirken, wenn ein Politiker eine Wasserrutsche hinunterrutscht, aber es zeugt von Volksnähe, dass er sich nicht zu fein war, sich wirklich nass zu machen. Und es ist nie verkehrt, sich in Zusammenhängen fotografieren zu lassen, die Zukunftsglauben atmen.

Eine ganze Schlange von Kindern wartete darauf, die Attraktion ebenfalls ausprobieren zu dürfen, aber man hatte sie noch nicht hochgelassen. Kubitsky schnitt das rote Band durch, winkte und bekam seinen Applaus. Er bereitete sich auf seine Premierenfahrt vor. Blitzlichter zuckten. Kubitsky lächelte und hielt die Hand hoch, bis das Blitzlichtgewitter sich legte. Auf dem Boden versuchten die ungeduldigen kleinen Jungs, sich an dem Funktionär vorbeizudrängeln, doch der hielt sie tapfer von der Treppe weg.

Kubitsky setzte sich ins sprudelnde Wasser, ließ los und schoss davon. Das Publikum konnte seinen Kopf über dem Rand auf dem Weg nach unten mitverfolgen. Er gehörte nicht zu der korrupten Sorte Politiker, die teure Studienfahrten unternimmt, um an schicken Touristenorten andere Wasserrutschen anzuschauen und zu testen. Deswegen stellte er jetzt mit einer gewissen Verblüffung fest, dass so eine Rutsche auch für einen erwachsenen Mann ein großer Spaß sein konnte, wenn er innerlich noch ein bisschen Kind geblieben war.

Doch dann gefror sein Lächeln. Er hatte einen Nagel erspäht, der von unten durch den Boden der Rutsche ragte. Er war schon ziemlich am Ende angekommen und hatte deswegen ein ansehnliches Tempo drauf, die beständig wasserüberspülte Kunststoffoberfläche der Rutsche war durchgehend glatt, und es gab nichts, woran er sich hätte festhalten können. Er konnte gerade noch die Pfuscher verfluchen, die diese Arbeit gemacht hatten, dann entdeckte er, eine Sekunde bevor ihn der Nagel aufriss, noch zwei weitere Nägel auf der anderen Seite der Kurve, dann drei, fünf, einen ganzen Wald von den Dingern.

Das Publikum hörte einen Schrei, dann verschwand Kubitskys Kopf. Dem Geräusch konnte man entnehmen, dass er noch ein Stückchen weiterrutschte, um dann ein paar Meter vor dem Ende der Rutschbahn zum Stehen zu kommen.

Als der beginnende Beifall wieder verstummte, begann rotes Wasser aus der Rutschbahn zu laufen und das Becken zu färben. Mit verkniffener Miene stellte Piotr fest, dass es vielleicht besser für Bartlomiej Kubitsky gewesen wäre, wenn er nicht ganz so unbestechlich gewesen wäre und für diesen Auftrag ein Unternehmen ausgewählt hatte, das vielleicht ein wenig mehr verlangte, dafür aber offenbar wesentlich kompetenter in der Ausführung war.

Dank Piotrs fleißiger Arbeit bekam Slaskis Baufirma einen Großteil der Aufträge, für die man sich bewarb.

26. KAPITEL

Die Kinder werden informiert – Elina wird verhört – Raimo fühlt sich betrogen

Nachdem Matti diese rudimentäre Erzählung über Ristos Leben und Schicksal gehört hatte und wie Beata davon erfahren hatte, konnte er seine Frau erst mal nur anstarren. Dann sagte er: „Warum hast du mir nichts davon erzählt?"

„Ich wollte dich nicht beunruhigen, bevor ich es ganz sicher wusste. Du hattest genug im Kopf. Stell dir vor, wenn sich herausgestellt hätte, dass das alles gar nicht wahr ist."

„Aber es ist wahr?" Matti blätterte in Ristos Briefen.

„Ja. Ich bin mir sicher. Er ist es. Aber …"

„Aber?"

„Er ist in einem Kinderheim aufgewachsen. Er hat es wahrscheinlich nicht immer ganz leicht gehabt. Ich glaube, er fühlt sich gewissermaßen betrogen."

„Aber wir wussten doch nichts davon! Die Kommunisten haben ihm natürlich allen möglichen Mist eingeredet!"

Der Leser sollte sich erinnern, dass Risto als Kind dummerweise mitgehört hatte, wie Matti seine Zwillingstheorie entwickelte, und dabei war er zu der falschen Auffassung gekommen, dass sein Vater meinte, nur einen seiner Söhne in Schweden brauchen zu können. Vielleicht war es sogar so schlimm, dass er argwöhnte, sein Vater habe bei dieser Geschichte, die ihn am Ende ins Kinderheim gebracht hatte, seine Hand mit im Spiel gehabt? Vielleicht meinte er, dass das harte Regime seiner Kindheit ein Test gewesen war, den er nicht bestanden hatte? Und dann wuchs er in einem fremden Land auf in der irrigen Annahme, dass man ihn verlassen hatte, weil er nicht genügt hatte, weil er der schwächere Zwilling war? Das wäre ein grausames Leben gewesen.

„Meinst du?“, fragte Beata.

„Natürlich! Was glaubst du denn, was die da drüben den ganzen Tag machen? Wir müssen mit ihm drüber reden.“ Matti wedelte mit dem Briefbündel. „Er ist zwar praktisch dasselbe Kind wie Raimo, aber er hat eine ganz andere Erziehung genossen. Das verändert die Dinge!“

„Ja?“

„Es kann gut sein, dass der Junge wirklich was taugt. Vielleicht interessiert er sich ja sogar für Raubinsekten? Wir müssen mit ihm darüber reden. Wir müssen ihn herbestellen.“

Die Hoffnung war zurückgekehrt. Und Mattis hinfälliger Körper strahlte auf einmal wieder die alte Energie aus.

Am nächsten Morgen saß die ganze Familie am Frühstückstisch versammelt. Der Vater lächelte breit.

„Wie ihr selbst wisst, hat sich herausgestellt, dass keiner von euch wirklich etwas taugt.“

Die zwei Kinder, die noch zu Hause wohnten, schauten auf die Tischplatte.

„Na, ich mein’s ja gar nicht so böse.“ Matti merkte, dass er in seinem Eifer wohl etwas übers Ziel hinausgeschossen war. „Ihr habt natürlich andere Qualitäten, aber fürs Geschäftsleben seid ihr vielleicht doch nicht so richtig gemacht. So hatte ich das gemeint. Ich habe also keine große Wahl. Derjenige, der am besten im Rennen liegt, muss die Firma übernehmen.“

Antti wusste, dass er das war, er hatte ja noch die Hälfte seiner Säule übrig. Er wusste nicht, ob er überhaupt gewinnen wollte, aber *wenn* er es gewollt hätte, wäre dies nicht der ehrenvolle Sieg, mit dem er seine Position hätte zementieren können. Vor allem mit Raimo dürfte es sich ziemlich schwierig gestalten. Und Antti war ja so veranlagt, dass man ihn leicht herumschubsen konnte, da konnte sein großer Bruder nur zu leicht daherkommen und ihn verdrängen. Wenn er nur den anderen Stuhl noch gehabt hätte, hätte das alles ganz anders ausgesehen.

„Mutter und ich haben also beschlossen, dass Risto die Firma übernehmen soll!" Mattis Lächeln hätte gar nicht breiter sein können. „Das heißt – wenn er will. Aber das hoffen wir natürlich."

„Du meinst sicher Raimo, oder, Vater?" Antti war natürlich enttäuscht. Doch gleichzeitig auch ein wenig erleichtert, weil er um Haaresbreite der Verantwortung entgangen war. Er hatte sein Bestes gegeben, mehr konnte er nicht tun.

„Nein. Risto."

Eine Weile herrschte verdattertes Schweigen am Tisch.

„Aber …", begann Elina. Sie hatte zwar schon von dem anderen Zwillingsbruder gehört, doch ehrlich gesagt kam er ihr meistens wie eine Art Fantasiespielkamerad vor, den Raimo als kleiner Junge gehabt hatte. „Ich meine … den gibt es doch nicht wirklich, oder? Jedenfalls nicht mehr."

„Er ist Raimos Zwillingsbruder! Und er ist ein bisschen unternehmungslustiger. Er ist nach Polen gefahren und hat schon in jungen Jahren gearbeitet, während ihr eure Zeit nur verschwendet habt mit … na, was auch immer ihr so getrieben habt. Man könnte sagen, es hat damals eine kleine Verwechslung gegeben. Ganz seltsame Geschichte, aber …"

„Machst du jetzt Witze, Vater?"

„Das ist wirklich nichts, worüber ich Witze machen würde!"

Die Kinder wussten nicht recht, was sie glauben sollten. Es half ihnen nichts, als sie mit ihren Blicken Hilfe bei Beata suchten, denn dieser unerschütterliche Fels der Vernunft in der Familie nickte nur ruhig. Es stimmte also wirklich?

In was für einer Familie war sie da eigentlich aufgewachsen, dachte Elina, wo einfach so mir nichts, dir nichts ein Zwillingsbruder auftauchen konnte? In den Familien ihrer schwedischen Freunde hätte man so etwas niemals geduldet. Was kam als Nächstes? Würde auch noch Roger zurückkehren, der arme Ping-Pong spielende Asiat, der überhaupt kein Ping Pong spielte?

„Tja, ich verstehe schon, dass ihr überrascht seid. Und das ja auch mit Recht. Aber …"

„Nein!" Elina hob die Stimme. „So geht es nicht!"

Matti war klar, dass er etwas zu energisch vorgeprescht war. Aber er hatte leider keine Zeit mehr für Spielchen. „Das ist jetzt alles ein bisschen holterdiepolter gekommen, vielleicht können wir später noch mal drüber reden. Aber Mutter und ich werden Risto bitten, nach Hause zu kommen und vielleicht als mein Nachfolger die Firma zu übernehmen. Wenn jemand von euch Einwände hat, können wir jetzt gleich drüber sprechen."

Matti gab sowohl mit Blicken als auch mit seinem Tonfall zu verstehen, dass er Einwände weder ermutigte noch erwartete. Die Entscheidung war bereits getroffen. Und das außerdem ganz konform mit den Regeln des Spiels. Risto hatte noch eine ganze Säule.

Trotzdem beschloss Antti, einen der für ihn ungewöhnlichen Versuche zu unternehmen, Einfluss auf sein Schicksal auszuüben. Erst vor ein paar Tagen hatte ein Verlag eine Erzählung von ihm angenommen. Sie war also noch nicht veröffentlicht, und da er es nicht mal selbst zu glauben wagte, bevor er es schwarz auf weiß vor sich sah, hatte er niemandem davon erzählt. Aber in seinem Blick und seiner Haltung hatte sich bereits etwas verändert.

„Ich …"

„Was?"

Er hatte vorgehabt darzulegen, wie er die Möglichkeit geprüft hatte, den zerbrochenen Stuhl zu restaurieren, damit er wieder ins Rennen kam. Doch unter dem Blick seines Vaters schien ihm das jetzt doch nicht ganz ausreichend. Und sein Werk war ja doch noch nicht gedruckt.

„Ich freu mich darauf, dass wir unseren Bruder kennenlernen."

Elina spürte tief in sich hinein und stieß auf dasselbe Gefühl.

Das bedeutete nicht, dass sie guthieß, wie diese ganze Angelegenheit gehandhabt wurde, aber ihr großer Bruder war ihr auf jeden Fall willkommen.

„Ich mich auch."

Der Großteil von Elinas Gedanken war in dieser Zeit sowieso von ganz anderen Dingen belegt.

Ein paar Tage zuvor war sie auf die Polizeistation bestellt worden. Ihr war nicht ganz klar, inwiefern es sich um ein Verhör handelte oder nicht. Wo der eine oder andere ihrer Exfreunde, Ronny eingeschlossen, die Sache mit müder Abgeklärtheit abgetan hätte, fühlte sie sich in dieser Situation überhaupt nicht wohl.

Sie erfuhr, dass der Brand im Café sich als Brandstiftung mit möglicher Todesfolge herausgestellt hatte.

Sie fühlte sich, als hätte man ihr mit voller Wucht ins Gesicht geschlagen. Jemand sollte das also mit Absicht getan haben? Warum? Warum tat jemand ausgerechnet ihr so was an? Aber es wurde noch schlimmer. Sie musste ihre Rituale beim Auf- und Zusperren erklären, umständlich und mehrmals hintereinander. Wie war das Café gelaufen? Warum hatte sie keine Alarmanlage gehabt? Rauchte sie? Die Befragung wurde mit einem Mikrofon aufgezeichnet, das bedrohlich auf ihr Herz gerichtet war.

Das Gespräch erschütterte sie zutiefst. Doch als Elina hinterher ihrer Familie davon erzählte, bewahrte sie ihre kühle Fassade und nannte es eine Routineangelegenheit. Der Brandherd war im Café selbst gewesen, also mussten sie natürlich mit ihr sprechen.

Selbstverständlich war sie unschuldig. Jedoch hatte Matti ihr schon von Kindesbeinen an beigebracht, dass Unschuld in dieser Welt mitnichten Straffreiheit garantierte. Manchmal eher umgekehrt. Und jetzt hing diese unangenehme Geschichte über ihrem Kopf, konstant, bei jedem Schritt und jedem Atemzug, vergiftete ihre Tage und warf ihren Schatten über alles.

Raimo erfuhr am Telefon von Risto. Auch seine Welt wurde komplett auf den Kopf gestellt.

Im Gegensatz zu seinen Geschwistern konnte er sich ja noch an seinen Zwillingsbruder erinnern. Und die Erinnerung an die beinharte Konkurrenz im finnischen Nadelwald vor über zwanzig Jahren hatte sich im Laufe der Zeit verändert. Sein Bruder hatte sich in eine dunkle, unheilvolle, wenn auch nicht klar definierte Bedrohung verwandelt, in einen Schatten, dessen Atem er in seinen Träumen im Nacken spürte. Die unguten Umstände von Ristos Verschwinden hatten dafür gesorgt, dass man im elterlichen Hause selten von ihm gesprochen hatte. Doch ab und zu hatte Raimo den vergilbten Zeitungsartikel in Beatas Album gelesen, aus dem klar und deutlich hervorging, dass zwei kleine Jungen beim Spielen mit alter deutscher Munition tödlich verunglückt waren. Er war ja selbst dort gewesen.

Wie war so etwas dann möglich?

Tja, es war ein unglückliches Missverständnis, erklärte sein Vater. Aber jetzt sollten sie sich lieber darüber freuen, dass Risto noch lebte und dass sich außerdem herausgestellt hatte, was für ein handfester Kerl er war, denn er war in einem fremden Land prima zurechtgekommen. Ganz hervorragend sogar.

Typisch, dachte Raimo. Ihm war klar, dass die Sache entschieden war, wenn sein Bruder jetzt auch hunderttausend kriegte. Aber das wäre doch schrecklich ungerecht, oder etwa nicht? Schließlich hatten die anderen Geschwister den Alten jahrelang aushalten müssen! Raimo hatte sich immer tiefer in Grübeleien verrannt, wie falsch es wäre, wenn er, der erstgeborene Sohn, der sowohl Sinn für als auch Bedarf nach Geld hatte, leer ausging. Und jetzt auch noch das!

Natürlich war er froh, dass sein Zwillingsbruder offenbar noch am Leben war. Da musste man wohl froh sein, nahm er an, die sozialen Konventionen verlangten es quasi. Aber gerecht war das alles trotzdem nicht. Und es kam noch schlimmer.

„Und wenn man sich vor Augen hält, wie großartig er schon in so zartem Alter in der weiten Welt zurechtgekommen ist, muss man sich wohl kaum noch die Frage stellen, wer am besten geeignet ist, die Firma zu leiten. Oder was meinst du?"

Es war also schon beschlossene Sache? Es gab nicht mal mehr Hoffnung? Vergeblich versuchte Raimo, irgendein Argument zu finden, um seine hoffnungslose Sache zu verteidigen.

„Vor allem, wenn ich mir anschaue, wie ihr anderen zu Hause auf dem Sofa herumgelümmelt habt, ohne überhaupt etwas auf die Beine zu stellen. Ja, ich rufe dich an, weil ich diese Entscheidung in der Familie verankern will. Das wird sich ja auf euch alle auswirken."

„Und was, wenn ich ihn noch einhole?"

„Wie ‚einholen'?"

„Wenn ich mein Geld so gut verwalte, dass ..."

„Ja, so weit kommt's noch!", lachte sein Vater. „Von welchem Geld redest du denn? Weißt du, tu einfach dein Bestes. Aber jetzt hoffen wir lieber, dass Risto bereit ist, die Firma zu übernehmen. Denn in Polen geht es ihm offenbar gut. Sehr gut. Deswegen ist das alles noch nicht sicher."

Der Enthusiasmus seines Vaters war ebenso überbordend wie unerträglich. So hatte er nie, bei keiner einzigen Gelegenheit, von einem seiner anderen Kinder gesprochen.

Aber vielleicht lag ja doch noch ein Hoffnungsschimmer in

seiner letzten Aussage? Wenn Risto die Firma am Ende gar nicht haben wollte?

Aber wie wahrscheinlich war das schon? Würde jemand, der in kommunistischer Tristesse und Konformität aufgewachsen ist, ein Erbe im Westen ausschlagen, in der die größten Errungenschaften der Welt zu Hause waren – Rock 'n' Roll, Coca-Cola und Jeans?[44] Raimo fluchte innerlich. Hätte er die geringste Ahnung gehabt, auch nur den entferntesten Verdacht, dass sein Zwillingsbruder im Hinterhalt lauerte wie eine Schlange im Gras, um hinterrücks diese Machtübernahme einzufädeln, hätte er natürlich selbst schon in jungen Jahren ein gediegenes Interesse für Raubinsekten gezeigt. Das war alles nicht fair. Er war ja nie korrekt über die Voraussetzungen informiert worden!

„Aber …"

„Ja?"

„Also, Vater, ich hab wirklich immer drüber nachgedacht, ob das mit den Raubinsekten was für mich sein könnte. Ich glaube, es ist furchtbar interessant …"

„Blödsinn!", schnaubte sein Vater. Und dann legte er auf.

44 Jüngeren Lesern, die zu jener Zeit, zu der sich diese Geschichte zutrug, keine Möglichkeit hatten, den Ostblock zu bereisen, mag es vielleicht seltsam erscheinen, aber man kann die Faszination der gewöhnlichen Bevölkerung für westliche Kleidung im Allgemeinen und Jeans im Besonderen kaum überschätzen. Dem westlichen Touristen wurden im Gewimmel der osteuropäischen Großstädte oftmals verblüffende Summen einheimischer Valuta für seine Kleidungsstücke geboten. Viele Reisende waren gar nicht in der Lage, dieses ganze Geld auszugeben, das sie bei der Ausreise ja nicht mitnehmen durften.

27. KAPITEL

Ristos Ankunft – Matti scherzt (sic!) – Ein erschöpfendes Gespräch

Matti saß im Rollstuhl in der Auffahrt, während der Rest der Familie auf der Wiese vor dem Haus Krocket spielte. Die Stimmung war angespannt. Risto hatte nicht geantwortet auf ihr Angebot, ihn am Bahnhof, vom Bus oder vom Flugplatz abzuholen. Und auch wenn es keiner laut aussprach, war man vielleicht sogar ein bisschen unsicher, ob er wirklich kommen würde.

Vielleicht war es ja doch Betrug gewesen? Ein grausamer Witz? Wenn ja, dann war er auf jeden Fall gut durchgeplant, dachte Matti, denn Teile der Informationen, die in den Briefen vorkommen, konnten nur aus der Kernfamilie stammen.

Elina erstarrte. Sie reckte sich, beschattete die Augen mit der Hand und schaute die Straße hinunter. Eine männliche Gestalt war in die Sackgasse eingebogen, in der das Haus der Altos lag. Er trug einen Anzug samt Hut und hatte eine Tasche in der Hand. Mehr konnte man nicht erkennen, denn die Sonne schien ihm in den Rücken und machte ihn zu einer Silhouette.

„Ich glaube, da kommt er!“

Mattis Blick war durch die Garage verstellt, doch der Rest der Familie eilte auf dem Rasen nach vorne. Die Straße war wie ein kleiner Blinddarm im Straßennetz der Gemeinde, weswegen niemand sie als Durchgangsstraße benutzte, und die meisten Leute, die hier durchkamen, kannte man einfach.

„Doch. Das ist er, oder?“, sagte Beata.

Matti blieb mit seinem Rollstuhl auf der Rampe sitzen. Die

anderen Familienmitglieder tauschten einen Blick. Obwohl man mehrere Wochen gehabt hatte, um in sich hineinzuspüren, wussten die Kinder nicht so recht, wie sie sich zu dieser Sache stellen sollten. Ausgenommen Raimo natürlich, dessen Nemesis sich unbarmherzig näherte, Schritt für Schritt.

Dann konnte auch Matti seinen verlorenen Sohn sehen, als er hinter der Garage hervorkam. Es gab keinen Zweifel mehr. Äußerlich war er ein Spiegelbild seines Bruders. Doch in seinem Blick, in Auftreten und Haltung konnte Matti erkennen, wo seine guten Gene alle gelandet waren. Das Rätsel, das ihn jahrzehntelang gequält hatte, war gelöst.

Beata trat mit Tränen in den Augen vor und umarmte ihren Sohn.

„Risto!"

Der erwiderte die Umarmung, sagte aber über ihre Schulter: „Piotr heiße ich jetzt."[45]

Nach einer Weile ließ Risto Beata los, was Antti Gelegenheit gab, ihm feierlich die Hand zu schütteln, wobei er einen steifen Diener machte. Mit seiner überwältigenden sozialen Inkompetenz war er natürlich unsicher, wie das Protokoll für die Begegnung mit einem lange tot geglaubten großen Bruder aussah, der dann doch bloß in Polen gewohnt hatte. Aber er gab sich große Mühe.

Dann war Elina an der Reihe. „Willkommen zu Hause."

„Danke, Schwester."

Raimo hatte ihm eigentlich nur knapp zunicken wollen. Doch nach den überschwänglichen Begrüßungen der anderen spürte er, dass das nicht ging. Es wäre so gewesen, als würde er sofort die Feindseligkeiten einleiten und im Grunde auch zugeben, dass er sich unterlegen fühlte. Wenn er seinen Bruder

---

45 Sie sprachen alle Finnisch. Einfachheitshalber hat der Verfasser es so übersetzt, als würde Risto seine Muttersprache noch fließend beherrschen; in Wirklichkeit waren seine Kenntnisse jedoch ziemlich eingerostet.

nicht fürchtete, hatte er ja auch keinen Grund, misstrauisch zu sein.

Raimo streckte ihm die Rechte hin. Risto ergriff sie. Beide drückten fest und männlich zu. Doch Risto hatte seine Handmuskeln offenbar stärker trainiert als Raimo. Dem tat die Hand hinterher nämlich weh. Innerlich fluchte Raimo stumm, dass er so unvorsichtig geworden war, weil er einfältigerweise davon ausgegangen war, dass sein Bruder tot war. Genau davor hatte sein Vater ihn damals ja gewarnt! Seinem Bruder zu gestatten, dass er sich einen Vorsprung verschaffte. Das hatte Risto ja alles prima arrangiert. Das Gerücht von seinem eigenen Tod verbreitet und sich dann in Polen versteckt. Dass er sich nicht selbst so ein Manöver ausgedacht hatte! Im Nachhinein war das alles völlig einleuchtend.

Matti hatte mittlerweile zu Ende gestöhnt über diesen Austausch rührseliger Umarmungen, den er als zutiefst unfinnisch empfand.[46]

Jetzt sah Risto seinen Vater und ließ Raimos Hand los.

Da saß er, ein wenig eingetrocknet durch Alter und Krankheit, in einem Rollstuhl. Das war nicht annähernd der Mann, den Risto in Erinnerung hatte.

Er stieß etwas auf Polnisch hervor. Vielleicht Folgendes: „Przykuty do wózka inwalidzkiego?“

Der Rest der Familie, der in einer kleinen Gruppe hinter ihm stand, schwieg instinktiv.

„So, du bist also zurück“, sagte Matti.

„Ja, jetzt bin ich zurück.“

Risto sah seinen Vater an. Er musste in die tief stehende Sonne blinzeln, Matti selbst saß im Schatten.

Risto schaute sich auf dem Grundstück um und nickte.

---

46 Die jüngere Lesergeneration sollte sich vor Augen halten, dass die heutzutage herrschende Umarmungskultur auch in Schweden noch ein verhältnismäßig junges Phänomen ist.

„Hübsch."

„Na, dann komm mal rein, Risto."

„Piotr."

Matti hatte seinen Rollstuhl gerade herumschwenken wollen, da erstarrte er. Sein Sohn zog einen russischen Namen seinem Taufnamen vor. Matti starrte den jungen Mann an, der da auf dem Rasen vor ihm stand.

„Willkommen, Pjotr", sagte er dann.

„Piotr", korrigierte Risto. „Polnisch. Piotr."

„Ja, willkommen, Pjotr", sagte sein Vater, der beim besten Willen keinen Unterschied hören konnte. Er bedeutete seinem Sohn mit einem Nicken, dass er eintreten konnte, und rollte ihm voraus.

Für die Heimkehr des verlorenen Sohnes war ein Festmahl bereitet worden. Alle versammelten sich am Küchentisch. Alle waren froh, außer Raimo vielleicht, der seinen Zwillingsbruder mit leichtem Unwohlsein musterte, wenn er glaubte, dass es keiner merkte.

Matti war in seinem Element. Er war so aufgeräumter Stimmung, dass er sogar Witze machte. Das war ungewöhnlich, und die Kinder konnten nur wieder feststellen, wie grundlegend sich ihr Vater in der letzten Zeit verändert hatte. Er nahm mit den Fingern eine heiße Karotte aus dem Topf und steckte vier Zahnstocher als Beine hinein.

„Hier seht ihr … das hier ist eine …" Matti lächelte verschmitzt. „Eine Kuh."

Elina konnte sich vor Lachen kaum halten.

„Ja, genau. Das haben wir immer gespielt, als wir klein waren."

Er betrachtete die Karotte nachdenklich. „Aber wir hatten natürlich keine Karotten zum Spielen." Er drehte die Kuh um, sodass die Beine zur Decke zeigten. „Und Zahnstocher hatten wir auch nicht, wenn ich jetzt so überlege. Wir hatten Tannenzapfen und Stöckchen. Und wir hatten wahrscheinlich überhaupt kaum Zeit zum Spielen, wir mussten ja zu Hause mitarbeiten!“ Er legte die Karotte zurück auf den Teller. „Im Übrigen wäre es uns nie eingefallen, mit dem Essen zu spielen! Irgendwo muss es eben auch mal eine Grenze geben!“

Die Familie lachte. Wenn es mit den Raubinsekten gehapert hätte, hätte er auch in die Unterhaltungsbranche gehen können, dachte Matti. Im Fernsehen rumzualbern konnte ja wohl nicht so schwer sein.

Aber wir wollen uns nicht weiter in die Wiedervereinigungsrituale der Familie vertiefen, sondern verlassen sie hier.

Später saßen Matti und Risto auf dem Balkon, von dem aus man auf den See blickte. Die Sonne war untergegangen, die Mücken hielten Einzug. Auf einem Tisch zwischen den beiden stand eine halb ausgetrunkene Flasche Schnaps. Matti hatte nicht so viel für Schnaps übrig[47], aber aus seinem Berufsleben wusste er, dass es in schwierigen Verhandlungen ein hervorragendes Schmiermittel war.

Er hatte Raimo einmal seine geheime Strategie anvertraut, die vor allem darin bestand, dass er vor dem Geschäftsessen eine ordentliche Menge Speiseöl trank. Das kleidete die Magenwände aus, machte es aber auch leichter, den Alkohol auf der Toilette heimlich wieder zu erbrechen. Dadurch erlangte er oft einen Verhandlungsvorteil, vor allem bei Kontakten aus

---

47 Als man sich während des Fortsetzungskrieges der Hauptstadt des russischen Karelien näherte, Petrosawodsk (auf Schwedisch Onegaborg, auf Finnisch damals Äänislinna, heute Petroskoi), wurden die Karten der Artilleriebeobachter harte Währung, da die meisten wissen wollten, wo sich die Wodka-Brennerei befand. Das Chaos, das daraufhin ausbrach, mag vor allem darauf zurückzuführen sein, dass die Militärpolizei drei Tage brauchte, um in die Stadt einzudringen. Matti hatte allerdings getan, was er konnte, um das Schlimmste abzuwenden, und hatte auf seiner Karte stattdessen die Brauerei eingekreist.

den östlichen Ländern. Raimo dachte sich, dass es nicht einzusehen war, wieso man Schnaps freiwillig wieder erbrechen sollte, so was erledigte sich im Fall des Falles doch ohnehin von selbst. Noch so ein Beispiel dafür, wie Vater und Sohn ihre Gegensätze anscheinend nie so recht überbrücken konnten.

„Du weißt doch, Risto", begann Matti nach einer Schweigepause. „Marschall Mannerheim hat einmal gesagt, dass ein Mann tun muss, was ein Mann tun muss."

„War das nicht John Wayne?"

„Was?"

„John Wayne hat das gesagt. ‚A man's got to do what a man's got to do.'"

„Schon möglich. Kann sein. Trotzdem, ich … Ja. So ist es eben manchmal. Und so muss es sein."

„Hm?" Risto nickte und schaute über den spiegelglatten See.

Matti musterte ihn von der Seite. „Verstehst du, Risto? Verstehst du, was ich meine?"

Risto schaute seinen Vater nicht an.

„Ich glaube, das ist etwas, was du in deiner Jugend nicht gelernt hast, oder?"

„Vielleicht."

Wieder schwiegen sie eine Weile. Matti hatte das Gefühl, dass er seinem Sohn jetzt überdeutlich klargemacht hatte, was er sich von ihm erwartete. Trotzdem war er nicht ganz sicher, ob die Botschaft wirklich angekommen war. Konnte es vielleicht an der Sprachbarriere liegen? Er beschloss, die Karten offen auf den Tisch zu legen. Somit war Risto das erste seiner Kinder, das über seinen Gesundheitszustand in Kenntnis gesetzt wurde.

„Weißt du", sagte Matti, „ich werde bald dem Großen Affen entgegentreten." Unbewusst warf er einen raschen Blick auf seine Brust. „Ja, ich bin alt, und meine Zeit ist gekommen, da müssen wir nicht lang drüber reden. Aber nun wird es doch ein bisschen früher sein, als ich dachte, und … irgendjemand muss sich ja um sie kümmern. Um die anderen. Du hast sie ja selbst gesehen."

Eine halbe Minute war es still. Er wartete darauf, dass sein Sohn das Wort ergriff. Tat er aber nicht.

„Ich habe ein solides, gut gehendes Unternehmen. So, Risto. So sieht es aus." Matti fasste nach den Rädern und rollte zur Balkontür. „Mutter hat dir dein Bett in Raimos altem Zimmer hergerichtet. Gute Nacht."

Risto blieb noch bis spätnachts draußen sitzen und kratzte mit dem Daumennagel das Etikett von der Flasche.

Matti fand, dass er sich in Bezug auf seine Gedanken und Wünsche für die Zukunft deutlicher nicht mehr hätte ausdrücken können. Das Problem an seinem Monolog war nur, dass sich Teile davon, zumindest aus Ristos Perspektive, auf mehr Arten interpretieren ließen, als sein Vater glaubte. Für ihn war es nur zu leicht, es so zu verstehen, als versuchte sein Vater zu erklären oder sogar zu entschuldigen, was vor zwanzig Jahren passiert war.

28. KAPITEL

Risto organisiert einen Stuhl – Risto verschenkt Geld – Elina enthüllt ihre Sorgen

Am nächsten Tag führte Antti seinen unerwarteten neuen Bruder in der Stadt herum.

Unter anderem statteten sie den Überresten von Elinas Billardcafé einen Besuch ab, und der große Bruder bekam die Geschichte von Aufstieg und Fall dieses Etablissements zu hören. Risto entlockte sogar seinem verträumten kleinen Bruder den Bericht über sein eigenes Scheitern.

„Er ist kaputtgegangen? Von selbst?"

„Ja. Beziehungsweise – ich hab mich draufgesetzt." Antti blickte an seinem pummeligen Körper herunter. Im Nachhinein war einem natürlich klar, dass das nicht unbedingt eine seiner besten Ideen gewesen war. „Ich bin ja doch ziemlich groß."

„Aber wenn man fünfzigtausend für einen Stuhl bezahlt, sollte der doch wohl so stabil sein, dass man drauf sitzen kann, verdammt noch mal! Findest du nicht?"

„Ja, aber ..."

„Ich kann mit denen reden."

„Nein!" Lieber verlor Antti siebenundzwanzigtausendfünfhundert Kronen, als dass er so einen peinlichen Auftritt ertrug. Insbesondere, wenn dabei seine eigenen Mängel so in den Vordergrund traten. So war er eben.

„Wo hast du den gekauft?"

„Ich will das nicht!"

Zehn Minuten später betraten die beiden Brüder das Antiquitätengeschäft. Antti war sehr unwohl in seiner Haut.

Eigentlich kannte er seinen großen Bruder ja nicht mal richtig, aber er hatte bereits feststellen können, dass er überhaupt keine Ähnlichkeit mit Raimo hatte. Vielmehr hatte er sich als freundlich und aufmerksam erwiesen. Doch Antti ahnte auch, dass irgendwo in der Seele seines Bruders etwas schlummerte, was so hart war wie ein Diamant. Deswegen hatte er das Gefühl, unmöglich abschätzen zu können, was jetzt gleich passieren würde.

„Hello", sagte Risto.

Der Inhaber erwiderte den Gruß mit einem Nicken. Er erkannte Antti wieder und nickte ihm ebenfalls zu. Risto schaute sich um, als wollte er den Laden kurz inspizieren, dann wandte er sich wieder dem Besitzer zu.

„I'd like to talk about a couple of chairs my brother bought, a few weeks ago."

Der alte Mann schüttelte verständnislos den Kopf.

„Entschuldigen Sie, ich spreche kein Englisch."

Risto meinte die charakteristische Aussprache der Vokale wiederzuerkennen, die sich oft bei russischen Muttersprachlern findet, also versuchte er es damit. Der Mann lächelte überrascht, und wenig später hatte sich eine angeregte Unterhaltung entsponnen.

Antti verstand nicht viel. Doch mithilfe der folgenden Ereignisse glauben wir, dass sich das Gespräch ungefähr so angehört haben könnte:

„Mein Bruder hat Ihnen zwei Stühle abgekauft." Risto deutete auf Antti.

„Genau, das ist richtig. Gustavianische Epoche, ein ganz großartiges Paar."

„Tatsächlich! Aber jetzt hat dieser Trottel doch glatt einen davon kaputt gekriegt."

„Nein! Nicht im Ernst!" Der Besitzer war aufrichtig bekümmert.

„Er hat sich draufgesetzt. Unser kleines Pummelchen."

„Das war natürlich nicht gut. Der junge Herr ist vielleicht ein wenig ... zu kräftig gebaut. Versteht er eigentlich kein Russisch?"

„Nein. Und ich hab ihm versprochen, diese Sache in Ordnung zu bringen. Können wir so tun, als würden Sie ihm einen neuen Stuhl geben? Ich will nicht, dass er erfährt, dass ich ihn bezahlt habe. Er ist mein kleiner Bruder, und ... Tja. Sie verstehen das sicher." Risto schaute den Ladeninhaber bittend an. „Sie übernehmen natürlich keine Verantwortung. Wir tun einfach nur so vor ihm. Das wäre sehr nett von Ihnen."

Der Besitzer nickte.

„Ja, das können wir schon so machen. Natürlich."

Risto wandte sich an Antti.

„Er ist Russe! Sehr netter Kerl. Das kommt alles wieder in Ordnung."

„Echt?" Antti musste hinterher zugeben, dass er sich vielleicht hätte wundern müssen, weil sich der Besitzer des Antiquitätenladens gar so leicht bereit erklärte, ihn so einen teuren Stuhl reklamieren zu lassen, ohne ihn überhaupt gesehen zu haben. Aber er war so weit außerhalb seiner Komfortzone, dass jeglicher Argwohn von der Erleichterung ausgelöscht wurde, einem Konflikt entgangen zu sein, in dem seine persönlichen Schwächen so genau ausgeleuchtet worden wären.

„Natürlich. Such dir einen Stuhl aus, dann gehen wir zwei hier ins Hinterzimmer und schauen uns Sachen an, die ich ihm in Polen billig besorgen kann, Medaillen und Orden und so."

„Und ich hab die freie Auswahl?"

„Du willst doch sicher einen ähnlichen haben, oder? Aber schau dir ruhig alles an, dann lernst du noch was über Antiquitäten. Ich komme gleich." Er ging wieder zu Russisch über. „Können wir ins Hinterzimmer gehen und da alles regeln? Damit er nichts mitbekommt?"

„Natürlich.“ Der Mann schaute ihn an. „Sie sind aber ein netter Bruder.“

„Man tut, was man kann.“

Die Familie Alto saß wieder am Esstisch zusammen.

„Du hast also einen neuen Stuhl besorgt?“, staunte Beata.

Antti strahlte. Risto zog eine bescheidene Miene.

„Das war doch nicht der Rede wert. Der hat schon verstanden, dass man nicht so einfach defekte Ware verkaufen kann. Wir haben die Sache besprochen wie zwei Geschäftsleute. Sehr vernünftiger Mann. Nett.“

„Man merkt, dass Risto beruflich schon viel rumgekommen ist. Der hat das Verhandeln gelernt“, bemerkte Matti stolz.

„Ja.“ Raimo konnte seine Bitterkeit nur schwer verbergen. „Das war wirklich nett, dass du einen neuen Stuhl organisiert hast. Wirklich.“

Risto zuckte mit den Schultern.

„Ich hatte da nur irgend so was in Erinnerung, dass wir allein zurechtkommen sollten.“ Er schaute Matti an. „Hatten Sie[48] das nicht so gesagt?"

„Jaaa.“ Matti studierte die Kartoffel, die er mit seiner Gabel aufgespießt hatte. „Es gibt ja solche Hilfe und solche Hilfe. Das sieht sogar eine einäugige Kartoffel.“ Er hielt sie in die Höhe.

„Brauchst du vielleicht auch Hilfe?“, fragte Risto seinen Zwillingsbruder. „Womit hast du es denn versucht?“

Sein Bruder wurde rot. Er näherte sich rasch der Grenze des Erträglichen.

„Ich helf dir gern.“ Risto war bis jetzt völlig blind und taub für die belegte Stimmung gewesen, die aufkam, sobald die

48 Die Anrede mag merkwürdig erscheinen, doch Risto konnte den Mann schlecht seinen Vater nennen. Und das Polnische, die Sprache, die ihm die natürliche war, ist sehr höflich, weswegen ein „du“ undenkbar gewesen wäre.

Rede von Raimos Investitionen war. Jetzt merkte er allerdings, dass irgendwas nicht stimmte. „Was ist denn?"

„Er hat sein Geld dem Krebsfonds gegeben", sagte Antti.

„Dem Krebsfonds?"

„Ja, ich fand, die brauchen Geld. Ist da was falsch dran?"

„Es war also keine Investition, sondern eine wohltätige Spende."

„Also, ich finde, wir sollten hier nicht am Esstisch streiten", versuchte Beata ungeschickt, Öl auf die Wogen zu gießen.

„Gegen Philanthropie ist wohl nichts einzuwenden", meinte der Zwillingsbruder.

„Ach nein?", zischte Raimo.

„Nein. Ich schätze, du konntest das gut von der Steuer absetzen? Oder wie sind da die steuerlichen Regelungen in Schweden?"

Der Rest der Familie starrte auf die Teller und wollte sich ungern zu dieser Frage äußern.

Nur Raimo schaute Risto herausfordernd an. „Du kannst mir gerne auch helfen, wenn du willst."

„Das kann ich schon machen."

„Ach ja? Das wird ja interessant! Das wird wirklich interessant, sich anzuschauen, wie der Herr Geschäftsmann diese Sache in Ordnung bringen will."

„Also, Raimo, jetzt hör aber auf!", versuchte es Beata.

Dann sagte Risto ganz undramatisch: „Du kannst mein Geld haben, wenn du willst. Und es noch mal versuchen."

„Was?", sagte Raimo nach kurzem Schweigen.

„Die Hunderttausend, von denen ihr da die ganze Zeit redet. Ich will die nicht haben. Ich komm auch so klar." Risto schaute Matti an. „Ich hoffe, Sie entschuldigen das?"

„Na", antwortete sein Vater und runzelte die Stirn. „Du entscheidest selbst, was du mit deinem Geld anfängst. Genau so war es gemeint."

„Genau!“, beeilte sich Raimo zu sagen, nachdem Matti das Ganze auch noch abgesegnet hatte. Er schaute sich triumphierend um. „Ihr habt selbst gehört, was er gesagt hat!“

Der Rest der Familie starrte auf die Teller und konzentrierte sich ganz aufs Essen. Sie fanden es peinlich. Die Zwillingsbrüder schauten sich an. Risto zuckte mit den Achseln, nickte zustimmend und aß dann auch weiter. Wie im Siegesrausch sah Raimo von einem zum andern, ohne dass jemand seinen Blick erwiderte. Er konnte kaum glauben, was für einen Triumph er hier errungen hatte.

„Kein großer Geschäftsmann, der sein Geld einfach so verschenkt“, rief er schließlich, als sonst niemand die Sache kommentieren mochte.

„Ein bisschen so wie du mit dem Krebsfonds, oder?“, murmelte Antti hinter einem Brotstück und schaute weg in der Hoffnung, dass sein großer Bruder nicht merkte, wer das gesagt hatte.

„Jetzt ist er ja wohl aus dem Spiel, oder?“ Raimo schaute seinen Vater an. Hatte die Gerechtigkeit also doch über die dunklen Kräfte des Bösen gesiegt. „Und ich hab seine Hunderttausend, die …“ Er schaute von einem Familienmitglied zum nächsten.

„Wir essen jetzt“, entschied sein Vater.

„Aber er hat doch sein Geld verschenkt, oder nicht? Genau wie ich. Und jetzt hab ich es, und es ist meins, oder?“

„Wir essen jetzt.“

Elina wusch ab, während Raimo abtrocknete. Immer noch herrschte drückendes Schweigen, und wie viele verunsicherte Menschen verteidigte sich auch Raimo aggressiv.

„Was denn? Das hat er sich doch wohl selbst zuzuschreiben, oder? Hat ihn schließlich keiner gezwungen. Ich kann ja wohl nichts dafür, wenn ich Glück habe, oder?“

„Nein."

„Nicht ich hab ihn betrogen, oder? Wenn er wirklich so ein wahnsinnig erfolgreicher Geschäftsmann ist, sollte er ja wohl zumindest die Verantwortung für seine eigenen Handlungen übernehmen können, oder?"

„Sollte er, ja."

„Genau."

„Genau."

„Hab ich doch gerade gesagt."

„Aber das tut er doch auch."

„Wie meinst du das?"

„Kapierst du das denn nicht?"

„Was?"

„Vater will jemand, der sich um die Familie kümmern kann. Der die Dinge geregelt kriegt. Der die Firma leiten kann." Elina nahm sich eine Gabel und hielt sie vorm Fenster ans Licht, um zu kontrollieren, ob auch keine Speisereste mehr zwischen den Zinken saßen.

„Ja? Und?"

„Und wer von uns hat sich um die anderen gekümmert, was meinst du?"

Raimo stand da mit einem Teller in der Hand und starrte seine Schwester an.

„Das ist doch genau das, was er wollte. Ein Matti II. sein. Der kriegt das auch noch hin, dass ich mein Café zurückkriege, du wirst schon sehen." Im Stillen hoffte Elina natürlich, dass es nicht so weit kommen musste.

Sie fing den Teller auf, den Raimo fallen ließ, als ihm das Ausmaß des brüderlichen Foulspiels aufging.

„Aber wozu das Ganze, er würde die Firma ja sowieso erben, oder?"

Elina zuckte mit den Schultern.

„Das weiß ich natürlich nicht. Ich bin nur die kleine Schwester. Aber was meinst du selbst? Wofür gibt man im Allgemeinen hunderttausend Kronen aus? Hast du einen guten Vorschlag?"

„Du meinst, dass er die Hunderttausend investiert?"

„Um die Firma zu kriegen. Wie Vater sagt – er ist Geschäftsmann."

Raimo stützte sich an der Spüle ab und schloss die Augen. Er hatte nicht ganz kapiert, was hier passiert war. Aber eines wusste er mit Sicherheit: Risto hatte ihn betrogen, zum wiederholten Male und aufs Schändlichste.

„Mir ist irgendwie ganz schwindelig ..."

Elina zog ihm ruhig ein Augenlid hoch, um seine Pupille in Augenschein zu nehmen.

„Nichts Schlimmes."

Auch wenn sie keine offizielle Krankenschwesternausbildung hatte, besaß sie umfassende Erfahrungen mit Freunden mit variierender Pupillengröße und konnte anhand derer die Notwendigkeit von Rettungsmaßnahmen abschätzen.

„Da denkt man immer, das mit dem bösen Zwilling ist so was, was sich die im Fernsehen ausgedacht haben." Raimo schluckte.

Später ergab es sich, dass Risto und Elina auch allein waren.

„Wir sind noch gar nicht so viel zum Reden gekommen."

„Nein."

„Wie geht es dir?"

Elina zuckte mit den Schultern. „Gut, würd ich sagen."

„Mit deinem Geld, meinte ich."

„Das hast du doch sicher gehört, oder nicht? Das Café ist abgebrannt. Aber mir ist weiter nichts passiert. Alles halb so schlimm."

„Das ist aber bedauerlich."

„Du brauchst mir nicht zu helfen. Ich will es sowieso nicht zurückhaben. Es lief gar nicht so besonders gut."

„Nein?"

„Nein. Ich schätze, ich bin keine Geschäftsfrau. Es war schön, es mal ausprobieren zu können, aber es ist wahrscheinlich genauso gut, wenn du die Sache gleich übernimmst."

„Wenn ich übernehme?"

„Ja."

„Ich hab keine Zeit für so was. Ich meine – Insekten? Komm schon. Ein ganz lustiger Einfall, aber ich muss nach Hause. Ich hab da ein richtiges Unternehmen, um das ich mich kümmern muss."

Da Elina Ristos Zwillingsbruder Raimo kannte, bezweifelte sie das.

„Was ist denn? Ich will doch bloß mit dir reden. Ich fahr übermorgen wieder nach Hause."

„Übermorgen?"

„Ja, ich muss. Aber irgendwann komm ich schon mal wieder. Oder ihr könnt mich ja mal besuchen."

„Du willst die Firma gar nicht übernehmen?"

„Ich glaube, es würde besser zu einem von euch passen, ihr seid damit aufgewachsen."

„Vater denkt wohl, dass sie in deinen Händen am besten aufgehoben wäre."

„Ihr dürft nicht solche Angst vor ihm haben. Er ist auch nur ein Mensch. Das hab ich damals zwar auch nicht geglaubt, aber es stimmt."

„Was? Also hast du Raimo deine Hunderttausend einfach geschenkt? Einfach so?"

„Ja." Risto zuckte mit den Schultern. „Sah so aus, als wäre es für ihn nicht so gut gelaufen. Aber er ist mein Bruder. Und es ist Mattis Geld. Ich will es nicht."

Vielleicht lag es daran, dass Risto trotz allem außerhalb ihrer Familie stand, die sie zwar liebte, die in ihrer Jugend aber auch ihr soziales Stigma bedeutet hatte, das Kreuz, das sie zu tragen hatte – auf jeden Fall hatte Elina das Gefühl, dass sie ihm ihr Herz ausschütten konnte.

Sie fiel ihrem Bruder um den Hals. Leise weinend, damit sie niemand hörte, erzählte sie ihm alles. Es war manchmal ein bisschen undeutlich und geflüstert, und Ristos Finnisch war schon ziemlich eingerostet. Doch er begriff, dass sie nie ein Café hatte haben wollen, dass sie sich in ihrem Job bei der häuslichen Pflege sehr wohlfühlte, wo sie jetzt auch noch die allerschlechtesten Schichten bekommen hatte, weil sie vorher gekündigt hatte, um ihr Café aufzumachen. Und sie erzählte, dass sie den Gedanken, nach London zu fahren und zu fotografieren, gänzlich aufgegeben hatte – das Einzige, was sie vorher aufrecht gehalten hatte. Sie erzählte von ihrem Taugenichts von Freund, und dann erzählte sie ihm das Allerschlimmste: die polizeiliche Ermittlung in dem Fall des Brandes, der ein unter Denkmalschutz stehendes Haus vernichtet hatte und bei dem jetzt vermutet wurde, dass er mutwillig gelegt worden war. Von ihr. Das war wirklich eine schöne Art, sich seine „Träume zu erfüllen".

„Es weiß aber niemand davon. Bitte sag nichts."

„Das kommt schon alles wieder in Ordnung, Schwester."

„Wie denn? Ich werde für den Rest meines Lebens im Pflegedienst schuften müssen, um das Haus bezahlen zu können. Das heißt, nachdem ich aus dem Gefängnis rausgekommen bin."

„Ich werd mir das mal angucken. Und sehen, ob ich da was machen kann. Ansonsten musst du wohl zu mir runterkommen."

„Danke, aber … ja."

Nicht eine Sekunde glaubte Elina, dass Risto diese Bescherung aufräumen könnte, und wenn er zu Hause in Polen ein noch so geschickter Geschäftsmann sein mochte. Sie ließ ihn los und trocknete sich die Tränen.

29. KAPITEL

Ronny gewinnt einen neuen Kunden – Risto wird deutlich

Ronny, der wahre Brandstifter, traf am gleichen Nachmittag einen neuen Kunden, der auf ein paar von den teureren Produkten spekulierte, die er weiterverkaufte. Er hatte mehrere Benzodiazepine im Sortiment und dealte auf Freelance-Basis ein bisschen mit Hasch. Aber wenn es um härtere Drogen – härter, sowohl was ihre Wirkung anging als auch die strafrechtlichen Konsequenzen und den Preis – ging, blieb er lieber beim Handel auf Kommissionsbasis. Weil nämlich seine persönliche Finanzlage, seine Kreditwürdigkeit und seine Selbstbeherrschung gleichermaßen schlecht waren. Drei Dinge, zwischen denen es durchaus einen Zusammenhang gegeben haben mochte, auch wenn Ronny noch nie auf den Gedanken gekommen zu sein schien.

Aus diesen Gründen und wegen des allgemeinen Misstrauens, das in dieser Branche herrschte, lagerte jener Teil seines Sortiments bei seinem Lieferanten.

Da der Kunde neu und unbekannt war, achtete Ronny besonders darauf, nichts Kompromittierendes einzustecken. Dafür nahm er einen Freund mit, einen Kumpel, der Ende der Sechziger geboren war und im Geiste dieser Zeit den Taufnamen „Frühlingsbote“ bekommen hatte. Deswegen wurde er jetzt nur noch Frühli genannt.

Wie sich herausstellte, war der neue Kunde aus dem Ostblock. Das Ganze war ein bisschen undurchsichtig, aber nachdem sie sich miteinander bekannt gemacht hatten, waren Ronnys ungute Vorahnungen wie weggeblasen. Der Typ erinnerte ihn in jeder Hinsicht an den Bruder seiner Freundin, sodass es schon fast unheimlich war! Und der war schließlich ein supercooler Typ, der nicht zögerte, auch mal einen mit Ronny zu kiffen, wenn sich die Gelegenheit ergab.

Der neue Kunde nannte sich Piotr und wollte ZNS-stimulierende Drogen kaufen. Das klang ja schon mal gut. Ronny instruierte seinen Waffenträger, loszugehen und die gewünschte Menge zu holen. In der Zwischenzeit konnten Piotr und er in Ronnys Wohnung hochgehen, damit sie nicht unnötig Aufmerksamkeit auf sich zogen. Wie gesagt, Ronny mochte den Typen instinktiv.

„Wird gemacht, Brandstifter", grinste Frühli. Letzteres war ein interner Witz, der ihm langsam, aber sicher auf den Nerv ging.

„Brand Stifter?", fragte Piotr. „I thought your name was Ronny? Isn't it?"[49]

„Ja. Er macht bloß Witze."

„Der hat das Café seiner Freundin angesteckt. Und zwar mitsamt dem Versicherungsformular, das muss man sich echt mal geben!", grinste Frühli.

„Im Ernst?"

„Ich schwör's!"

Alle drei lachten herzlich.

„Aber ...", sagte Ronny. „Ich muss erst ein bisschen Geld sehen, bevor Frühli das Zeug holt."

„Hey, ich hab sicher nicht vor, ihn mit meinem Geld in der Tasche hier rausspazieren zu lassen. Das ist dir doch wohl klar, oder?"

„Nein, nein. Das ist auch gar nicht nötig. Aber ich muss schon sehen, dass du die Kohle hast."

---

49 Im Folgenden wird der Dialog einfach übersetzt wiedergegeben.

Piotr nickte und ließ ein ansehnliches Bündel Kronenscheine in der Innentasche seiner Jacke sehen.

„Gut." Das würde einen netten Gewinn für Ronny und Frühli abwerfen.

Als sie oben in seiner Wohnung waren, saßen Ronny und Piotr schweigend da, mit dem bemüht höflichen Lächeln, das für solche Situationen nur zu charakteristisch ist.

„Wird das lange dauern?"

„Ein bisschen, aber nicht zu lange. Es geht schon flott." Ronny betrachtete den Ostblockler amüsiert. „Ich bin ja schon ein bisschen überrascht."

„Wieso?"

„Zum einen, weil du dem Bruder meiner Freundin verdammt ähnlich siehst."

„Sieht der gut aus?"

„Na jaaa, das würde ich jetzt nicht behaupten. Aber außerdem …"

„Ja?"

„Ich dachte, ihr hättet da drüben euer eigenes Pulver, billig und gut? Du kommst doch bestimmt aus dem Baltikum oder so, oder?"

„Ich bin eine ganze Weile in Schweden und hatte keine Lust, wegen so was im Zoll hängen zu bleiben. Die sind ganz schön misstrauisch."

„Diese Schweine." Ronny konnte es ihm lebhaft nachfühlen. „Die müssen immer gleich das Schlechteste von einem glauben."

„Als müsste man gleich Drogen schmuggeln, nur weil man Pole ist, oder?"

„Ja, oder? Keiner hat mehr Vertrauen in die Menschen. Das ist so scheißzynisch alles."

„Dieses Café, von dem dein Kumpel da geredet hat – was war das denn für eins?"

„Ach, nichts Besonderes!“ Ronny winkte ab.

„Du hast ein Café echt mitsamt der Versicherungspolice angezündet?“

„Nein, es war der Überweisungsschein! Aber egal, im Nachhinein ist man immer schlauer, oder? In dem Moment dachte ich halt, es wär eine gute Idee.“

„War es aber nicht?“

„Im Nachhinein betrachtet, nein. Aber ich konnte ja nicht wissen, dass die dämliche Kuh ihr Lokal nicht versichert hat! Das ist doch das Erste, was man tut, wenn so ein Laden schlecht läuft. Damit man das Ding abbrennen lassen kann. Aber die Tussen …“ Er schüttelte resigniert den Kopf. „Die haben selten Sinn fürs Geschäft. Das ist in Polen sicher das Gleiche, oder?“

Piotr wechselte das Thema. „Wie könnten wir das denn machen, wenn ich jetzt doch mehr kaufen will?“

„Dann muss ich anrufen. Er ist bestimmt noch nicht da. Wie viel Geld hast du denn dabei?“

„Ich weiß nicht genau. Zähl selbst, ich kenn mich nicht aus mit eurem Geld.“

Piotr schob ihm das Geldscheinbündel über den Tisch zu. Ein widerspenstiger Stapel voll knittriger Scheine, die geradezu danach schrien, sortiert und gezählt zu werden. Und Ronny ließ sich nicht zweimal bitten. Wie er sah, lagen obenauf vor allem die kleineren Scheine, aber weiter unten im Stapel würden sich bestimmt Hunderter, Fünfhunderter und vielleicht sogar der eine oder andere Tausender finden.

Das Geld anderer Leute zu zählen verstieß gegen die Etikette, doch er hatte ja die Genehmigung von Ronny höchstselbst. Ronny streckte eine Hand nach dem kleinen Vermögen aus.

„Ich hab noch mehr, falls das nicht reicht“, sagte der Pole und schob die Hand in die Innentasche seiner Jacke. Da die Ware nicht in der Wohnung war und das Geld Piotr gehörte, sah sich Ronny nicht veranlasst, misstrauisch zu sein. Er hatte nur Augen für die Scheine. Deswegen war er auch völlig verblüfft, als seine Hand auf dem Geldscheinbündel von einem spitzen Jagdmesser mit Sägeschliff durchbohrt wurde. Das Messer wurde mit einer solchen Wucht geführt, dass es durch die Banknoten und die Tischplatte hindurchging und auf der Unterseite wieder herausragte. Das Ganze kam so unerwartet, dass Ronny im ersten Moment überhaupt keinen Schmerz verspürte. Eben wollte er sich noch ein hübsches Bündelchen Geldscheine greifen, und im nächsten Moment war er durch ein ganz besonders grässliches Messer für immer daran gebunden. Und auf der anderen Seite des Tisches saß der vorhin noch so nette Piotr und studierte interessiert seinen Gesichtsausdruck.

Es dauerte ein paar Sekunden, bis Ronny die Teile richtig zusammensetzen konnte. Was war hier eigentlich gerade passiert? Dann kam der Schmerz.

„Aaaah!", schrie er, doch er hielt jäh inne, als Piotr ihm auf die Nase drosch.

„Könntest du bitte das Maul halten?"

Ronny keuchte und schluchzte. Er hielt sich die Nase mit seiner unverletzten Hand. Das Blut quoll ihm zwischen den Fingern hervor.

„Du hast mir die Nase gebrochen."

„Weil du so laut rumgeheult hast. Wenn du still bist, geht es gleich viel besser. Hast du mich verstanden?"

Ronny nickte. Er konnte Piotr durch den Tränenschleier nicht sehen. Der Pole hatte sich in einen bedrohlichen verschwommenen Fleck verwandelt und war als solcher gleich noch viel furchterregender.

„Du hast also Elinas Café angesteckt?"

Hätte er nicht so unter Schock gestanden, hätte Ronny vielleicht darauf reagiert, dass der Pole den Namen seiner Freundin kannte. Doch seine Wahrnehmung war so bis zum Anschlag mit Schmerz ausgefüllt, dass für derlei Überlegungen kein Platz blieb.

Instinktiv ging es ihm natürlich gegen den Strich, überhaupt etwas zuzugeben. Das Standardpolizeiverhör konnte er aus dem Effeff. Er durchschaute seine Dramaturgie und konnte sich zwischen den Fragen so hindurchnavigieren, dass er am Ende vielleicht nicht mit ganz reiner Weste dastand, aber seine Diebesehre doch behielt. Soll heißen, er verpfiff niemanden, und sich selbst schon mal gar nicht. Aber das hier war etwas ganz anderes. Dieser Pole war völlig unberechenbar. Ronny hatte Angst.

„Du weißt, dass die Polizei glaubt, sie hätte es selbst getan, oder?"

„Das können sie doch nicht beweisen ... Aaaah!"

Piotr hatte sich seinen kleinen Finger geschnappt und nach hinten gebogen. Der Finger drohte zu brechen, während sich die zerfleischte Hand um die Messerklinge bewegte. Ronny wiegte sich vor und zurück.

„Bittehörauf-bittehörauf-bittehörauf."

„Weißt du, in einer finnischen Familie halten wir vielleicht nicht von morgens bis abends Händchen und singen ‚Kumbayah my Lord'. Deswegen kommen die Leute manchmal auf die Idee, dass wir auf unsere Familie nicht so viel Wert legen. Aber das ist falsch."

Ronny war vollauf mit Keuchen beschäftigt und konnte deswegen keinen Kommentar zu dieser Betrachtung über die kulturellen Unterschiede auf den beiden Seiten der Bottenwiek erübrigen.

„Elina ist meine Schwester."

Ronny verzog das Gesicht. Wie Risto feststellte, hatte er dabei Ähnlichkeit mit Stevie Wonder oder Ray Charles, rein vom mimischen Bewegungsmuster her. Er drückte den Finger noch ein bisschen nach oben, um sich Ronnys Aufmerksamkeit zu sichern.

„Verstehst du?"

„Ja! Ja! Ich verstehe! Bitte ..."

Risto hielt den Finger noch eine Weile fest, um zu signalisieren, dass er wirklich eine Botschaft für Ronny hatte. Dann ließ er ihn los. Mit einem Taschentuch griff er sich den Telefonhörer des grauen Bakelitapparats, den man damals standardmäßig hatte.

„Ich werde jetzt die Polizei anrufen. Wenn sie herkommen, gestehst du ihnen die Brandstiftung. Stimmt's?"

Ronny begann zu hyperventilieren.

„Du gestehst der Polizei, dass du das Café angezündet hast. Denn wenn du das nicht tust, wirst du dich noch nach diesem Moment hier zurücksehnen. Dann wirst du finden, dass das hier einer der kuscheligeren Momente am Ende deines Lebens war."

Ronny nickte eifrig. Er hatte es verstanden. Selten hatte jemand so deutlich mit ihm kommuniziert, in der Sprache, die er am besten verstand.

„Das werd ich tun. Das werd ich tun. Aber jetzt zieh doch bitte ..."

Risto wählte die 90 000[50] und hielt Ronny den Hörer hin.

„Bitte sie, herzukommen."

„Bitte! Kommen Sie! Schicken Sie die Polizei! Und einen Krankenwagen!"

Risto nahm eine unbezahlte Telefonrechnung vom Tisch und zeigte auf die Adresse. Ronny konnte jetzt wieder klarer sehen und rappelte die Anschrift herunter. Risto legte auf. Er wischte den Griff seines Messers ab.

„Und wenn sie kommen, dann erklärst du ihnen, dass Elina

50 Als sich diese Szene abspielte, war die 90 000 das, was heute die 112 ist.

nichts mit dem Brand zu tun hatte. Sie wusste nichts. Du erzählst ihnen die Wahrheit."

„Ja, ja, ja. Aber jetzt zieh bitte ...!"

Ronny näherte sich langsam, aber sicher der Hysterie. Er hatte immer noch nicht kapiert, wie ein so wundervoller Tag für Schnaps und andere bewusstseinserweiternde Substanzen sich so schlagartig in eine Welt des Schmerzes verwandeln konnte.

„Ich werde jetzt gehen. Und dann sagen wir einfach, dass unser Geschäft hier erledigt ist. Oder was meinst du?"

Ronny wiegte sich vor und zurück.

„Und damit bist du dann noch billig davongekommen. Ich hoffe, das ist dir klar. Aber auch nur deswegen, weil du der Freund von meiner Schwester bist. Falls du die Sache mit dem Café nicht auf dich nimmst, bist du allerdings wertlos für mich. Hast du das kapiert?"

Ronny nickte.

„Gut. Außerdem finde ich, du solltest Frauen nicht als dämliche Kühe bezeichnen. Und das gilt nicht nur für meine Schwester."

„Bitte, zieh das raus ..." Ronny deutete mit einem Nicken auf das Messer. „Bitte."

„Das kann ich leider nicht machen. Dann rennst du mir doch bloß davon. Es ist wichtig, dass du mit der Polizei redest. Das ist alles kein Scherz hier." Risto drehte sich um und ging zur Tür.

„Bitte", flehte Ronny.

„Du kannst es doch einfach selbst rausziehen. Ich hätte es selbst rausgezogen." Das stimmte wahrscheinlich. „Und das wird sich viel besser für dich anfühlen. Denn dann hast du es dir nämlich auch verdient."

Ronny ließ seine blutende Nase los und hielt die Hand über das Messer. Sie zitterte. Er konnte das nicht.

„Siehst du. Wenn man nicht den Willen hat, die Situation zu verändern, in der man steckt, dann muss man sie akzeptieren. Sonst erreicht man im Leben gar nichts. Wenn die Polizei kommt, behauptest du, dass du das auch selbst gemacht hast. Kapiert?“

Ronny war mittlerweile fast katatonisch.

„Ja, ich weiß. Musst du dir halt was ausdenken. Sei ein bisschen kreativ.“ Da hellte sich Ristos Miene auf. „Sag doch einfach, du hättest dieses Spiel gespielt …“ Er spreizte die Finger in der Luft und tat so, als würde er eine Messerklinge in die Zwischenräume stechen, wie in den Freistunden in der Schule, als es noch nicht gesetzlich verboten war, Messer in die Schule mitzunehmen.

Dann verließ Risto die Wohnung. Ronny begann zu weinen.

30. KAPITEL

Matti und Risto auf dem Bootssteg – Elina spricht mit einem Nachbarn – Danne Nilsson liest die Zeitung

Leichte Missstimmung bei den Altos. Risto wollte wieder nach Hause fahren.

Eigentlich hatte man gehofft, dass er länger bleiben würde. Doch man musste natürlich respektieren, dass der Sohn, im Gegensatz zu vielen anderen, eine Arbeit hatte, verkündete Matti. Es war gut, dass er gegenüber seinem Arbeitgeber so loyal war. Und im Grunde war es doch gar nicht so weit bis Polen. Jetzt war der Kontakt ja hergestellt. Aber Matti war bestimmt bewusst, dass er niemals nach Polen fahren würde und dass es auch gar nicht sicher war, ob es Risto während der Zeit, die Matti noch zu leben blieb, noch einmal nach Schweden schaffen würde.

Ob der wiedergefundene Sohn wohl einen Spaziergang mit Matti unternehmen wolle?

Die anderen Kinder wussten gleich, worüber die beiden da sprechen würden. Was Risto endgültig und offiziell angeboten werden würde. Er hatte seine Karten gut gespielt.

„Fährst du mich runter an den See?", bat Matti, als sie draußen auf der Rollstuhlrampe waren.

„Natürlich."

Unten am Wasser rollte Matti auf den Anleger hinaus. Risto folgte ihm. Er stand hinter seinem Vater.

„Schön ist es hier. Ein ruhiger Platz. Hier kann man gut nachdenken."

„Ja."

Die beiden schauten über den spiegelglatten See.

„Weißt du noch, was ich zu dir gesagt habe?"

„Ja." Risto erinnerte sich noch sehr gut daran, was sein Vater damals in Finnland zu ihm gesagt hatte.

„Über das hier. Über den Großen Affen."

„Das passiert allen."

„Auf jeden Fall. Aber es ist komisch. Je mehr man im Leben hat, umso schlimmer fühlt es sich an. Als massenweise Leute starben und man eigentlich nicht viel hatte, da …" Matti zuckte mit den Schultern. „Na ja, da fand man das alles nicht so schlimm. Man hat nicht wirklich drüber nachgedacht. Aber jetzt ist es anders."

„Mm."

Risto musterte den Nacken seines Vaters. Er konnte dem Rollstuhl problemlos einen Tritt versetzen und ihn über die Kante des Stegs befördern.

„Weißt du, ich will die Firma an jemand übergeben, von dem ich weiß, dass er zurechtkommen wird. Elina schlägt schon ein bisschen nach ihrer Mutter, ist so mein Eindruck. Aber nicht genug. Diese ganzen Idioten, mit denen sie immer zusammen ist! Sie meint, ich weiß das nicht, aber ich weiß es sehr wohl. Aber sie muss ihre eigenen Fehler machen, und ich muss mich drauf verlassen, dass sie klug genug sein wird, sie zu korrigieren."

Matti hatte wie gesagt wahrscheinlich für den Nachrichtendienst des finnischen Militärs gearbeitet. Selbstverständlich wusste er, was los war. Aber es funktioniert selten, wenn man Jugendliche belehrt, damit ruft man nur Widerstand hervor. Viele wichtige Weisheiten muss man im Leben selbst lernen.

„Manchmal kommt es mir so vor, als würde sie … Na ja. Sie hat sich noch nie für einen normalen Jungen interessiert. Ich begreife es einfach nicht, nachdem ihre Mutter doch so guten Geschmack bewiesen hat. Sicher, ihre Eltern hatten mich wohl nicht besonders ins Herz geschlossen. Ich war ja Finne und so." Matti konnte sich noch an die Schwiegereltern erinnern, mit denen er nie besonders gut ausgekommen war. „*Scheißfinnlandschweden!* Aber sie sind sicher auch gute Menschen. Auf ihre Art."

Vater und Sohn schwiegen einen Augenblick und genossen die Sonne, die die Wasseroberfläche zum Funkeln brachte.

„Aber es hat sich ja doch herausgestellt, dass ich ein ... na ja, vielleicht kein guter Kerl war, das will ich gar nicht behaupten, wenn ich jetzt hier sitze und Bilanz ziehe. Aber ich hab immer für mich selbst gesorgt und hab anderen geholfen, wenn ich konnte."

Matti überlegte kurz.

„Raimo hat ein Spielproblem. Wusstest du das? Du hast so was nicht, oder?"

„Nein."

„Der Osten hat sicher auch seine Vorteile. Man weiß ja nicht, wie es gelaufen wäre, wenn du hier aufgewachsen wärst."

„Mm." Risto starrte aufs Wasser. Dann auf den Nacken des Alten. Und wieder aufs Wasser.

„Eigentlich hätte ich ihm überhaupt kein Geld geben sollen. Aber weißt du, das wäre eben nicht gerecht gewesen. Er musste auch seine Chance kriegen, genau wie ihr anderen. Krebsfonds, sagt er. Was für ein Blödsinn. Verspielt hat er das Geld. Ich wusste, dass es rausgeworfenes Geld war. Aber Recht muss Recht bleiben."

„Ist das Wasser hier tief?"

„Ja, ein paar Meter sind das wohl hier. Raimo hat hier so einige Hechte rausgeholt, als er klein war."

„Das hätte ich auch gern gemacht."

Risto trat einen Schritt zurück und hob den Fuß. Ein Tritt, und der Alte würde vom Steg rollen.

Ihm war es nie gelungen, eine dauerhafte Beziehung zu einer

Frau aufzubauen, es war ihm nie auch nur entfernt in den Sinn gekommen, eine Familie zu gründen. Und er hatte das Gefühl, dass der Grund irgendwo hier zu suchen war. Natürlich war es albern zu glauben, dass man das mit einer schnellen, radikalen Tat wiedergutmachen könnte. Aber gewisse Dinge mussten einfach getan werden.

In der Zwischenzeit hatte es oben an der Haustür geklingelt.

Es war Claes, der Nachbar zwei Häuser weiter. Von Beruf war er Polizist, und er wollte Elina sprechen.

Ob sie sich mal eben unter vier Augen unterhalten könnten?

In ihrem Magen fühlte sie auf einmal einen Stein, aber sie nickte schweigend. Als Kind hatte sie sich um das Aquarium und die Blumen gekümmert, wenn die Polizistenfamilie verreist war. Und irgendwie war es ihr ein kleiner Trost, dass es ausgerechnet er war und er in Zivil gekommen war, um sie abzuholen. Aber in erster Linie war sie erleichtert, dass ihr Vater nicht im Haus war. Elina führte Claes ins Wohnzimmer. Sie setzten sich, und er schaute sie ernst an.

„Elina …"

„Ja?"

„Ich muss dir jetzt was Trauriges erzählen."

„Ja." Etwas anderes hatte sie auch nicht erwartet.

„Es geht um Ronny. Hällström."

„Ach ja?"

„Ihr seid zusammen, oder?"

„Ja?"

„Er ist da in was reingeraten."

Das war nun nicht besonders überraschend. Ronny war der Typ Mann, der ständig in was reingeriet. Aber warum kam Claes zu ihr nach Hause, um ihr das zu erzählen?

„Was denn? Geht es ihm gut?"

„Mehr oder weniger. Er hat sich die Hand verletzt. Ziemlich übel sogar. Aber es ist nicht lebensgefährlich, das wird alles wieder gut. Da ist allerdings noch was anderes.“

Wieder spürte sie das ziehende Gefühl in der Magengrube. Jetzt war der Moment gekommen. Würde er ihr autoritär die Hand auf die Schulter legen und erklären, sie sei „hiermit verhaftet“? Würde er am Ende, aus irgendwelchen formalen Gründen, sogar die Handschellen rausholen? Und ihr die Hand auf den Scheitel legen, wenn sie ins Polizeiauto stieg, wie sie es im Fernsehen immer machten, und so, dass es alle Nachbarn sehen konnten?

„Ich dachte mir, du solltest das am besten als Erste von mir hören.“

„Ja?“

„Das bleibt unter uns, ja? Ich sage es dir, damit du … Na ja, ich glaube, du musst ein bisschen drüber nachdenken.“

„Was denn?“

„Er hat uns erzählt, dass er das Café in Brand gesteckt hat.“

„Was?“

Hatte sie da gerade richtig gehört?

„Er sagt, dass du nichts davon gewusst hast. Und wir glauben ihm natürlich. Niemand hat dich irgendwie verdächtigt. Und seine Aussage deckt sich mit dem Brandverlauf, wie er uns bekannt ist.“

„Aber … das versteh ich jetzt nicht.“

Einen Augenblick schwiegen beide.

„Warum sollte er denn so was tun?“

„Das fragen wir uns auch. Wir haben keine Erklärung. Lief es denn in letzter Zeit gut zwischen euch?“

„Na ja, also … was heißt schon gut? Was bedeutet das eigentlich?“

„Ihr hattet nicht Schluss gemacht oder so was?“

„Nein.“

„Wusste er, dass das Café nicht versichert war?"

„Weiß ich nicht."

„Wir haben ihn jetzt jedenfalls in Gewahrsam. Und es wird wohl eine Weile dauern, bevor ihr euch sehen könnt. Ich versteh wirklich nicht so ganz, was du mit dem willst, so ein cleveres Mädel wie du."

Elina zog die Brauen hoch und riss die Augen auf, blies die Wangen ballonartig auf und ließ die Luft dann langsam entweichen.

Später stellte sich heraus, dass diese Brandstiftung gar nicht mal die schlimmste von Ronnys Umtrieben der letzten Zeit gewesen war. Die Polizei hatte ihn verletzt vorgefunden, nachdem er im Drogenrausch ein bizarres Messerspielchen gespielt hatte, und neben ihm lag ein Bündel Geldscheine, die mit einem Raubmord an einem Antiquitätenhändler in Verbindung gebracht werden konnten. Diesen hatte man in einem Hinterzimmer seines Geschäfts gefesselt auf einem Stuhl gefunden.

Die Medikamente in seinem Badezimmerschrank deuteten darauf hin, dass er einen Herzfehler hatte, und die Obduktion bestätigte eben dies auch als Todesursache. Daher stufte man das Verbrechen als gewalttätigen Raubüberfall mit fahrlässiger Tötung ein.

In diesem Raum hatte man auch einen geöffneten, geplünderten Safe gefunden. Der alte Mann hatte keine bekannten Verwandten, deswegen war es schwierig, Spekulationen zum Inhalt des Tresors anzustellen. Doch in einer Schreibtischschublade fand sich eine lange Liste mit sorgfältig hingepinselten Zahlenreihen, neben denen verzeichnet war, was er verkauft hatte und an wen. Vor ungefähr zehn Jahren war der Antiquitätenhändler in einem undurchsichtigen Deal mit Falschgeld betrogen worden, weswegen er sich angewöhnt hatte, bei größeren Geschäften die Seriennummern der Banknoten festzuhalten. Das blutdurchtränkte Geldbündel, das man bei Ronny fand, stimmte haargenau überein mit einer langen, zusammenhängenden Reihe von Seriennummern. Und obwohl Ronny mit seiner typischen Verstocktheit leugnete, irgendetwas von diesem Raubüberfall zu wissen, gab es nicht mehr den geringsten Zweifel daran, wie er an das Geld gekommen war. Besonders belastend war, dass er keine alternative Erklärung für den Ursprung dieses Geldes hatte.

Elina war verblüfft.

Risto stand auf dem Anleger, sein Fuß schwebte immer noch in der Luft. Mit dem Gewicht des Rollstuhls und der Wolldecke, in die er sich gewickelt hatte, würde sein Vater auf den Grund sinken wie Blei.

Und Matti erzählte weiter: „Und dann Antti. Der Junge ist ein menschliches Vakuum. Der hat in seinem ganzen Leben noch nichts zustande gebracht. Nichts! Ich weiß auch nicht, was da schiefgegangen ist.“ Resigniert schüttelte er den Kopf.

Aber wir wissen ja, dass das nicht ganz gerecht war. So hatte Antti zum Beispiel vor ein paar Jahren das ungewöhnlich langlebige Gerücht in die Welt gesetzt, das sich hartnäckig an die Fersen des unwissenden Danne Nilsson geheftet hatte und ihn seither sein Leben lang verfolgte. Danach hatte Antti sich zwar auf seinen Lorbeeren ausgeruht, aber jetzt hatte er ja erneut eine bedeutungsschwere Initiative ergriffen. Er hatte die erwähnte Erzählung geschrieben, die von einer Gewerkschaftszeitung angenommen worden war. Und inzwischen war sie sogar schon in Druck gegangen. Antti hatte jedoch immer noch nicht gewagt, seinem Vater davon zu erzählen, denn er wollte, dass seine Schriftstellerei sich in ihrem eigenen Tempo entwickeln konnte.

Die Erzählung war ein ziemlich interessanter Text, der an seinen alten Triumph anknüpfte. Es ging nämlich um einen

Jungen, der sich für eine schmachvolle Ungerechtigkeit rächt, indem er ein Gerücht erfindet, wie in einem frivolen Zusammenhang versehentlich ein Vogel zertreten wird. Das Gerücht wächst auf groteske Art, ja, es entwickelt so viel Kraft und Wucht, dass es schwierig war, die Erzählung hier noch glaubwürdig klingen zu lassen. Doch Antti biss die Zähne zusammen und schrieb sie immer wieder um, bis sie einigermaßen plausibel klang.

Der Chefredakteur der Zeitung fand den Text vielleicht stellenweise etwas unsicher geschrieben, doch originell genug, um veröffentlicht zu werden. Da ein junger Debütant dahinterstand, konnte man über kleinere sprachliche und stilistische Unsicherheiten hinwegsehen.

Die Zeitung hatte das Format eines Boulevardblatts, und zufällig geriet ein Exemplar einem Penner in die Finger, der sich damit zudeckte. Und dieser Penner zog diese Art von Decke einer Decke aus Boulevardzeitungen vor, obwohl das Format dasselbe und die Papierqualität gleichwertig war. Die Zeitung berichtete nämlich eher von Dingen, zu denen er einen Bezug hatte, zum Beispiel der Solidarität mit den Armen, dem Kampf der Unterdrückten gegen die Obrigkeit, den harten Arbeitsbedingungen, unter denen das Lumpenproletariat in den südamerikanischen Fabriken arbeitete, und nicht über die Sorgerechtsstreitigkeiten, Drogenprobleme und Silikonimplantate irgendwelcher Stars.

Dieser aus der Gesellschaft ausgestoßene Mann war, man höre und staune, eben jener zuvor erwähnte Danne Nilsson! Er lag in einer Unterführung unter der Schnellstraße 68, wo er in den Sommermonaten seinen Schlafplatz hatte. Zum einen, weil er sich nicht mit Wachmännern und Hausbesitzern darüber streiten wollte, inwiefern es ratsam war, in ihren Kellern zu schlafen, und zum andern, weil sich im Straßengraben immer wieder einiges an Pfandflaschen ansammelte, was seine

Wanderungen in der Umgebung der Unterführung zu einer kleinen Erwerbsquelle machte, sodass sie nicht ganz verschwendete Zeit waren. Nicht umsonst hatte er auf dem Gymnasium den Wirtschaftszweig besucht.

Ein anderer Grund, warum er sich in den warmen Monaten nach Möglichkeit von Wohngebieten fernhielt, war der, dass er von den Menschen enttäuscht war. Er hatte sich immer mehr den Tieren zugewandt, die einfach viel ehrlichere Wesen waren.

Als Penner hat man natürlich gewisse Probleme mit der Haustierhaltung. Also hatte er stattdessen Beziehungen zu der Fauna aufgebaut, mit der er sich die Unterführung teilte. Eine Weile wohnte dort eine Kröte, ansonsten waren es meistens Insekten aller Art, Käfer und Larven. Sogar eine Spinne, die sich breitbeinig zur Verteidigung ihrer Brut aufstellte, als Danne Nilsson sich mit dem Finger dem Sack voll Eier näherte, den sie gerade gelegt hatte. Wenn man sich vor Augen hält, dass die Spinne nicht größer war als sein Fingernagel, zeigte sie angesichts einer hoffnungslosen Übermacht wahrhaft beeindruckenden Mut. Als alter Gefreiter musste Danne Nilsson das respektieren. Er entwickelte im Laufe der Zeit eine enge Beziehung zu der Spinne, und als die jungen Spinnen aus den Eiern schlüpften, war die Freude bei beiden groß.

Eines Vormittags lag Danne Nilsson ganz vorne in seiner Unterführung, wo das Sonnenlicht genau perfekt hereinfiel. Das war der Moment des Tages, den er am meisten mochte. Da las er immer ein bisschen, um über das Weltgeschehen auf dem Laufenden zu bleiben und nicht ganz hinterm Mond zu leben. An diesem Tag stieß er auf eine Erzählung, geschrieben von einem Antti Alto. Das war ein ungewöhnlicher Name. Er wusste, dass er finnisch war und eigentlich Aalto geschrieben wurde. Aber es kommt ja öfters vor, dass ausländische Namen falsch geschrieben werden.

Doch irgendetwas an diesem Namen kam ihm bekannt vor, auch wenn er ihn momentan noch nicht recht einordnen konnte.

Er begann die Erzählung zu lesen. Sie handelte von einem Jungen namens Nisse Danielsson, der …

Moment mal.

Danne Nilsson erstarrte und las, erst misstrauisch, dann immer aufgewühlter den ganzen Text.

Einen Augenblick meinte er, endgültig verrückt geworden zu sein, nicht nur so halb-irr, wie er eben war, was er auch immer akzeptiert hatte. War die Welt etwa eine Kulisse und er nur ein Versuchskaninchen in irgendeinem sadistischen Experiment? Das hier war einfach zu viel.

Auf einmal erinnerte sich Danne Nilsson an den kleinen Fettsack, der am Gymnasium zwei Jahrgänge unter ihm gewesen war. Hatte der nicht sogar Antti Alto geheißen? Aber ja, hatte er! Er rutschte näher an den Tunneleingang, hielt die Zeitung ans Licht und betrachtete das verschwommene kleine Porträtfoto. Der sah auch noch so aus wie dieser kleine Wichser! Der Wohnort stimmte ebenfalls. Aber wie hing das alles zusammen? Danne Nilsson ließ sich die Zeitung auf die Brust sinken. Die Hauptperson, die die bösen Taten des Schurken heldenhaft rächte, hieß Mikko Salo.

Ihm kam ein absurder Gedanke. Doch bei näherer Überlegung war er auch nicht absurder als alle anderen denkbaren Erklärungen.

Steckte am Ende dieser kleine Fettsack hinter allem?

Eigentlich war es ja egal. Seine Reaktion musste so oder so dieselbe sein. Denn wenn er jetzt so wahnsinnig war, dass er sich zusammenfantasierte, was er vor seinem inneren Auge sah, dann war es auch egal, was er machte. Und wenn der kleine Fettsack schuldig war, dann …

Danne Nilsson betastete die Taschen seiner Militärjacke.

Die Kette war noch da, mit der er sich gegen Cliquen von besoffenen Jugendlichen verteidigte, die ihn am frühen Samstag- oder Sonntagmorgen beim Dosensammeln störten. Dann kroch er aus seinem Unterschlupf.

Die Autofahrer, die in diesem Moment über die Schnellstraße 68 fuhren, müssen sich über eine Figur mit buschigem Haar, wirrem Bart und zerfetzter Militärjacke gewundert haben. Sie sah aus wie eine Kreatur aus der Unterwelt, die aus einem Erdloch am Straßenrand gekrochen war. Die Gestalt warf eine zerknitterte Zeitung von sich, reckte die Arme zur aufgehenden Sonne und stieß ein unnatürlich rasselndes und wahnsinniges Gebrüll aus.

„Aargh!"

Dann steuerte sie mit großen, überraschend schnellen Schritten aufs Stadtgebiet zu.

31. KAPITEL

Matti übergibt ein Holzscheit – Der Troll – Risto fährt nach Hause

„Ich weiß wirklich nicht, wie es so weit kommen konnte“, sagte Matti auf dem Bootssteg. „Weißt du, ich will gar nicht Schweden die Schuld geben, das war alles einzig und allein mein Fehler. Wenn sie eben nur unter anderen Umständen aufgewachsen wären. Wenn sie gezwungen gewesen wären, die Dinge in die Hand zu nehmen. Dann wäre es vielleicht alles anders gekommen.“

Matti verstummte und zog den Rotz durch die Nase hoch. Risto erstarrte und senkte den Fuß, den er schon zur Rückenlehne des Rollstuhls erhoben hatte. War der Alte erkältet?

Matti wischte sich die Nase ab und schniefte.

Oder waren das …?

Nein. Unmöglich. Risto musste selbst lächeln über seinen dummen Gedanken.

„Und dann du, Risto. Der du nicht mal zu Hause gewohnt hast. Du hast gelernt, wie man im Leben zurechtkommt. Seltsam, dass den Kommunisten gelungen ist, was ich nicht geschafft habe.“ Matti schüttelte den Kopf. „Denn ich glaube, dass wir beide aus demselben Holz geschnitzt sind. Deswegen möchte ich, dass du die Firma übernimmst. Dass du dich um deine Geschwister kümmerst. Und um Mutter natürlich. Das kannst du. Du bist wie ich, Risto.“

Risto spürte, wie sein Puls schneller schlug. In der Stimme des Alten lag so ein seltsames Vibrato. Theoretisch ein Anzeichen für eine Art Gefühl. Aber war das wirklich möglich? Matti Alto hielt sich nicht mit Gefühlen auf. Das wusste jeder. Wer war also der alte Mann hier?

„Ich will nichts haben. Mir geht es gut in Polen. Trotzdem danke.“ Seine Zunge fühlte sich an wie ein trockenes Holzstück in seinem Mund.

„Das dachte ich mir fast schon. Aber ich wollte es dir auf jeden Fall angeboten haben. Und ich bin froh, dass du es in Polen so weit gebracht hast. Obwohl ich …“ Matti suchte nach Worten. „Obwohl ich solchen Mist gebaut habe.“

Eine Weile hörte man nur das Wasser, wie es gluckernd gegen den Steg schwappte.

„Denn das hab ich, Risto. Ich hab Mist gebaut. Ich als dein Vater hatte die Aufgabe, mich um dich zu kümmern. Und das hab ich nicht getan. Verzeih mir, Risto.“

Matti schniefte noch einmal. Auf einmal landete ein Wassertropfen auf seiner Brust. Risto konnte das Gesicht seines Vaters nicht sehen, aber er stand nahe genug hinter ihm, dass er den Tropfen über seine Schulter sehen konnte. Er wusste, dass Matti Alto nicht weinte. Es musste beginnender Regen sein.

Er schaute nach oben, aber dort war nur ein blauer Himmel mit ein paar wenigen weißen Wölkchen.

Risto begriff, dass er nur eines ganz sicher wusste über den Mann, der hier vor ihm saß: Er war nicht sein Vater.

Der alte Mann zog etwas aus der Decke, die er sich um die Beine gewickelt hatte. Es war ein Birkenholzscheit.

„Hier. Ich möchte, dass du zumindest das hier nimmst …“

Ohne sich umzudrehen, reichte Matti ihm das Scheit.

„Aha …?“

Auf dem Holz war mit einer altertümlichen Reißzwecke ein abgegriffener Zettel befestigt.

„Da steht die Erklärung drauf. Auf die Art bekommst du auch etwas.“

Risto nahm das Scheit entgegen. Er hob es über den Kopf des Alten. Dann ließ er es wieder sinken. Er war sinnlos. Er trat einen Schritt zurück.

„Das hab ich mal von meinem Vater bekommen. Da ist irgend so ein … na ja, es wird dich wahrscheinlich nicht interessieren … aber da ist irgendwas, was ein paar Kameraden und er im ersten großen Krieg vergraben haben. Ich weiß nicht, ob du dich daran erinnern kannst, aber er war ja mit dem 27. Jägerbataillon nach Libau verlegt worden, und …“

Risto hörte schon nichts mehr. Er rannte den Hang zum Haus hinauf. Und das war das letzte Mal, dass er den Mann traf, der sich aus irgendeinem Grund als sein Vater ausgab.

Als Risto zum Haus zurückkam, war er sichtlich aufgewühlt.

Raimo deutete es so, als wäre unten am Wasser irgendetwas schiefgelaufen. Offenbar war es seinem Zwillingsbruder nun doch misslungen, sich das Raubinsektenunternehmen unter den Nagel zu reißen! Das Scheit in seiner Hand, der zweite Preis, sprach eine deutliche Sprache. Innerlich jubelte Raimo.

Risto schnappte sich seine bereits gepackte Tasche und rief sich ein Taxi.

„Was ist denn passiert?“, wollte Elina wissen.

„Nichts geworden mit dem Erbe?“ Raimo konnte sich die Bemerkung nicht verkneifen. Doch Risto gab keine Antwort.

„Wo ist Matti?“, fragte Beata.

„Auf Wiedersehen, Mutter. Schwester. Brüder.“ Risto nickte ihnen allen zu. „Ich muss jetzt fahren.“

„Ist was passiert?“

„Das war alles ein bisschen viel hier. Ich brauch Zeit zum Nachdenken. Man kann nicht einfach so mir nichts, dir nichts eine Familie kriegen. Das geht nicht. Aber wir haben ja jetzt unsere Adressen.“

„Ich versteh dich, Risto. Ich versteh dich wirklich. Aber können wir nicht trotzdem noch zusammen essen, bevor du fährst?“ Beata war sehr traurig, sich so schnell schon wieder von ihrem Sohn trennen zu müssen.

„Ich muss jetzt los."

Er verließ das Haus. Elina lief ihm nach. Beata, die schon geahnt hatte, dass die Stimmung zwischen Vater und Sohn nicht die allerbeste gewesen war, eilte zum Balkon. Sie konnte Matti unten auf dem Steg sitzen sehen, wie er über den See schaute. Ja, es sah tatsächlich so aus, als würde er gestikulieren und etwas erzählen. Aber er war doch allein? War das jetzt schon sein Hirntumor? Hatte er Risto damit erschreckt? Sie eilte ins Erdgeschoss, durch die hintere Tür und hinunter zum See.

„Du, Risto?", sagte Elina in diesem Moment auf der Rollstuhlrampe.

„Ja?"

„Was ich dir da erzählt hab, von dem Brand und so ... Es ist wirklich alles wieder in Ordnung gekommen. Genau wie du gesagt hast."

„Wie schön."

„Ich versteh es nicht, aber es hat sich alles aufgeklärt."

„Das ist schön, Schwester. Also, wir hören uns. Ich muss jetzt gehen."

Die zwei Geschwister umarmten sich. Elina spürte, wie ihr Bruder zitterte. An der Haustür stand Antti und schaute zu.

„Ähm ...?"

Neben ihnen räusperte sich jemand. Risto blickte auf. Da stand er Auge in Auge mit einer seltsamen, buschigen, heftig keuchenden Gestalt von der Sorte, die in Märchen unter Brücken haust. Die zwei Männer sahen einander an.

„Antti?", sagte der Troll mit belegter Stimme, als wäre er das Sprechen nicht so ganz gewöhnt.

Elina betrachtete das Wesen nachdenklich – irgendetwas an diesen Gesichtszügen, die man unter dem wild wuchernden Bart erkennen konnte, kam ihr bekannt vor.

„Danne Nilsson?", sagte sie dann. „Der Tierquäler?" Letzteres auf Finnisch, gerichtet an ihren kleinen Bruder. „Ist das nicht der? Was macht der denn hier?“

„Antti Alto?“, sagte Danne Nilsson.

Dann öffnete er die eine Hand. Eine lange Kette von bedrohlichem Aussehen wickelte sich auf. Ein Ende hatte er sich fest um die Hand gewickelt. In Danne Nilssons Blick lag ein Zorn, der an Wahnsinn grenzte.

„Antti Alto!“

Risto war voll verwirrter Gefühle. In seinem Inneren brodelte etwas, was herausmusste. Und hier bot sich ihm eine hervorragende Gelegenheit.

Er trat vor und legte dem Troll eine Hand auf die Schulter. Dann knallte er ihm den Kopf auf die Nase, was eine Explosion aus Knorpel und Blut auslöste. Danne fiel in sich zusammen wie eine Lumpenpuppe.

„Tierquäler hab ich gar nicht so gern.“

Jetzt sollte das Holzscheit zur Anwendung kommen. Danne Nilsson versuchte sich aufzurappeln, und Risto visierte seinen Hinterkopf an. Der Schlag musste einfach perfekt sitzen. Elina sah es geschehen wie in Zeitlupe. Aber sie konnte nicht mehr reagieren. Sie sah, dass ihr neu entdeckter Bruder gleich zum Mörder werden würde, und wusste, dass sie etwas dagegen unternehmen musste. Doch ihr Körper machte nicht mit, ihre Arme bewegten sich, als würde sie in Sirup stecken. Dann huschte ein Schatten an ihr vorbei. Der Todesengel, dachte sie.

In Wirklichkeit war dieser Schatten ihr dicker kleiner Bruder, der sich noch nie zuvor mit nennenswerter Geschwindigkeit bewegt hatte. Er stieß Danne Nilsson zur Seite, sodass der weit ausholende Schlag, der einen Sekundenbruchteil später dessen Schädel zerschmettert hätte, stattdessen Anttis eigenen Oberarm traf. Brüllend brach er über dem Troll zusammen.

Der Schrei weckte Risto aus seiner Raserei. Sein kleiner Bruder war verletzt. So war es nicht gedacht gewesen. Risto machte einen Schritt auf Antti zu, um ihm zu helfen, doch sein kleiner Bruder deutete die Bewegung falsch.

„Das war alles nicht wahr! Er hat überhaupt keinen Vogel getötet!“

„Was?“ War das überhaupt wichtig? Der Kerl stand einfach zur rechten Zeit am rechten Ort. Oder vielleicht auch nicht, wenn man es aus der Perspektive des Kerls betrachtete.

„Ich hab mir das damals ausgedacht.“

„Wovon redest du denn? Was hast du dir ausgedacht?“

„Das mit Danne Nilsson. Diese Geschichte. Dass er einen Vogel zertrampelt hat. Das hatte ich mir alles bloß ausgedacht!“

„Ich wusste es“, rasselte Danne Nilsson unter Antti. Risto sah verdattert von seinem Bruder zu seiner Schwester. Dann auf das Scheit in seiner Hand. Das sah ihm gar nicht ähnlich. Er war ganz aus dem Gleichgewicht. Und das war schwach. Er war nicht schwach. Risto warf das Erbe seines Vaters in seine Tasche.

Vorsichtig stand Antti auf. Er hielt sich den Arm. War er gebrochen? Nein.

„Ich bin auf der Treppe gestürzt. Wahrscheinlich ist es das Beste, wenn du jetzt gehst, damit dein Taxi nicht warten muss.“

Risto betrachtete seinen kleinen Bruder. Vielleicht hatte er ja doch ein wenig Mumm in den Knochen.

„Gut.“

Ohne weitere Umstände verschwand der wiedergefundene Bruder die Straße entlang, Richtung Kreuzung.

Während man Anttis und Danne Nilssons Verletzungen untersuchte, lächelte Elina.

„Du hast dir das ausgedacht? Was hast du dir da ausgedacht?“

„Na ja, das mit Danne Nilsson und dem Vogel.“

„Unmöglich. Die Geschichte ist doch der absolute Klassiker.“

„Doch, die hab ich mir aber ausgedacht. Als ich in der zehnten Klasse war. Danne Nilsson war nämlich blöd zu mir.“

„Warst du in der Schule gemein zu meinem Bruder?“

„Was?“ Daran konnte Danne Nilsson sich nicht erinnern. Er war damals ein ziemlich beliebter Junge gewesen und wirklich niemand, der andere Schüler mobbte.

„Oh ja!“, sagte Antti mit Nachdruck. „Du hast behauptet, wenn man Super Mario in weniger als zehn Minuten durchspielen kann, dann …“ Er fing den Blick seiner Schwester auf und errötete. „Tja.“

„Dann würdest du sehen, wie Mario die Prinzessin vögelt?“ Auch Elina kannte dieses Märchen.

„Vielleicht, keine Ahnung. Ich weiß es nicht mehr so genau. Das ist schon so lange her.“

„Und da bist du drauf reingefallen?“ Elina konnte sich kaum das Lachen verbeißen.

„Aber ich konnte doch nicht wissen, dass das nicht stimmt! Ich hab das ja in der ersten Zeit nie in zehn Minuten geschafft. Ich hab mir quasi den Arm gebrochen! Fast.“

„Aber dir muss doch klar sein, dass die so was niemals in einem Spiel für Kinder bringen dürften! Weißt du, wie die in den USA verklagt worden wären?“

„Ja, das ist mir schon klar. Aber eben erst jetzt!“

„Und dann hast du dir das ausgedacht?“

„Ja!“

Elina überlegte. „Das war ganz schön geschickt gemacht.“

„Danke.“

„Du solltest mal ausprobieren, ob dir das Schreiben nicht liegt.“

„Genau das macht er doch auch!“, erklärte Danne Nilsson missmutig, aber keiner hörte ihm zu.

„Er ist also kein Tierquäler?“

Antti schüttelte den Kopf. Elina schaute Danne Nilsson an, der dort auf dem Boden saß und ein bisschen vor sich hin blutete.

„Dann muss ich mich entschuldigen. Ich hab es nämlich auch geglaubt.“

„Kein Problem.“ Danne Nilsson versuchte, etwas vorzeigbarer auszusehen, indem er sich mit dem Jackenärmel das Blut abwischte. Das zeigte, dass er sich noch nicht aufgegeben hatte. Danne Nilsson hatte immer noch ein wenig Schwung im Leibe.

Elinas Blick blieb an ihm hängen. Dieser Danne Nilsson, den sie in der Schule keines Blickes gewürdigt hatte, hatte sich im Laufe der letzten Jahre in genau die Art von runtergekommenem Typen verwandelt, wie sie sie liebte.

32. KAPITEL

Die Hochzeit – Das Ende

Dann ging alles ganz schnell. Vor allem deswegen, weil Matti Druck machte.

Es begann damit, dass Elina Danne Nilsson ins Haus brachte, ins Badezimmer, wo sie sich zuerst um seine Nase kümmerte und ihm dann ein Bad vorschlug, wo er schon mal da war. Danne Nilsson unterwarf sich der Behandlung ohne Protest, ganz versunken in Überlegungen, wie sich Dinge, die ihn seit der Gymnasialzeit gequält hatten, auf einmal wie durch Zauberei geklärt hatten. Er musste so viele vorherige Positionen revidieren und hatte natürlich Schwierigkeiten, sich in diesem neuen Weltbild zurechtzufinden. Elina nutzte seine Verwirrung, um ihm gleich noch die Haare zu schneiden und ihn zu rasieren.

Unter dem Busch aus Haar und Bart kam derselbe höchst ansehnliche Danne Nilsson hervor, den Elina noch vom Gymnasium in Erinnerung hatte. Ein paar von ihren Klassenkameradinnen hatten ihn damals angeschmachtet, aber ihren Geschmack hatte er nie getroffen. Doch seitdem hatte das Leben Danne Nilsson ganz schön in die Mangel genommen. Die Hammerschläge des Schicksals hatten ihn zu einem Mann geformt, der sie viel mehr ansprach als ein geleckter Schwiegermuttertraum. Das Leiden, das Danne Nilsson hatte ertragen müssen, hatte die falsche Oberfläche abgeschliffen, die Elina missfallen hatte, und jetzt konnte sie den wahren Danne Nilsson erkennen. Wenn auch mit leicht geschwollener Nase.

Es entstand gegenseitige Zuneigung.

Wenige Monate später konnte Matti seine Krankheit nicht länger verbergen.

Nachdem er Danne Nilsson kennengelernt und dafür gesorgt hatte, dass er auch ein wenig Zeit allein mit ihm verbringen konnte, ermunterte er seine Verbindung mit Elina massiv. Und das war kein Akt der Verzweiflung, denn er hatte an diesem Kavalier wirklich Qualitäten entdeckt, von denen Elinas vorherige Freunde quasi chemisch rein gewesen waren.

So besaß er zum Beispiel grundlegende wirtschaftliche Kenntnisse. Aber er hatte auch mehrere Jahre Dosensammeln hinter sich, was ihm einen gesunden Respekt fürs Geld eingeflößt hatte, wie er unter der heutigen schwedischen Jugend selten zu finden ist. Danne Nilsson hatte sein Geld im Schweiße seines Angesichts verdient und verstand daher dessen Wert. Das gefiel Matti.

Aber da war noch mehr.

Danne Nilsson besaß ein genau richtiges Maß an gesunder Paranoia, die Matti gut fand, wenngleich sie in seinen Augen etwas Ungerichtetes hatte. Sie schien sich eher aufs Geratewohl zu manifestieren und bezog sich überhaupt nicht auf die Phänomene, die es verdient hätten, wie Kommunisten, Russen, Hippies und so weiter. Aber es war eine Basis, auf die man bauen konnte, und es ärgerte Matti, dass er nicht mehr Zeit hatte, dem Jungen ein Mentor zu sein.

Warum hatten seine eigenen Söhne nicht ein bisschen mehr wie Danne Nilsson ausfallen können?

Als das Allerbeste stellte sich jedoch heraus, dass Danne auch ein besonders vielversprechendes Interesse für Insekten hegte. Als sie durch das Gewächshaus gingen, in dem Matti ihm die Raubinsekten zeigte, schien es, als könnte der junge Mann vom ersten Augenblick an mit den Tieren kommunizieren. Er hatte wirklich ein Händchen für Tiere.

Elina hätte gar keinen besseren Kerl treffen können.

Da Matti daran gelegen war, die Verbindung besiegelt zu sehen, bevor er krepierte, beschleunigte er die Sache nach Kräften. Keiner von den beiden hatte etwas dagegen, ihn glücklich zu machen. Und praktisch gesehen war es ja sein Letzter Wille. Die Hochzeit fand nur gut sechs Monate nach dem Tag statt, an dem Risto nach Polen zurückfuhr.

Elina verschwand fast in ihrer mächtigen weißen Robe. Aber was man von ihr erkennen konnte, war überwältigend schön. Und Danne Nilsson hätte der Kreatur, als die er eine Weile herumgelaufen war, auch nicht unähnlicher sein können. Sogar Väinö war zur Hochzeit eingeladen worden und saß etwas versteckt ganz hinten am Tisch, wo er sich interessiert durch ein ganzes Sortiment kleiner Schnapsfläschchen soff und staunte, wie viele Geschmackserlebnisse ihm bis dahin entgangen waren.

Ein Tisch bog sich unter Hochzeitsgeschenken, und Matti stand auf der kleinen Bühne, auf der er eine seiner seltenen öffentlichen Ansprachen hielt. Der Kontrast zwischen dem ausgezehrten alten Mann und dem vitalen jungen Brautpaar hätte krasser nicht sein können. Die Rede handelte wie immer zu einem guten Teil davon, wie wenig man im Leben geschenkt bekommt. Doch manchmal konnte man auch Glück haben, und das hatte Elina weiß Gott gehabt, als sie Danne Nilsson traf.

„Aber …“ Er räusperte sich, hustete in seine Faust und fuhr fort: „Danne Nilsson hat freilich auch Glück gehabt.“ Mit lächelnden Augen schaute er seine strahlende Elina an. Sie war vielleicht keine Beata, aber es fehlte auch nicht allzu viel. „Als er sie traf …“ Matti streckte die Hand nach einem Glas Wasser aus, trank ein paar Schlucke, stellte es zurück und setzte sich dann bequem in seinem Rollstuhl zurecht. Er faltete die Hände auf dem Bauch, als würde er beten, schloss die Augen und legte das Kinn auf die Brust.

Mitten im Satz und ohne ersichtlichen Grund eine längere Pause einzulegen funktioniert in der finnischen Sprache durchaus, und diese Art zu sprechen hatte Matti auch aufs Schwedische übertragen, weswegen zunächst keiner von den Gästen reagierte. Man fand es ganz natürlich. Als Matti dann fast eine halbe Minute gar nichts mehr sagte, begann sich die Hochzeitsgesellschaft zu wundern. Manche nahmen an, dass er betete, und falteten ebenfalls die Hände. Andere glaubten, dass die Rede zu Ende war, und begannen halbherzig zu applaudieren.

Hinterher behaupteten manche, dass Matti Alto mit Absicht auf der Hochzeitsfeier gestorben war. Aber weder Elina noch Danne Nilsson nahmen ihm das übel. Und vielleicht sah die Wahrheit einfach so aus, dass Matti sich mit aller Kraft am Leben gehalten hatte, bis er gesehen hatte, wie die Verbindung der beiden besiegelt war. Als es dann so weit war, tat er seinen letzten Atemzug.

Und wenn es einen Himmel gibt – der Verfasser will sich zu dieser Frage nicht mit Sicherheit äußern –, aber wenn es denn einen gibt, dann ist Matti Alto auch dort gelandet, davon sind diejenigen, die ihn kannten, überzeugt.

Er ist wahrscheinlich mit seinem Rollstuhl beim heiligen Petrus vorgefahren, vielleicht ein wenig misstrauisch, weil ihm dieser Ort eine gewisse Skepsis einflößte.

Petrus muss nach einem Blick in seine Schriftrollen festgestellt haben, dass Matti ein verhältnismäßig guter Mensch gewesen war. Auch wenn Matti rein technisch gesehen nicht hätte eingelassen werden dürfen, ohne vorher zumindest kurze Bekanntschaft mit dem Fegefeuer gemacht zu haben, ist der Verfasser überzeugt, dass Sankt Petrus irgendeinen Weg gefunden hat, ihn direkt reinzuschmuggeln.

„Schleich dich rein", hat er wohl gesagt. „Häng deine Jacke an die Garderobe und verhalt dich einfach unauffällig."

Da rollte Matti Alto grummelnd hinein. Wahrscheinlich murmelte er etwas im Sinne von: „Na, ich hatte ganz bestimmt nicht vor, mich hier aufzuspielen und zum Affen zu machen."

Mit dem Tod seines Vaters fiel auch eine mentale Blockade bei Antti. Er wagte sich ins Arbeitszimmer seines Vaters, setzte sich an den Schreibtisch und spannte ein Blatt Papier auf die Schreibmaschinenwalze.

Und dann begann immer öfter ein ausdauerndes Geklapper, das für Mattis Seele wie Balsam gewesen wäre, das Haus zu erfüllen.

Antti schrieb die ersten Entwürfe und Skizzen für sein Lebenswerk, sein Opus magnum. Das war dieser Roman über die exzentrische Einwandererfamilie.

EPILOG

Bei Libau

In den Ferien fuhr Piotr Górka ins mittlerweile von der Sowjetunion unabhängige Lettland. Unter anderem besuchte er die Küstenstadt Liepāja, die einst Libau geheißen hatte. Von dort aus fuhr er in südöstlicher Richtung, geführt von einer seltsamen, rudimentären Karte, die in sein Birkenholzscheit geschnitzt war.

Nach mehrtägigem Suchen fand er einen alten, verlassenen baltisch-deutschen Gutshof. Er war in kommunistischer Zeit völlig verfallen. Die Fenster waren mit Brettern zugenagelt, und der Putz war abgebröckelt. Aber man konnte nicht übersehen, wie beeindruckend das Gut einst gewesen sein musste. Sogar die Wirtschaftsgebäude hatten dicke Steinwände.

Aber er kümmerte sich nicht weiter um die Gebäude. Vielmehr suchte er eine Steinmauer, die in einiger Entfernung zum Hauptgebäude verlief. Er schritt eine Strecke zwischen den Stümpfen zweier massiver Eichen ab und begann im hohen Gras zu graben. Nachdem er eine Schicht aus Wurzeln durchdrungen hatte, ging es leichter, und wenig später stand er bis zum Bauch in einem Loch. Piotr streckte die Hand nach seinem Rucksack aus und holte das Holzscheit heraus. Er studierte es gründlich und schaute sich um. Stampfte auf den Boden der ausgehobenen Grube.

War jemand ihm zuvorgekommen? Das wäre eine Tragödie gewesen, wenn jemand sein väterliches Erbe gefunden und sich unter den Nagel gerissen hätte. Nicht weil er in Geldnot gewesen wäre. Aber es ging ums Prinzip. Und um einen seelischen Vorgang. Einen Heilungsprozess.

Das musste der richtige Ort sein, zumindest nach allem, was er aus dem Holzscheit herauslesen konnte. Hatte der Alte ihn am Ende wieder zum Narren gehalten? Während Piotr über den nächsten Schritt nachdachte, klopfte er aufs Geratewohl mit der Spatenspitze gegen die Grubenwände. Erde fiel ins Loch, und auf einmal traf der Spaten gegen etwas Verrottetes. Wie sich herausstellte, war es ein altes Fass. Brett für Brett zog Piotr es heraus, und im Inneren, auf dem Boden, fand er ein kleines Päckchen, eingeschlagen in schimmeliges, steifes Segeltuch.

Es war zu früh vergraben worden, als dass es einer der Schätze hätte sein können, die dem Zaren oder dem Adel gehört hatten und zu Revolutionszeiten in Umlauf gekommen waren.

Obwohl er sehr aufgeregt war, nahm sich Piotr die Zeit, den Kopf über die Kante der Grube zu strecken und nachzusehen, ob er auch wirklich allein war. Dann ging er in die Hocke, klappte sein Messer auf und schnitt eines der fast schon verrotteten Bänder auf, die das Segeltuchpaket zusammenhielten. Er wickelte es auf, und dann konnte er sehen, dass das, was er für Segeltuch gehalten hatte, in Wirklichkeit ein Gemälde war, das jemand aus seinem Rahmen herausgeschnitten hatte. Es war kein Meisterwerk, aber eine relativ geschickt ausgeführte Studie der Fassade der Wiener Oper.

Darin lag ein kleineres Päckchen aus Wachstuch. Als er es vorsichtig mit dem Messer öffnete, fand er ein kleines, aber dickes Kuvert. Es war sehr gut gegen die Feuchtigkeit geschützt worden.

Nur ein Bündel Papier. Aber was für Dokumente, dachte er sich, konnten so schrecklich wichtig sein, dass ein Trupp abgestumpfter Frontsoldaten nicht wagte, sie selbst einzustecken, nicht einmal an einem Ort, an dem der Tod hinter jeder Ecke lauerte?

Er zog ein Bündel Schwarz-Weiß-Fotografien aus dem Kuvert.

Auf dem ersten sah man eine Dame, die mit dem Rücken zur Kamera stand. Sie trug nichts als ein Korsett und hatte ein sehr üppiges Hinterteil. Ein Knie hatte sie auf einen Diwan gestützt, eine Hand lag auf einer römischen Säule. Ihr wallendes offenes Haar fiel ihr lockig auf den Rücken, und man konnte ihr Gesicht im Profil sehen. Piotr drehte das Bild um. Kein Text.

Die nächste Fotopostkarte zeigte ebenfalls eine Frau. Man sah sie von vorne, mit nacktem Oberkörper und einer Art orientalischem Rock, der ihren Unterkörper verhüllte. Sie hatte einen Speer in der Hand und einen Hoplitenhelm auf dem Kopf. Neben ihr stand wieder dieselbe römische Säule, nur der Diwan fehlte diesmal.

Piotr meinte ein gewisses Talent bei dem Fotografen feststellen zu können, auch wenn die historischen Referenzen einen hoffnungslosen Mischmasch bildeten, der den Gesamteindruck etwas beeinträchtigen konnte.

Er legte den Daumen seitlich an den Stapel und blätterte ihn im Schnelldurchlauf durch. Im Großen und Ganzen waren die Fotos alle ähnlich und schienen aus demselben Studio zu stammen.

Er studierte das letzte Bild. Der Diwan war wieder im Einsatz, und jetzt gab sich die Frau mit dem ausladenden Hinterteil der Liebe mit einem Mann hin, der einen Strohhut trug und einen Schnurrbart von fast schon lächerlichen Ausmaßen hatte. Er lag hinter ihr, während sie sich mit weit gespreizten Beinen der Kamera zuwandte.[51]

„Kurwa!“, dachte Piotr.

Er schaute zur Sonne hoch und lächelte.

51 Siehe S. 320.

51 Diese Stelle mag wie eine Antiklimax scheinen. Mehr steckte nicht dahinter? Ein paar frivole Fotografien? Aber das illustriert eben, wie sich die Werte und Bewertungen mit der Zeit verändern.
Außerdem – dieser Schnurrbart! Man stelle sich vor, dass Risto diese Fotos ein paar Jahre später einem Freund zeigen könnte, der ihn darauf hinweist, dass der Mann mit dem Schnurrbart verblüffende Ähnlichkeit mit Josef Stalin aufweist. Und dass Risto darüber nachdenken würde, während er die Bilder wieder in die Leinwand einschlug und dabei feststellte, dass die Wiener Oper von einem A. Hit… Moment, was steht da unten für eine Signatur?
Das würde dann ja bedeuten, dass die kulturellen Intermezzos der beiden Diktatoren die ganze Zeit dort gelegen hätten, intim miteinander verbunden unter der lettischen Erde, während die beiden auf dem Weg zur Macht waren, während der Kampf der Giganten tobte, der die ganze erste Hälfte der Vierzigerjahre andauerte, während …
Nein, also das mag der Verfasser nun wirklich nicht glauben!